REIS DOOR
DE NACHT

Van Raymond E. Feist zijn bij Uitgeverij Luitingh verschenen:

RAYMOND E. FEIST

DE SAGA VAN DE DUISTERE OORLOG

TWEEDE BOEK – REIS DOOR DE NACHT

Luitingh Fantasy

© 2006 Raymond E. Feist
All Rights Reserved
© 2007 Nederlandse vertaling
Uitgeverij Luitingh ~ Sijthoff B.V., Amsterdam
Alle rechten voorbehouden
Oorspronkelijke titel: *Darkwar Saga Book 2, Into a Dark Realm*
Vertaling: Lia Belt
Omslagontwerp: Mariska Cock
Omslagillustratie: Rien van der Kraan

ISBN 978 90 245 5639 7
NUR 334

www.boekenwereld.com & www.dromen-demonen.nl

Voor Janny, Bill, Joel en Steve
vanwege het delen van hun talenten

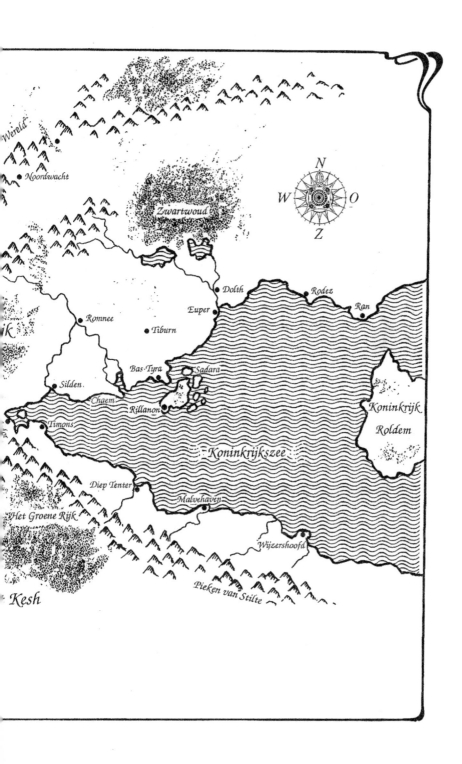

Per abuis zijn in het eerste boek van *De Saga van de Duistere Oorlog* — *De vlucht van de Nachtraven* — de namen van enkele personages onvertaald gebleven

1

ACHTERVOLGING

Een vrouw slaakte een woedende kreet.

Drie jongemannen stormden over de avondmarkt, smeten op hun weg karren om en duwden winkelende mensen aan de kant. Hun leider, een lange, knokige jongen met rood haar, wees naar hun wegrennende prooi en schreeuwde: 'Daar gaat-ie!'

De nacht begon te vallen in de havenstad Durbin terwijl de drie in allerijl door de straten renden. Kooplieden trokken snel hun kostbare handelswaar van de tafels toen ze zagen dat de drie jonge strijders alles en iedereen aan de kant duwden die hun achtervolging in de weg stond. In hun kielzog lieten ze een spoor na van consternatie, gevloek en dreigementen, wat ze allemaal negeerden.

De zomerhitte van de Jal-Purwoestijn kleefde nog aan de muren en het plaveisel van de stad, ondanks de lichte bries die vanaf de zee kwam. Zelfs de havenmeeuwen stelden zich er tevreden mee rustig toe te kijken en te wachten tot er iets te eten van een passerende koopmanskar viel. De wat ambitieuzere exemplaren sprongen af en toe op om een tijdje te zweven en zich loom te laten voortdrijven op de hete lucht die opsteeg van de havenstenen, maar keerden dan snel weer terug om rustig bij hun soortgenoten te wachten.

Het was druk op de avondmarkt, want de meeste inwoners van Durbin hadden de hele, hete namiddag rustig doorgebracht in de schaduw. Het tempo in de stad lag laag, want dit waren de warmste dagen van de zomer en mensen die aan de rand van de woestijn woonden, wisten wel beter dan zich zinloos tegen de elementen te verzetten. Het leven ging zoals de goden dat wilden.

Dus toen drie gewapende en ogenschijnlijk gevaarlijke jongemannen achter een vierde aan renden, was dat – hoewel het nauwelijks opmerkelijk was in Durbin – toch onverwacht, gezien het seizoen en de tijd van de dag. Het was gewoon te warm om hard te lopen.

De man die probeerde het stel voor te blijven was zo te zien een woestijnbewoner: hij had een donkere huid en was gekleed in een wijd hemd en loszittende pantalon, droeg een nachtblauwe tulband en een open mantel, en zijn voeten waren in lage laarzen gestoken. De achtervolgers werden aangevoerd door een lange noorderling, waarschijnlijk uit de Vrije Steden of het Koninkrijk der Eilanden. Zijn rossige haar zag je niet vaak in het Keizerrijk Groot Kesh.

Zijn twee metgezellen waren eveneens jong, een van hen breedgeschouderd en met donker haar, de ander blond en iets fijner gebouwd. Ze waren allemaal zongebruind en vuil, en leken door hun harde gezichtsuitdrukking jaren ouder dan ze waren. Hun aandacht was op hun prooi gericht en ze hielden hun wapens binnen handbereik. Aan hun kleding was te zien dat ze afkomstig waren uit het Dromendal: broek, linnen hemd, rijlaarzen en een leren vest in plaats van een mantel en sandalen. De dorpelingen zagen hen aan voor huurlingen, vooral gezien hun grimmige vastberadenheid.

De drie bereikten een boulevard die naar de dokken leidde, en de vluchtende man dook tussen kooplieden, winkelend publiek en havenarbeiders door die naar huis onderweg waren. De leider van de achtervolgers bleef even staan en zei toen: 'Hij gaat naar het graanschippersdok.' Met een handgebaar stuurde hij zijn blonde metgezel een zijstraat in, en gebaarde toen dat de donkere jongeman hem moest volgen.

'Ik hoop het maar,' zei de andere jongen, die een stuk kleiner was. 'Ik heb genoeg van al dat rennen.'

De leider wierp hem een snelle blik en een grijns toe. 'Je hebt te veel in bierhuizen gezeten, Zane. Het wordt tijd dat we je terugbrengen naar het Eiland en de tedere zorgen van Tilenbrook.'

De donkere jongeman was te zeer buiten adem om antwoord te geven, dus maakte hij enkel een geluid waarmee hij duidelijk aangaf dat hij die opmerking totaal niet grappig vond, en veegde snel het zweet van zijn voorhoofd. Het kostte hem al moeite genoeg om zijn lange metgezel bij te houden.

De inwoners van Durbin hadden ervaring met duels, straatgevechten, bendeoorlogen, rellen en allerhande andere soorten burgerlijke onrust. Tegen de tijd dat Jommy en Zane aankwamen bij de hoek waar ze hun prooi hadden zien verdwijnen, was het nieuws hen vooruitgesneld en was de straat naar de dokken verlaten. Voorbijgangers, kooplieden en zeelieden die onderweg waren naar herbergen en taveernes in de buurt hadden aangevoeld dat er problemen zouden komen en hadden dekking gezocht. Er gingen deuren dicht, luiken werden met een klap gesloten, en degenen die niet binnen konden komen, deden hun best om elders beschutting te vinden.

Terwijl Jommy Kiliroo zijn blik op de piepkleine gestalte van hun vluchtende doelwit gericht hield, keek Zane conDoin in elke deuropening, steeg of andere schuilplaats waar eventueel een hinderlaag mogelijk was. Hij zag alleen burgers van Durbin, die ineengedoken zaten te wachten tot het weer rustig werd.

Jommy zag hun man een hoek aan het eind van de boulevard om duiken en wees hem na. 'Hij gaat recht op Tad af, als die zo snel is als normaal!'

Zane grijnsde. 'Jawel. Suri ontkomt niet.'

Jommy, Tad en Zane zaten deze man al een maand op de hielen. Hij was een voormalig koopman die Aziz Suri heette, een woestijnbewoner uit Jal-Pur die naar men beweerde importeur was van specerijen en olie uit de Vrije Steden. Ze zeiden ook dat hij een huurlingspion was die handelde in informatie en geheimen, en een vertrouweling van de Nachtraven, het Gilde van de Dood. Een maand eerder hadden agenten van het Con-

11

claaf der Schaduwen tijdens het Midzomerfestival van de keizer van Kesh een aanslag weten te verijdelen, die erop gericht was het rijk te ontwrichten en een burgeroorlog te ontketenen. Nu waren ze op zoek naar resterende groepjes moordenaars om eindelijk een einde te maken aan hun eeuwenlange terreurbewind.

Zane had moeite om Jommy bij te houden. Hoewel hij even ver kon rennen als de langere jongeling, kon hij dat niet volhouden in het moordende tempo van zijn vriend met de langere benen. Misschien had Jommy gelijk en had hij inderdaad te veel avonden in het bierhuis doorgebracht. Zijn broek was de laatste tijd strakker gaan zitten.

Aan het eind van de straat kwamen ze aan bij de graanschippersdokken: twee enorme pakhuizen op een lange stenen kade met drie grote kranen. Tad kwam vanaf het andere uiteinde van de kade aanrennen en schreeuwde: 'Daarbinnen!' Hij gebaarde dat hun mannetje de nauwe steeg tussen de twee pakhuizen in was geglipt.

Jommy en de twee jongere knapen haastten zich niet, want na een maand in Durbin kenden ze dit deel van de stad vrij goed: goed genoeg om te weten dat hun prooi een doodlopende steeg in was gerend. Toen ze bij de smalle ingang waren aangekomen, kwam de man naar buiten gehold, recht op de haven af. De ondergaande zon weerkaatste rood op de zee; de man kneep zijn ogen tot spleetjes en wendde zijn hoofd af toen hij er tijdelijk door verblind werd.

Jommy stak zijn handen uit en kreeg net voldoende grip op de arm van de man om hem om te draaien. De man was uit zijn evenwicht gebracht en zwaaide met zijn armen om overeind te blijven. Jommy probeerde de man weer bij zijn tuniek te grijpen, maar daarmee gaf hij hem alleen maar een zet, zodat hij verder weg struikelde. Voordat iemand de slanke koopman kon grijpen, botste hij tegen de middelste kraan aan. Verdoofd door de klap draaide de woestijnbewoner zich om, wankelde een keer en stapte pardoes van de rand van de pier af.

Toen de man over de rand verdween, klonk er een kreet die

wel wat leek op die van een hond als je op zijn poot gaat staan. De drie jongemannen haastten zich naar de rand en keken eroverheen. Zwaaiend aan het kraantouw, net boven een los laadnet, hing de kleine koopman te vloeken terwijl hij een schuin oog hield op de stenen onder hem. Het was laagtij en er stond slechts een paar duim water tussen de man aan het touw en de harde stenen. Zelfs de barken met platte bodems, die werden gebruikt om graan naar de schepen in de haven te vervoeren, lagen voor anker in dieper water. 'Trek me op!' schreeuwde hij.

'Waarom zouden we, Aziz?' vroeg Jommy. 'Je hebt ons de hele stad door laten rennen in deze verdomde hitte,' – hij veegde het zweet van zijn voorhoofd en smeet het met een snelle polsbeweging naar de man om te demonstreren hoe warm hij het had – 'en alles wat wij wilden, was een rustig gesprekje.'

'Ik ken jullie, stelletje moorddadige maniakken,' zei de koopman. 'Jullie gesprekjes zijn dodelijk.'

'Moorddadige maniakken?' zei Tad verwonderd. 'Ik denk dat hij ons voor iemand anders aanziet.'

Zane trok zijn mes. 'Mijn broer denkt dat je ons verwart met een ander stel moorddadige maniakken, maar ik ben daar niet zo zeker van.' Hij keek zijn metgezellen aan en vroeg: 'Als ik zijn touw nu doorsnijd, hoe schatten jullie dan zijn kansen in?'

Tad boog zich voorover alsof hij het vraagstuk overpeinsde, en verklaarde toen: 'Het is niet meer dan twintig voet naar de rotsen. Vijftig procent kans dat hij alleen maar een been breekt of een arm, of twee.'

'Dat hangt ervan af hoe hij terechtkomt,' zei Jommy. 'Ik heb wel eens een kerel achterover van een ladder zien vallen, alleen maar vanaf de onderste sport moet je nagaan, maar hij sloeg met zijn hoofd tegen de grond en liep een schedelbreuk op. Het duurde wel even voor hij dood was, maar uiteindelijk was hij dood, en dood is dood.'

'We kunnen het gewoon even uitproberen,' opperde Zane.

'Nee!' schreeuwde de koopman.

'Nou, het wordt vloed,' zei Tad tegen Aziz. 'Als je daar nog een paar uur blijft hangen, kun je gewoon loslaten en dan naar dat trappetje daar zwemmen.' Hij wees naar de andere kant van de haven.

'Als de haaien hem niet te pakken krijgen,' zei Jommy tegen Zane.

'Ik kan niet zwemmen!' riep de handelaar.

'Niet echt veel kansen om dat te leren in de woestijn, neem ik aan,' merkte Zane op.

'Dan zit je behoorlijk in de nesten, hè, vriend?' vroeg Jommy. 'Wat denk je van een ruiltje? Jij beantwoordt een vraag, en als het antwoord ons bevalt, trekken we je op.'

'En als het antwoord je niet bevalt?'

'Dan snijdt hij het touw door,' zei Jommy, wijzend naar Zane. 'En dan zullen we zien of je omkomt of alleen je leven maar verpest is... wat ervan over is voor het vloed wordt en je verdrinkt, natuurlijk.'

'Barbaar!'

Jommy grijnsde. 'Zo ben ik al vaker genoemd sinds ik naar Kesh kwam.'

'Wat wil je weten?' vroeg de woestijnbewoner.

'Maar één ding,' zei Jommy, die nu niet meer grijnsde. 'Waar is Jomo Ketlami?'

'Dat weet ik niet!' schreeuwde de man, die probeerde met zijn voeten houvast te vinden in het bungelende laadnet onder zich.

'Hij is ergens in de stad!' riep Jommy. 'We weten dat hij de stad niet verlaten heeft. En we weten ook dat jij al jaren zaken met hem doet. We spreken het volgende af: jij vertelt ons waar hij is, dan trekken wij je omhoog. Dan gaan we naar hem op zoek, zorgen dat we de informatie van hem krijgen die we hebben willen, en vermoorden hem. Je hoeft je nergens zorgen om te maken.

Of je vertelt ons niks en we laten je hangen. Misschien kun je omhoog klimmen naar de punt van de kraan en er op de een of andere manier vanaf zien te komen, maar zelfs dan zullen wij rondvertellen dat je Ketlami hebt verraden. Dan hoeven we alleen maar een oogje op jou te houden en te wachten tot hij je omlegt, en dan hebben we hem alsnog.' Jommy's grijns was terug. 'Jij mag kiezen, vriend.'

'Ik kan het niet!' riep de doodsbange handelaar.

'Vijf rijkszilverstukken dat hij niet doodgaat als hij de rotsen raakt,' zei Tad.

'Ik weet het niet,' antwoordde Zane. 'Volgens mij is de kans groter.'

'Mijn vijf tegen jouw vier?'

Zane knikte enthousiast. 'Afgesproken!'

'Wacht!'

'Ja?' zei Jommy.

'Snij alsjeblieft dat touw niet door. Ik heb kinderen!'

'Leugenaar,' zei Zane. 'Iedereen weet dat je de meisjes in de bordelen vertelt dat je geen vrouw hebt.'

'Ik zei niet dat ik een vrouw had,' gaf de kleine man toe. 'Maar ik zorg wel voor het handjevol bastaarden dat ik heb voortgebracht.'

'Je bent de vrijgevigheid zelf, maat,' merkte Jommy op.

'Er zijn mensen die veel minder doen voor hun kroost,' antwoordde de bungelende handelaar. 'Ik heb zelfs de oudste in huis genomen om hem een vak te leren!'

'Wat voor vak?' vroeg Zane. 'Smokkelen, spioneren, liegen of valsspelen tijdens het kaarten?'

'Weet je,' zei Tad achteloos, 'terwijl wij hier staan te kletsen, komt de vloed op.'

'En?' Jommy keek zijn vriend met samengeknepen ogen aan.

'Nou, als we dat touw niet snel doorsnijden, dan is er een grote kans dat hij gewoon verdrinkt, en dan geldt onze weddenschap niet meer.'

'Dat zou niet best zijn,' zei Zane. Hij zwaaide met het grote jachtmes in zijn hand, draaide het vakkundig rond en begon in het dikke touw te zagen dat via een blok naar de bovenste katrol op de kraan liep.

'Nee!' riep de kleine man in paniek. 'Ik praat wel!'

'Nou, praat dan,' kaatste Jommy terug.

'Pas als je me optrekt!'

Zane keek zijn vrienden aan. 'Een redelijk verzoek?'

'Nou, ik denk niet dat hij ons alle drie aankan,' zei Tad. 'Hij is immers maar een ongewapend, mager klein mannetje en wij zijn... Hoe noemde hij ons ook alweer?'

'Moorddadige maniakken,' zei Zane behulpzaam.

'Trek hem dan maar op,' zei Jommy.

Tad en Zane grepen de zware lier waarmee het net kon worden opgetakeld en begonnen eraan te draaien. Het ding was goed gesmeerd en bewoog gemakkelijk, en de kleine man bevond zich al snel twaalf voet hoger, met zijn hoofd boven de rand van de kade.

Jommy had zijn zwaard gepakt en wees naar een plek op de wal. 'Leg hem daar maar neer, jongens.'

Tad en Zane blokkeerden de lier zodat het net niet kon vallen en grepen de lange houten arm waarmee de lading kon worden gezwenkt. Toen ze de handelaar veilig boven de kade hadden gemanoeuvreerd, liet hij het net los en viel op het plaveisel.

Voordat Aziz eraan kon denken het weer op een lopen te zetten, duwde Jommy de punt van zijn zwaard tegen zijn keel. 'Zo. Je ging ons vertellen waar Jomo Ketlami is.'

Aziz hield zijn ogen neergeslagen. 'Je moet hem snel opzoeken en doden, en ook degenen die hem dienen, want als er nog een paar van die... moordenaars in leven blijven, ben ik zo goed als dood.'

'Dat was ons plan,' zei Jommy. 'Dus waar is hij?'

'Niet meer in de stad; dat had je mis. Hij kent meer doorgangen door de muren dan een rioolrat. Er zijn grotten in de heuvels boven het strand, een halve dag rijden naar het zuidwesten, en daar is hij ondergedoken.'

'En hoe weet jij dat?' vroeg Tad.

'Hij heeft me bericht gestuurd voordat hij vluchtte. Hij heeft me nodig. Zonder mij kan hij geen boodschappen versturen aan zijn trawanten in andere steden langs de Bitterzee. Ik moet overmorgenavond naar die grotten toe, want hij heeft mededelingen te doen aan zijn moorddadige broeders.'

'Ik denk dat we hem maar gewoon moeten vermoorden,' zei

16

Zane. 'Hij is er veel nauwer bij betrokken dan we dachten.'

'Nee,' zei Jommy, die zijn zwaard omhoog bracht toen Tad Aziz bij de schouder greep. 'Ik denk dat we hem mee moeten nemen naar de herberg om een praatje te maken met je vader, en dat we hém hierover laten beslissen.' Tegen de handelaar zei Jommy: 'Het maakt mij niet uit of je blijft leven of niet. Als ik jou was, zou ik dus maar wat moeite doen om ons ervan te overtuigen dat het beter is voor iedereen als je blijft leven.'

De man knikte.

'Kom mee,' zei Jommy. 'Als je tegen ons liegt, zullen je bastaardkinderen voor zichzelf moeten leren zorgen.'

'Ik zweer op hun hoofd dat ik alleen de waarheid vertel.'

'Nee,' zei Jommy. 'Zweer dat maar op je eigen hoofd, Aziz.'

Terwijl de zon in het westen onderging, liepen de vier mannen van de dokken naar de gierput die Durbin was.

Gewapende mannen bewogen zich geruisloos door de nacht. Voor hen lag een kleine grot, net groot genoeg voor één man tegelijk, half verborgen onder een overhangend klif, waar een heuveltje boven het strand was weggesleten door jarenlange erosie. Boven de grot zaten twee boogschutters, klaar om op iedereen te schieten die probeerde zonder toestemming de grot te betreden.

Er kwam mist aangerold vanaf de Bitterzee, en er was geen maan zichtbaar door de bewolking. De nacht was donker als een kolenmijn en de mannen rondom de grot konden elkaar amper zien.

Caleb, zoon van Puc, gebaarde naar zijn drie jongens dat ze moesten wachten. Achter hem stond zijn broer Magnus klaar om te reageren op een eventuele magische aanval. Een dozijn andere mannen stelden zich in een halve cirkel op bij een andere ingang naar de grot, honderd meter verderop op het klif.

De twee broers leken erg veel op elkaar. Ze waren lang, slank en sterk, met haren tot op hun schouders, een bijna koninklijke houding die ze van hun moeder hadden geërfd, en ogen die dwars door je heen leken te kijken. Het enige opvallende verschil was dat Caleb donkerbruine haren en ogen had, terwijl Magnus' haren lichtblond waren, in het zonlicht bijna wit, en zijn ogen heel lichtblauw. Caleb droeg jachtkleding, een tuniek en broek, kniehoge laarzen en een slappe hoed, terwijl Magnus gekleed was in een eenvoudige zwarte mantel waarvan de kap op zijn rug hing.

Caleb had samen met zijn broer het grootste deel van de nacht besteed om de handelaar Aziz te ondervragen. Magnus had geen speciale vaardigheden waarmee hij kon bepalen of de handelaar de waarheid vertelde, maar dat wist de handelaar niet. Na een eenvoudige demonstratie van Magnus' magische vaardigheden was Aziz ervan overtuigd dat de magiër een leugen van de waarheid kon onderscheiden. Magnus en Caleb waren voor zonsopgang hier aangekomen, en de twee broers hadden hun respectievelijke vaardigheden – spoorzoeken en magie – ingezet om er zeker van te zijn dat hun doelwit zich inderdaad in die grotten bevond. Net voor het licht werd waren er twee huurmoordenaars de grot uitgekomen, die een snelle ronde door de omgeving hadden gemaakt. Magnus had een levitatie-bezwering gebruikt om zijn broer en zichzelf honderd voet de lucht in te heffen toen de patrouillerende wachtposten boven op de heuvel aankwamen. In het donker was er, zelfs als de Nachtraven recht omhoog hadden gekeken, weinig kans dat Magnus en Caleb gezien werden.

Er was een eindje vanaf de kust een wachtpost gestationeerd, om te zorgen dat er niemand ontkwam terwijl Magnus terugging naar Kesh. Hij wilde Chezarul ophalen, een voormalig handelaar uit Kesh en een van de meest vertrouwde agenten van het Conclaaf, en zijn meest betrouwbare strijders. Dankzij zijn magische vaardigheden keerde Magnus binnen enkele uren terug. Bij zonsondergang waren ze deze grotten genaderd en na het donker hadden ze positie ingenomen. Ze schatten dat Jomo Ketlami zich verborg in een wirwar van grotten met minstens zes van zijn huurmoordenaars, wachtend tot Aziz kwam zodat de vluchtelingen een veilige overtocht vanuit Kesh konden regelen. En gezien de gebeurtenissen van de afgelopen maand waren dat ongetwijfeld de taaiste, meest doorgewinterde en fanatieke overlevenden van de Nachtraven.

Sinds de aanslag op de keizer door de tovenaar Leso Varen, leider van de Nachtraven, hadden soldaten van het rijk met de hulp van Keshische spionnen en agenten van het Conclaaf der Schaduwen elke mogelijke schuilplaats in Kesh doorzocht. Op keizerlijk bevel moesten de mannen die werden gevonden onmiddellijk worden geëxecuteerd.

Er werden gelijksoortige campagnes uitgevoerd in het Koninkrijk der Eilanden, net als in Roldem, Olasko en verschillende andere grote steden in de Oosterse Koninkrijken. Het Conclaaf was ervan overtuigd dat alle hoofdkwartieren inmiddels waren gevonden, op één na: de ultieme bron van deze moorddadige broederschap, waar hun grootmeester als een enorme spin midden in een web zat dat zich over een heel continent uitstrekte. En de man in de grotten slechts tientallen meters verderop wist waar het hoofdkwartier van het Gilde van de Dood was verborgen.

Caleb gebaarde. Een wachtpost die achter de boogschutters stond, stak een lantaarn aan en de mannen op het strand gingen behoedzaam de tweede grotopening binnen. Magnus had elke vaardigheid die hij bezat gebruikt om er zeker van te zijn dat er geen magische valstrikken op hen wachtten. Hij was minder zeker over aardse valstrikken. De twaalf mannen die de grot binnengingen, behoorden tot de vaardigste agenten van het Conclaaf in Kesh, en misschien wel tot de meest ervaren strijders in het rijk. Ze waren bereid, als dat nodig was, hun leven te geven om Midkemia eens en voor altijd te ontdoen van de Nachtraven.

Nog eens zes mannen namen stelling in voor de tweede grotingang, en twee extra boogschutters positioneerden zich boven op de kliffen. Hun bevelen waren duidelijk: verdedig je eigen leven, maar Jomo Ketlami moet levend gevangen worden genomen.

Caleb gebaarde naar zijn mannen dat ze richting de ingang van de kleinere grot moesten gaan, klaar om iedereen te onderscheppen die probeerde te vluchten. Met handgebaren, nauwelijks zichtbaar in het karige lantaarnlicht, liet hij hun weten dat ze klaar moesten gaan staan aan weerszijden van de grot. Hij gebaarde naar de man met de lantaarn, die het licht afschermde en het strand weer in duisternis hulde.

De minuten kropen traag voorbij, en nu klonken alleen het gebulder van de branding en af en toe de roep van een nachtvogel in de verte. Jommy knikte naar Caleb, die aan de andere kant van de grotingang wachtte, en draaide zich toen om om te zien hoe het met zijn twee jongere metgezellen ging. In het donker zag hij Tad en Zane ineengedoken achter zich tegen het klif zitten wachten. In de maanden dat hij nu bij hen woonde, had hij een band met hen gekregen, en hij merkte dat hij vaak de rol van oudste broer op zich nam. Hun familie had hem verwelkomd en een thuis gegeven, hoewel dat thuis verre van gewoon was; maar hij was het buitengewone gaan accepteren als normaal sinds hij Caleb en zijn adoptiezonen had ontmoet. Jommy wist dat hij zijn leven zou geven om hen te beschermen, en dat elk van hen bereid was zijn leven voor hém te geven.

Plotseling klonk er binnen een schreeuw, meteen gevolgd door de geluiden van gevechten. De eerste huurmoordenaar die de grot uit kwam rennen, werd begroet met de platte kant van Calebs zwaardkling in zijn gezicht. Het bloed spoot al uit zijn gebroken neus toen Jommy hem met het gevest van zijn zwaard tegen de zijkant van zijn hoofd sloeg. Zane greep de verdoofde moordenaar bij zijn kraag en trok hem met brute kracht aan de kant.

Een tweede moordenaar zag zijn collega vallen, al kon hij dan niet precies zien wat er gebeurde in het donker, en aarzelde voor hij met zijn zwaard in de aanslag naar voren sprong. Caleb kon nog net een zwaardwond in zijn zij voorkomen, en zijn tegenaanval kletterde als een alarmbel. Jommy stapte naar voren om de man een klap op zijn hoofd te verkopen. Hij voelde een harde ruk aan zijn tuniek en besefte dat hij, toen hij voor de grotingang langsliep, bijna was doorboord door het wapen van een andere moordenaar. Er brandde iets in zijn onderrug toen de zwaardvechter zijn wapen terugtrok. Jommy negeerde de pijn en sloeg met het gevest van zijn zwaard op het achterhoofd van de man die tegenover Caleb stond. Het brandende gevoel in zijn onderrug hield aan, doordat de zwaardvechter achter hem nog altijd probeerde zijn wapen te ontworstelen aan Jommy's tuniek.

Caleb stak zijn linkerhand uit, greep Jommy bij zijn hemd en trok er hard aan om hem buiten gevaar te brengen. Zane hield zich bezig met de man die probeerde Jommy te vermoorden, toen een andere man langs hem heen sprong en het strand op rende.

'Hou hem tegen!' riep Caleb.

Een sissend geluid vulde de nacht, alsof de bliksem vlakbij insloeg, en een schicht energie sprong van Magnus' hand. De grotingang en het strand baadden in een verblindende blauwe gloed toen er een bol van energie achter de vluchtende man aan ging en hem binnen een tel inhaalde. De man schreeuwde en viel, zijn lichaam schokkend van pijn terwijl kleine kronkelende schichten over zijn bovenlichaam dansten. De magische aanval ging gepaard met sinister knetterende en sissende geluiden.

Caleb en Magnus haastten zich naar de gevallen man toe, terwijl de jongens en de andere agenten van het Conclaaf de overige huurmoordenaars te lijf gingen.

'Ik kom naar buiten!' riep een bekende stem, en even later kwam Chezarul de grot uit. 'Hoe hebben we het gedaan?' vroeg hij.

Toen Caleb bij de gevallen man was aangekomen, schreeuwde Jommy: 'Licht!'

Twee lantaarns, een boven hen en een andere een stukje verderop langs het strand, gingen aan en ze zagen de man op het zand kronkelen terwijl het energieschouwspel vervaagde. 'Bind hem vast voordat ik de bezwering loslaat. Dan kan hij geen vergif gebruiken dat hij misschien bij zich heeft. Fouilleer hem grondig,' zei Magnus.

Caleb keek neer op de man die hij al weken zocht. Jomo Ketlami's gezicht was verwrongen van de helse pijnen. Zijn vuisten zwaaiden nutteloos door de lucht, zijn ellebogen hield hij strak tegen zijn lichaam geklemd. Zijn rug was gekromd en zijn benen schopten zwakjes op het zand. Caleb doorzocht snel de kleding van de man en vond twee gifpillen en een amulet, het ijzeren embleem van de Nachtraven dat ze inmiddels zo goed kenden. Hij trok een touw uit zijn riembuidel, draaide de trillende man om alsof hij een geveld hert was, en bond hem ook als zodanig vast.

'Controleer zijn mond,' opperde Magnus.

'Ik heb meer licht nodig.'

Er werd een lantaarn gehaald, die vlak boven Ketlami's gezicht werd gehouden. Caleb greep de kaken van de gevangene met zijn rechterhand vast en dwong zijn mond open. 'Aha, wat is dit?'

Hij stak zijn linkerhand uit, en iemand legde er een ijzeren tang in. Caleb reikte er snel mee in Ketlami's mond en trok hem een kies uit. Het gejammer van de gevangene werd luider, maar verder kon hij niets doen tegen de trekkerij. 'Holle kies.' Caleb stond op en zei tegen Magnus: 'Je kunt hem nu wel loslaten, denk ik.'

Magnus beëindigde de bezwering en de gevangene viel slap achterover, hijgend als een uitgeputte hond.

Chezarul kwam aanlopen. 'Twee zijn er dood, een van hen zal de ochtend niet halen, maar drie man zijn bewusteloos en gekneveld.'

Caleb knikte. 'Controleer hen ook op vergif.' Hij keek naar Jommy. 'Je bent gewond.'

'Ik heb ze wel erger gehad,' zei de jongeman grijnzend. 'De laatste keer dat ik de zwaarden kruiste met Claudius Haviks heeft hij me drie keer verwond, en hij deed niet eens zijn best.'

Caleb keek naar de steeds groter wordende bloedvlek op Jommy's tuniek. 'Laat je verzorgen, jongen, anders doet Marie me wat.'

Jommy knipoogde naar Tad en Zane terwijl ze zich bij de anderen aansloten die bij hun gevangene stonden. 'Je moeder zorgt wel voor me, hè?'

22

Tad trok een gezicht. 'Volgens mij vindt ze jou het aardigst.'

Zane knikte. 'Echt wel.'

Jommy's grijns werd breder. 'Dat komt doordat jullie haar al je hele leven hoofdpijn bezorgen. Ik erger haar pas een paar maanden. Ze zal me snel genoeg beu zijn.'

Magnus keek zijdelings naar de lange, roodharige jongen. 'Dat geloof ik ook,' zei hij. Jommy had zich snel geliefd gemaakt op Tovenaarseiland en had zich meteen thuis gevoeld in Calebs geadopteerde gezin. In diverse lastige situaties had hij bewezen dat hij taai was, loyaal en bereid om risico's te nemen voor anderen, maar hij scheen nooit zijn gevoel voor humor kwijt te raken.

Tad liep naar Ketlami toe, die nu roerloos lag te kreunen en zachtjes vloekte. 'En nu?'

'We moeten hem naar vader brengen,' zei Caleb. Toen wendde hij zich tot Chezarul. 'Neem de drie gevangenen mee naar de stad en probeer zo veel mogelijk informatie uit hen te krijgen. Dit zouden de laatste Nachtraven in Durbin moeten zijn, maar de kans bestaat dat er nog een paar achterblijvers zitten. Dus pers elke laatste druppel waarheid uit ze, en zorg er dan voor dat ze de wereld niet langer tot last zijn.'

Chezarul knikte eenmaal en gaf opdrachten aan zijn mannen.

Magnus haalde een bol onder zijn mantel vandaan. 'Jongens, kom bij me staan.' Hij stond pal naast Ketlami, Caleb pakte een stuk tuniek van de man vast en greep met de andere de zoom van Magnus' zwarte mantel. Jommy legde een hand op Magnus' schouder, terwijl Tad en Zane dicht achter Caleb gingen staan.

Magnus drukte op een knop op de bol en plotseling verdwenen ze. Chezarul en zijn mannen bleven op het verlaten strand achter om het laatste bolwerk van de Nachtraven in Durbin – en als ze geluk hadden in heel Groot Kesh – op te ruimen.

2

ORAKEL

De gevangene keek opstandig en woest om zich heen. Jomo Ketlami hing aan een stel boeien aan de stenen muur. Zijn kleren waren van hem afgesneden om hem van zijn waardigheid te ontdoen, maar Puc had het vooral nodig gevonden omdat zijn donkere lichaam was getatoeëerd met magische symbolen – zwart, wit, rood en geel – waarvan sommige afweren waren.

Hij was een gespierde man. De drie jongens achter in de ruimte hadden de indruk dat hij misschien wel sterk genoeg was om de ijzeren ringen uit de muur te trekken. Zijn hoofd was volledig kaalgeschoren en glansde van het zweet. Hij had de nek en schouders van een worstelaar en zijn blote borst was een en al spier. Zijn zwarte ogen toonden geen spoor van angst. Ketlami grauwde toen hij zijn gevangennemers tegenover zich zag.

Zes bewakers waren voor de deur gestationeerd en Magnus stond binnen op wacht, voor het geval iemand een magische aanval beraamde om Ketlami te redden of hem het zwijgen op te leggen. Caleb en de jongens stonden tegen de andere muur, zodat ze niemand voor de voeten liepen. Twee mannen kwamen de kamer binnen.

Het waren Puc en Nakur.

'Waar is Bek?' vroeg Magnus.

'Buiten, voor als ik hem nodig heb,' zei Nakur. 'Hij hoeft dit niet te zien.'

In Magnus' blik op zijn broer was een stilzwijgende vraag te zien: *Maar deze jongens wel?* Caleb knikte eenmaal. Magnus keek zijn broer onderzoekend aan en knikte toen een keer terug. De jongens hadden zich tot nu toe bewezen, door een ijzeren wil aan de dag te leggen als het nodig was. De roekeloosheid die bij de jeugd hoorde, werd ondertussen al snel vervangen door een nuchterdere kijk op de werkelijke gevaren waar ze tegenover stonden, en Magnus en Caleb zagen dat hun jeugdige overmoed plaats begon te maken voor werkelijke moed. Maar een gevecht was iets anders dan een marteling.

Een tijdlang sprak niemand, maar toen schreeuwde Ketlami tegen Puc: 'Je kunt me net zo goed meteen vermoorden, tovenaar! Ik heb gezworen dat ik de geheimen van het Gilde meeneem naar Lims-Kragma!'

Puc zei niets maar draaide zich om naar de deur toen nog twee mannen het kleine vertrek binnenkwamen. De jongens schoven naar de linkerkant van de achterste muur om de nieuwkomers de ruimte te geven.

Een van de mannen droeg een zwartleren kap en een vale tuniek vol oude vlekken. Tad keek naar zijn twee metgezellen en wist meteen dat ook zij zagen wat voor vlekken dat waren. De folteraar liep door naar de gevangene, en de tweede man ging naast Puc staan.

De man naast Puc was onopvallend en had een gemiddelde lengte, bruin haar, en droeg een hemd en broek zoals die van een handelaar of boer. Aan zijn voeten droeg hij bescheiden leren laarzen. Hij staarde naar de gevangene, die zich plotseling omdraaide en zijn blik met hem kruiste. Ketlami's ogen werden groot. Even later sloot hij zijn ogen en trok er een blik van pijn over zijn gezicht. Er verschenen nog meer zweetdruppeltjes op zijn voorhoofd en hij bracht een dierlijk soort grom uit, half pijn, half ergernis. 'Ga uit mijn kop!' schreeuwde hij. Toen, met een triomfantelijk gezicht, lachte hij en zei tegen de nieuwkomer: 'Je zult wat beters moeten verzinnen!'

Puc keek de andere man aan met een onuitgesproken vraag. De onopvallende man knikte een keer en richtte zijn blik toen weer op Ketlami. 'Begin,' zei Puc.

De folteraar zette een snelle stap vooruit en ramde zijn vuist in Ketlami's maag. Hij stapte achteruit toen de gevangene een kreet slaakte en de tranen hem in de ogen sprongen. Even later haalde Ketlami diep adem en vroeg: 'Een pak rammel? Goh, en nu? Hete poken en tangen?'

De beul sloeg Ketlami nog eens in zijn buik, maar deze keer gaf hij twee snelle stompen, waarna plotseling de maaginhoud van het lijdend voorwerp op de vloer lag.

Jommy's gezicht stond grimmig toen hij naar zijn vrienden keek. Alle drie de jongens waren getraind in handgevechten, en een van hun eerste lessen was geweest dat ze twee snelle slagen op de maag moesten richten. Een sterke man kon één klap best aan, maar met twee snelle stompen, waarbij de tweede kwam voordat de maagspieren zich helemaal konden herstellen van de eerste, sloeg hij dubbel en kwam zijn laatste maaltijd weer boven.

Magnus, Caleb, Puc en Nakur keken onverstoorbaar naar de brakende Ketlami. De eerste vernedering was maar een begin om de man langzaam te breken en te ontdekken wat ze moesten weten: de schuilplaats van de grootmeester van de Nachtraven.

Iedereen zweeg toen de beul Ketlami met de rug van zijn hand in het gezicht sloeg. Het was meer een beledigende klap dan een schadelijke, die enkel wat meer tranen in de ogen van de gevangene bracht en hem nog opstandiger maakte. Caleb draaide zich om en fluisterde tegen de jongens: 'Het zal wel even duren voor hij zich echt hopeloos gaat voelen. Hij is sterk, en bovendien fanatiek.'

De drie jongens bleven zwijgend staan, en hun grimmige gezichtsuitdrukking weerspiegelde de gebeurtenis waar ze getuige van waren. De beul was methodisch en scheen geen haast te hebben. Hij sloeg de gevangene herhaaldelijk en wachtte dan weer een tijdje, alsof hij Ketlami op adem liet komen. Hij sloeg hem in het gezicht, op zijn bovenlichaam, zijn benen.

Na bijna een halfuur kalmpjes slaan, hing Jomo Ketlami in zijn ketenen en kon niet meer staan. Hij leek op het randje van bewusteloosheid te verkeren.

'Breng hem bij,' zei Puc.

De folteraar knikte en liep naar de andere hoek van de kamer, waar een tafel stond met diverse zakken en instrumenten erop. Hij opende een van de zakken, haalde er een klein flesje uit, stapte naar de slaphangende Ketlami toe, maakte het flesje open en hield het onder zijn neus. Ketlami's hoofd kwam met een ruk omhoog en iedereen hoorde zijn scherpe ademteug, gevolgd door een zwak gekreun.

'Waar zit je meester?' vroeg Puc hem.

Ketlami keek op naar Puc. Allebei zijn ogen waren bijna dichtgezwollen en zijn lip bloedde. Hij kon nauwelijks spreken, maar bleef opstandig kijken. 'Je breekt me nooit, tovenaar. Vermoord me maar meteen.'

Puc keek naar de man die naast hem stond en lichtjes zijn hoofd schudde. 'Ga door.'

De folteraar stopte het flesje terug in de zak en ging toen weer voor de gevangene staan. Ketlami keek hem woest aan. De man bracht plotseling zijn knie omhoog en raakte de Nachtraaf vol in het kruis. Ketlami zakte volledig ineen en bleef een tijdje in zijn boeien hangen, happend naar adem.

En de afranseling ging door.

Na dik twee uur had Tad het gevoel dat hij zelf ook ieder moment kon instorten. Bij elke klap kromp hij zichtbaar ineen. Caleb merkte het ongemak van zijn adoptiezoon op en wenkte hem mee de kamer uit. Met een zwaai van zijn hand droeg hij Jommy en Zane op om binnen te blijven.

Buiten, in een lange gang met wachters aan weerszijden, zat Ralan Bek ineengedoken met zijn rug tegen de muur. De merkwaardige, gevaarlijke jongeman was toevertrouwd aan Nakur en scheen daar tevreden mee te zijn.

'Is alles goed met je?' vroeg Caleb aan Tad.

Tad haalde diep adem en liet de lucht langzaam weer ontsnappen. 'Niet echt,' antwoordde hij. 'Ik heb wel eens gevechten gezien, zoals je weet, maar dit...'

'Is anders,' maakte zijn stiefvader voor hem af.

Tad haalde nog eens diep adem. 'Ik weet wat hij is, maar...'

Caleb keek Tad in de ogen. 'Het is bruut, het is smerig, en het is nodig. Je weet wat hij is: hij zou jou vermoorden zonder met zijn ogen te knipperen. Daarna zou hij mij vermoorden, je moeder, wie dan ook, en vervolgens rustig gaan slapen. Hij is je gewetensbezwaren niet waard.'

'Dat weet ik, maar ik heb gewoon het gevoel dat...'

Caleb sloeg in een onkarakteristiek teder gebaar plotseling zijn armen om Tad heen en omhelsde hem stevig. 'Ik weet het; geloof me, ik weet het.' Hij liet zijn stiefzoon los. 'Er gaat hierdoor iets verloren, en ik betwijfel of het wel iets is wat we kunnen terugkrijgen.

Maar onze tegenstanders hebben niets dan kwade bedoelingen met mensen van wie wij houden, en we moeten ze een halt toeroepen. Dit gaat nog wel een tijdje duren. Als we onze bijzondere middelen niet hadden, zou het zelfs dagen kunnen duren. Maar deze man zal ons binnen een uur of twee geven wat we willen weten. Als je wilt, mag je hier buiten wachten.'

Tad dacht er even over na en schudde toen zijn hoofd. 'Nee. Op een dag moet ik dit misschien zelf ook doen.'

Caleb knikte, wetend dat zowel Jommy als Zane dat aspect van de les niet had meegekregen. 'Ja, dat is helaas mogelijk.'

Ze keerden terug naar de kamer, waar de beul Ketlami nog eens bijbracht. Caleb en Tad namen hun plek naast de anderen weer in, en Zane fluisterde: 'Hij kan het toch vast niet veel langer uithouden?'

Caleb fluisterde terug: 'Mensen zijn een stuk weerbarstiger dan je denkt als ze echt in hun zaak geloven. Deze man is een gestoord beest, maar hij denkt dat hij een hoger doel dient en dat maakt hem heel moeilijk te breken. Praat maar eens met Claudius Haviks...' Toen herinnerde hij zich de verhalen van zijn eigen vader over zijn jaren in een Tsuraniwerkkamp, 'of met je opa over wat mensen kunnen verdragen. Ik wed dat je verbaasd zult zijn.'

De aframmeling ging nog bijna een uur door, tot de beul plotseling ophield. Hij keek zonder een woord te zeggen naar

Puc, en de magiër knikte. Toen wendde Puc zich tot de man naast zich, die een nietszeggend gebaar maakte.

'Geef hem wat water,' zei Puc. De beul gehoorzaamde en liet de gevangene drinken uit een koperen kom. Het water scheen Ketlami goed te doen en hij spuugde in het gezicht van de folteraar. De onverstoorbare man met de zwarte kap veegde enkel het spuug af en keek naar Puc voor instructies.

Puc vroeg nog eens: 'Waar is je grootmeester?'

'Dat zal ik je nooit vertellen,' zei Ketlami.

De man naast Puc greep zijn onderarm. 'Ik heb het,' zei hij zachtjes.

'Weet je het zeker?' vroeg Nakur.

'Ja,' antwoordde de man.

Puc haalde diep adem en keek toen naar Ketlami, wiens verwrongen gezicht zijn kwaadaardige blik niet kon verhullen. Toen zei Puc zachtjes: 'Maak het af.'

Zonder aarzelen haalde de beul met een snelle beweging een scherp mes achter zijn riem vandaan en sneed in een enkele neerwaartse boog een slagader in de keel van Ketlami door. Het bloed spoot de lucht in en Ketlami's ogen werden heel even groot van schrik. 'Wat...'

Toen vulde zijn mond zich met bloed en zakte zijn hoofd voorover.

Nakur wendde zich tot de drie jongens. 'Als je de bloedtoevoer naar het hoofd onderbreekt, is het slachtoffer bewusteloos voor hij zelfs maar in de gaten heeft dat hij gestoken is. Het lijkt een slachting, maar het is vriendelijker dan elke andere messteek die ik ken.'

'Vriendelijk of niet, dood is dood,' fluisterde Jommy.

Puc gebaarde dat iedereen kon vertrekken, terwijl de beul Ketlami's lijk begon los te maken.

Toen de anderen de gang in kwamen lopen, stond Bek op. 'Gaan we nu? Ik verveel me.'

Nakur knikte. 'We hebben snel genoeg nog meer bloedig werk te doen.' Hij wendde zich tot Puc. 'We zien je boven,' zei hij, en nam Bek mee.

De kamer waar de marteling had plaatsgevonden, bevond zich in de kelder van een van Chezaruls pakhuizen aan de rand van de stad Kesh. Magnus had de nu dode Nachtraaf hierheen gebracht omdat er mogelijk nog andere agenten konden zijn in Durbin. Ze waren er bijna zeker van dat het Conclaaf de Nachtraven in Groot Kesh had uitgeroeid, maar bijna zeker was niet helemaal zeker.

Puc wendde zich tot de man die naast hem had gestaan en vroeg: 'Waar?'

'Kasteel Cavell.'

Puc trok een peinzend gezicht, alsof hij zich iets probeerde te herinneren. 'Ik weet het nog,' zei hij uiteindelijk. 'Dank je,' zei hij tegen de man, en gebaarde dat hij en de wachters konden vertrekken. Na een tijdje waren alleen Magnus, Caleb en de jongens nog in de gang.

'Wie was die man, vader?' vroeg Caleb.

'Joval Delan. Hoewel hij geen lid is van het Conclaaf, is hij ons wel een of twee gunsten schuldig. Hij is de beste menselijke gedachtelezer die ik ooit heb ontmoet, maar in plaats van zijn gave voor een bepaalde zaak in te zetten, houdt hij hem verborgen tot hij er winst mee kan maken.' Hij keek naar de rug van de weglopende man. 'Jammer. Hij zou ons veel kunnen leren. Hij wist dat Ketlami sterke afweren zou hebben om te voorkomen dat zijn gedachten werden gelezen, maar dat hij uiteindelijk toch zou denken aan wat hij wilde verbergen.' Puc keek naar de drie jongens en voegde eraan toe: 'Vandaar die afranseling. Ken je nog dat kinderspelletje waarbij je zegt "Niet aan die draak in de hoek denken"? Je kunt jezelf dwingen een heel lange tijd niet aan iets te denken als je ervoor bent opgeleid en de fysieke en mentale middelen ervoor hebt, maar als je maar genoeg onder druk wordt gezet, dan komt dat wat je wilt verbergen uiteindelijk toch in de geest boven.' Tegen zijn zoon zei hij: 'En daarom weten we nu dat de grootmeester van de Nachtraven zich verborgen houdt in Kasteel Cavell.'

'Kasteel Cavell?' vroeg Caleb. 'Ik ken een dorp dat Cavell heet, ten noorden van Lyton, maar een kasteel?'

'Verlaten,' zei Puc. 'Hoog in de heuvels boven de weg. Van een afstand valt het niet op tussen de rotsen; je ziet het pas vanaf de weg of de rivier en alleen als je ernaar op zoek bent. Het is een eindje vanaf het dorp. Je moet het willen vinden.

De laatste baron Corvallis weigerde er te wonen... Maar dat is een lang verhaal; ik vertel het jullie wel een andere keer. Wat ik wel weet, is dat het oude kasteel ooit werd gebruikt om een flink deel van de handelsroute tussen Lyton en Sloop te bewaken. Baron Corvallis' dochter trouwde met een man uit Lyton, een burger geloof ik, en de koning liet die titel in onbruik raken. De graaf van Sloop kreeg dat gebied onder zijn bewind, ook al lag het dichter bij Lyton. Hoe dan ook, het oude kasteel werd meer dan een eeuw geleden al in verband gebracht met activiteiten van de Nachtraven. Een van mijn studenten, Owyn Belefote, maakte samen met prins Arutha's man Robert een einde aan die specifieke dreiging voor de regio.'

Puc tikte met zijn wijsvinger tegen zijn kin en dacht even na. 'Ze moeten hebben gedacht dat er voldoende tijd was verstreken en dat ze die plek wel weer konden gebruiken. Dat was ook een slimme keus: niemand gaat erheen, zelfs de dorpelingen niet vanwege hun bijgeloof, en het is een lastig te bereiken plek. Zolang mensen denken dat het verlaten is, waarom zouden ze dan moeite doen?'

'Gaan we naar Lyton?' vroeg Caleb.

'Nee,' zei Puc. 'Ik geef deze klus aan Nakur. Hij is nogal dik met hertog Erik, en ik vind ook dat het koninkrijk deze uiteindelijke confrontatie op zich zou moeten nemen.' Hij keek Magnus aan. 'Ik stuur jou echter wel met Nakur mee, gewoon om er zeker van te zijn dat Erik voldoende bescherming heeft tegen de magie die de Nachtraven eventueel nog tot hun beschikking hebben. Je weet dat ik er binnen enkele tellen kan zijn als je me nodig hebt. Ik zal je moeder vragen op bezoek te gaan bij de Assemblee om te kijken hoeveel vooruitgang ze boeken met de talnoy.'

Magnus knikte en glimlachte droog. 'We weten hoe de Grootheden van het Rijk dat op prijs stellen.'

Puc glimlachte, de eerste keer in dagen dat hij niet grimmig keek. Zijn stem klonk enigszins geamuseerd toen hij zei: 'Ze hebben nog steeds moeite met vrouwelijke magiërs in het algemeen, maar jouw moeder... Ik zal haar zeggen dat ze op haar manieren moet letten.'

Magnus' glimlach werd breder. 'En sinds wanneer doet moeder wat jij haar opdraagt?' Pucs grimas bewees dat de opmerking van zijn zoon raak was. 'Zal ik Nakur zeggen dat hij zich voorbereidt?'

'Nakur is altijd voorbereid om te reizen; dat heeft hij nog over uit zijn tijd als gokker. Ik zie je over een paar minuten boven; ik wil nog even praten met Caleb en de jongens.'

Magnus vertrok en Puc wendde zich tot de jongelingen. 'Dat was bloederig,' zei hij.

Jommy keek naar Tad en Zane. 'Jawel, maar hij verdiende het.'

Puc legde zijn hand op Jommy's schouder. Hoewel hij niet echt een geadopteerde kleinzoon was zoals Tad en Zane, was Puc gesteld geraakt op de koene, roodharige jongen en behandelde hij hem net als de anderen. 'Niemand verdient het om zo te worden mishandeld, Jommy.' Hij keek naar Zane en toen naar Tad voor hij zijn blik weer op Jommy richtte. 'Sommige mensen verdienen de dood voor wat ze hebben gedaan, maar leed veroorzaken leidt meer tot pijn bij jezelf dan bij de man die je wilt laten lijden.' Hij keek van het ene gezicht naar het andere. 'Wat ons beter maakt dan onze tegenstanders, is dat wij ons ervan bewust zijn als we kwade dingen doen. En we zouden er misselijk van moeten worden. Zelfs als we het rechtvaardigen door te zeggen dat we een groter goed dienen, of dat het nodig is.' Hij keek naar de deur, waar de beul Ketlami's lijk klaarlegde om te worden afgevoerd, en voegde eraan toe: 'Dat is de prijs die we betalen. En hoewel het nodig is, worden we er wel minder door.' Hij keek elk van de jongens om beurten aan. 'Je enige troost is te weten dat als je hier geen deel van uitmaakte, je geliefden veel meer risico zouden lopen.'

Hij wendde zich tot Caleb. 'Ik bedenk me net dat jij en Marie niet veel tijd alleen hebben gehad sinds jullie zijn getrouwd.'

Caleb glimlachte spijtig. 'Een feit waar ze me af en toe wel aan herinnert, hoewel ze nauwelijks klaagt, vader.'

'De zaken zijn wel een tijdje onder controle. Kaspar is in Novindus met Rosenvar en Jacob, en Nakur en Magnus gaan naar het Koninkrijk om zich bezig te houden met de Nachtraven. Op dit moment hebben we jou niet nodig.'

Caleb keek zijn vader vragend aan. 'En?'

'Ik stel voor dat je naar huis gaat en je moeder vraagt om de bol die we gebruiken wanneer we naar ons eigen kleine toevluchtsoord gaan. Het stelt niet veel voor – een eilandje van de Avondroodeilanden – maar er staat een huisje, van alles voorzien, en jullie kunnen er een paar dagen alleen zijn.'

'Klinkt heerlijk. En deze drie dan?'

Puc glimlachte. 'Stuur ze maar mee naar Claudius. Ze kunnen logeren in het Rivierhuis, een week of twee de kost verdienen en hun zwaardkunst verbeteren.'

Zane grijnsde. 'Het Rivierhuis!'

Jommy klopte zijn vriend op zijn buik. 'Ik dacht dat je die kwijt wilde?' Het Rivierhuis was het beste restaurant in Opardum, en volgens sommigen zelfs de beste eetgelegenheid ter wereld. Zane had een voorliefde ontwikkeld voor goed eten sinds zijn moeder met Caleb was getrouwd en hij beter voedsel had leren kennen dan hij als kind te eten had gekregen.

'Ik zal wel extra hard werken, vertrouw me,' antwoordde de forse jongeman.

'Nou, ik ben ervan overtuigd dat Claudius en zijn vrouw meer dan genoeg voor je te doen zullen hebben.'

'En jij, vader?' vroeg Caleb.

'Ik moet een reisje maken, een kort reisje, maar ik heb het al veel te lang uitgesteld. Zeg tegen je moeder dat ik met een dag of wat weer thuis ben, maar laat haar niet op me wachten; ze moet naar Kelewan gaan en kijken hoe de Assemblee vordert met de talnoy.'

Ze omhelsden elkaar, Puc zwaaide ten afscheid naar hen vieren en verdween.

Jommy schudde zijn hoofd en zoog zijn adem tussen zijn tanden door. 'Jemig, ik zal er nooit aan wennen om mensen zomaar te zien verdwijnen!'

Caleb lachte. 'Je went nog aan een heleboel dingen voor je klaar bent, jongen.' Hij trok een bol onder zijn tuniek vandaan. 'We gaan naar huis, en dan gaan jullie drieën naar Opardum!'

Tad keek de martelkamer in en zei: 'Ik ben blij dat dit gedeelte achter de rug is, dat is zeker.'

Zonder nog een woord te zeggen, legden ze ieder een hand op de schouder van de ander, terwijl Caleb de bol activeerde en ook zij verdwenen.

Een enorme aanwezigheid was gehuld in duisternis, de vorm ervan nauwelijks herkenbaar in het vage licht dat van een enkele lantaarn in een nis in de tegenoverliggende muur kwam.

Een stem sprak zonder geluid: *Welkom, Puc van Schreiborg.*

Puc glimlachte en sprak hardop: 'Zo ben ik al jaren niet meer genoemd, vrouwe.' Hij wist dat de aanwezigheid niet stond op titels en dat de titel die hij koos nauwelijks passend was, maar hij voelde de behoefte om zijn respect te tonen.

'Zoals je wilt, magiër,' zei de lage stem. 'Wil je meer licht?'

'Dat zou plezierig zijn,' antwoordde Puc.

Plotseling baadde de ruimte in het licht, alsof de zon door glazen muren naar binnen scheen. Puc keek om zich heen, want hij was hier al in geen jaren meer geweest. Het was een grot, diep onder de stad Sethanon, waar Tomas een verschijning had verslagen die was opgeroepen door de drakenheerser Drakin-Korin. Puc en anderen hadden hier gestreden om een scheuring te sluiten die het hele koninkrijk dreigde te vernietigen, of misschien wel de hele wereld van Midkemia.

Het wezen voor hem had het lichaam van de grote draak Ryath, maar de geest die erin huisde, was die van een heel oud wezen: het Orakel van Aal. Tijdens die heldhaftige strijd had de draak alles gegeven om een opperdrocht te verslaan, en er was ongelooflijk krachtige magie voor nodig geweest om een vonk van leven in het lichaam te houden nadat de geest ervan was gevlucht, zodat het Orakel een levende gastheer had. De natuurlijke schubben van de draak waren weggevaagd en een provisorische oplossing had er een wezen van ongelooflijke pracht van gemaakt. De schatten van de grote drakenheerser, die eeuwen eerder onder de stad waren verstopt, hadden de edelstenen geleverd die waren gebruikt om de beschadigde schubben te vervangen. Hierdoor was een wezen ontstaan van ongeëvenaarde schoonheid en macht in deze wereld: een grote draak vol edelstenen. Het licht danste over de facetten van duizenden stenen en het wezen leek te glinsteren alsof het bewoog, zelfs wanneer ze bewegingsloos rustte.

'Is de cyclus van vernieuwing goed verlopen?' vroeg Puc.

'Ja,' antwoordde het Orakel. 'De cyclus van jaren is voltooid en ik bezit al mijn kennis weer.' Ze stuurde een mentale oproep uit, en twaalf mannen in witte mantels kwamen de ruimte binnen. 'Dit zijn mijn metgezellen.'

Puc knikte. Deze mannen waren de aard van de grote draak van Sethanon gaan begrijpen en hadden vrijwillig hun vrijheid opgegeven, in ruil voor een levensduur die vele malen langer was dan normaal en voor de eer om een groter goed te dienen.

Want het Orakel was meer dan een eenvoudige ziener. Ze bezat de mogelijkheid om vele mogelijke uitkomsten te voorzien die uit een enkele keus konden voortkomen, en ze kon degenen die ze vertrouwde waarschuwen voor ophanden zijnd gevaar. En ze had in niemand op deze wereld zoveel vertrouwen als in Puc. Zonder zijn inmenging zou het ras van Aal – misschien wel het oudste ras in het heelal – een eeuw daarvoor al zijn uitgestorven. Puc knikte naar de metgezellen van het Orakel, en ze beantwoordden zijn groet op dezelfde manier.

'Weet je waarom ik hier ben?' vroeg Puc.

'Er nadert een grote dreiging, sneller dan je denkt, maar...'

'Maar wat?' vroeg Puc.

'Het is niet wat je denkt dat het is.'

'De Dasati?'

'Zij zijn erbij betrokken en zijn op dit moment de voornaamste oorzaak, maar er zit een veel groter gevaar achter.'

'De Naamloze?'

'Groter nog.'

Puc was stomverbaasd. Wat hem betrof kon er niets 'groter' in het heelal zijn dan de Hogere Goden. Hij vermande zich. 'Hoe kan er een grotere dreiging zijn dan de Naamloze?'

'Ik kan je alleen dit vertellen, Puc van Schreiborg: in het uitspansel van tijd en ruimte overstijgt de strijd tussen goed en kwaad al het andere. Wat jij ziet, is maar het kleinste deeltje van die strijd. Het is leeftijdsloos, begonnen voor de eerste Aal zich ontworstelde aan de modder van onze thuiswereld, en het zal aanhouden tot de laatste ster is uitgedoofd. Het maakt deel uit van de structuur van de realiteit zelf, en alle wezens bevinden zich binnen in dat conflict, zelfs als ze zich er niet van bewust zijn.

Sommige wezens krijgen een heel leven van vrede en veiligheid toegemeten, terwijl anderen onophoudelijk strijd moeten leveren. Sommige werelden zijn bijna paradijselijk, terwijl het op andere een constante hel is. Elk ervan is op zijn eigen manier deel van een veel groter evenwicht, en als zodanig is elk ervan een vitaal strijdperk in deze strijd. Vele werelden zijn in evenwicht.' Het Orakel zweeg even en vervolgde toen: 'Sommige werelden balanceren op de rand.'

'Midkemia?'

De grote drakenkop knikte. 'Jouw levensduur is lang, vergeleken met die van andere stervelingen, maar in deze strijd gebeurt dat wat naar deze wereld komt in de tijd die het een god kost om met zijn ogen te knipperen.

Midkemia is al te lang verstoken gebleven van de invloed van de Godin van het Goede. Wat jij en je Conclaaf zijn begonnen, stompt de inspanningen van de Naamloze al meer dan een eeuw af.

Maar hij ligt te slapen, en zijn trawanten zijn enkel dromen en herinneringen; machtig in jouw ogen, maar niets vergeleken met wat er zou komen als hij wakker zou worden.'

'Is hij bezig om wakker te worden?'

'Nee, maar zijn dromen zijn koortsiger, en zijn strijd wordt

36

voortgezet door een ander, een wezen dat nóg machtiger en dodelijker is.'

Puc stond versteld. Hij kon zich geen wezen voorstellen dat machtiger en dodelijker was dan de God van het Kwaad. 'Wat voor wezen kan er nu...' Hij kon zijn vraag niet afmaken.

'De Duistere God van de Dasati,' zei het Orakel.

Puc verscheen in zijn werkkamer. Hij keek snel rond om te zien of hij alleen was, want zijn vrouw ging hier vaak in een hoekje zitten om rustig te lezen als hij er niet was. Hij was ontdaan door wat het Orakel hem had verteld. Hij had gedacht dat hij een ervaren man was, iemand die rampzalige gebeurtenissen had meegemaakt en had overleefd, iemand die talloze verschrikkingen had gezien maar toch had standgehouden, iemand die de Dood in haar eigen paleis tegemoet was getreden en was teruggekeerd naar de wereld van het leven. Maar dit ging zijn verstand te boven en hij voelde zich overstelpt. Op dit ogenblik wilde hij het allerliefst ergens een rustig plekje opzoeken en dan een week lang slapen. Maar hij wist dat die gevoelens alleen voortkwamen uit de schok die hij had gekregen, en dat ze snel zouden verdwijnen als hij zich richtte op de problemen die voor hem lagen. Ah, maar daar zat 'm de kneep, zoals het oude gezegde ging: waar moest hij beginnen? Met een probleem dat zo immens was als waar het Conclaaf nu voor stond, voelde hij zich als een zuigeling die met zijn kleine knuistjes een enorme berg moest verzetten.

Hij liep naar een kast in de hoek en opende die. Er stonden verschillende flessen in, een ervan met een sterke drank die Caleb vorig jaar voor hem had meegebracht: Kinnoch-whisky. Puc had er een voorliefde voor ontwikkeld. Hij had ook onlangs een stel kristallen glazen van de keizer van Kesh gekregen, en schonk zichzelf wat van de drank in.

Terwijl hij van de geurige, smakelijke drank nipte, voelde hij de warmte ervan door zijn mond en keel trekken. Hij sloot de kast en liep naar een grote houten kist op een boekenkast. Het was een eenvoudig gevormd ding, maar prachtig bewerkt, van acaciahout, met duvels en lijm in elkaar gezet en zonder een enkele bronzen of ijzeren spijker. Hij zette zijn glas neer en haalde het deksel eraf, legde het aan de kant en keek in de kist, waar één vel perkament in lag.

Hij zuchtte; hij had al verwacht dat hier te vinden.

De kist was op een ochtend verschenen, jaren eerder, op zijn bureau in zijn werkkamer in Sterrewerf. Er had een afweer overheen gelegen, maar wat hem verraste was niet die afweer op zich, maar dat het een afweer was die hij snel herkende. Het leek wel alsof hijzelf de afweer over de kist had gelegd. In de verwachting dat het een valstrik was, had hij zichzelf en de kist over een grote afstand verplaatst, weg van Sterrewerfeiland, en had zich omhuld met beschermende bezweringen. Toen had hij het kistje geopend, en dat was doodeenvoudig geweest. Er hadden drie briefjes in gelegen.

Op het eerste briefje stond: 'Dat was een hoop werk voor niets, hè?'

Op het tweede stond: 'Als Robert vertrekt, laat hem dan dit zeggen tegen een man die hij zal ontmoeten: "Er is geen magie".'

En op het laatste stond: 'Raak vooral nooit deze kist kwijt.'

De briefjes waren in zijn eigen handschrift geschreven.

Jarenlang had Puc deze kist geheimgehouden, een toestel waardoor hij zichzelf vanuit de toekomst briefjes kon sturen. Af en toe dacht hij erover na en bestudeerde het ding op zijn gemak, want hij wist dat hij uiteindelijk het geheim ervan zou moeten ontraadselen. Er kon geen andere verklaring zijn dan dat hij zichzelf boodschappen stuurde.

In de tussenliggende jaren had hij de kist acht keer opengemaakt en had dan telkens een nieuwe boodschap gevonden. Hij wist niet hoe hij het wist, maar als er een briefje in lag, voelde hij altijd aan dat het weer tijd was om de kist open te maken.

Op één van de briefjes had gestaan: 'Vertrouw Miranda.' Dat briefje was gekomen voordat hij zijn vrouw had ontmoet, en toen hij voor het eerst met haar kennismaakte, besefte hij waarom hij zichzelf die boodschap had gestuurd. Ze was gevaarlijk, machtig en eigenzinnig, en op dat moment een onbekende. Maar zelfs nu nog vertrouwde hij haar niet helemaal. Hij vertrouwde op haar liefde voor hem en hun zoons en ook op haar toewijding aan hun zaak. Maar ze had vaak haar eigen plannen, negeerde zijn leiderschap en nam zelf de touwtjes in handen. Jarenlang had ze agenten voor zichzelf te werk gesteld, naast de agenten die voor het Conclaaf werkten. Zij en Puc hadden door de jaren heen verschillende verhitte ruzies gehad, en diverse keren had ze beloofd haar inspanningen te beperken tot de afgesproken doelen en strategieën van het Conclaaf, maar toch slaagde ze er altijd in te doen wat ze zelf wilde.

Hij aarzelde. Wat er ook op dat stuk perkament stond, het was iets wat hij moest weten, maar tegelijkertijd vreesde hij het. Nakur was de eerste geweest die hij over de boodschappen had verteld – pas in het afgelopen jaar – hoewel Puc nog altijd de enige was die wist van de kist. Miranda dacht dat het maar een siervoorwerp was.

Terwijl Puc het vel perkament begon uit te rollen, vroeg hij zich niet voor het eerst af of die boodschappen dienden om te zorgen dat iets specifieks gebeurde, of om te voorkomen dat er iets vreselijks zou gebeuren. Misschien was er wel geen onderscheid.

Hij keek naar het perkament. Er stonden twee regels in zijn eigen handschrift op. De eerste regel was: 'Neem Nakur, Magnus en Bek mee, geen anderen'. De tweede regel was: 'Ga naar Kosridi, dan naar Omadrabar'.

Puc deed de kist dicht en ging achter zijn bureau zitten. Hij las het briefje diverse keren om te achterhalen of er een diepere betekenis achter die twee simpele regels lag. Toen leunde hij achterover en nipte van zijn drankje. Kosridi herkende hij als de naam van de wereld die de god Banath in een visioen had getoond aan Kaspar van Olasko. Het was een van de werelden waarop de Dasati woonden. Waar Omadrabar lag, daar had hij geen idee van. Maar hij wist één ding: op de een of andere manier moest hij een weg zien te vinden naar het tweede bestaansniveau – naar het vlak van de werkelijkheid waar voorzover hij wist niemand uit deze realiteit ooit was geweest. Van daaraf moesten hij en zijn metgezellen dan naar de Dasatiwereld Kosridi zien te komen, en vervolgens naar dat Omadrabar. En als hij al ergens zeker van was, dan was het wel dat Omadrabar ongetwijfeld de gevaarlijkste plek zou zijn waar hij ooit was geweest.

3

Nasleep

K aspar hield zijn paard in.
Hij onderdrukte zijn bezorgdheid. Dit was een wreed land, en hij voelde een steek van ongerustheid over wat hem misschien te wachten stond. In de maanden na zijn verbanning naar dit land was hij het boerderijtje gaan zien als iets wat leek op een thuis, en Jojanna en haar zoon Jorgen waren meer familie van hem geweest dan iedereen die hij ooit had gekend.

In één oogopslag had hij gezien dat de boerderij al een tijd niet meer bewoond werd, minstens een jaar zo te zien. De wei was overwoekerd en het hek was op verschillende plaatsen kapot. Voordat Jojanna's echtgenoot Bandamin was verdwenen, hadden ze een paar ossen gefokt voor de plaatselijke herbergier. Het maïsveld en een klein tarweveldje waren allebei overgroeid met onkruid en de gewassen waren verpieterd.

Kaspar steeg af en bond zijn paard vast aan een dood boompje. Die boom was geplant nadat hij was vertrokken, maar was sindsdien bezweken door verwaarlozing. Hij keek uit gewoonte om zich heen; als hij vermoedde dat er problemen konden ontstaan, vormde hij zich altijd een goed beeld van zijn omgeving en zocht naar plaatsen waar een hinderlaag mogelijk was en naar ontsnappingsroutes. Hij besefte dat er waarschijnlijk binnen een dag lopen in een willekeurige richting geen ander mens in de buurt was.

Toen hij het huisje binnenging, was hij opgelucht te zien dat

41

er geen tekenen van een worsteling of geweld te zien waren. Alle persoonlijke bezittingen van Jojanna en Jorgen, hoe weinig ook, waren weg. Ze waren gewoon vertrokken. Hij had gevreesd dat bandieten of zwervende nomaden zijn... vrienden iets hadden aangedaan.

Kaspars leven was vervuld geweest van privileges en macht, en veel mensen hadden hem opgezocht om gunsten te vragen of om zijn bescherming te smeken, maar totdat hij door Magnus in dit afgelegen land was neergezet, had de voormalige hertog van Olasko weinig mensen gekend die hij 'vriend' kon noemen, zelfs niet als kind.

Jojanna en Jorgen hadden twee dagen doodsangsten uitgestaan voordat ze begrepen dat Kaspar niet naar het boerderijtje was gekomen om ze iets aan te doen; hij was alleen een vreemdeling die voedsel en onderdak nodig had, en had hard gewerkt voor de kost. Kaspar had een gunstigere overeenkomst met een plaatselijke koopman voor hen weten te regelen en had ze in betere omstandigheden achtergelaten dan hij ze had aangetroffen. Toen hij vertrok op zijn lange reis naar huis, dacht hij aan hen als vrienden; misschien zelfs wel meer dan vrienden...

En nu, drie jaar later, was Kaspar weer terug in Novindus. Hij had de geheime bergplaats van de talnoy bewaakt, als schild tegen aardse dreigingen voor de tienduizend schijnbaar slapende moordmachines – als een machine al sliep. Twee magiërs – een oudere man die Rosenvar heette en een jongeling die luisterde naar de naam Jacob – onderzochten een of ander aspect van hun aard, naar aanleiding van instructies die door Puc en Nakur waren achtergelaten.

Nakur was kort teruggekeerd met zijn metgezel Bek, om de magiërs te vertellen dat het nog wat langer zou duren voor hij zich weer met zijn geliefde onderneming bezig kon houden: een veilige manier vinden om het leger van talnoy te besturen. Kaspar vond het magische aspect van die gesprekken stomvervelend, maar hij had het nieuws van de ophanden zijnde vernietiging van de Nachtraven met vreugde begroet.

Toen Nakur zich klaarmaakte voor vertrek, verzocht Kaspar

hem om iemand anders te vragen de twee wetenschappers te bewaken, aangezien hij iets persoonlijks in Novindus had af te handelen voordat hij terugkeerde naar Tovenaarseiland. Nakur had ermee ingestemd, en zodra er iemand was gehaald om de magiërs te bewaken, was Kaspar aan zijn reis naar het zuiden begonnen. Omdat hij niet de beschikking had over de magische toestellen die de andere leden van het Conclaaf gebruikten, had Kaspar twee weken moeten reizen. Het dichtstbijzijnde stadje bij de grotten waar de talnoy waren verstopt, was Malabra, en van daaraf was de weg naar het zuiden beter begaanbaar. Hij putte zijn paarden bijna uit, en ruilde twee keer zijn paard om in de dorpjes onderweg. Twee keer had hij bandieten moeten zien voor te blijven, en drie keer was hij aangehouden door plaatselijke soldaten, waarbij hij twee keer smeergeld had moeten betalen.

Nu voelde hij een soort hopeloosheid. Hij had gehoopt Jojanna en Jorgen te vinden, hoewel hij eigenlijk niet zeker wist wat hij zou doen zodra hij ze vond. Hij was verbannen naar Novindus als straf voor zijn aandeel in de vernietiging van het volk van de Orosini en zijn complotten tegen naburige landen. Sindsdien had hij zich ietwat gebeterd in de ogen van zijn voormalige vijanden door nieuws over de talnoy aan het Conclaaf over te brengen, en hun volledige vergeving gekregen na zijn rol in het verijdelen van het complot van de Nachtraven tegen de troon van het Keizerrijk Groot Kesh. Maar hij voelde nog altijd een zekere verplichting ten opzichte van Jojanna en Jorgen, en voor Kaspar was een onafgeloste schuld een kankergezwel dat almaar doorwoekerde. Hij wilde zich ervan vergewissen dat die twee veilig waren, en ze genoeg geld geven om te zorgen dat ze er de rest van hun leven warmpjes bijzaten.

Het buideltje met munten dat hij bij zich droeg, maakte hem in dit land een rijk man. Hij had al eerder over de wegen van het Oostland gereisd, te voet en per wagen, en had de omstandigheden gezien na de grote oorlog van de Smaragden Koningin. Het land was nog altijd bezig zich te herstellen, zelfs dertig jaar na de oorlog nog. Koperen munten waren zeldzaam, zilver zag je bijna nooit, en zelfs een enkele gouden munt was het leven van een man waard. Kaspar had genoeg goud bij zich om een legertje in te huren en zich ergens te vestigen als edele.

Hij verliet het huisje en overwoog wat hij nu moest doen. Hij was onderweg naar de boerderij door het dorpje Heslagnam gereden, en het lag ook weer op zijn weg terug naar de grot met de talnoy. Hij zou er na zonsondergang aankomen – de vorige keer had het hem twee dagen en een halve ochtend gekost om er vanaf de boerderij heen te lopen – en hoewel de herberg niet veel voorstelde, had Kaspar de afgelopen drie jaar wel op slechtere plekken geslapen.

Hij spoorde zijn paard aan en arriveerde kort nadat het donker werd in Heslagnam. De gammele houten herberg was nog net zoals hij hem zich herinnerde, al leek het erop dat er een nieuwe laag witsel op was aangebracht; het was moeilijk te zien in het donker.

Toen er niemand verscheen nadat hij de stalhof was opgereden, zadelde hij zijn paard af en wreef het droog. Tegen de tijd dat hij klaar was, was hij moe, geërgerd en dringend toe aan wat dan ook in dit deel van de wereld voor een borrel doorging.

Kaspar liep om naar de voordeur van de herberg en duwde hem open. Er was bijna niemand binnen, behalve twee dorpelingen aan een tafel bij de haard en de waard zelf, een man met een dikke nek die Sagrin heette, die achter de toog stond. Kaspar liep naar de man met de stierennek toe, die hem nauwlettend in ogenschouw nam.

'Ik vergeet nooit een gezicht, ook al herinner ik me geen namen, en jou heb ik eerder gezien,' zei Sagrin.

'Kaspar,' antwoordde de voormalige hertog terwijl hij zijn handschoenen uittrok. 'Ik heb een paard achter staan. Waar is je staljongen?'

'Heb ik niet,' antwoordde Sagrin. 'Geen jongens in het dorp. Allemaal geronseld voor de oorlog.'

'Welke oorlog?'

'Wie weet? Er is altijd wel ergens een oorlog, toch?' Hij wees met zijn duim over zijn schouder, in de richting van de stal. 'Je kunt je paard gratis stallen, aangezien ik niemand heb om ervoor te zorgen, maar je zult morgenochtend je eigen voer moeten kopen bij Kelpita's winkel aan de overkant.'

'Ik heb haver bij me. Ik zorg wel voor het paard voor ik naar bed ga. Wat heb je te drinken?'

'Bier en wijn. Als je verstand hebt van wijn, neem je bier,' zei de waard.

'Bier, dus.'

Het bier werd ingeschonken en Sagrin tuurde naar Kaspar. 'Jij was hier zo'n eh... twee jaar geleden?'

'Eerder drie.'

'Ik kan je niet helemaal plaatsen...'

'Als je op de grond gaat zitten en naar me opkijkt, schiet het je misschien te binnen,' zei Kaspar. Hij nam een slok. Het bier was precies zoals hij zich herinnerde, waterig en niet bijzonder lekker, maar het was koud en nat.

'Ah,' zei Sagrin. 'Jij bent die vent die hier kwam met Jojanna en haar zoon. Je kleedt je behoorlijk wat beter tegenwoordig.'

'Inderdaad,' zei Kaspar. 'Zijn ze in de buurt?'

Sagrin haalde zijn schouders op. 'Ik heb Jojanna al meer dan een jaar niet gezien.' Hij leunde naar voren. 'Die jongen liep van huis weg en zij ging half in paniek naar hem op zoek, geloof ik. Heeft haar vee en muilezel verkocht aan Kelpita, en kwam toen een handelaar tegen die naar het zuiden ging. Hij zei dat hij haar zou aannemen.' Sagrin haalde zijn schouders op, maar zijn stem klonk spijtig. 'Ze ligt waarschijnlijk onder een stel stenen begraven, een dag of twee rijden ten zuiden van hier.'

'Is Jorgen weggelopen?' vroeg Kaspar. Hij kende Jojanna en haar zoon goed genoeg om te weten dat die jongen dol was op zijn moeder, en hij kon zich niet indenken waarom Jorgen van huis zou weglopen.

'Er kwam een groep kerels langs, en bij de boerderij kregen ze het nieuws dat de vader van de jongen diende bij een compagnie soldaten uit Higara. Bandamin heeft zich laten ronselen door een stel... Nou, het waren slavenhandelaars, hoe ze zich ook noemden, maar aangezien ze hun gevangenen verkochten

45

aan het leger van Muboya, noemden ze zich "rekruteerders".'

Kaspar herinnerde zich een vrij plezierig avondmaal met een generaal die een neef was van de Raj van Muboya. Als Kaspar hem kon vinden, kon hij... Tja. Misschien regelen dat Bandamin ontslagen werd?

'Hoe gaat die oorlog?' vroeg Kaspar.

'Het laatste wat ik gehoord heb, is dat Muboya Sasbataba zover heeft gekregen te capituleren, en nu in gevecht is met een of andere bandietenleider die Okanala heet om het bestuur over het volgende stukkie land dat hij wil hebben.

Maar ik moet het die jonge Raj nageven: als zijn leger weg is, is het in het land dat achterblijft bijna even rustig als voor de oorlog van de Smaragden Koningin. Ik wou dat hij een stel van zijn jongens hierheen stuurde om de boel tussen hier en het Heetland wat te sussen.' Toen hij zag dat Kaspars kroes leeg was, vroeg Sagrin: 'Nog eentje?'

Kaspar zette zich af van de toog. 'Straks. Ik ga eerst even mijn paard voeren en zorgen dat hij voldoende water heeft.'

'Blijf je hier?'

Kaspar knikte. 'Ik zal een kamer nodig hebben.'

'Kies er maar een uit,' zei Sagrin. 'Ik heb lam aan het spit, en het brood is van gisteren.'

'Dat is prima,' zei Kaspar. Hij verliet de gelagkamer.

Buiten was het koel; het was winter in dit land, maar het lag zo ver naar het noorden en dicht bij het Heetland, dat het er nooit echt koud werd. Hij liep naar de stal en pakte een emmer, vulde die bij de put en zorgde dat de trog vol zat. Hij deed het paard een voederzak om en nam even de tijd om het dier te onderzoeken. Hij had het behoorlijk aangespoord en wilde er zeker van zijn dat de ruin niets mankeerde. Op een plank naast wat waardeloze oude hoofdstellen lag een roskam, en hij gebruikte die om het paard te borstelen.

Tijdens het roskammen liet Kaspar zijn gedachten de vrije loop. Een deel van hem had hier terug willen keren om een persoonlijk rijk op te bouwen, maar tegenwoordig roerde de ambitie zich niet meer zozeer in zijn hart. Al was het nooit helemaal weg. Welk effect de invloed van de waanzinnige tovenaar Leso Varen ook op Kaspar had gehad, de voormalige heerser van Olasko was in wezen nog altijd ambitieus.

De mannen die orde schepten uit chaos, waren mensen met visie en verlangen. Macht omwille van de macht zelf was het hoogtepunt van inhaligheid; macht ter wille van anderen had een meer edele aard, die hij pas begon te waarderen toen hij naar mannen zoals Puc, Magnus en Nakur keek; mensen die tot ongelooflijke dingen in staat waren maar die enkel van de wereld een veiligere plek voor iedereen wilden maken.

Hij schudde zijn hoofd bij die gedachte en besefte dat hij geen wettelijke of ethische basis had om hier een rijk op te bouwen; hij zou gewoon een zelfverheerlijkende bandietenheer zijn die zijn eigen koninkrijkje wilde hebben.

Kaspar legde zuchtend de roskam weg. Hij kon beter op zoek gaan naar generaal Alenburga en aanmonsteren in dienst van de Raj. Kaspar twijfelde er niet aan dat hij snel bevorderd zou worden en dan een eigen leger onder zijn bevel zou krijgen. Maar kon hij ooit dienst nemen in het leger van iemand anders?

Hij keek even voor zich uit en begon toen te lachen. Wat deed hij nu dan? Hij diende het Conclaaf, ook al had hij nooit een formele eed aan een van hen afgelegd. Sinds Kaspar Puc en zijn metgezellen nieuws had gebracht over de talnoy en de dreiging van de Dasatiwereld, die Kalkin hem had laten zien, had hij doorlopend hand- en spandiensten en missies uitgevoerd voor het Conclaaf.

Nog altijd grinnikend toen hij bij de deur van de herberg aankwam, besloot Kaspar dat hij dit land en de rest van de wereld diende, en dat zijn dagen als heerser voorbij waren. Terwijl hij de deur openduwde, dacht hij eraan dat het leven in ieder geval interessant was.

Tien dagen later liep Kaspar met zijn paard aan de hand door de drukke straten van Higara. Het dorp was de afgelopen drie jaar veranderd; overal zag hij tekenen van welvaart. Door de nieuwe gebouwen leek het dorp nu meer op een klein stadje.

Toen hij de laatste keer door Higara was gereden, was het een basis geweest van het leger van de Raj van Muboya, dat zich klaarmaakte voor een offensief in het zuiden. Nu waren de enige mannen in uniform die hij zag de wetshandhavers van het dorp. Kaspar zag dat ze kleuren droegen die leken op die van het gewone leger, een duidelijke indicatie dat Higara nu deel uitmaakte van Muboya, wat de vroegere bondgenootschappen ook waren.

Kaspar vond dezelfde herberg terug waar hij drie jaar eerder met generaal Alenburga had gesproken, en zag dat het gebouw weer terug was in zijn voormalige, rustige staat. In plaats van dat er overal soldaten liepen, rende er een jongen de stal uit om Kaspars paard van hem over te nemen. De jongen had ongeveer dezelfde leeftijd als Jorgen toen Kaspar hem voor het laatst had gezien, en dat herinnerde hem eraan waarom hij deze reis maakte. Kaspar zette zijn toenemende gevoel van hopeloosheid over zijn zoektocht naar één jongen en zijn moeder in dit uitgestrekte land van zich af, en gaf de staljongen een koperen munt. 'Spoel het stof van hem af en borstel hem,' droeg hij hem op. De knul grijnsde, stak de munt in zijn zak en beloofde dat te doen.

Kaspar liep de herberg binnen en keek om zich heen. Het was druk; de gelagkamer zat vol kooplieden die hun middagmaal hier gebruikten en anderen die waren gekleed op een reis. Kaspar liep naar de toog en de waard knikte. 'Meneer?'

'Bier,' zei Kaspar.

Toen de kroes voor hem stond, haalde Kaspar nog een koperen munt tevoorschijn en schoof die naar de waard toe. De man pakte hem op, woog hem, haalde snel een toetssteen tevoorschijn en sloeg er met de munt tegenaan. Toen zei hij: 'Dit is genoeg voor twee.'

'Neem er zelf ook eentje,' zei de voormalige hertog.

De waard glimlachte. 'Een beetje vroeg voor mij. Misschien straks. Bedankt.'

Kaspar knikte. 'Waar bevindt het plaatselijke garnizoen zich tegenwoordig?'

'Hebben we niet,' zei de waard. Hij wees ongeveer in de richting van de weg naar het zuiden. 'Er is een garnizoen in Dondia, een goeie dag rijden. Ze hebben alle soldaten hier weggehaald toen Sasbataba zich overgaf. We krijgen eenmaal per week een patrouille, en er is een compagnie van de dorpsmilitie om de wetshandhavers te helpen als het nodig is, maar eigenlijk, vreemdeling, is het hier zo rustig dat het regelrecht vredig is.'

'Dat moet een welkome verandering zijn,' zei Kaspar.

'Dat valt niet te betwisten,' zei de waard.

'Heb je een kamer voor me?'

De waard knikte en pakte een sleutel. 'Boven aan de trap, laatste deur links. Met een raam.'

Kaspar pakte de sleutel aan. 'Waar is het kantoor van de drost?'

De waard wees Kaspar de weg en nadat hij zijn bier en een saai middagmaal van koud rundvlees en lauwe groenten op had, liep Kaspar naar het kantoor van de drost. Tijdens de korte wandeling werd hij overspoeld door de geluiden en taferelen van een druk handelscentrum. Wat de vorige status van Higara ook was geweest, het was nu duidelijk een regionaal kruispunt in het zich uitbreidende territorium. Even voelde Kaspar iets van spijt; Flynn en de andere kooplieden uit het Koninkrijk zouden hier de rijkdom hebben kunnen vinden die ze zochten. De vier kooplieden van het Koninkrijk der Eilanden hadden gezorgd dat Kaspar de talnoy in zijn bezit had gekregen, en elk van hen was gestorven zonder te weten welke rol hij had gespeeld.

Denkend aan dat helse ding vroeg Kaspar zich af of hij zichzelf een limiet moest opleggen voor hoelang hij naar Jojanna en Jorgen zou blijven zoeken.

Het kantoor van de drost was gemakkelijk te vinden, en hij duwde de deur open. Een jongeman in een tuniek met een speld erop keek op van een tafel die dienstdeed als bureau. Met dat air van belangrijkheid die alleen een jongen die pas verantwoordelijkheid had gekregen kon uitstralen, zei hij: 'Wat kan ik voor u doen?'

'Ik zoek iemand. Een soldaat die Bandamin heet.'

De jongen, knap, met lichtbruin haar en sproeten op zijn wangen, trok een nadenkend gezicht. Na een tijdje zei hij: 'Ik ken die naam niet. In welke compagnie zit hij?'

Kaspar betwijfelde of de jongen enig idee zou hebben waar Bandamin was, zelfs als Kaspar wist bij welke compagnie hij zat. 'Weet ik niet. Hij woonde buiten het dorp, aan de noordkant, en is geronseld.'

'Geronseld, hè?' zei de jongeman. 'Dan is hij waarschijnlijk bij de infanterie ten zuiden van hier.'

'En een jongen? Zo'n elf jaar oud.' Kaspar probeerde in te schatten hoeveel Jorgen gegroeid zou zijn sinds hij hem voor het laatst had gezien, en hield zijn hand op. 'Waarschijnlijk zó groot. Blond haar.'

De jonge drost haalde zijn schouders op. 'Er komen constant jongens door de stad, kokshulpjes van karavanen, bagageratten, dakloze jongens, weglopers. We proberen ze zo veel mogelijk van de straat te houden, want sommigen sluiten zich aan bij bendes.'

'Waar zou ik zo'n bende kunnen vinden?'

De jongeman keek Kaspar aan met wat de voormalige hertog vermoedde dat een argwanende uitdrukking moest voorstellen, maar hij zag er alleen maar belachelijk uit. 'Waarom zoekt u die jongen?'

'Zijn vader is geronseld voor het leger; de jongen was naar hem op zoek. En zijn moeder zoekt hen allebei.'

'En zoekt u de moeder ook?'

'Ja,' zei Kaspar. 'Het zijn vrienden.'

De jongeman haalde zijn schouders op. 'Het spijt me, maar we letten alleen op degenen die overlast veroorzaken.'

'En die jongensbendes?'

'Die zijn meestal te vinden in de buurt van de karavanserai of de markt. Als het er te veel worden, jagen we ze weg, maar dan verzamelen ze zich gewoon ergens anders.'

Kaspar bedankte de jonge drost en liep het kantoor uit. Hij keek langs de drukke straat, op zoek naar inspiratie, en voelde zich als een man die over een slagveld kruipt op zoek naar één specifieke pijl tussen de tienduizenden die zijn gevallen. Hij keek naar de hemel en schatte dat het ongeveer halverwege de middag was. Hij wist dat de markten hier de hele dag druk bezocht werden, zonder middagonderbreking zoals in de warmere delen van Groot Kesh. Hier wemelde het op de markten tot kort voor zonsondergang van de kopers en verkopers, waarna het weer een drukte van belang was terwijl de kooplieden hun spullen opruimden. Hij had ongeveer tweeënhalf uur voor de zon onderging.

Eenmaal op de markt aangekomen, keek hij om zich heen. Het was een losjes georganiseerde markt op een uitgestrekt plein, die meer toevallig dan met opzet was ontstaan. Kaspar nam aan dat er oorspronkelijk een hoofdweg door het dorp had gelopen – de weg van noord naar zuid die door de hele streek liep. Ergens in de afgelopen jaren was de route door omstandigheden een meter of honderd naar het oosten verschoven, en op dat punt waren overal gebouwen neergezet. Het resultaat ervan was dat er een stuk of zes smallere straatjes en een handvol stegen wegleidden van dit gedeelte; de lege ruimte in het midden bood plaats aan de markt.

Kaspar zag een behoorlijk aantal kinderen; de meesten hielpen hun familie bij de kramen en tenten. Er was weinig orde op de markt in Higara, behalve dat er schijnbaar was afgesproken dat niemand een tent, stal of tafel midden op het plein mocht zetten. Daar stond één lantaarnpaal, op het kruis van de zijstraten die het plein vormden. Hij liep ernaartoe en zag dat er een bruikbare lantaarn aan hing, dus hij nam aan dat die elke avond door iemand werd aangestoken, misschien door een van de drosten. Dit was de enige lantaarnpaal die hij had gezien in Higara, wat hem deed vermoeden dat er waarschijnlijk niemand was die speciaal de functie van lantaarnaansteker had. Hij ontwaarde een vaag opschrift op de paal: ergens in een ver verleden had een regent besloten dat hier een richtingaanwijzer moest staan. Kaspar liet zijn hand over het oude hout gaan en vroeg zich af welke geheimen deze paal allemaal had horen fluisteren.

Leunend tegen de paal nam hij zijn omgeving in ogenschouw. Ervaren jager die hij was, merkte hij kleine dingen op die de meeste anderen zouden ontgaan. Twee jongens hingen rond bij de ingang van een steegje, schijnbaar in gesprek, maar duidelijk rondkijkend. Uitkijkposten, concludeerde Kaspar. Maar waarvoor stonden ze op de uitkijk?

Na bijna een halfuur observeren had Kaspar wel enig idee. Af en toe kwam er een jongen of een stel jongens uit de steeg of liep er naar binnen. Als iemand anders te dicht in de buurt kwam, werd er een signaal gegeven; Kaspar nam aan dat het een fluitsignaal was of een codewoord, maar hij was te ver weg om het te horen. Als de potentiële dreiging voorbij was, werd er weer een ander signaal gegeven.

Uiteindelijk stak Kaspar de markt over en liep naar het steegje, evenzeer uit nieuwsgierigheid als uit de wens om informatie te vergaren over Jorgen en zijn moeder. Hij naderde, maar bleef net voor het punt staan waar hij de uitkijkposten had gezien.

Kaspar wachtte, observeerde, en wachtte nog wat langer. Hij had het gevoel dat er iets te gebeuren stond, en dat was ook zo.

Als ratten die uit een overlopend riool vluchtten bij een plotselinge stortbui, kwamen de jongens het steegje uitgerend. De twee uitkijkposten renden gewoon weg, in schijnbaar willekeurige richtingen, maar de stuk of tien jongens achter hen droegen allemaal broden; iemand moest een manier hebben gevonden om via de achterdeur een bakkerij binnen te komen en zo veel mogelijk vers brood te stelen voordat de bakker alarm kon slaan. Even later werd er geschreeuwd op het plein, toen kooplieden zich ervan bewust werden dat er een overtreding aan de gang was.

Een jongen van niet ouder dan tien jaar rende recht langs Kaspar heen, die zijn hand uitstak en hem bij de kraag van zijn vuile tuniek greep. De jongen liet meteen zijn brood los en stak zijn handen recht omhoog, en Kaspar besefte dat de kleine schurk van plan was zich uit zijn voddige hemd te wurmen.

Kaspar greep hem in plaats daarvan vast bij zijn vettige, lange zwarte haren. Het knulletje schreeuwde: 'Laat me los!'

52

Kaspar trok hem mee naar een ander steegje. Toen hij uit het zicht van de mensen op de markt was, draaide hij de jongen om en bestudeerde hem. De jongen schopte om zich heen en probeerde hem met verrassend veel kracht te bijten en te slaan, maar Kaspar had heel zijn leven met diverse wilde dieren gevochten, waaronder een onvergetelijke en bijna rampzalige ontmoeting met een kwade veelvraat. Kaspar had de nek van het beest in een ijzeren greep moeten nemen en tegelijkertijd de staart in bedwang moeten houden om niet uitgebeend te worden, tot zijn vaders jachtmeester bij hem was om het dier uit te schakelen. Hij droeg nog steeds verscheidene littekens van die ontmoeting.

'Hou op met vechten, dan zet ik je neer, maar dan moet je wel een paar vragen beantwoorden.'

'Laat me los!' schreeuwde de vuile jongen. 'Help!'

'Wil je dat de drost met je komt babbelen?' vroeg Kaspar terwijl hij zijn worstelende prooi zo hoog hield dat de jongen alleen nog op zijn tenen kon staan.

Het straatschoffie hield zich meteen rustig. 'Niet echt.'

'Goed. Beantwoord dan wat vragen, dan laat ik je los.'

'Beloof je dat?'

'Beloofd,' antwoordde Kaspar.

'Zweer het op Kalkin,' zei de jongen.

'Ik zweer het op de god van de dieven, leugenaars en valsspelers: ik laat je gaan zodra je mijn vragen hebt beantwoord.'

De jongen verzette zich niet langer, maar Kaspar hield hem toch vast. 'Ik zoek een jongen, ongeveer van jouw leeftijd denk ik.'

Het diefje keek Kaspar aan en vroeg op behoedzame toon: 'Wat voor soort jongen had je precies in gedachten?'

'Geen soort jongen, maar een jongen in het bijzonder. Hij heet Jorgen. Als hij hier is geweest, zal dat ongeveer een jaar geleden zijn.'

De jongen ontspande zich. 'Ik ken hem. Ik bedoel, ik kende hem. Blond, zongebruind, boerenjongen; kwam uit het noorden op zoek naar zijn pa, zei hij. Bijna verhongerd, maar we hebben hem het een en ander geleerd. Hij is een tijdje bij ons gebleven. Hij was niet zo goed in stelen, maar was dapper in een gevecht. Hij kon zich goed redden.'

'"We"?' vroeg Kaspar.

'De jongens en ik, mijn maten. We helpen elkaar allemaal.'

Er kwamen een paar burgers de steeg inlopen, dus Kaspar zette de jongen neer, maar hij hield zijn arm stevig vast. 'Waar is hij naartoe gegaan?'

'Naar het zuiden, naar Kadera. De Raj is daar in oorlog, en daar ging Jorgens pa naartoe.'

'Is Jorgens moeder achter hem aangekomen?' Kaspar beschreef Jojanna, en liet toen de arm van de jongen los.

'Nee. Nooit gezien,' zei de jongen; voor Kaspar nog kon reageren, spurtte hij weg.

Kaspar haalde diep adem en liep weer terug naar de markt. Hij keek uit naar een goede nachtrust, want morgen zou hij verder trekken naar het zuiden.

Na nog een week liet Kaspar de relatieve welvaart achter zich van wat, zo had hij vernomen, nu het koninkrijk Muboya werd genoemd. En de jonge Raj had de titel Maharadja, of 'grote koning' aangenomen. Opnieuw reed Kaspar door oorlogsgebied, en verscheidene keren was hij staande gehouden en ondervraagd. Deze keer ondervond hij weinig last, omdat hij bij elk oponthoud gewoon zei dat hij op zoek was naar generaal Alenburga. Zijn duidelijke rijkdom, mooie kleding en goede paard gaven aan dat hij een 'belangrijk iemand' was, en hij werd doorgewuifd zonder dat hem nog vragen werden gesteld.

Het dorp, zo hoorde hij, heette Timbe, en het was drie keer aangevallen, waarvan twee keer door de troepen van Muboya. Het lag een halve dag rijden ten zuiden van Kadera, de zuidelijke commandobasis van de Maharadja. Nadat Kaspar bij zonsopgang was aangekomen, had hij gehoord dat de generaal naar dit dorp was gekomen voor een inspectie na het bloedbad dat tijdens het laatste offensief was aangericht.

Het enige waardoor Kaspar ervan overtuigd was dat het

leger van Muboya niet was verslagen, was dat hij geen soldaten zag die zich terugtrokken. Maar door de toestand van de nog op het veld resterende troepen en de overal zichtbare verwoesting, was Kaspar ervan overtuigd dat het offensief van de Maharadja tot staan was gebracht. In het beste geval had de Maharadja een patstelling behaald. In het slechtste geval zou hier over een dag of twee een tegenoffensief plaatsvinden.

Kaspar had weinig moeite om de commandotent te vinden, aangezien die boven op een heuvel stond met uitzicht op wat waarschijnlijk het slagveld was. Terwijl hij de helling opreed, zag hij dat de posities in het zuiden werden versterkt, en tegen de tijd dat hij werd benaderd door twee wachters, twijfelde hij niet meer over de tactische situatie van dit conflict.

Een officier en een wachter wenkten Kaspar, en de officier vroeg: 'Wat wenst u?'

'Een momentje met generaal Alenburga.' Kaspar steeg af.

'Wie bent u?' vroeg de officier, een vuile en moe uitziende jongeman. Zijn witte tulband was bijna beige van het stof en er zaten bloedspetters op zijn broek en laarzen. De donkerblauwe tunieken van beide mannen konden de dieprode bloedvlekken niet goed verhullen.

'Van naam, Kaspar van Olasko. Als de generaal een slecht geheugen heeft vanwege het conflict beneden, herinner hem dan maar aan de vreemdeling die hem aanraadde bij Higara zijn boogschutters achter zich te houden.'

De officier had gekeken alsof hij Kaspar meteen weer wilde wegsturen, maar nu zei hij: 'Ik was bij de cavalerie die naar het noorden reed om die boogschutters te flankeren. Ik weet nog dat ze zeiden dat een buitenlander dat de generaal had aangeraden.'

'Het verheugt me dat men zich mij nog herinnert.'

De officier wendde zich tot de wachter. 'Ga kijken of de generaal even tijd heeft voor... een oude kennis.'

Even later werd Kaspar uitgenodigd de hoofdtent binnen te gaan. Hij gaf zijn leidsels over aan de wachter en volgde de officier naar binnen.

De generaal zag er tien jaar ouder uit in plaats van drie, maar hij glimlachte toen hij opkeek. Zijn donkere haren waren nu grotendeels grijs en achter zijn oren gekamd. Hij droeg geen hoed. 'Teruggekomen voor nog een schaakspelletje, Kaspar?' Hij stond op en stak zijn hand uit.

Kaspar drukte die. 'Ik had niet verwacht dat iemand me nog kende.'

'Er zijn niet veel mensen die me eerst een briljant tactisch plan aan de hand doen en me vervolgens verslaan bij het schaken.' Hij gebaarde Kaspar naar een canvas stoel bij een tafel waar een kaart op lag. Toen droeg de generaal zijn assistent op om iets te drinken te halen. 'Ik had je de afgelopen tijd een paar keer goed kunnen gebruiken, Kaspar. Je hebt een beter oog voor gevechtssituaties dan de meesten van mijn onderbevelhebbers.'

Kaspar boog zijn hoofd bij het compliment, en pakte toen een gekoelde beker bier aan. 'Waar hebt u hier ijs gevonden?' vroeg hij toen hij een slok had genomen.

'De terugtrekkende troepen van onze vijand, de koning van Okanala zoals hij zichzelf noemt, had een ijshuis in het dorp dat we een paar dagen geleden hebben bevrijd. Ze hebben het voor elkaar gekregen alle voorraden mee te slepen en al het andere waar wij iets aan hadden kunnen hebben te vernietigen, maar ik denk dat ze geen snelle manier konden bedenken om al het ijs te laten smelten.' Hij glimlachte toen hij een slok nam. 'En daar ben ik blij om.' De generaal zette zijn beker neer. 'De vorige keer dat ik je zag, bracht je een overleden vriend naar huis om hem te begraven. Wat brengt je deze keer hierheen?'

Kaspar besloot niet in te gaan op wat er allemaal was gebeurd na de vorige keer dat ze elkaar hadden ontmoet. 'De kist met inhoud is gekomen waar hij zijn moest, en sindsdien heb ik andere dingen te doen gehad. Ik ben hier op zoek naar vrienden.'

'Werkelijk?' zei de generaal. 'Ik dacht dat je de vorige keer zei dat jullie kooplieden waren. En nu heb je vrienden zo ver naar het zuiden?'

Kaspar begreep de argwanende geest van een generaal die zojuist een grote slag had verloren. 'Ze komen eigenlijk uit het noorden. Een man genaamd Bandamin werd voor het leger geronseld, een behoorlijk eind naar het noorden; ik geloof eigenlijk dat hij door slavenhandelaars is meegenomen, die waarschijnlijk illegale zaken deden met uw voorhoede bij Muboya.'

'Dat zou niet voor het eerst zijn,' zei de generaal. 'In een oorlog is het moeilijker dan normaal om de fatsoensnormen in acht te nemen.'

'Hij had een vrouw en zoon, en de zoon kreeg te horen dat zijn vader bij uw leger was, dus kwam hij naar het zuiden om hem te zoeken. De moeder ging achter de jongen aan.'

'En jij bent de moeder gevolgd,' zei Alenburga.

'Ik wil haar en de jongen graag weer veilig naar huis brengen.'

'En de man?' vroeg de generaal.

'Hem ook, als het kan. Is er een afkoopsom?'

De generaal lachte. 'Als we de mannen zich zouden laten uitkopen, zouden we een heel pover leger hebben, want de slimsten zouden altijd wel een manier vinden om aan geld te komen. Nee, hij moet vijf jaar dienstdoen, hoe hij ook is aangemonsterd.'

Kaspar knikte. 'Dat verbaast me niet echt.'

'Ga gerust op zoek naar de jongen en zijn moeder. De jongens van de bagagekaravaan zijn aan de voet van de heuvel ten westen van hier, bij een riviertje. De meeste vrouwen — echtgenotes en kampvolgelingen — zijn hier in de buurt.'

Kaspar dronk zijn kroes leeg en stond op. 'Dan zal ik u niet langer ophouden, generaal. U bent zeer gul geweest.'

Toen hij zich omdraaide om te vertrekken, vroeg de generaal: 'Wat denk je?'

Kaspar aarzelde, en draaide zich toen weer naar de man om. 'De oorlog is voorbij. Het wordt tijd om te werken aan vrede.'

Alenburga ging achteroverzitten en wreef met wijsvinger en duim over zijn kaak, waarbij hij lichtjes aan zijn baard trok. 'Waarom zeg je dat?'

'U hebt alle fitte mannen gerekruteerd die driehonderd mijl

in de omtrek te vinden zijn, generaal. Ik ben onderweg hiernaartoe door twee steden, een stuk of zes stadjes en twintig dorpjes gereden. Er zijn alleen nog mannen ouder dan veertig en jongens onder de vijftien over. Elke potentiële soldaat is al in uw dienst.

Ik zie dat jullie richting het zuiden gaan; u verwacht van daaraf een tegenaanval. Maar als Okanala nog reserves heeft die de moeite waard zijn, breekt hij links van u door, rolt u op en drijft u terug naar het riviertje. Uw beste kans is om terug te gaan naar het stadje en u daar te verschansen.

Generaal, dit zal dan de komende vijf jaar uw front blijven, eerder tien jaar zelfs. Het wordt tijd om een eind aan deze oorlog te maken.'

De generaal knikte. 'Maar onze Maharadja heeft een visie en wil optrekken naar het zuiden tot we dicht genoeg bij de Stad aan de Serpentrivier zijn, zodat hij kan beweren dat het vrede is in het gehele Oostland.'

'Ik denk dat uw ambitieuze jonge meester zelfs denkt dat hij op een dag de stad kan innemen en die bij Muboya kan inlijven,' opperde Kaspar.

'Misschien,' zei Alenburga. 'Maar op alle andere punten heb je gelijk. Mijn verkenners melden dat Okanala zich ook ingraaft. We zijn allebei uitgespeeld.'

'Ik weet niets van de politiek hier,' zei Kaspar, 'maar soms is een wapenstilstand een gebaar dat beide partijen het gezicht kan redden en soms, als het nodig is, het enige alternatief voor een volslagen nederlaag. De overwinning is gevlogen, en aan alle kanten ligt de nederlaag. Laat uw Maharadja een van zijn familieleden met iemand uit de familie van de koning trouwen, en sluit het af.'

De generaal stond op en stak zijn hand uit. 'Als je je vrienden vindt en ze naar huis hebt gebracht, Kaspar van Olasko, ben je altijd welkom in mijn tent. Als je terugkomt, benoem ik je tot generaal en als de tijd daar is, rukken we samen op naar de zee.'

'Ik? Generaal?' vroeg Kaspar grijnzend.

'Jazeker. Ik was zelf commandant van een brigade toen we

elkaar de vorige keer zagen,' zei de generaal, die teruggrijnsde. 'Nu heb ik het bevel over het leger. Mijn neef weet succes op waarde te schatten.'

'Ah,' zei Kaspar terwijl hij hem de hand schudde. 'Als de ambitie me grijpt, weet ik u te vinden.'

'Veel geluk, Kaspar van Olasko.'

'Veel geluk, generaal.'

Kaspar liep de tent uit en klom op zijn paard. Hij stuurde de ruin de helling af, naar een valleitje verderop waar een vrij breed riviertje doorheen kronkelde. Hij voelde een toenemende onrust terwijl hij de bagagekarren naderde, want overal om zich heen zag hij tekenen dat hier gevochten was. Volgens de tradities van de oorlog viel je geen bagagejongens of vrouwen die het leger volgden aan, maar soms werden dergelijke regels genegeerd of werden de buitenstaanders gewoon meegesleurd in de eb en vloed van een conflict.

Verschillende jongens die hij zag waren gewond, sommigen licht, anderen ernstig, en veel van hen droegen verband. Enkelen lagen op vlonders onder de karren te slapen, door hun verwondingen uitgeschakeld en niet in staat om te werken. Kaspar reed naar een kar waarop een gedrongen man in een bloedige tuniek zat te huilen. Er lagen een metalen kuras en een helm met een pluim op de bok naast hem, en hij staarde nietsziend voor zich uit. 'Bent u de bagagemeester?' vroeg Kaspar.

De man knikte enkel, terwijl de tranen langzaam over zijn wangen biggelden.

'Ik zoek een jongen, hij heet Jorgen.'

De kaak van de man verstrakte en hij kwam langzaam van de kar. Toen hij voor Kaspar stond, zei hij: 'Kom mee.'

Hij leidde Kaspar over een heuveltje naar waar een compagnie soldaten bezig was een enorme greppel te graven, terwijl jongens er hout en emmers olie naartoe droegen. Er zouden geen afzonderlijke brandstapels voor de doden worden opgericht; dit zou een massaverbranding worden.

De doden lagen op een rij aan de andere kant van de greppel. Ze zouden, als alles voorbereid was, op het hout worden gelegd, met olie worden overgoten en met fakkels aangestoken. De man bleef op een derde van de rij staan. Kaspar keek omlaag en zag drie lijken dicht bij elkaar liggen.

'Hij was zo'n goeie jongen,' zei de bagagemeester, zijn stem hees van het schreeuwen, het stof, de hitte van de dag en zijn verstikte emoties. Jorgen lag naast Jojanna, en naast haar lag een man in soldatenkleding. Dat moest Bandamin zijn, want hij leek wel wat op de jongen.

'Hij kwam hier bijna een jaar geleden, op zoek naar zijn vader, en... zijn moeder kwam kort daarna. Hij werkte hard, zonder te klagen, en zijn moeder zorgde voor alle jongens alsof het haar eigen kinderen waren. Als hun vader er kans toe had, was hij bij hen en ze waren een fijn gezin. Midden tussen dit alles' – hij maakte een weids handgebaar om zich heen – 'vonden ze het geluk door gewoon bij elkaar te zijn. Toen...' Hij zweeg even en er welden weer tranen op in zijn ogen. 'Ik had gevraagd of... de vader kon worden ingedeeld bij de bagage. Ik dacht dat ik hun een plezier deed. Ik had nooit verwacht dat de strijd ook de bagagekaravaan zou treffen. Dat is tegen alle oorlogsregels! Ze hebben de jongens en de vrouwen vermoord! Dat hoort niet!'

Kaspar keek een tijdlang op de drie neer, herenigd door het lot en voorbeschikt om samen te sterven, heel ver van huis. Bandamin had een enorme borstwond, misschien van een bijl, maar zijn gezicht was nog gaaf. Hij droeg een tabberd in het blauw-en-geel van Muboya. Het kledingstuk was verkleurd, vuil en hier en daar gescheurd. Kaspar zag de man die Jorgen zou zijn geworden in het gezicht van zijn vader. Hij had het gezicht van een eerlijk man, een hardwerkend man. Kaspar vermoedde dat Bandamin bij leven veel had gelachen. Hij lag met zijn ogen dicht, alsof hij sliep.

Aan Jojanna was niets te zien, dus Kaspar vermoedde dat ze door een pijl of speerpunt in haar rug was geraakt, misschien terwijl ze de jongens wilde beschermen. Jorgens haar zat vol geronnen bloed en zijn hoofd lag in een vreemde hoek. Kaspar voelde enige mate van opluchting omdat het een snelle dood

60

moest zijn geweest en de jongen waarschijnlijk niets had gevoeld. Hij voelde een vreemde, onverwachtse steek van spijt; het kind was nog zo jong.

Kaspar staarde naar de drie, die gewoon een gezin leken dat samen lag te slapen. Hij wist dat de wereld doordraaide en dat niemand behalve hij, en misschien een of twee mensen in het verre noorden, zou malen om het overlijden van Bandamin en zijn gezin. Jorgen, de laatste loot van een obscure familiestamboom, was dood, en met hem was dat geslacht voor altijd ten einde gekomen.

De bagagemeester keek Kaspar aan alsof hij verwachtte dat hij iets ging zeggen. Kaspar keek nog een tijdje langer neer op de drie doden, drukte toen zijn hielen in de flanken van het paard, draaide de ruin bij en begon aan zijn lange rit naar het noorden.

Terwijl hij van het slagveld wegdraafde, voelde Kaspar iets binnen in hem koud en hard worden. Het zou zo gemakkelijk zijn om Okanala te haten omdat hij de regels van de 'beschaafde' oorlogsvoering aan zijn laars had gelapt. Het zou zo gemakkelijk zijn om Muboya te haten omdat hij een man van zijn familie had ingelijfd. Het zou zo gemakkelijk zijn om alles en iedereen te haten. Maar Kaspar wist dat hij door de jaren heen ook bepaalde bevelen had verstrekt waardoor honderden Bandamins van huis waren weggehaald en honderden Jojanna's en Jorgens het zwaar hadden gehad of zelfs waren omgekomen.

Met een zucht die aanvoelde alsof hij van diep uit zijn ziel kwam, vroeg Kaspar zich af of er wel een gelukkig doel was in het leven, iets anders dan leed en uiteindelijk de dood. En zelfs als dat het geval mocht zijn, zou hij op dit moment de grootste moeite hebben om aan te wijzen wat dat dan was.

4

NACHTRAVEN

De soldaten verplaatsten zich snel.

Erik von Zwartheide, hertog van Krondor, Ridder-Maarschalk van het Leger van de Koning in het Westen en Beheerder van de Westelijke Moerassen, stond achter een grote rotspunt en observeerde zijn mannen, die langzaam stelling innamen. Ze vormden zwijgende silhouetten tegen de rotsen, die in diepe schaduwen werden gehuld door de ondergaande zon. Het was een speciale eenheid van de Huiswacht van de prins. Erik had persoonlijk hun opleiding vormgegeven terwijl hij opklom door de rangen van het leger, eerst als kapitein in het leger van de prins, toen als Commandant van het Garnizoen in Krondor, en uiteindelijk als Ridder-Maarschalk.

De mannen hadden ooit deel uitgemaakt van de Koninklijke Krondoriaanse Padvinders, een compagnie van spoorzoekers en verkenners, afstammelingen van de legendarische Keizerlijke Keshische Gidsen, maar nu werd deze kleinere elitecompagnie eenvoudig de 'Prinselijke Wacht' genoemd. Het waren soldaten die Erik in bijzondere omstandigheden inschakelde, zoals voor wat hen vanavond te wachten stond. Hun uniformen waren opvallend: donkergrijze, korte tabberds met het blazoen van Krondor – een zwevende adelaar boven een piek, in ingetogen kleuren – en een zwarte broek met een rode bies langs de pijp. Ze droegen zware laarzen, die geschikt waren om mee te marcheren, te rijden of, zoals nu, om tegen rotsige hellingen op te klimmen. Elke man droeg een eenvoudige, donkere helm met een open vizier en korte wapens: een zwaard dat nauwelijks lang genoeg was om een zwaard genoemd te worden en een estoc, een lange dolk. Ze waren stuk voor stuk getraind in een bepaalde reeks vaardigheden, en op dit moment leidden Eriks twee beste rotsklimmers de aanval.

Erik verplaatste zijn blik naar de top van de kliffen tegenover zijn positie. Hoog boven hen stond het oeroude Kasteel Cavell, dat uitkeek op een pad dat zich afsplitste van de hoofdweg, een pad dat bekendstond als de Cavellweg. Een watervalletje sierde de rotshelling vlak bij het kasteel, landde in een poel op een uitstekende punt halverwege het klif, en viel dan verder naar de stroom waar de oorspronkelijke weg had gelegen. Zoals dat ging met zulke dingen, was de koers van het stroompje door de jaren heen veranderd en een of andere gebeurtenis, geologisch of door mensen veroorzaakt, had het water naar de andere kant van de hoofdweg gedwongen, waardoor de oorspronkelijke rivierbedding nu droog en stoffig was. De poel was hun bestemming, want als de inlichtingen die Erik van bijna honderd jaar geleden had nog klopten, lag er achter die poel een geheime toegang, de oorspronkelijke vluchtweg vanuit het kasteel.

Erik had zijn soldaten voor zonsopgang naar het dorp Cavell gebracht en zo goed mogelijk verstopt, een lastige taak in zo'n klein dorpje, maar tegen de middag gingen de burgers voor zover mogelijk hun eigen gang, terwijl er in elk tweede gebouw gewapende mannen verstopt zaten. Erik maakte zich geen zorgen over spionnen van de Nachtraven in het dorp, want niemand mocht vandaag uit Cavell vertrekken; zijn enige zorg was dat iemand hen misschien vanaf een hoger punt observeerde, vanuit de heuvels boven het dorp. Hij was er echter van overtuigd dat hij alle mogelijke voorzorgsmaatregelen had genomen.

Magnus had geholpen met een illusiebezwering, en tenzij een toeschouwer een goed opgeleide magiër was, waren ze in die paar minuten die het kostte om honderd man het dorp in te krijgen onopgemerkt gebleven. Bij zonsondergang had Magnus zijn bezwering nog eens gebruikt en hadden de mannen zich snel opgesplitst in twee compagnieën, een ervan onderweg naar de hoofdingang boven aan de Cavellweg, en de andere onder persoonlijk toezicht van Erik onderweg naar de achterzijde van het kasteel.

De oude soldaat stond doodstil, zijn aandacht gericht op de positionering van zijn mannen. Hij was bijna vijfentachtig jaar oud, maar dankzij een drankje dat Nakur hem had gegeven, leek hij wel dertig jaar jonger. Toen hij zich ervan had overtuigd dat alles ging zoals het hoorde, wendde hij zich tot zijn metgezellen, Nakur en Magnus, die in de buurt stonden. De persoonlijke lijfwacht van de Ridder-Maarschalk stond onbehaaglijk aan de zijkant; ze waren er niet helemaal gerust op dat hun commandant hen afstand liet houden, aangezien het hun persoonlijke missie was om hem tegen elke prijs te beschermen.

'Nu?' vroeg Nakur.

'We wachten,' zei Erik. 'Als ze zich zorgen maken dat iemand hun citadel nadert, hebben ze ons al zien aankomen, en dan zullen ze ofwel iets onaardigs doen of proberen te vluchten via de andere ontsnappingsweg.'

'Wat denk jij?' vroeg Magnus.

Erik zuchtte. 'Ik zou dekking zoeken en doen alsof er niemand thuis was. Als dat niet werkte, zou ik een heel akelige ontvangst verzinnen voor iedereen die het kasteel probeerde binnen te komen.' Hij wuifde afwezig met zijn hand. 'We hebben oude documenten, die zelfs toen al niet helemaal klopten, maar wat we wel weten is dat het een wirwar is in Kasteel Cavell, en dat er vele plaatsen zijn waar je in hinderlaag kunt liggen of waar je nare valstrikken kunt plaatsen. Het zal geen kalm wandelingetje zijn daarbinnen.'

Nakur haalde zijn schouders op. 'Je hebt goeie kerels.'

'De beste,' zei Erik. 'Zelf uitgekozen en opgeleid voor dit soort dingen, maar ik stel ze nog altijd liever niet nodeloos aan risico's bloot.'

'Het is nodig, Erik,' zei Nakur zachtjes.

'Daar ben ik van overtuigd, Nakur,' zei de oude soldaat. 'Anders zou ik hier niet zijn.'

'Wat vindt de hertog van Salador daarvan?' vroeg Nakur.

'Hij weet niet dat ik hier ben.' Erik keek Nakur aan. 'Je hebt wel een rotmoment uitgekozen om me met deze toestand op te zadelen, oude vriend.'

Nakur haalde zijn schouders op. 'Maar die momenten laten ze ons nooit zelf kiezen, hè?'

'Ik denk wel eens dat ik misschien beter af was geweest als Bobby de Loungville en Caelis me zo lang geleden op die koude, bittere ochtend hadden opgehangen.' Hij staarde in de verte naar waar de zon achter de rotsen verdween. Toen wendde hij zich tot Nakur. 'Maar soms denk ik dat ook niet. Als dit voorbij is, weet ik misschien zeker hoe ik erover denk.' De oude man glimlachte. 'Kom, we gaan terug om een tijdje te wachten.'

Hij ging Magnus en Nakur voor over een smal pad tussen hoge rotswanden, langs rijen soldaten die stilletjes wachtten tot ze het kasteel op de rotsen moesten aanvallen. Achter hen stonden verzorgers klaar met de paarden, en in de achterhoede wachtten wagens met proviand. Erik wuifde naar zijn persoonlijke lijfknecht, die was achtergebleven bij de bagagejongens.

De lijfknecht haalde een paar bekers tevoorschijn en vulde ze met wijn vanuit een wijnzak. Nakur pakte er met opgetrokken wenkbrauwen een aan. 'Drink je wijn voor een strijd?'

'Waarom niet?' zei de hertog, die een grote slok nam. Hij veegde met de rug van zijn handschoen zijn mond af. 'Alsof ik al niet genoeg zorgen aan mijn hoofd had, stuur jij me het halve koninkrijk door om een stel moordenaars uit te graven.'

Nakur haalde zijn schouders op. 'Iemand moet het doen, Erik.'

De oude strijder schudde zijn hoofd. 'Ik heb lang geleefd, Nakur, en mijn leven was interessanter dan dat van de meeste mensen. Ik zou liegen als ik zei dat ik de dood zou verwelkomen, maar ik zou zeker blij zijn om van mijn last ontdaan te zijn.' Hij keek Nakur met samengeknepen ogen aan. 'Ik dacht dat dat ook ging gebeuren, tot jij die avond verscheen.'

'We hebben je nodig,' zei de Isalani eenvoudig.

'Mijn koning heeft me nodig,' kaatste Erik terug.

'De wereld heeft je nodig,' zei Nakur, zo zachtjes dat de anderen in de buurt het niet konden horen. 'Jij bent de enige met een zekere rang in het koninkrijk die Puc nog vertrouwt.'

Erik knikte. 'Ik begrijp wel waarom hij besloot zich af te scheiden van de Kroon.' Hij nam nog een slok wijn en gaf de lege beker aan zijn lijfknecht. Toen de jongeman de beker weer wilde vullen, wuifde Erik hem weg. 'Maar moest hij daarbij het koninklijke personage van de prins van Krondor beschamen? In het openbaar? In het bijzijn van het leger van Groot Kesh?'

'Ouwe koeien, Erik.'

'Was het maar waar,' zei Erik. Hij sprak nu nog zachter. 'Ik weet niet of je dit al wist, maar prins Robert is teruggeroepen.'

'Dat is niet best,' zei Nakur knikkend.

'We hebben drie prinsen gehad in Krondor sinds ik mijn rang kreeg, en ik ben alleen nog maar hertog omdat koning Ryan heer James met zich meenam naar Rillanon. Mijn tijdelijke positie duurt nu al negen jaar, en als ik lang genoeg leef, hou ik hem waarschijnlijk nog wel negen jaar.'

'Waarom is prins Robert teruggeroepen?'

'Jij hebt meer kans om de waarheid te achterhalen dan ik,' zei Erik. Na een lange stilte, waarin de avondlucht steeds donkerder werd, zei de hertog: 'Politiek. Prins Robert is nooit populair geweest bij de Raad der Heren. Heer James is een edele uit het westen, wat veel mensen dwarszit die de eerste onder de raadgevers van de koning wilden worden; James is een sluw man, bijna even sluw als zijn grootvader.' Hij keek Nakur aan. 'Dat was nog eens een naam waarmee je dingen voor elkaar kreeg: hertog Robert van Krondor.'

Nakur grijnsde. 'Robbie was een hele handvol voordat hij hertog werd. Dat weet ik.' Hij keek op naar de soldaten, die nu klaar waren en wachtten op zijn signaal om hun klim te beginnen. 'Maar toch zijn we geneigd de grootse dingen te onthouden en de minpunten te vergeten, en Robbie heeft ook fouten gemaakt. Als prins Robert niet wil dienen, wie dan wel?'

'Er zijn nog andere neven van de koning die vaardiger zijn...' Hij keek Nakur bedroefd aan. 'Het kan tot een burgeroorlog komen als de koning niet oppast. Hij stamt rechtstreeks af van koning Borric, maar hij heeft zelf geen zoons en er zijn vele neven, de meesten ervan met een geldige aanspraak op de troon als hij geen erfgenaam krijgt.'

Nakur haalde zijn schouders op. 'Ik heb lang geleefd, Erik. Ik heb koningen in verschillende landen zien komen en gaan. Het land overleeft het wel.'

'Maar tegen welke prijs, oude vriend?'

'Wie moet de nieuwe prins van Krondor worden?'

'Ja, dat is de vraag, hè?' zei de hertog, die opstond en naar zijn mannen gebaarde dat ze zich klaar moesten houden. Het was nu donker genoeg; het werd tijd om de aanval op het kasteel te beginnen. 'Prins Edward is populair, intelligent, een goed soldaat en iemand die een consensus zou weten te bereiken in de Raad.'

'En dus benoemt de koning iemand anders,' zei Nakur grinnikend terwijl Erik naar voren liep over de weg.

Erik zei niets, maar gebaarde één keer, waarop twee mannen vanachter de rotsen onder het kasteel tevoorschijn kwamen, allebei met lussen touw over hun schouder. Ze begonnen tegen de rotswand op te klimmen, met alleen hun handen en voeten.

Nakur keek geboeid toe terwijl de twee mannen in de duisternis verdwenen. Ze bewogen geruisloos als spinnen die tegen een muur opkruipen. Nakur wist hoe gevaarlijk die klim was, maar hij wist ook dat het de enige manier was om een touw te laten zakken voor de soldaten beneden.

Erik wendde zich tot Nakur. 'Ik denk dat prins Henry de goedkeuring krijgt, want hij kan eenvoudig genoeg worden vervangen als koningin Anne een zoon baart. Als Edward een tijdlang in Krondor zit, zal de koning hem misschien niet over een paar jaar kunnen vervangen door een zoon...' Hij liet zijn stem wegsterven toen hij de mannen de rand van de poel zag bereiken.

'Vreemde plek voor een nooduitgang, meer dan honderd voet boven de grond,' zei Nakur.

'Ik neem aan dat de Nachtraven hier een paar jaar geleden

wat werk hebben verricht. Mijn mannen vertelden dat ze sporen van gereedschapsgebruik op de rotswand hebben gezien. Er was waarschijnlijk een pad naar de oude bedding, dat is verwoest.' Hij zuchtte. 'Het is tijd. Waar is je man?'

Nakur maakte een hoofdbeweging naar achteren. 'Hij slaapt onder de kar.'

'Haal hem dan,' zei Erik von Zwartheide.

Nakur haastte zich terug naar de bagagekar, waar de twee jongens die op de proviand uit het dorp pasten, zaten te wachten. Ze spraken op gedempte toon, want ze begrepen hoe gevaarlijk deze missie was; toch waren het nog maar jongens, en ze waren rusteloos van het wachten. Onder de wagen lag een eenzame gestalte, die wakker schrok toen Nakur hem tegen zijn laarzen schopte.

Ralan Bek wurmde zich onder de kar uit en stond op, tot hij met zijn lange gestalte boven Nakur uittorende. De jongen was zes voet en zes duim lang, en zette de kleine gokker in de schaduw. Nakur wist dat hij was bezeten door een aspect van de God van het Kwaad, een 'splintertje' zoals Nakur het zag; een ongelooflijk klein deeltje van de god zelf, en dat maakte Bek buitengewoon gevaarlijk. Het enige voordeel dat Nakur had, was zijn jarenlange ervaring en wat hij zag als zijn 'trucs'.

'Tijd?'

Nakur knikte. 'Ze komen er zo aan. Je weet wat je moet doen.'

Bek knikte. Hij reikte omlaag en pakte zijn hoed op, die hij zich als overwinningstrofee had toegeëigend van een man die hij voor de ogen van Nakur had gedood, en die hij droeg alsof het een eremedaille was. De breedgerande zwartvilten hoed, met een enkele lange adelaarsveer in de hoofdband, gaf de jongeling bijna het air van een verleider, maar Nakur wist dat er onder het vriendelijke uiterlijk van de jongeman een kwaad potentieel sluimerde, en ook een bovennatuurlijke kracht en snelheid.

Bek draafde naar de klifwand en wachtte. Geruisloos kwam er een eind touw omlaag, even later gevolgd door nog een stuk touw. Snel bonden soldaten zwaardere touwen aan de lijnen, en die werden omhooggetrokken. Toen het eerste touw vastzat, maakte Ralan Bek zijn riemschede los en bond die over zijn schouder, zodat zijn zwaard nu op zijn rug hing. Met gespierd gemak trok hij zich op aan het touw, zijn voeten stevig tegen de rotswand alsof hij al heel zijn leven zo klom. Andere soldaten volgden, maar Beks snelheid was niet te evenaren.

Erik staarde hem na terwijl hij in de duisternis verdween. 'Waarom drong je er zo op aan dat hij als eerste moest gaan, Nakur?'

'Hij is misschien niet onkwetsbaar, Erik, maar hij is een stuk lastiger te doden dan jouw mensen. Magnus houdt een oogje op de mannen die de hoofdingang van het kasteel bewaken, maar als er magie op de achterdeur zit, heeft Bek de beste kans om het te overleven.'

'Er was een tijd dat ik als eerste naar boven zou zijn geklommen.'

Nakur greep de arm van zijn vriend vast. 'Ik ben blij te zien dat je met de jaren slimmer bent geworden, Erik.'

'Ik zie dat jij je ook niet vrijwillig meldt om daar naar boven te gaan.'

Nakur grijnsde alleen maar.

Bek wachtte af en streek intussen met zijn handen over de omtrek van de deur. Het was een rots, net als de andere, en in het donker kon hij de spleet niet zien die er volgens zijn vingertoppen wel zat, die de rand van de nooduitgang aangaf. Hij liet zijn zintuigen rondtasten, want hij had al vroeg geleerd dat hij soms dingen kon voelen aankomen; een hinderlaag, een onverwachte bocht in een pad, de stemming van een paard of de worp van de dobbelstenen. Hij dacht eraan als zijn 'mazzelgevoel'.

Ja, dacht hij, er was iets net voorbij deze deur, iets heel interessants. Ralan Bek wist niet wat angst was. Zoals Nakur had gezegd, was er iets heel anders, zelfs buitenaards, aan de jongeman uit Novindus. Hij keek omlaag naar waar de kleine man samen met de oude soldaat stond te wachten, en ontdekte dat hij ze in het donker nauwelijks kon ontwaren. 'Lantaarn,' fluisterde hij, en een soldaat achter hem gaf hem een speciaal gemaakt lantaarntje met luiken aan. Hij richtte het op Nakur en Erik, en opende en sloot het luikje toen een keer snel. Dat was het afgesproken signaal, dat betekende dat ze voorzichtig verder konden komen.

Niet dat Ralan echt begreep wat voorzichtigheid inhield. Het was hem even vreemd als angst. Hij probeerde wel te begrijpen waarover Nakur tegen hem sprak, maar soms knikte hij alleen en deed hij alsof hij die vreemde kleine man begreep, zodat die zich niet eindeloos bleef herhalen.

Ralan liet zijn vingers verder strijken over de kier, tot hij ervan overtuigd was dat deze deur alleen van binnenuit kon worden geopend. Hij haalde zijn schouders op. 'IJzer,' beval hij, en een soldaat stapte langs hem heen en duwde een breekijzer in de spleet op de plek waar Ralan naar wees. De soldaat worstelde er een tijdje mee, tot Bek zei: 'Laat mij maar.'

Met bovenmenselijke kracht maakte hij de gleuf groter, en plotseling zwaaide de deur wijd open. Er klonk een protesterend gekrijs van verwrongen metaal toen er een ijzeren balk uit de beugels achter de deur werd gerukt. Met een luide knal viel de balk op de stenen, en meteen stapte Bek met getrokken zwaard door de deur naar binnen. Hij maakte zich geen zorgen over het lawaai maar draaide zich om naar de soldaten en stak een hand op. 'Wacht!' zei hij zachtjes, en liep naar binnen.

De soldaten kenden hun bevelen. Bek zou als eerste naar binnen gaan en zij zouden volgen als hij het bevel gaf, of anders in ieder geval na tien minuten. Een van de soldaten keerde een zandloper om waar rode streepjes op waren aangebracht op afstanden van tien minuten. Eriks eigenhandig geselecteerde mannen hurkten voor de ingang, langs de rand van de poel, en luisterden naar het geklater van de waterval in de duisternis.

Bek liep voorzichtig door en negeerde het feit dat hij niets zag. Hij plaatste zijn voeten heel lichtjes en zette er zijn volle gewicht

70

pas op als hij zeker wist dat er geen put voor hem lag en dat hij niet per ongeluk een of andere val in werking zette. Hij wist dat hij heel veel kon hebben – hij was verschillende keren gewond geraakt in zijn korte leven – maar hij vond verwondingen even vervelend als ieder ander. Bovendien zou er, als wat Nakur zei waar was, verderop lol te beleven moeten zijn.

Bij de gedachte aan de kleine man bleef Bek even stilstaan. Bek mocht hem niet; maar hij mocht immers niemand, en had ook aan niemand een hekel. Zijn gevoelens ten opzichte van andere mensen waren vrij voorspelbaar: ze waren bondgenoten of tegenstanders, of ze deden er niet toe, zoals een paard of ander dier, soms handig, maar meestal niet de moeite waard. Maar de kleine man had vreemde gevoelens in Bek wakker gemaakt, gevoelens die hij niet kon benoemen. Hij wist niet of het vertrouwdheid was, of plezier, of wat dan ook. Zijn plezier haalde hij meestal uit intense dingen: toekijken hoe een man bloedde en jammerde; of ruwe gemeenschap met vrouwen. Hij wist dat hij van vechten hield. Het gekletter van staal, het geschreeuw, het bloed en... de dood. Hij hield ervan om dingen te zien sterven, had hij enige tijd eerder geconcludeerd. Het fascineerde hem om te zien dat een dier of mens het ene moment nog leefde, bewust was, zich bewoog, en het volgende moment gewoon roerloos lag als een stuk vlees. En zelfs niet eens nuttig vlees als het een mens was.

Bek verwachtte een paar heel gevaarlijke kerels te gaan doden, en hij keek ernaar uit.

Door een zacht geluid een eindje verderop vergat hij Nakur en zijn verwarring over de vreemde dingen die de gokker steeds zei. Er liep iemand aan het uiteinde van de tunnel, en Beks hele lichaam spande zich bij het vooruitzicht.

Hij moest eigenlijk teruggaan, maar hij was zijn besef van tijd kwijt; hoelang duurden tien minuten eigenlijk? De andere soldaten zouden hem vanzelf volgen, en bovendien stond Bek te springen om wat mensen af te slachten. Het was al heel lang geleden dat hij een goed gevecht had gehad. Nakur had iets met hem gedaan, en vaak kreeg hij hoofdpijn als hij over dingen probeerde na te denken. Maar Nakur had gezegd dat het goed was als hij de mensen doodde die zich hier in het oude kasteel verstopten, op de manschappen van de oude soldaat na dan, die van de andere kant konden komen.

Ralan Bek merkte dat zijn hoofd omliep, dus met een grom zette hij alle gedachten van zich af behalve zijn aandacht voor degene die hij dat geluid had horen maken in het donker. Hij versnelde zijn pas en viel bijna voorover in een put. Alleen zijn mazzelgevoel zorgde ervoor dat hij op het laatste moment achteruitstapte.

Hij pakte een kokertje dat Nakur hem had gegeven en trok de dop eraf. Er zat een bundel stokjes in, waar hij er een van pakte. Hij deed de dop weer op de koker, stopte hem terug achter zijn tuniek en zwaaide toen snel met het stokje door de lucht. Na een paar tellen ontsprong er een vlammetje aan het uiteinde. Zoals Nakur hem had beloofd, was hij verrast over de hoeveelheid licht die het brandende stokje gaf na de totale duisternis in de tunnels.

Bek keek naar de put die voor zijn voeten gaapte, en kon de bodem ervan niet zien. Hij was blij dat hij er niet in gevallen was, niet omdat hij letsel vreesde, maar omdat hij daar dan had moeten wachten tot de strijders van de oude soldaat hem hadden ingehaald. Hij wist niet of ze de put zelfs maar zouden opmerken tot een van hen erin viel, en hij vond het geen prettig idee dat een van die kerels dan boven op hem zou zijn beland. Misschien hadden ze bovendien niet eens genoeg touw bij zich om hem eruit te trekken.

De jongeman zette twee stappen achteruit, nam een aanloop en sprong met gemak over de put heen, die een tiental voet breed was. Hij liet het brandende stokje op de grond vallen en trapte het met de hak van zijn laars uit.

Bek wachtte even om er zeker van te zijn dat niemand hem gehoord had, en toen hij ervan overtuigd was dat hij niet was opgemerkt, liep hij verder door de gang. Even vroeg hij zich af of hij iets had moeten achterlaten om de soldaten achter zich te waarschuwen voor die put. Toen vroeg hij zich af waar die gedachte vandaan was gekomen; waarom zou hij zich er druk over moeten maken als een van de mannen van die oude soldaat in de put viel? Dit was nu echter veel te lastig om over na te denken. Het was iets wat Nakur wel zou begrijpen, maar hij had geen tijd om erbij stil te staan.

Voor zich hoorde hij zachte stemmen, en hij wist dat de hel nu ieder moment kon losbreken.

Magnus keek naar de hemel en besloot dat het tijd was om in beweging te komen, dus gebaarde hij naar twee wachters dat ze met hem mee moesten lopen over de lange toegangsweg naar het kasteel. De weg was schijnbaar al jaren niet gebruikt, maar Magnus had hem bij zonsopgang in het geheim geïnspecteerd en had aan kleine tekens gezien dat dat 'onbruik' zorgvuldig in scène was gezet. Iemand had deze weg pas nog gebruikt, maar had moeite gedaan om dat feit te verhullen. Dat overtuigde hem er voor de zoveelste keer van dat zijn vaders vertrouwen in Joval Delan, de ingehuurde gedachtelezer, niet misplaatst was geweest. Een plaatselijke bandiet, smokkelaar of bende losgeslagen jongeren zou niet de middelen of de neiging hebben gehad om zulk grondig werk te verrichten.

De soldaten waren het pad op geslopen dat de Cavellweg werd genoemd, de enige duidelijke toegang tot het oude kasteel. Magnus had niet zoveel verstand van militaire zaken als zijn vader en broer, maar zelfs hij kon zich voorstellen hoe dodelijk het zou kunnen zijn om dit kasteel te bestormen. Alleen door de geruchten van demonische bezetenheid en een vloek, gevolgd door bijna een eeuw van vrede in de regio, was dit duidelijk zo strategisch gelegen gebouw ongebruikt gebleven.

Toch had hij nog andere dingen aan zijn hoofd. Hij moest er in de eerste plaats voor zorgen dat de mannen die met hem meegingen zo lang mogelijk onontdekt bleven. Magnus was nog jong vergeleken bij de machtigste beoefenaars van de magie, maar hij had bepaalde vaardigheden geërfd van allebei zijn ouders. Zijn moeder had altijd een beter instinct gehad voor het detecteren van magie dan zijn vader, hoewel Puc beter in staat was om de aard van een gevonden bezwering of toestel te achterhalen. Magnus had het geluk dat hij die beide vaardigheden had geërfd. En zo bespeurde hij minstens vier magische vallen die zich tussen de weg en de oude poort boven aan de helling bevonden.

Met de snelle bewegingen van een meester in zijn vak maakte Magnus snel alle bezweringen ongedaan, zodat de soldaten onder Eriks bevel geruisloos verder konden. Als er een uitkijkpost boven stond, zou hij moeite hebben om de snel sluipende grijze gestalten te zien die in het donker voorovergebogen langs de zijkant van het pad liepen. De kleine maan kwam pas over een uur op en het licht daarvan was zelfs op heldere nachten karig. En vannacht was het bewolkt.

Met handsignalen gebaarde de officier die de leiding had dat zijn mannen zich gereed moesten maken. Er had ooit een oude ophaalbrug gelegen over de kloof tussen het uiteinde van de weg en de poort van het kasteel. Nu hing die brug nog maar aan één ketting nutteloos te bungelen aan de overkant van de kloof, een open ruimte die te breed was om overheen te springen. Er werden signalen uitgewisseld en twee mannen kwamen naar voren met ladders, die dienst zouden doen als bruggen over de kloof. Magnus gebruikte zijn vaardigheden om de kloof over te zweven.

Hij keek toe terwijl de mannen rustig over de sporten van de ladder liepen en zich niets aantrokken van de gapende leegte onder hun voeten. Eén misstap en ze zouden hun dood tegemoet vallen. Magnus bewonderde hun discipline.

Nu tastte Magnus met zijn zintuigen naar voren, op zoek naar meer magische valstrikken of lokkertjes, maar hij vond niets. De beheerder van dit kasteel had zich tevredengesteld met valstrikken langs de weg om het de bewoners te laten weten wanneer er ongewenst bezoek aankwam. Hij beende verder zonder te letten op fysiek gevaar, want hij voelde iets in de verte waardoor het haar op zijn armen en achter in zijn nek rechtop ging staan.

Magnus stak zijn hand op en liet een lichte gloed ontspruiten aan zijn handpalm, waarmee hij de grond verlichtte tussen de nu gevallen buitenpoort, waar ooit een ophaalbrug en een valhek de eerste barrière hadden gevormd, en de binnendeuren die dicht waren en, zo nam Magnus aan, van binnenuit gebarricadeerd. De soldaten achter hem verzamelden zich geruisloos. In de spookachtig mystieke verlichting gaven Magnus' lichte haar en zijn lengte hem een bijna bovennatuurlijk aanzien, maar als de soldaten zich al slecht op hun gemak voelden omdat ze onder bevel stonden van een tovenaar, was daar niets van te merken terwijl ze wachtten op zijn instructies.

Magnus sloot zijn ogen om zich beter te kunnen concentreren en zich de hoge houten deuren voor de geest te halen. Hij tastte met zijn zintuigen en liet mentale vingers over het hout glijden, en duwde toen langzaam door tot hij de andere kant kon voelen. Daarbij kreeg hij een beeld dat even duidelijk was als wanneer hij zijn ogen had gebruikt, en hij zag de dikke houten balk die in twee houten beugels hing. Na een grondige inspectie met behulp van zijn mentale vaardigheden, opende hij zijn ogen en stapte achteruit. 'Daar is een val,' zei hij zachtjes tegen de officier rechts van hem.

'Wat stelt u voor?' vroeg de jonge Ridder-Luitenant.

'Een weg door die deur vinden zonder de grendel op te tillen,' zei Magnus.

Hij stak zijn hand uit en er werd een licht gezoem hoorbaar voor degenen die het dichtst bij hem stonden. Plotseling zat er een gat onder in de poort, zo groot dat een man er op handen en knieën door kon kruipen. 'Een voor een,' zei Magnus, 'en laat niemand de poort of de muren aan weerszijden aanraken.'

De officier gaf het door en al snel gingen de mannen om beurten door de poort. Magnus maakte zich klaar om de magie te bedwingen die zou vrijkomen als een van hen een fout maakte, maar dat bleek niet nodig. Ze deden precies wat hun was opgedragen.

Toen was Magnus aan de beurt, en hij kroop onhandig door het gat, waarbij zijn mantel hem onverwacht dwarszat. Halverwege door het gat moest hij eerst zijn ene knie optillen en toen de andere en de stof voor zich uit trekken, zodat hij erdoor kon komen zonder op zijn gezicht te vallen.

Hij stond grinnikend op. 'Er zijn momenten, en dit is er een van, dat ik de behoefte krijg om mijn vader te vragen waarom magiërs altijd een lange mantel moeten dragen.'

De luitenant bleek over een vrij karig gevoel voor humor te beschikken, want hij keek Magnus verwonderd aan. 'Heer?'

Magnus zuchtte. 'Laat maar.' Hij keek de soldaten aan. 'Blijf achter me behalve als ik je zeg naar voren te komen, want er zijn hier krachten die zelfs de moedigste man niet aankan zonder mijn hulp.

Iedereen die je ziet en die niet Ralan Bek of een van je eigen collega's is, die dood je meteen.'

Toen draaide hij zich om en liep verder door het duister, waarbij het licht vanaf zijn hand meedeinde als een zwaaiende lantaarn.

Bek liep verder alsof hij over straat slenterde en trok zich niets aan van de duisternis. Er kwam licht uit een paar kamers aan het einde van een tunnel die de weg die hij had gekozen kruiste, maar hij negeerde het en liep rechtdoor. Hij wist niet hoe hij het wist, maar hij voelde aan dat hij vanaf de geheime ingang achter in het kasteel rechtdoor moest om de binnenste ruimte, waarschijnlijk een grote oude zaal of troonzaal, te bereiken.

Ralan was opgetogen over het vooruitzicht van een gevecht. Sommige dingen die Nakur hem liet doen vond hij wel leuk, maar hij had al veel te lang niet meer gevochten. Bek had in een paar taveernes wel wat schedels ingeslagen, maar er was geen serieus bloedvergieten meer aan te pas gekomen sinds hij een jaar eerder voor Nakur die keizer had gedood. Dat was leuk geweest. Hij lachte bijna hardop toen hij zich de stomverbaasde gezichten herinnerde van iedereen die naar hem staarde toen hij zijn zwaard recht door de rug van die oude kerel had gestoken.

Een man in een zwarte wapenrusting maar zonder helm liep een hoek om, en voor hij kon stilstaan, had Ralan Bek zijn zwaardpunt in de keel van de man geramd, die onbeschermd

76

was boven zijn kuras. De man viel neer met een vrij luide plof, maar dat kon Bek niet schelen. Minder dan honderd voet verderop wenkte het licht, en hij kon niet wachten om wat chaos te veroorzaken.

Hij beende door het laatste stuk van de schemerige gang en kwam uit in een ruimte met een hoog plafond. Het was een ouderwetse kasteelzaal, waar tijdens de koudste nachten van de winter de familie en vertrouwde personeelsleden van de oorspronkelijke regent van Kasteel Cavell zouden hebben geslapen. Ooit was de grote zaal prachtig geweest, maar nu was hij vervallen en verwaarloosd.

Het gewelfde dak werd nog steeds ondersteund door enorme houten balken, die zo oud waren dat ze zo hard als staal waren geworden, maar de ooit witbepleisterde muren waren nu donkergrijs en hoog in de duisternis erboven hoorde Bek vleermuizen fladderen. Er hingen geen wandtapijten aan de muren om de bewoners tegen de winterkou te beschermen die van de stenen afstraalde, en er lagen ook geen kleden op de vloer. Maar in de enorme haard links van de deur waardoor hij binnenkwam, brandde een vuur. Met getrokken zwaard en een maniakale grijns op zijn gezicht bekeek hij de vierentwintig man die voor het vuur waren geschaard.

Midden in de groep zaten twee mannen, allebei in grote, ouderwetse stoelen: een U-vorm van hout boven op zo'n zelfde vorm, maar dan omgekeerd, die de poten vormde, met een houten rugleuning tegen de bovenste helft gespijkerd en met kussens of bontvellen erin. De anderen zaten op kampkrukken of op zwarte mantels die ze op de vloer hadden uitgespreid. Ze droegen allemaal een zwarte wapenrusting, het kenmerk van de Nachtraven, behalve de twee mannen in het midden. Een van hen droeg een tuniek van fijn geweven linnen en een broek en laarzen die geschikt waren voor een hoge edele, hoewel zijn kleren los om zijn lijf hingen alsof hij pas behoorlijk was afgevallen; de ander was gekleed in de zwarte mantel van een klerk of magiër. De man in de tuniek had een zware, gouden amulet om zijn hals, gelijk aan de zwarte amulet die Nakur aan Bek had laten zien. De man in de mantel droeg helemaal geen versierselen. Hij was mager en zijn gezicht en hoofd waren volkomen haarloos.

Een tel nadat Bek was verschenen, stonden de achttien mannen die hadden gezeten overeind, en bliezen twee van hen op beenderfluitjes die een schril alarm door het kasteel verspreidden. De man met het goud om zijn hals zag er vijandig uit, en zijn ogen werden groot toen hij naar Bek wees en krijste: 'Dood hem!'

Toen de eerste wachter zijn zwaard omhoog bracht, greep Bek zijn eigen wapen met beide handen vast en kneep zijn ogen tot spleetjes, terwijl hij zich opgewonden concentreerde op de komende slachtpartij. Maar de man in de mantel riep: 'Nee! Halt!' Zijn ogen richtten zich verwonderd op die van Bek.

Iedereen, ook Bek, verstijfde toen de man tussen de zwaardvechters doorliep. Hij passeerde de man die het dichtst bij Ralan Bek stond en liep recht op de jonge strijder af. Bek voelde een vreemd soort macht in die man, en zijn mazzelgevoel vertelde hem dat er iets ongebruikelijks te gebeuren stond. Hij aarzelde, en maakte toen aanstalten om uit te halen naar de man in de mantel.

De man stak zijn hand op, niet om zich te verdedigen, maar smekend. 'Wacht,' zei hij. Bek weifelde. De man stak langzaam, bijna teder zijn hand uit en legde die op Beks borstkas, terwijl hij nog eens zei: 'Wacht.' Toen liet hij zich langzaam op zijn knieën zakken en sprak met een stem die nauwelijks meer was dan een fluistering: 'Wat draagt onze meester ons op?'

De man met de amulet keek in stomme verbazing toe, maar toen liet ook hij zich op zijn knieën zakken, even later gevolgd door alle anderen in de kamer. Er kwamen nog zes mannen de zaal in gerend uit andere delen van het kasteel; ze hadden de alarmfluit gehoord. Toen ze hun broeders met neergeslagen ogen op de knieën zagen liggen, volgden ze hun voorbeeld.

Bek liet zijn zwaard een stukje zakken. 'Hè?'

'Wat draagt onze meester ons op?' vroeg de man in de mantel nog eens.

Bek probeerde te bedenken wat hij moest zeggen, op basis van wat hij Nakur, Puc en de anderen had horen vertellen op Tovenaarseiland. Uiteindelijk zei hij: 'Varen is weg. Hij is naar een andere wereld gevlucht.'

'Toch niet Varen?' zei de man in de mantel. 'Hij was de hoogste onder de dienaren van onze meester.' De man stak langzaam zijn hand uit en raakte Beks borst weer aan. 'Ik voel onze meester, daar, binnen in jou. Hij leeft binnen in jou; hij spreekt door jou.' Hij keek Bek weer aan en vroeg nog eens: 'Wat draagt onze meester ons op?'

Bek was voorbereid geweest op een gevecht, en dit ging zijn begrip te boven. Langzaam keek hij rond in de zaal. De toenemende frustratie klonk door in zijn stem toen hij antwoordde: 'Dat weet ik niet...' Hij hief plotseling zijn zwaard en liet het neersuizen. 'Dat weet ik niet!'

Enkele minuten later rende Magnus de ruimte in, met een compagnie soldaten van Erik achter zich aan, en andere soldaten van het koninkrijk kwamen via dezelfde deur binnen als Bek. Ze bleven allemaal staan toen ze het tafereel voor zich zagen. Er lagen zesentwintig lijken op de vloer, maar er was geen teken te zien van een gevecht. Zesentwintig onthoofde lijken lagen in een enorme plas bloed en er rolden nog hoofden over de scharlakenrode stenen en met bloed doordrenkte mantels.

Het haardvuur knapperde. Bek stond ernaast, besmeurd met bloed. Zijn armen waren rood tot aan de ellebogen en zijn gezicht zat ook onder. Hij stond daar als een demon die was bezeten door waanzin. Magnus kon het in zijn ogen zien. De jonge strijder trilde zo hevig dat hij er bijna van schokte.

Uiteindelijk gooide Ralan Bek zijn hoofd in zijn nek en gaf een brul die weerkaatste tegen de stenen hoog boven hen. Het was een primitieve uitbarsting van woede en frustratie, en toen de echo's van het geluid waren weggestorven, keek hij rond in de kamer en vervolgens recht in Magnus' ogen. Als een opstandig kind wees hij naar de lijken en zei: 'Dit was niet leuk!'

Hij veegde zijn zwaard schoon aan de tuniek van een lijk en

stopte het weg. Toen pakte hij een emmer water die bij de haard stond, gooide die leeg over zijn hoofd zonder zelfs de moeite nemen zijn hoed af te zetten, en greep een relatief schone mantel om als handdoek te gebruiken. Terwijl hij zichzelf zo goed en kwaad als dat ging opknapte, zei Bek op iets beheerstere toon: 'Het is niet leuk als ze niet terugvechten, Magnus.' Hij keek de kamer rond. 'Ik heb honger. Heeft er iemand iets te eten?'

5

VOORBEREIDING

Miranda schreeuwde.
'Ben je gek geworden?' riep ze, veel luider dan nodig was in de kleine ruimte.

Magnus keek met verholen amusement naar zijn moeder terwijl ze in de kleine werkkamer zo ver mogelijk van het bureau van haar man weg beende en zich toen met een theatrale frons omdraaide. Ze gaf vaak luidkeels haar mening over zaken die uiteindelijk precies zo werden gedaan als zijn vader het wilde. Maar Puc was door de jaren heen gaan begrijpen dat de vaak opvliegende aard van zijn vrouw nu eenmaal een fysieke uitdrukking van haar frustraties nodig had.

'Ben je helemaal gek geworden?' gilde Miranda nog eens.

'Niet gekker dan jij toen je bijna een halfjaar lang het leger van de Smaragden Koningin schaduwde in Novindus,' zei Puc kalmpjes terwijl hij opstond van zijn bureau.

'Dat was anders!' schreeuwde Miranda, nog niet klaar met haar tirade. 'Er was geen Pantathische slangenpriester die me kon vinden, laat staan uitdagen, en ik ben degene die zich kan verplaatsen zonder Tsuranese bol, weet je nog wel?'

Magnus zag zijn vader zijn mond opendoen om iets te zeggen – waarschijnlijk dat Nakur, Puc en Magnus zich allemaal in die vaardigheid aan het bekwamen waren – maar zich toen bedenken en er het zwijgen toe doen terwijl Miranda verder tierde.

'Je hebt het over een bezoek aan een buitenaardse wereld!

Niet alleen een buitenaardse wereld, maar een op een heel ander realiteitsniveau! Wie weet welke krachten je daar hebt, als je die al hebt?' Ze wees naar Puc. 'Je weet niet eens hoe je daar moet komen, en zeg me niet dat je de talnoy op Kelewan gaat gebruiken om daar een scheuring te verankeren. Ik heb genoeg verstand van scheuringen om te weten dat je dan kunt belanden op de bodem van een of andere giftige zee, of midden op een slagveld, of weet ik veel wat voor dodelijke plek! Je gaat er blind naar binnen!'

'Ik ga niet blind naar binnen,' zei Puc, die smekend zijn handen opstak. 'Alsjeblieft, we moeten meer te weten komen over de Dasati.'

'Waarom?' wilde Miranda weten.

'Omdat ik het Orakel heb gesproken.' Hij hoefde zijn vrouw of zoon niet te vertellen over welk orakel hij het had.

Miranda's woede ebde weg toen haar nieuwsgierigheid het won. 'Wat zei ze?'

'Ze komen eraan. Er zijn nu nog te veel onzekerheden en meer kon ze niet zeggen, maar ik ga later naar haar terug, als de tijd nadert. Voorlopig moeten we gewoon meer te weten komen over dat volk.'

'Maar de talnoy in Novindus zijn voorzien van afweren, even roerloos en verstoken van magische aanwezigheid als tijdens de talloze jaren die ze verborgen hebben gelegen,' wierp Miranda tegen. 'Als er een afweer overheen ligt, hoe moeten de Dasati ons dan vinden?'

Puc kon enkel zijn hoofd schudden. 'Dat weet ik niet. Het Orakel heeft het maar zelden mis als ze spreekt over zekerheden.'

Magnus voelde dat dit gesprek tot een ruzie zou leiden en veranderde snel van onderwerp. 'En weer vraag ik, net als vele keren eerder,' zei hij als een geduldige schoolmeester, 'wie heeft ze daar neergelegd?'

Puc wist dat het een retorische vraag was, aangezien ze verschillende theorieën hadden en geen feiten, maar hij bedankte zijn zoon in stilte omdat die een bliksemafleider bood voor de woede van zijn vrouw. Hun eerste ingeving was geweest dat een van de Valheru, een Drakenheerser uit de fabelachtige oudheid, de talnoy met zich mee terug had genomen, maar daar was geen bewijs voor. Tomas, Pucs jeugdvriend, was doordrongen van de herinneringen van een lid van de oude Drakenhorde, en kon zich niet herinneren dat een van zijn broeders van hun gedoemde aanval op de Dasatiwereld was teruggekeerd met ook maar een enkele talnoy als trofee. Ze hadden het te druk gehad om die demonische schepsels ervan te weerhouden hen te vernietigen; verschillende drakenruiters waren gesneuveld tijdens hun uitstapje naar het Dasatirijk. Uiteindelijk was er maar één onontkoombare conclusie.

'Macros.'

Miranda knikte instemmend. Haar vader, Macros de Zwarte, was een agent geweest van de verloren God van de Magie. 'We kunnen geen stap verzetten of we stuiten op een van mijn vaders plannetjes.' Ze sloeg haar armen over elkaar en kreeg een afwezige blik in haar ogen terwijl ze blijkbaar aan iets terugdacht. 'Ik herinner me een keer...' Ze keek naar de vloer en er trokken emoties over haar gezicht die aangaven dat dit een pijnlijke herinnering voor haar was. 'Ik ben vele jaren kwaad op hem geweest omdat hij me in de steek had gelaten...'

Puc knikte meelevend. Hij was bij zijn vrouw geweest toen ze de laatste keer met haar vader herenigd werd, en herinnerde zich haar nauwelijks verholen woede toen ze hem na jaren van vervreemding weer zag. Hij herinnerde zich ook haar verdriet toen hij was opgeslokt door de scheuring die zich rondom hem sloot terwijl hij de Demonenheer Maarg vasthield, en zijn leven opofferde in een wanhopige daad waarmee hij deze wereld redde.

Miranda zette die herinneringen van zich af en vermande zich. 'Maar we zitten weer mooi met de puinhopen, hè?' In haar stem was iets van liefdevolle humor te horen, maar ook wat bitterheid.

Voor zijn moeder weer in een duistere stemming kon komen door zijn grootvader, kwam Magnus tussenbeide. 'We weten dat grootvader zich bezig heeft gehouden met het leggen van afweren rond de Dasatischeuringen voor die ene talnoy die we hebben gevonden, en zijn afweren liggen nog steeds om de andere heen.'

Beide ouders keken hun oudste zoon aan en Miranda zei: 'Dat weten we allemaal, Magnus. Wat wil je daarmee zeggen?'

'Grootvader deed nooit iets zonder reden, en alles wat jullie me over hem hebben verteld, leidt me tot de conclusie dat hij op de een of andere manier wist dat jullie op een dag de talnoy zouden ontdekken. En dat geeft me vervolgens het idee dat hij ook wist dat er een confrontatie met de Dasati zou komen.'

Puc zuchtte. 'Je vader,' zei hij tegen zijn vrouw, 'wist meer over tijdreizen dan wie ook. Alle goden, allemaal samen weten we waarschijnlijk maar een honderdste van wat hij wist; wat hij met Tomas en de oude Valheru Asschen-Sukar deed, zijn vermogen om de tijdval te begrijpen die de Pantathiërs bij de Eeuwige Stad voor ons hadden gezet, en de rest. Ik heb mijn best gedaan om zo veel mogelijk te ontdekken van wat hij heeft gedaan, maar het meeste blijft een mysterie. Op dit punt ben ik het echter met Magnus eens. Hij heeft die dingen in Novindus zo achtergelaten met een reden, en ik denk dat die reden met het Conclaaf te maken heeft.'

Miranda keek niet overtuigd, maar ze zei niets.

'Moeder,' zei Magnus, 'als grootvader niet wilde dat de talnoy werden gevonden, zou hij genoeg magie hebben gebruikt om die grot te begraven onder een berg en zouden ze duizenden jaren niet zijn gevonden. Er is iets heel groots en gevaarlijks gaande daarbuiten.' Hij maakte een weids armgebaar. 'En het gáát komen, wat we ook doen.'

'Wat wij kunnen doen, is proberen de aard van de vijand te begrijpen, zijn gezicht te zien,' zei Puc.

'Nou, ik ben het er nog steeds niet mee eens dat dit een goed plan is,' zei Miranda. 'Maar het is me duidelijk dat jullie vastberaden zijn. Dus hoe stel je voor dat je naar de Dasatiwereld komt, blijft leven en die informatie mee terugneemt, of zijn dat te pietluttige details om je druk over te maken?'

Puc moest wel lachen. 'Nauwelijks pietluttig, lieve. Ik ben van plan om iemand op te zoeken die naar dat rijk is geweest en ons daar misschien naartoe kan gidsen.'

'En waar verwacht je zo iemand te vinden?' wilde Miranda weten. 'Is er wel iemand op deze wereld die de tweede cirkel van de realiteit heeft bezocht?'

'Waarschijnlijk niet,' zei Puc. 'Maar ik ga ook niet zoeken op deze wereld. Ik ben van plan een bezoekje te brengen aan Eerlijke Jan.'

Miranda verstijfde even toen hij het etablissement in het hart van de Galerij der Werelden noemde. Toen knikte ze kort. 'Als er ergens zo iemand te vinden is, zou ik ook daar beginnen met zoeken.'

'Wie gaan er met je mee, vader?' vroeg Magnus.

Puc keek zijn zoon waarschuwend aan, wetend dat dit ongetwijfeld weer zou leiden tot protesten van Miranda, die haar echtgenoot nu nieuwsgierig aankeek. Puc haalde diep adem en zei: 'Jij, Nakur en Bek.'

Miranda ontstak gek genoeg niet in woede. 'Waarom?'

'Magnus omdat hij er klaar voor is en omdat ik iemand nodig heb die even machtig is als ik. Jij moet hier blijven om de zaken van het Conclaaf te behartigen, en naar de Assemblee gaan om te zien hoe ze vorderen met de talnoy.' Hij zweeg even. Toen ze niets zei, vervolgde hij: 'Bek omdat ik... het gevoel heb dat hij belangrijk is, en Nakur omdat hij de enige is die Bek in bedwang kan houden. Bovendien, als iemand ons uit een onmogelijke situatie kan redden, is het Nakur wel.'

'Je hebt het allemaal al uitgestippeld, dus ik neem aan dat het geen zin heeft om erover te blijven ruziën. Ik weet niet eens zeker of je wel een veilige manier kunt vinden om naar het tweede niveau te gaan,' zei Miranda.

'Toch moeten we het proberen.'

'Wanneer vertrek je?'

'Naar de Galerij? Morgen. Ik moet hier nog een paar dingetjes doen voordat ik ga.' Tegen Magnus zei hij: 'Waarom ga je niet kijken hoe het de jongens vergaat in Roldem? En kom dan morgen terug om je schoonzus te laten weten hoe het met haar kinderen gaat.'

Magnus knikte. 'En de talnoy in Novindus?'

Puc bleef bij de deur van zijn werkkamer staan. 'Rosenvar en Jacob zullen er een oogje op houden. Als er iets ongewoons gebeurt, kunnen Nakur of ik hier snel genoeg terug zijn. Het zal wel even duren voor we naar de Dasatiwereld vertrekken. Ik ga nog een kort bezoekje brengen aan Kelewan om te zien of daar enig spoor is van Varens aanwezigheid.'

'Denk je dat hij dom genoeg zou zijn om zich bloot te geven?' vroeg Magnus.

'Hij is een slimme kerel,' zei Puc. 'Briljant, op een zieke manier, maar hij is ook gedreven. Zijn waanzin heeft hem in de loop van de jaren impulsiever gemaakt. De tijd tussen zijn aanvallen wordt steeds korter. Hij zal ofwel daar iets overhaasts doen, of hij komt terug naar Midkemia. Hoe dan ook, uiteindelijk zullen we hem opsporen, en deze keer heeft hij geen gemakkelijke manier om een nieuw lichaam te grijpen.'

'En een moeilijke manier?' vroeg Miranda.

'Hoe bedoel je?'

'Je zei dat er geen gemakkelijke manier was om een nieuw lichaam over te nemen. Dat begrijp ik, aangezien je zijn zielskruik hebt vernietigd, maar hij heeft nog altijd de kennis over hoe hij een ander lichaam binnen moet gaan. Kunnen er geen andere manieren zijn om dat te doen, misschien minder handig maar even effectief?'

'Daar had ik niet aan gedacht,' zei Puc.

Miranda kon een zelfingenomen glimlach nauwelijks onderdrukken.

'Dan moeten we zowel grondig als steels zijn,' zei Puc, die de superieure blik van zijn vrouw negeerde. 'Ik zal wat rondvragen bij minder dan hooggeboren bronnen in Kelewan, terwijl jij kijkt wat je kunt ontdekken in de Assemblee als ik naar de Galerij ga. Vertrouw alleen Alenca.'

'Hoe kan ik wie dan ook vertrouwen?' vroeg Miranda. 'Nadat Varen bezit heeft genomen van de keizer van Kesh, denk ik dat we kunnen aannemen dat hij iedereen op Kelewan wel kan zijn, inclusief hun keizer.'

'Ik denk van niet,' zei Puc. 'Vergeet niet dat hij zijn zielskruik in het riool vlak bij het paleis van de keizer had verstopt. Ik vermoed dat de locatie veel te maken heeft met wie hij kan bereiken. Hoe dan ook denk ik dat hij zonder de kruik gedwongen was de sprong blind te maken en het dichtstbijzijnde lichaam heeft moeten nemen, van wie dat ook was. Aangezien zijn "doodsscheuring" zich op veel manieren hetzelfde gedroeg als een normale scheuring, verwacht ik dat hij op een punt in de buurt van de Assemblee is beland, misschien wel erbinnen. Aangezien hij een geest zonder lichaam was, zouden de gebruikelijke beveiligingen van de Assemblee daar nutteloos tegen zijn; dat is trouwens ook waarom ik denk dat het onwaarschijnlijk is dat hij ooit een hogere geestelijke zou kunnen overnemen op een van beide werelden. Afweren tegen geesten zijn normaal in tempels.'

'Goed dan,' zei Miranda. 'Ik zal met Alenca praten. Nog één vraagje.'

'Ja?' zei Puc, die duidelijk stond te springen om te vertrekken.

'Als je naar Kelewan wilt zonder dat de Assemblee daarvan op de hoogte is, hoe denk je dan door de scheuring te komen zonder te worden opgemerkt?'

Puc glimlachte en er vielen jaren van zijn gezicht af. 'Een truc, zoals Nakur het zou noemen.'

Hij liep de kamer uit en Magnus begon te lachen over de consternatie op het gezicht van zijn moeder.

Miranda keek haar oudere zoon woest aan. 'Dat irritante mannetje heeft hier zo'n slechte invloed!'

Magnus lachte nog harder.

Puc sloop door een zijstraat, zijn gezicht verborgen onder een diepe kap. Baarden waren zeldzaam bij vrije lieden in het Tsuranirijk, en werden meestal alleen gedragen door mannen die op Midkemia waren geboren en een paar rebelse jongelingen.

Als je laat op de avond nog op straat liep met gezichtsbeharing, was de kans groot dat je werd aangehouden door de patrouillerende stadswachters. Hoewel zijn rang als lid van de Assemblee van Magiërs betekende dat elke soldaat of drost hem meteen zou gehoorzamen, wilde Puc liever geen aandacht trekken bij zijn clandestiene bezoek.

Het woonhuis dat hij zocht was klein en lag aan een zijstraat in de stad Jamar, in een wijk die slechts een fractie beter was dan de sloppenwijken en het havengebied. De huizen hier waren bescheiden, de witte bepleistering, die traditioneel was voor Tsuranihuizen, werd enigszins schoongehouden, en de straten lagen niet al te vol met afval. Er stond zelfs een straatlantaarn een stukje achter hem.

Puc bereikte het huis dat hij zocht en klopte luid op de houten deur. Binnen klonk een stem. 'Kom binnen, Milamber.'

Puc duwde de deur naar het huisje open, amper meer dan een hut met één kamer. 'Gegroet, Sinboya.'

De oude man zat op een biezenmat op de vloer achter een klein, laag tafeltje met een lamp die het vertrek schamel verlichtte. Een houtoventje in de hoek leverde warmte om te koken; in het rijk werd het maar zelden koud genoeg om je zorgen te maken over het verwarmen van je huis. Een gordijn scheidde een gedeelte van de kamer af voor een slaapvlonder, en een achterdeur leidde naar buiten, waar zich een kleine moestuin en een privaat bevonden.

De oude man aan de tafel was graatmager en leek geen minuut jonger dan zijn ruim tachtig jaar. Zijn vlassige haren waren wit en zijn blauwe ogen bedekt met een witte laag, maar Puc wist dat zijn verstand nog even scherp was als dertig jaar geleden, toen ze elkaar voor het eerst hadden ontmoet.

'Wist je dat ik kwam?' vroeg Puc.

'Ik heb misschien niet jouw wonderbaarlijke krachten, Milamber,' zei hij, nogmaals Pucs Tsuraninaam gebruikend, 'maar ik ben een meester op mijn eigen vakgebied, en mijn afweerbezweringen zijn ongeëvenaard. Ik kan zowel vriend als vijand voelen naderen.' Er stonden twee porseleinen kommen op tafel, en hij schonk er heet water in uit een kostbare metalen pot. 'Chocha?'

'Dank je,' antwoordde Puc.

'Ga toch zitten.'

Puc ging op de vloer zitten en schikte zijn reiskleding, een onopvallend lichtblauw gewaad waarover hij een mantel met kap had aangetrokken.

Het zicht van de oude man was slecht, maar nog altijd goed genoeg om te zien hoe Puc zich kleedde. 'Reis je incognito?'

'Ik wil niet dat anderen van de Assemblee weten dat ik hier ben,' antwoordde Puc.

De getaande tovenaar grinnikte. 'Je hebt een kleurrijke geschiedenis bij de Assemblee. Was je niet ooit zelfs uitgebannen en bestempeld tot verrader van het rijk?'

'Zo extreem is het niet, maar er is een zaak van grote ernst die me in het nadeel stelt bij de Assemblee. Kortom: ik kan geen enkel lid ervan vertrouwen.'

'Wat kan ik voor je doen, oude vriend?'

'Er is in het rijk momenteel een vluchteling van mijn wereld op vrije voeten, een magiër die ongelooflijk sluw en gevaarlijk is, en misschien wel onmogelijk te vinden.'

'Je schetst wel een grimmig beeld,' zei Sinboya. 'Als jíj hem niet kunt vinden, moet hij wel heel ongrijpbaar zijn.'

Puc knikte en nam een slok van de warme drank. In de vier jaar die hij bij de Assemblee had doorgebracht om te worden opgeleid tot Grootheid van het rijk, had hij een voorliefde gekregen voor het brouwsel, dat eigenlijk smaakte als een bittere thee uit Novindus. 'Hij heeft het vermogen om het lichaam van iemand anders over te nemen, en dat is zelfs voor degenen die de gastheer het meest na staan nauwelijks te detecteren.'

'Ah, een bezitter. Ik heb daar wel een en ander over gehoord, maar zoals zo vaak zijn dergelijke vertelsels niet meer dan dat: verhalen zonder kern van waarheid.' Sinboya was een magiër van het Mindere Pad, ongeveer zoals Pucs eerste leermeester Kulgan, een soort magie die Puc met zijn temperament pas begon te liggen toen hij veel verder was in zijn opleiding. Puc was thuis in alle vormen van magie, maar in tegenstelling tot Sinboya was hij geen specialist op dit gebied. 'Ik neem aan dat dit bezoekje niet zozeer draait om het genoegen van mijn gezelschap, maar om een toestel of handigheidje dat ik voor je kan maken?'

'Het spijt me dat ik geen contact met je heb gehouden.'

'Dat geeft niet. Als maar de helft van de geruchten die ik over je hoor waar is, ben je iemand die twee keer zoveel uren in een dag nodig heeft als de rest van ons.'

'Ik heb iets nodig om doodsbezweringen mee te detecteren,' zei Puc.

De oude magiër bleef even zwijgend zitten. 'Dat is verboden, zoals je weet.'

'Ja, dat weet ik, maar sommige mensen worden gedreven door veel meer dan de angst voor ontdekking.'

'De verlokking van de duistere kunsten kan inderdaad sterk zijn. Het animeren en beheersen van de doden, het gebruiken van de levensenergie van anderen en het creëren van vals leven, dat zijn allemaal verschrikkingen in de ogen van elke tempel; en in de tijd waarin de Assemblee werd opgericht, vreesden de magiërs mannen die een dergelijk pad volgden.' Hij grinnikte. 'Je zult een Grootheid van de Tsurani dit nooit horen toegeven, maar lieden van mijn "mindere" roeping kunnen angstaanjagende krachtsniveaus bereiken. Het kost tijd om je welk pad dan ook eigen te maken, maar het Hogere Pad is de snellere weg naar macht. Wat weinig mensen weten, is dat het Mindere Pad de langzamere weg is naar grotere macht. Ik kan, als ik genoeg tijd en materiaal heb, toestellen maken waarmee dingen mogelijk zijn die niemand van het Hogere Pad – met jou als mogelijke uitzondering, Milamber – kan dupliceren. Geef me wat ik nodig heb, dan kan ik een kist bouwen die woeste stormen vasthoudt tot hij wordt geopend, of een fluit die duizend dieren tegelijk tot gehoorzaamheid kan dwingen. Er zijn vele dingen die wij van het Mindere Pad kunnen bereiken, maar die vaak over het hoofd worden gezien door de Assemblee.'

Hij zweeg even en vroeg toen: 'Wat moet dit toestel doen?'

'Ik heb iets nodig wat iedere belangrijke manifestatie van doodsbezwering detecteert. Alles in orde van grootte van het grijpen van een ziel of het animeren van de doden.'

De oude man zweeg een paar minuten. 'Lastig,' zei hij uiteindelijk. 'Dat zijn subtiele manifestaties: een enkel leven dat wordt gegrepen of een enkel lichaam dat wordt geanimeerd.'

'Maar is het mogelijk?'

Sinboya peinsde. 'Natuurlijk is het mogelijk, maar het zal tijd kosten en ik zal hulp nodig hebben.'

Puc stond op. 'Ik zal binnen een dag iemand contact met je op laten nemen, en hij zal je alles leveren wat je nodig hebt. Bepaal je prijs voor het werk, en er zit ook nog een beloning voor je aan vast. De man die ik zoek, kan wel eens de brenger zijn van het grootste gevaar dat het rijk in zijn lange geschiedenis heeft gekend.'

De oude man grinnikte. 'Met alle respect, mijn vriend, maar er zijn vele grote gevaren in onze geschiedenis geweest.'

Puc boog zich naar hem toe. 'Dit weet ik zeker, want wij van het Hogere Pad bestuderen tijdens onze opleiding de geschiedenis van het rijk. Ik overdrijf niet, Sinboya. Dit kan gaan om het ontketenen van de Zielenvreter.'

De oude man bleef zwijgend zitten toen zijn gast vertrok. De Zielenvreter was een wezen met ongelooflijk veel macht, een van de ontstaansmythen van de Tsuranireligie. In tempelgeschriften werd voorspeld dat in de laatste dagen, voor de vernietiging van de wereld van Kelewan, een wezen dat de Zielenvreter werd genoemd zou verschijnen om de onwaardigen te oogsten, voordat de goden hun laatste oorlog in de hemelen ontketenden. Toen de deur achter Puc dichtviel, voelde Sinboya plotseling de behoefte om de tempel van de Goede God Chochocan te bezoeken, om een gebed te zeggen en een offer te brengen, een impuls die hij in vijftig jaar niet had gehad.

Terwijl Puc Sinboya's bescheiden huisje verliet, ervoer hij een vreemd, bekend gevoel, een soort déjà vu. Hij weifelde en keek snel om zich heen, maar zag niets vreemds in de duisternis en haastte zich verder.

Hij had een scheuring geopend vanaf een verlaten plek op Tovenaarseiland, naar een plek die hij kende in de buurt van de Stad op de Vlakte, waar bijna een eeuw eerder de oorspronkelijke Tsuranischeuring naar Midkemia was geweest. Daarbij had hij een truc gebruikt die hij jaren daarvoor had geleerd, toen hij naar de Eldar onder de ijskap op de pool van Kelewan ging: hij had zich eenvoudigweg verplaatst via een zichtlijn, een methode die tijdrovend kon zijn, maar wel effectief was.

Hij had zo'n truc niet nodig om terug te keren naar Midkemia, alleen maar een verlaten plek waar hij ongezien kon vertrekken. Hij liep snel over de donkere straat en zocht naar een steegje waarin hij kon verdwijnen.

Om de hoek stapte een gestalte uit de diepe schaduwen en keek toe terwijl Puc uit het zicht verdween. De gedrongen man in de zwarte mantel wachtte even en zuchtte toen. 'Wat deed je in dat huisje, Puc?' mompelde hij binnensmonds. 'Nou, daar kan ik maar beter achter zien te komen, hè?' De man liep doelgericht, met een lange staf die wat van zijn gewicht overnam als hij zijn rechterbeen gebruikte. Hij had een tijdje terug zijn knie bezeerd, en zijn wandelstok bood hem hulp.

Zonder te kloppen duwde hij de deur open en stapte naar binnen.

6

EERLIJKE JAN

Puc stapte achteruit.

Hij zag de karavaan kronkelend langs de Galerij der Werelden rijden en wist uit ervaring dat hier alles mogelijk was. De Galerij was het grote kruispunt tussen werelden, een plek waar een sterveling tussen planeten kon reizen als hij de weg wist en de nodige vaardigheden of macht bezat om het te overleven.

Puc keek naar de deuren die het dichtstbij waren, maar geen daarvan bood een goede plek waar hij kon verdwijnen. Twee ervan leidden naar werelden waar, zo wist hij, menselijk leven niet mogelijk was, met giftige atmosferen en een verpletterende zwaartekracht, en de andere twee leidden naar zeer openbare uitstapplaatsen. Helaas had hij niet de middelen om na te gaan op welke plekken het een slecht idee was om rond het middaguur op een drukbezocht plein te verschijnen.

Hij had geen andere keus dan te blijven staan, want een paar karavaanwachters hadden hem al gezien en haastten zich met getrokken wapens naar hem toe voor het geval hij een bedreiging was; en dat zou hij ook zijn als daar aanleiding voor was.

De wachters waren menselijk, of leken dat althans van een afstand, en ze bleven staan op een plek halverwege tussen hem en de voorste wagen, die werd getrokken door iets wat er enigszins uitzag als een paarse nidra, het zespotige lastdier dat Puc kende van zijn jaren op Kelewan. Vier van de wachters waren gekleed in eenvoudige grijze uniformen, met tulbanden in dezelfde kleur, en hun enige wapenrusting bestond uit goudkleurige borstplaten. Ze droegen zwarte schilden en scherp uitziende kromzwaarden. Twee van hen hadden een of ander schietwapen, dacht Puc, want ze richtten lange kokers op hem, die rustten op een soort schouderkussen.

Puc bleef staan. Na een tijdje, waarin geen van beide partijen iets deed, kwam er een kleine man in een lichtblauwe mantel en witte tulband naar voren en ging achter de wachters staan. Hij keek Puc aan en stelde luidkeels een vraag.

Puc kende de taal niet. De Galerij der Werelden gaf schijnbaar toegang tot en van elke planeet in het heelal, of dat was althans de theorie. Niemand had ooit het einde van de Galerij gevonden, en er kwam constant nieuws over nieuwe werelden aan bij het etablissement van Eerlijke Jan, Pucs bestemming. Daarom kon je hier inwoners van honderdduizenden naties tegenkomen, die allemaal een andere taal spraken.

Je kwam in feite drie typen individuen tegen in de Galerij der Werelden: inwoners, vertoevers en de verlorenen. Die laatsten waren arme zielen die per ongeluk op hun wereld een ingang naar de Galerij waren ingelopen, zonder kennis over wat er met hen gebeurd was of hoe ze terug moesten. Vaak werden zij slachtoffer van de meer roofzuchtige bewoners van de Galerij. De meesten die door de Galerij reisden, waren net als Puc vertoevers en gebruikten de Galerij alleen als middel om snel grote afstanden te overbruggen. Maar er was een hele cultuur in de Galerij ontstaan door degenen die verkozen er te wonen. Dat waren niet alleen mensen, maar velerlei intelligente rassen, en ze hadden een soort regels of conventies ontwikkeld. Een van die conventies was de Handelstaal. Puc sprak die vrij goed en antwoordde daarin: 'Kun je je vraag herhalen, alsjeblieft?'

De kleine man keek achterom naar een gestalte die op de eerste wagen zat en richtte toen zijn aandacht weer op Puc. 'Ik vroeg,' begon hij in de Handelstaal, 'waar je naartoe gaat?'

Puc wees voor zich uit. 'Die kant op.'

De kleine man keek hem ontdaan aan. 'Waar kom je vandaan?'

Puc wees over zijn linkerschouder. 'Van die kant.'

'En waarom?' wilde de kleine man weten.

Puc werd dit gesprek moe. Hij was maar vijf deuropeningen verwijderd van de dichtstbijzijnde ingang naar Eerlijke Jan en wilde verder. Maar hij deed zijn best om zijn ergernis te verbergen. 'Dat zijn mijn zaken.'

'Je loopt alleen door de Galerij, maar ik zie geen wapens. Dus je bent ofwel een man met veel macht, of een idioot.'

Puc stapte naar voren en de wapens van de wachters kwamen een stukje omhoog. 'Ik heb geen wapens nodig. Dus ben je van plan me de weg te versperren?'

'Mijn meester wil er alleen maar voor zorgen dat we elkaar zo min mogelijk in de weg lopen,' antwoordde de kleine man, met een grijns met veel vertoon van tanden.

Puc knikte. Hij stak zijn hand voor zijn borst langs en wees. 'Ga jij dan die kant op, dan ga ik deze kant op.'

'Hoe weten we dat je je niet omdraait en ons aanvalt als we je laten passeren?'

Puc zuchtte gefrustreerd. 'Nu ben ik het zat.' Hij zwaaide met zijn hand en er verscheen een zichtbare golf in de lucht, die naar voren rolde en de zes wachters en de kleine man omver kegelde. Hij liep langs hen heen toen een van de wachters overeind sprong, zijn zwaard hoog ophief en het meteen weer omlaag bracht. Puc stak zijn hand op en het zwaard raakte een onzichtbare barrière, waardoor er een schokgolf door de arm van de wachter trok alsof hij een ijzeren balk had geraakt.

Een van de mannen met een buisvormig toestel richtte het op hem en ontgrendelde een mechanisme, waardoor er een snel uitspreidend net op Puc afschoot. Hij had een soort raket verwacht, en werd verrast door het net. Plotseling zat hij verstrikt, en de andere wachters maakten daar gebruik van om bij hem te komen.

Puc sloot zijn ogen en gebruikte de transportvaardigheid die Miranda hem had bijgebracht, samen met wat hij jaren eerder had geleerd van de Tsurani-Grootheden. Puc koos een plek tien stappen verderop in de Galerij. Het ene moment zat hij verstrikt in een net en probeerden een stuk of zes wachters hem op de grond te trekken, en een tel later stond hij tien passen verderop naar de chaos te kijken.

Hij richtte zich op degene die duidelijk de meester van de karavaan was, een rijkelijk uitgedoste, dikke vent die boven op de voorste wagen zat en die verbaasd met zijn ogen knipperde toen Puc naar hem toe liep en hem indringend aankeek. 'Als je liever hebt dat ik je verander in een hoopje smeulende as, dan kan dat ook.'

'Nee!' riep de man, die smekend zijn handen opstak. 'Doe ons geen kwaad, vreemdeling!'

'Geen kwaad?' vroeg Puc op geërgerde toon. 'Ik wil alleen maar die kant op.' Hij wees. 'Wat is hier loos?'

Toen de karavaanmeester zag dat de man in de mantel zijn aanval niet voortzette, liet hij zijn handen zakken. 'Mijn agent heeft misschien wat overhaast gehandeld. Ik zal hem een reprimande geven. Hij zocht misschien een stuk handelswaar en dacht mogelijk dat jij van enige waarde kon zijn.'

'Misschien,' zei Puc droog. Hij keek langs de karavaan, een twaalftal wagens en een rij individuen die erachteraan liep. 'Ben je slavenhandelaar?'

'In bepaald opzicht... misschien, zou je kunnen zeggen... ja.' Hij spreidde zijn handen, met de handpalmen omhoog, en vervolgde: 'Maar het is maar een bijzaak, misschien een bron van wat bescheiden inkomsten, niet mijn hoofdartikel.'

'En wat is dat dan wel?' vroeg Puc. Hij hield niet van slavenhandelaars, aangezien hij vier jaar als slaaf op de Tsuraniwereld had doorgebracht voordat zijn magische vaardigheden waren ontdekt. Maar er was een ongeschreven regel in de Galerij dat je niemand zonder goede reden in de weg mocht staan bij de uitoefening van zijn vak. Toegegeven, hij was aangevallen, maar dat was alleen maar te verwachten van een slavenhandelaar die iemand alleen in de Galerij tegenkwam.

'Ik handel in voorwerpen die oud en zeldzaam zijn,' zei de man. 'Unieke magische toestellen en heilige relikwieën. Misschien zoek jij ook zoiets?'

96

'Een andere keer. Ik moet weg,' zei Puc. Hij nam de dikke handelaar taxerend op. 'Maar je kunt me misschien wat informatie verkopen.'

De man legde zijn hand op zijn hart, glimlachte en maakte een buiging. 'Misschien.'

'Heb je wel eens zaken gedaan met iemand die de weg wist naar het tweede niveau?'

Het gezicht van de man veranderde in een masker van verwarring. 'Misschien spreek ik de Handelstaal niet vloeiend genoeg, vreemdeling. Het tweede niveau?'

'De tweede cirkel. Het tweede rijk. Dat wat hieronder ligt?'

De man zette grote ogen op. 'Je bent gek, maar als er zo iemand bestaat, zoek hem dan bij Eerlijke Jan. Vraag naar Vordam van de Ipiliac.'

Puc maakte een lichte buiging. 'Ik ging toch al naar Jan, maar dank je voor de naam.'

'Misschien ontmoeten we elkaar nog eens...?'

'Puc van Midkemia. Ook wel Milamber van Kelewan genoemd.'

'Ik ben Tosan Beada. Van de Dubengee. Misschien heb je van me gehoord?'

'Het spijt me,' zei Puc, die zijn wandeling voortzette. 'Veel succes met de handel, Tosan Beada van de Dubengee.'

'Goede reis, Puc van Midkemia, ook wel Milamber van Kelewan genoemd,' antwoordde de handelaar.

Puc besteedde amper aandacht aan de wagens en dwong zichzelf de slaven te negeren. Er waren er minstens vijftig, in een lange rij aan elkaar geketend, en ze zagen er allemaal even ellendig uit. De meesten waren mensen, en de rest leek voldoende op mensen om tijdens de mars in de maat mee te kunnen lopen.

Puc had ze wel kunnen bevrijden, maar hoeveel van zijn kostbare tijd zou dat vergen? En wat moest hij dan met ze doen? De meesten zouden alleen de plaatselijke naam voor hun wereld kennen, en de kans was groot dat geen van hen ook maar een flauw idee had van waar de deur naar hun thuiswereld te vinden was. Puc had lang geleden al geleerd dat als je de Galerij binnenging je maar beter alle ethische en morele bezwaren thuis kon laten.

Puc kwam al snel bij de dichtstbijzijnde ingang naar Eerlijke Jan. Hij aarzelde even, want hoe vaak hij dit ook al eerder had gedaan, hij voelde altijd iets van paniek als hij vanuit de Galerij tussen twee deuren door stapte. Hij herkende de tekens aan weerszijden boven de deur en wist dat hij op de juiste plek was. Toch wist niemand wat er gebeurde als je opzij stapte tussen twee deuren; niemand had dat ooit geprobeerd en het kunnen navertellen.

Hij negeerde het plotselinge, weeïge gevoel in zijn maag en stapte omlaag alsof hij een trap afliep.

Plotseling bevond hij zich in een entree; een kamertje met een valse deur aan het eind. Hij wist dat die deur alleen maar op de muur geschilderd was om een bepaald percentage van de clientèle van Eerlijke Jan gerust te stellen.

Een groot wezen, zo'n negen voet lang, keek met enorme blauwe ogen op hem neer. Hij was bedekt met een witte vacht en leek een beetje op een aap, al had het gezicht eigenlijk vooral wat weg van dat van een hond. De zwarte vlekken in zijn vacht zouden het wezen een bijna grappige uitstraling hebben gegeven, als hij niet van die enorme klauwen en tanden had gehad... 'Wapens?' vroeg de Coropaban.

'Eén,' zei Puc, die zijn dolk onder zijn mantel vandaan haalde. Hij gaf het wapen af en het wezen gebaarde dat Puc naar binnen mocht. Puc stapte Eerlijke Jan binnen.

De salon was immens: meer dan tweehonderd meter breed en een kwart mijl lang. Langs de rechtermuur stond een toog met een stuk of twintig barmannen erachter. Twee omlopen, de een boven de ander, waren tegen de andere drie muren gebouwd. De omlopen stonden vol tafels en stoelen en boden uitkijkpunten vanwaar degenen boven konden neerkijken op de vloer beneden.

Hier werden alle voorstelbare kansspelen gespeeld, van kaarten tot dobbelen tot spelletjes met raderen en getallen; er was zelfs een kleine arena van zand voor atletische wedstrijden en duellen. De klanten waren van alle rassen en soorten die Puc ooit had ontmoet, en ook een heel stel die hij niet kende. De meesten liepen op twee benen, hoewel er een paar waren met meer ledematen dan gebruikelijk, waaronder een wezen dat leek op een magere draak ter grootte van een man en met mensenhanden aan de uiteinden van zijn vleugelpunten. Het bedienend personeel liep tussen de menigte door met dienbladen waarop een verscheidenheid aan potten, borden, kommen, emmers en schalen stond.

Puc zocht zich een weg door de drukte en vond de eigenaar van de herberg aan zijn gebruikelijke tafel. Jan van de Onbetwistbare Ethiek, zoals hij bekendstond op de wereld Cynosure, zat aan een tafel aan het begin van de toog, waardoor hij een uitstekend uitzicht had op de ingang. Toen Jan Puc zag naderen, stond hij op. Zijn gezicht was onopvallend: bruine ogen, een doodgewone neus en de glimlach van een gokker. Hij droeg een pak van een glanzende zwarte stof. De broek hing neer op glimmende zwarte puntlaarzen. Zijn jas was aan de voorkant open, en eronder droeg hij een wit hemd met ruches, gesloten met parelknopen en met een puntige kraag, waarop hij een purperen das droeg. Dit ensemble werd afgemaakt met een witte hoed met een brede rand, voorzien van een glanzende roodzijden hoedenband.

Hij stak zijn hand uit. 'Puc! Altijd leuk om je te zien.' Toen tuurde hij langs Puc heen. 'Is Miranda niet bij je?' Ze drukten elkaar de hand en hij gebaarde Puc om plaats te nemen op de stoel tegenover hem.

'Nee,' zei Puc, die ging zitten. 'Ze heeft momenteel andere dingen te doen.'

'Het is al een tijdje geleden.'

'Zoals altijd,' zei Puc, die de grap snapte. Er verstreek geen tijd in Eerlijke Jan. Degenen die in de Galerij vertoefden, bleven op de een of andere manier verschoond van de gevolgen van de verstrijkende tijd. Op deze plek zonder dagen, weken, maanden of jaren, werd de tijd gemeten in uren, waarvan het ene het andere eindeloos opvolgde. Puc wedde dat Jan wel een manier had om uit te rekenen hoe lang het precies geleden was dat Puc hier voor het laatst was geweest, maar hij vermoedde dat die niets te maken had met het geheugen van de man.

'Niet dat ik niet blij ben om je te zien, maar ik vermoed dat je een doel hebt met je bezoek. Hoe kan ik je helpen?'

'Ik zoek een gids.'

Jan knikte. 'Er zijn toevallig op dit moment een paar goede gidsen in mijn etablissement, en nog een veel groter aantal die hier snel zouden kunnen zijn als ik ze liet halen. Maar wie je zoekt, is afhankelijk van één vraag: waar wil je naartoe?'

'Naar de Dasatiwereld, in het tweede rijk,' zei Puc.

Jan was een man met ongelooflijk veel ervaring. Hij had tijdens zijn jaren in de Galerij bijna alles gehoord wat je je maar kon voorstellen. Voor het eerst zat hij met zijn mond vol tanden.

Miranda liep langzaam met een oude man in een zwarte mantel mee door de tuin aan de zuidkant van de grote Tsuranese Assemblee van Magiërs. Het was een mooie middag, met een lichte bries vanuit de bergen ver in het noorden waardoor de normaal zo warme Tsuranese dag wat werd getemperd. Het enorme Assembleegebouw domineerde het eiland, maar de oever aan de overzijde van het meer was onaangeroerd gebleven en bood Miranda een rustgevend uitzicht. Ze vond het vreselijk als Puc weg was.

'Hoe blij ik ook ben om je te zien, Miranda,' zei de oude magiër, 'je begrijpt wel dat veel van mijn broeders nog altijd...'

'Ouderwets zijn?'

'Ik wilde "traditioneel" zeggen.'

'Met andere woorden: ze nemen liever geen advies aan van een vrouw.'

'Zoiets,' zei Alenca, het oudste lid van de Assemblee van Magiërs. 'Wij Tsurani hebben veel veranderingen ondergaan in de afgelopen eeuw, die toevallig begon met onze eerste kennismaking met jouw thuiswereld, en vervolgens nog meer veranderingen die ons door je man zijn opgelegd, maar we zijn nog altijd een bekrompen stelletje.'

Het gezicht van de oude man was een verzameling rimpels en kloven, lijnen en levervlekken, en op zijn hoofd groeide enkel nog wat pluizig grijs haar, maar zijn ogen hadden een levendige kleur blauw en fonkelden als hij praatte. Miranda mocht hem heel graag.

'Die toestand met de talnoy is nogal een twistpunt geworden tussen verschillende groepen onder ons,' vervolgde hij, 'en het nieuws erover is helemaal bij de keizerlijke troon in de Heilige Stad terechtgekomen.'

'Heeft iemand tegen de keizer gekletst?' Miranda trok een wenkbrauw op.

De oude magiër maakte een wegwuivend gebaar. 'Je dacht toch niet dat iets wat zo gevaarlijk kan zijn als de talnoy lang geheim zou blijven voor de keizer? Denk eraan, ons eerste mandaat is nog altijd om het rijk te dienen.'

Miranda keek uit over de tuin en het stille water van het meer. 'Nee, ik ben niet echt verbaasd. Ik ben hier om te kijken of jullie al vooruitgang hebben geboekt.'

'Dan neem ik aan dat Milamber en Magnus weg zijn voor andere zaken, dat ze niet zelf hier naartoe konden komen?'

'Je vergeet Nakur te noemen,' zei Miranda droog.

De oude man lachte. 'Die man amuseert me eindeloos.' Hij haalde diep adem. 'Ik denk dat hij misschien wel meer weet over de Hogere Kunst dan ik, hoewel hij erop blijft hameren dat magie niet bestaat en dat we allemaal... trucs doen.'

'Nakur is een constante bron van vermaak, ja, maar laten we niet afdwalen. Heeft de keizer iets gezegd over de talnoy?'

'Nee, behalve dat hij hem van onze wereld weg wil hebben.'

Miranda sloeg haar armen over elkaar, hoewel de bries vanaf het meer warm was. 'Heeft hij dat bevolen?'

'Als dat zo was, was de talnoy al aan jullie teruggegeven,' zei Alenca. Hij wreef in zijn handen alsof hij zich ergens op verheugde. 'Veel van onze broeders zijn ervan overtuigd dat we in een impasse zitten, en dat de toenemende, willekeurige scheu-

101

ringen een reden van zorg zijn. Een van ons is al gesneuveld als resultaat van zo'n scheuring.'

Miranda knikte. 'Dat heeft Puc me verteld: Macalathana. Maar ik weet niet wat er gebeurd is.'

'Er kwam een of ander wezentje door de scheuring,' zei Alenca. 'En voor zover ik begrepen heb, ontplofte dat vervolgens! Als je dat kunt geloven.'

'Ik kan een heleboel geloven.'

'Wyntakata, die bij hem was, was zo van streek dat hij zich bijna een maand terugtrok op zijn landgoed in Ambolena voordat hij bij ons terugkeerde.' Alenca voegde er op zachte toon aan toe: 'Sindsdien is hij niet meer helemaal dezelfde, als je het mij vraagt.'

'Gaat de Assemblee ons verzoeken de talnoy te verwijderen?'

'Als je geen manier kunt verzinnen om die verdomde scheuringen te laten ophouden, dan wel,' zei Alenca.

Miranda zweeg een tijdje. Ze was alleen maar op bezoek geweest op Kelewan en was niet bijzonder op die wereld gesteld: de mannen waren te stijfkoppig in hun houding ten opzichte van vrouwen – vooral vrouwen die magie gebruikten – het was er altijd te warm, en de steden waren te druk. Ze keek over het meer naar de overkant en de majestueuze bergpieken – de Hoge Muur – daarachter. Aan de andere kant moest ze toegeven dat het landschap prachtig was. Na een tijdlang peinzen, vroeg ze: 'Hoe lang was de talnoy hier voordat je meldingen begon te krijgen over scheuringen?'

'Een paar maanden, geloof ik.'

'Dan moeten we de talnoy terugbrengen naar Tovenaarseiland.'

'Hoezo?' vroeg Alenca.

'Omdat die scheuringen de talnoy naar deze wereld volgen om een of andere natuurlijke reden, of omdat er een intelligentie achter zit. Als dat laatste het geval is, kan het maanden duren voor die intelligentie de talnoy weer vindt op Midkemia.' Ze keek Alenca aan. 'Ik vraag me af of we hem niet in een onbewoonde wereld kunnen onderbrengen die Puc kent, om hem daar verder te bestuderen.'

Aangezien het een retorische vraag scheen te zijn, gaf Alenca geen antwoord.

'Je zei dat een van jullie leden is gedood doordat er een wezen ontplofte. Puc was vaag over de details; wat kun je me daarover vertellen?'

Achter hen sprak een stem: 'Dat kan ik je beter vertellen, Miranda.'

Miranda draaide zich om en zag een gedrongen man in een zwarte mantel met een staf – ongebruikelijk voor een Grootheid van de Tsurani – door de tuin komen aanlopen. Hij had kennelijk iets van hun gesprek opgevangen. Miranda herkende hem niet, maar de man zei: 'Fijn om je te zien.'

'Kennen wij elkaar?' vroeg ze. Ze gebruikte vrijwel nooit de eretitel 'Grootheid' zoals gebruikelijk was in deze samenleving, aangezien ook zij een vaardig magiër was.

De man aarzelde slechts even; toen glimlachte hij. Hij droeg zijn met grijs doorschoten zwarte haren ongebruikelijk lang, bijna tot op zijn schouders, en zijn gezicht was gladgeschoren op de wijze van de Tsurani. 'Nee, ik geloof dat we elkaar nog niet eerder hebben ontmoet, maar je reputatie snelt je vooruit. Misschien had ik beter kunnen zeggen: "Het is fijn om je te ontmoeten."' Hij boog zijn hoofd lichtjes, respectvol. 'Ik ben Wyntakata. Ik was getuige van Macalathana's dood.'

'Ik zou het op prijs stellen als je me vertelde wat er gebeurd is,' zei Miranda.

'We kregen melding van een scheuring die was gezien door een nidraherder, een halve dag reizen ten noordoosten van de stad Jamar, midden op de grote graslanden van de provincie Hokani. Toen we aankwamen, vonden we een scheuring die niet groter was dan twee handbreedten en die zo'n halve handbreedte boven de grond zweefde. Een klein wezentje stond er bewegingsloos voor. Ik zei dat we voorzichtig moesten zijn, maar Macalathana was ongeduldig en wilde het onderzoeken; ik neem aan dat hij dacht dat zo'n klein ding niet erg gevaarlijk

103

kon zijn. Toen hij vlak bij het wezen was, ontplofte het in een krachtige explosie van licht en vuur, waardoor een aanzienlijk deel van het gras eromheen verbrandde. De scheuring was verdwenen. Ik keerde meteen terug naar de Assemblee met het vreselijke nieuws, en anderen zijn het lichaam van Macalathana gaan halen.'

'Hebben jullie nog een kans gehad om het wezen te bestuderen?' vroeg Miranda.

'Nee, helaas. Ik zag het maar een paar tellen, net genoeg om te zien dat het klein was, op twee benen stond en geen kleding droeg of voorwerpen bij zich had. Misschien was het een of ander wild wezen dat per ongeluk vanaf de andere kant door de scheuring was gelopen.'

'Dat denken we op dit moment,' zei Alenca. 'Tenzij die Dasatiwezens altijd naakt op verkenning gaan,' voegde hij er grinnikend aan toe.

'We weten maar heel weinig over ze,' zei Miranda, die het gegrinnik van de oude man negeerde, 'maar dat lijkt me inderdaad onwaarschijnlijk.' Tegen Wyntakata zei ze: 'Alenca en ik hadden het net over de mogelijkheid om de talnoy terug te brengen naar Tovenaarseiland.'

'O, maar dat is voorbarig,' zei Wyntakata.

'Denk je?' vroeg Miranda.

'We hebben inderdaad meldingen over scheuringen binnengekregen, maar ik heb persoonlijk evenveel van die meldingen onderzocht als alle anderen hier...'

'Dat is waar,' onderbrak Alenca hem.

'... en ik kan met enige zekerheid zeggen dat de meeste meldingen niet klopten; men had dingen gezien die niet magischer waren dan weersverschijnselen of de vlieger van een kind! De enige andere scheuring die ik heb kunnen vinden, was maar zo groot als mijn vuist, en hij bleef nog maar een paar minuten open nadat ik was gearriveerd.

Ik ben ervan overtuigd dat die kleine scheuringen natuurlijke bijverschijnselen zijn van de aanwezigheid van de talnoy hier, dat er geen intelligentie achter zit en ze ook niet worden gebruikt door iemand die probeert een weg naar Kelewan te vinden. Ik vermoed dat we je binnenkort een heleboel meer kunnen vertellen over die talnoy. Als we nu ons onderzoek afbreken, is dat vreselijk zonde van de tijd die we er al in geïnvesteerd hebben.'

'Dat zal ik aan mijn echtgenoot doorgeven,' zei Miranda met een glimlach naar Wyntakata. 'Ik moet nu afscheid nemen en teruggaan naar huis.' Tegen Alenca zei ze: 'Zou je met me mee willen lopen naar de scheuring?'

De oude man boog zijn hoofd, en Wyntakata aarzelde even voordat hij een lichte buiging maakte en de andere kant op liep. Toen ze de tuin verlieten, zei Miranda: 'Wyntakata heeft, voor zover ik dat kan bepalen althans, een nogal vreemd accent.'

'Hij is opgegroeid in de provincie Dustari, aan de overkant van de Zee van Bloed. Ze slikken hun klinkers een beetje in als ze praten, hè?'

Miranda glimlachte. 'Ik heb nog een vraag.'

'Zeg het maar, lieve.'

'Heb je misschien geruchten gehoord over doodsbezweringen in enig deel van het rijk?'

De oude magiër bleef staan. 'Maar dat is verboden! Het is de enige praktijk waarmee zelfs in de oudheid, toen ons woord wet was, een Grootheid ten val kon worden gebracht. Het kleinste bewijs voor zoiets betekende de doodstraf.' Hij keek Miranda schattend aan terwijl ze doorliepen. 'Hoezo?'

'Puc heeft reden om aan te nemen dat er onlangs een doodsbezweerder met enorm veel macht naar het rijk is gekomen vanaf onze wereld. Hij vormt een ernstige bedreiging, en hij kan zich overal verstoppen. Maar door zijn aard kan hij het niet lang laten om zijn praktijken voort te zetten.'

'Ik zal eens wat rondvragen.'

'Dat heb ik liever niet,' zei Miranda. 'Puc is bezorgd om veel redenen, die ik hem zelf een keer zal laten vertellen. Maar hij vertrouwt jou, alleen jou. En één ding dat je moet weten, is dat die persoon – Leso Varen – het vermogen heeft om het lichaam van een ander over te nemen. We begrijpen niet hoe hij dat precies doet, alleen dat er een doodsbezwering aan te pas komt en dat er veel sterfte voor nodig is, hoe afgrijselijker hoe beter voor zijn duistere kunsten. We denken dat hij misschien hier op deze wereld vastzit. Als dat zo is, moeten we hem opsporen en vernietigen.'

'Denk je dat hij hier kan zijn?' Alenca keek om zich heen, alsof hij plotseling bang was dat ze in de gaten werden gehouden.

Miranda besefte dat ze een vergissing had begaan. 'Misschien niet. Hij schijnt willekeurig mensen te kiezen van wie hij het lichaam overneemt, maar de vorige keer deed hij zich voor als een man met heel veel macht. Ik vraag alleen of je hierover wilt zwijgen tot Puc hierheen komt om er uitgebreid met je over te praten. Wil je dat doen?'

'Natuurlijk,' antwoordde hij toen ze het enorme hoofdgebouw van de Academie binnengingen. 'We zullen doorgaan met ons werk aan de talnoy. En zeg tegen Nakur als je hem ziet dat ik nog altijd wacht op dat idee van hem, om dat ding te besturen zonder die ring waarvan je waanzinnig wordt.' Hij klopte op haar arm en fluisterde theatraal: 'Ik zal het je laten weten als ik geruchten hoor... over dat andere.'

Miranda liet hem begaan. Ze was niet bepaald gesteld op Grootheden van de Tsurani, maar voor Alenca maakte ze een uitzondering.

Ze gingen de ruimte binnen die bestemd was voor de scheuring naar Midkemia. Puc had het Tsuranese scheuringstoestel zodanig aangepast dat er nu een keuze mogelijk was uit zes bestemmingen op Midkemia, niet alleen maar Sterrewerf. Ze koos Tovenaarseiland en de twee magiërs die het toestel bedienden, zetten snel de bezwering in gang.

Miranda zuchtte. Nog maar een paar korte jaren geleden, zoals zij dat soort dingen bekeek, was scheuringsmagie grotendeels onbekend geweest. De studie die haar echtgenoot had gedaan in de vier jaar dat hij in deze Assemblee had gewoond, en het werk dat hij in de decennia daarna had verricht, had haar verwondering weggenomen. Nu was dit proces bijna net zoiets als het aanhouden van een openbare koets in Roldem, voor een ritje van de haven naar het Rivierhuis.

Toen ze de scheuring binnenstapte, dacht ze dat het eigenlijk niet zo verrassend was: ze had genoeg andere dingen om zich over te verwonderen, zoals een invasie van een horde strijders uit de tweede cirkel van de hel.

Puc liep over de bovenste omloop van Eerlijke Jan, op zoek naar de handelaar van wie hij de naam had doorgekregen. Jan had toegegeven dat hij geen idee had wie er in staat zou zijn om een ingang naar het tweede rijk te openen, zoals Puc die cirkel van realiteit was gaan noemen, maar hij zei dat er wel iemand was die misschien iemand kende, die misschien weer iemand kende enzovoort...

De handelaar heette Vordam van de Ipiliac, een Delecordiaan, dezelfde handelaar die Tosan Beada had genoemd. Puc kende Delecordia alleen van reputatie. Het enige opmerkelijke aan die wereld was de locatie ervan. Er was bijna geen beschaafde wereld die verder weg lag van Eerlijke Jan, en daardoor had men contact met nog verder weg gelegen werelden en rassen die nog niet veel gezien werden in de Galerij.

Puc vond de plek waar Vordam zijn zaken deed, en zodra hij over de drempel van de bescheiden winkel stapte, wist hij dat er iets niet klopte.

Puc had twee plekken in het universum bezocht die er weliswaar ín lagen, maar er geen deel van uitmaakten. De eerste was de Eeuwige Stad, een legendarische stad waarvan niemand wist door wie hij was gebouwd en die zo enorm was dat hij wel eindeloos leek, en de Tuin, die verbonden was met de Stad zonder er deel van uit te maken. De andere plek was de Galerij, en daardoor ook Eerlijke Jan.

Deze winkel was nog zo'n plek, want hoewel hij zich binnen in Eerlijke Jan bevond, was hij tegelijkertijd ook ergens anders. Puc had die indrukken nog niet opgedaan of er kwam een wezen de winkel binnen door een gordijn achterin. Hij scheen te spreken, maar Puc besefte dat ook dit een illusie was, want er

107

waren geen woorden te horen, alleen de indruk van woorden.

Magie was zeldzaam in Eerlijke Jan: er kon te veel misgaan als er vrij magie kon worden gebruikt. Overal in het etablissement waren afweren actief om een nonchalant gebruik van magie te voorkomen. Dit hield de kansspelen eerlijk, de onderhandelingen tussen handelaren boven tafel en het bloedvergieten tot een minimum beperkt. De uitzonderingen daarop waren bezweringen van Jan zelf of van anderen in opdracht van hem. De eerste was een bezwering waardoor alle gasten van het etablissement elkaar konden verstaan (hoewel er altijd wel een paar buitenissige gasten waren die een referentiekader hadden dat zo sterk afweek van dat van de meerderheid van intelligente wezens dat er alleen een basaal of rudimentair begrip mogelijk was). Een andere bezwering zorgde voor een gastvrije leefomgeving voor iedereen, ondanks een diversiteit van rassen waardoor er een grote verscheidenheid aan omstandigheden wenselijk was. De laatste bezwering was een defensieve, die, zo stelde Puc zich voor, ongelooflijk veel schade zou aanrichten aan iedereen die Jan of zijn personeel iets probeerde aan te doen. Af en toe brak er een gevecht uit, maar er was al sinds de allervroegste herinnering van de oudste nog levende klant geen serieus conflict geweest in de Galerij.

Maar er was iets magisch aan deze winkel, iets wat Puc nog niet eerder had ervaren, en zijn ervaring was verre van beperkt. Het wezen herhaalde zijn vraag, en Puc knikte. 'Een momentje, alstublieft,' zei hij. Het wezen leek in grote trekken op een mens. Hij was langer en slanker dan gemiddeld, met armen en benen die een beetje langer waren dan je bij een mens zou verwachten. Het gezicht bestond uit een mond, een neus en twee ogen; maar de jukbeenderen waren overdreven geprononceerd en het wezen had heel lange vingers. Zijn huid had een licht grijs-paarse tint, en zijn haren waren diepzwart met een violetkleurige glans.

Puc tastte snel in het rond met zijn zintuigen, stak ze uit als een mystieke liaan die zich richtte op de vibraties in de kamer, en voelde het verschil tussen deze plek en de rest van Eerlijke Jan. Even voelde het vreemd bekend aan. Puc probeerde zich te herinneren waar hij dit gevoel van herkende, en toen schoot het hem plotseling te binnen: het deed hem denken aan de valstrikken die voor Tomas en hem waren achtergelaten, tientallen jaren geleden, toen ze op zoek waren naar Macros de Zwarte.

Puc staarde de handelaar aan. 'Ik zoek Vordam van de Ipiliac.'

Het wezen, gekleed in een eenvoudige grijze mantel met een wit koord om zijn middel, drukte een hand tegen zijn borst, maakte een lichte buiging en zei: 'Dat ben ik.'

Puc zweeg even terwijl hij de harmonie van de vibraties die hij door elke duim van deze winkel voelde stromen in zich opnam. Eindelijk begreep hij het. Hij pinde Vordam vast met zijn blik en zei: 'Jij bent een Dasati!'

7

ÐOOÐSRIÐÐER

het zwaard suisde omlaag.
Vijftig gewapende Ruiters van de Sadharin schreeuwden luid en sloegen met hun stalen strijdhandschoe-
nen op hun borstplaten. Het gebulder weerkaatste tegen het
gewelfde plafond van de oude stenen Zaal van Beproeving, en
de houten banken rondom de arena van zand beefden onder
het geweld.

Heer Arukes enige nog levende zoon keek neer op de man
die hij net had gedood, en kreeg een heel vreemde gedachte:
Wat zonde. Hij sloot even zijn ogen om zijn gedachten op een
rijtje te zetten, en draaide zich toen langzaam om om het ge-
juich in ontvangst te nemen.

Valko van de Camareen, die drie ernstige snijwonden en een
ontelbaar aantal blauwe plekken en schrammen had, knikte vier
keer, één keer naar elke groep ruiters boven hem langs de vier
muren. Toen keek hij neer op de strijder die hij had gedood en
knikte nog eens; een rituele erkenning van een goed gevecht.
Het was op het nippertje geweest.

Valko wierp een snelle blik op de vader van de gesneuvelde
strijder en zag dat die weliswaar juichte, maar zonder veel over-
tuiging. Heer Kesko's tweede zoon lag aan Valko's voeten. Als
de jongen had gewonnen, zou Kesko twee levende zonen hebben gehad, die hem veel eer en een hogere rang in de Langradin
hadden opgeleverd. Kesko's enige erkende zoon stond naast
zijn vader, en zíjn vreugde was wel echt; Valko had een moge-

lijke concurrent die meedong naar de gunsten van zijn vader uit de weg geruimd.

Valko draaide zich om en zag dat twee lakeien zijn varnin afmaakten. Het was een gecastreerd mannetje dat hij Kodesko had genoemd, naar de woeste branding langs het meest westelijke deel van zijn vaders landgoederen, waar Kaap Sandos uitstak in de Heplanzee. De varnin van zijn tegenstander was tijdens het gevecht doodgegaan, nadat Valko hem een diepe steek had toegebracht en zijn halsslagader had doorgesneden. Die slag had Valko de overwinning bezorgd, want de wankelende varnin had de aandacht van de ruiter een ogenblik afgeleid, en dat was voldoende voor Valko geweest om zijn tegenstander een wond toe te brengen die uiteindelijk de wedstrijd had beslist.

Een genezer uit de Zaal van Zorgers – een Meester van de Eerste Rang – kwam aangerend met zijn assistenten en begon Valko's wonden te verzorgen. Valko wist dat hij snel het bewustzijn zou verliezen als ze het bloeden niet stelpten, maar hij wilde geen zwakte tonen in het bijzijn van zijn vader en de verzamelde Ruiters van de Sadharin; hij duwde de Zorger opzij en wendde zich naar zijn vader. Hij zette zijn zware, zwartstalen helm af, haalde diep adem en riep: 'Ik ben Valko, zoon van Aruke van het Huis Camareen!' Het kostte hem al zijn kracht om zijn zwaard met zijn rechterarm boven zijn hoofd te heffen, aangezien hij een wond onder zijn schouder had, maar hij redde het om een aanvaardbaar saluut te brengen voordat hij het wapen weer langs zijn zij liet zakken.

Zijn vader, Heer van de Camareen, stond op en wees naar zijn zoon, en sloeg toen met een gehandschoende vuist op zijn borstplaat. 'Dit is mijn zoon!' riep hij, zo luid dat alle aanwezigen het zouden verstaan.

Weer brulden de Ruiters goedkeurend – een kort, diep 'Ha!' – en draaiden zich toen als één om en maakten een buiging voor hun gastheer. Valko wist dat enkelen van de meest vertrouwde onder hen zouden blijven om samen met Aruke en zijn huishouding te eten, maar de anderen zouden snel vertrekken naar hun eigen forten om niet onderweg te worden verrast door rivalen of schurken.

Terwijl zijn gedachten begonnen af te dwalen, concentreerde Valko zich nog lang genoeg om te roepen: 'Heer Kesko. Dit díng kon geen zoon van u zijn!'

Heer Kesko maakte een buiging als dank voor het compliment van de overwinnaar. Hij zou Kasteel Camareen als eerste verlaten, want hoewel het geen schande was als je potentiële zoon omkwam in een gevecht, was het ook geen reden voor vreugde.

De Meesterzorger fluisterde: 'Dat was dapper, jonge heer, maar als we niet snel uw wapenrusting afdoen, ligt u straks naast uw slachtoffer op de uitbeentafel.' Zonder op toestemming te wachten, droeg hij zijn assistenten op om snel de gespen van de leren riemen los te maken en Valko's wapenrusting te verwijderen.

Het ontging Valko niet dat terwijl ze dat deden, de Zorgers hem subtiel ondersteunden zodat hij overeind kon blijven terwijl zijn vader zich langzaam een weg tussen de ruiters door baande, die nog waren gebleven om hem te feliciteren. De jonge strijder was lang voor zijn ras: een halve kop groter dan zijn vader, die zeker zes voet en zes duim lang was. Zijn jonge lichaam was zeer gespierd en zijn armen waren lang, waardoor hij bij het zwaardvechten een dodelijk groot bereik had, waar hij gebruik van had gemaakt tegen de kleinere tegenstander. Hij was volgens de normen van zijn ras een goed uitziende man, want zijn lange neus was recht en niet te breed, en zijn lippen waren vol zonder er vrouwelijk uit te zien.

Aruke bleef voor hem staan en zei: 'Zestien keer eerder zijn er jongemannen geweest die aanspraak wilden maken op de naam van mijn huis. Jij bent pas de derde die de uitdaging van het zwaard overleeft. De eerste was Jastmon, die omkwam bij de slag om Trikamaga; de tweede was Dusta, die elf jaar geleden omkwam bij de verdediging van dit fort. Het verheugt me je hun broer te noemen.'

Valko keek zijn vader recht in de ogen, een man die hij tot

een week geleden nog nooit had gezien. 'Ik eer de herinnering aan hen,' zei Valko.

'We zullen kamers voor je laten voorbereiden, bij die van mij in de buurt,' zei Aruke. 'Vanaf morgen begin je je opleiding als mijn erfgenaam. Rust tot die tijd uit... mijn zoon.'

'Dank je, vader.' Valko keek onderzoekend in het gezicht van de man en zag er niets in wat hem aan zijn eigen gelaatstrekken herinnerde. Valko's gezicht was lang en had nog geen rimpels, was nobel volgens de normen van zijn volk, maar dat van zijn vader was rond en gerimpeld van ouderdom, met een vreemde verzameling vlekken links op zijn voorhoofd. Had zijn moeder misschien tegen hem gelogen?

Het leek wel alsof Aruke zijn gedachten had gelezen, want hij vroeg: 'Wie was je moeder?'

'Narueen, een Bewerkstelliger uit Cisteen, toegewezen aan het domein van heer Bekar.'

Aruke zweeg even, en toen knikte hij. 'Ik herinner me haar nog. Ik heb haar een week gehad toen ik logeerde in het fort van Bekar.' Hij keek neer op Valko, die alleen gekleed was in een lendendoek terwijl de Zorgers zijn wonden schoonmaakten en verbonden. 'Ze had een mager maar toch aangenaam lichaam. Je lengte komt vast van haar familie. Leeft ze nog?'

'Nee, ze is vier jaar geleden gestorven bij een Zuivering.'

Aruke knikte een keer. Beide mannen wisten dat iedereen die nog buiten was bij het eerste teken van een Zuivering, dom en zwak was, en geen groot verlies. Maar Aruke zei: 'Jammer. Ze was niet onaardig, en dit huis zou de hand van een vrouw wel kunnen gebruiken. Maar nu je erkend bent, zullen er snel genoeg ambitieuze vaders komen die proberen je hun dochters op te dringen. We zullen zien wat het lot ons brengt.' Hij wendde zich af en voegde er nog aan toe: 'Ga nu rusten. Ik zie je vanavond aan tafel.'

Valko redde het nog om een lichte buiging te maken toen zijn vader vertrok. Tegen de Meesterzorger zei hij: 'Schiet op. Breng me naar mijn kamer. Ik wil niet flauwvallen waar de bedienden bij zijn.'

'Ja, jonge heer,' antwoordde de Meesterzorger, en gebaarde naar zijn assistenten om de nieuwe jonge heer van de Camareen naar zijn kamers te brengen.

Valko werd wakker toen een bediende zachtjes aan zijn dekens trok, omdat hij niet daadwerkelijk de jonge telg van de Camareen durfde aan te raken. 'Wat is er?'

De bediende maakte een buiging. 'Meester, uw vader vraagt of u onmiddellijk naar hem toe wilt komen.' Hij gebaarde naar een stoel, waar kleding overheen was gehangen. 'Hij verzoekt u deze kleding te dragen, passend bij uw nieuwe rang.'

Valko stapte uit bed en kon een grimas van pijn amper onderdrukken. Hij keek snel of de bediende zijn teken van zwakte had opgemerkt, en zag een lege blik. De man was jong, misschien iets ouder dan Valko's zeventien jaar, maar hij had duidelijk ervaring als bediende in een groot huis. 'Hoe heet je?'

'Nolun, meester.'

'Ik zal een lijfknecht nodig hebben. Jij voldoet wel.'

Nolun kwijlde bijna toen hij een buiging maakte. 'Ik dank de jonge meester voor de eer, maar de baljuw zal binnenkort een lijfknecht aan u toewijzen, meester.'

'Dat kan me niet schelen,' zei Valko. 'Jij voldoet wel.'

Weer maakte Nolun een buiging. 'U bewijst me eer, meester.'

'Breng me naar de zaal van mijn vader.'

De bediende opende buigend de deur, liet Valko passeren en haastte zich toen voor hem uit om de weg te wijzen naar de hoofdzaal in het fort van zijn vader. Toen Valko hier aankwam en aanspraak maakte op de naam van zijn vader, was hij rechtstreeks naar het 'armetierige' gebracht, de kamers die waren gereserveerd voor machtslozen en anderen met een zodanige rang dat het niet uitmaakte of je hen beledigde: handige kooplieden, Zorgers, artiesten en heel lage familieleden. Die kamers waren weinig meer dan koude cellen, met stromatrassen en een enkele lantaarn.

Valko miste zijn nieuwe bed nu al, het zachtste waarop hij ooit had geslapen. In de jaren van Schuilgaan had hij maar zelden geslapen op iets beters dan wat hij in het armetierige had aangetroffen.

Toen ze een hoek omgingen, aarzelde Valko. 'Nolun, wacht.'

De bediende draaide zich om naar zijn jonge meester, die voor een groot raam was blijven staan dat uitkeek op de Heplanzee. Voorbij de stad Camareen en de havens glinsterde het water in de nacht, en de energie van het bewegende water veroorzaakte een spel van kleuren over het oppervlak dat de jongen nog nooit eerder had gezien. Zijn moeder had hem naar de bergen gebracht voor het Schuilgaan, en hij had de oceaan alleen gezien op weg naar de stad, overdag. De afmetingen van de zee waren indrukwekkend geweest vanaf de pieken en passen van de Sneeuwwachters, zoals de bergen werden genoemd, maar niets had hem voorbereid op de schoonheid van de zee bij nacht.

'Wat zijn die kleine uitbarstingen van kleur daar, en daar?' vroeg hij, wijzend met zijn vinger.

'Een vis die shagra wordt genoemd, jonge heer,' antwoordde Nolun. 'Hij springt vanuit de diepte omhoog, al weet niemand precies waarom – misschien wel gewoon voor de lol – en met die sprong verstoort hij het patroon van de oceaan.'

'Het is... indrukwekkend.' Valko had bijna 'prachtig' gezegd, maar zo'n woord was niet bijzonder mannelijk. Hij besefte dat Nolun naar hem keek. De jongeman was meer dan een voet kleiner dan Valko, maar stevig gebouwd, met een borstkas als een ton, een dikke nek en korte, brede vingers aan enorme handen. 'Vecht je?'

'Als het nodig is, jonge heer.'

'Ben je goed?'

Even flitste er iets op in de blik van de bediende, maar toen boog hij zijn hoofd en zei zachtjes: 'Ik leef nog.'

'Ja,' zei Valko grinnikend. 'Inderdaad. Laten we naar mijn vader gaan.'

Toen ze de grote zaal bereikten, brachten twee gewapende wachters de nieuwe erfgenaam van de mantel van Camareen een saluut. Valko negeerde de pijn in zijn arm, schouder en

115

linkerdij en beende door de zaal tot hij voor zijn vader stond. Aruke zat midden aan een lange tafel voor een enorme open haard. 'Ik ben er, vader.'

Aruke gebaarde naar een lege stoel. 'Dit is jouw plek, mijn zoon.'

Valko liep om de tafel heen en keek naar de anderen die al zaten. De meesten waren, aan hun kleding en insignes te zien, ambtenaren. Links van zijn vader zat een heel mooie vrouw, ongetwijfeld zijn huidige favoriet. Volgens de roddels die Valko de vorige dag had opgevangen, was de vorige metgezel van zijn vader verdwenen, bijna zeker naar een Schuilgaan.

Valko herkende twee mannen, hoewel hij hun namen niet kende; het waren Ruiters van de Sadharin, Doodsridders van de Orde, net als zijn vader. Dit zouden zijn vertrouwde bondgenoten zijn, gebonden door gunstige allianties over en weer en door wederzijds vertrouwen, anders zouden ze al lang voor de zon in het westen was ondergegaan uit deze zaal vertrokken zijn.

'Heet onze gasten welkom: heer Valin en heer Sand,' zei Aruke.

'Welkom aan mijn vaders gasten,' zei Valko, en liep achter hen langs naar zijn stoel. Dat geen van beide mannen zich omdraaide om hem te zien langslopen, was ook een teken van vertrouwen. Een bediende trok de grote houten stoel rechts van heer Aruke naar achteren, en Valko ging zitten.

'Sand en Valin zijn mijn naaste bondgenoten,' zei de Heer van de Camareen. 'Ze zijn twee van de drie pijlers waarop de macht van de Sadharin rust.'

Valko knikte.

Aruke wuifde met zijn hand en bedienden haastten zich naar voren om de tafel vol te laden met de schatten van hun heer. Een hele kapek, met de kop en hoeven er nog aan, werd binnengedragen aan een spit, met knapperend vet op de taaie huid. De twee stevige bedienden die het gewicht ervan droegen, leken het amper aan te kunnen.

Toen het gebraad op een grote houten schaal voor hem werd

geplaatst, sprak Aruke: 'Vanavond is een goede avond. Een zwakkeling is gestorven, en een sterk man heeft overleefd.'

De anderen aan tafel knikten en mompelden instemmend, maar Valko zei niets. Hij ademde langzaam en probeerde geconcentreerd te blijven. Zijn lichaam deed zeer, de wonden bonsden, en zijn hoofd ook. Hij had liever de hele nacht geslapen, maar hij wist dat zijn acties van vanavond en de volgende paar dagen doorslaggevend zouden zijn. Eén misstap kon betekenen dat hij van de kantelen werd gesmeten in plaats van door te gaan naar de Erfceremonie.

Tijdens de maaltijd voelde Valko iets van zijn kracht terugkeren. Hij nam maar een klein beetje van de uitstekende Tribiaanse wijn, omdat hij zijn verstand erbij wilde houden en niet in slaap wilde vallen aan tafel. Zoals het gesprek nu ging, zou het wel eens een lange avond vol verhalen kunnen worden.

Hij wist weinig over deze verzameling strijders. Net als de meeste jongemannen, had hij de eerste zeventien jaar van zijn leven in het Schuilgaan doorgebracht. Zijn moeder had zich goed voorbereid, dus hij twijfelde er niet aan dat ze van plan was geweest de zoon van een machtige edele te baren. Zijn onderwijs had ook bewezen dat ze een vrouw met ambitie was, want Valko kon lezen, rekenen en dingen begrijpen die de meeste strijders aan Bewerkstelligers, Zorgers, Bemiddelaars, Venters, Voorzieners en de andere, lagere kasten overlieten. Ze had ervoor gezorgd dat hij verschillende studies had gevolgd: geschiedenis, taal en zelfs de kunsten. Maar op één ding had ze vooral gehamerd: achter de kracht van de zwaardarm lag de kracht van de geest, en om te slagen had je meer nodig dan enkel een blinde gehoorzaamheid aan de instincten van het ras. Zijn aard hield hem voor dat hij geen genade moest tonen ten opzichte van de zwakken, maar zijn moeder had hem geleerd dat zelfs de zwakken hun nut hadden, en dat het enig voordeel kon hebben om de zwaksten te ondersteunen in plaats van te vernietigen. Ze had meer dan eens gezegd dat de tekarana opperheerser van de twaalf werelden was om slechts één reden: zijn voorouders waren slimmer geweest dan die van alle anderen.

Zijn moeder had hem vele verhalen verteld over de grote feesten die werden gehouden in de grote zaal van heer Bekar, waar ze door Valko's vader was uitgekozen om zijn bed te warmen. Ze had de letter van de wet gehoorzaamd en had aan de bezoekende edele duidelijk gemaakt dat ze in staat was om nakomelingen te baren en dat haar cyclus zich op dat moment op een vruchtbaar punt bevond. Ze had ervoor gezorgd dat minstens drie getuigen haar naam wisten, en was toen naar Arukes slaapkamer gegaan.

Plotseling was de maaltijd afgelopen, en Valko besefte dat hij had zitten mijmeren. Een snelle blik op zijn vader stelde hem gerust: het was niet opgemerkt. Je gedachten laten afdwalen was gevaarlijk; je kon iets belangrijks missen of voor onoplettend worden versleten.

Aruke stond op. 'Ik ben verheugd over deze avond.'

Dit was ongeveer het beste dankwoord dat een strijdheer kon uiten zonder zich zwak te tonen. Heer Sand en heer Valin stonden op, knikten naar hun gastheer en zeiden bijna tegelijkertijd: 'Het was me een genoegen om hier te zijn.'

De zaal was snel verlaten, op Aruke en Valko en een handjevol bedienden na. Toen de heer van de Camareen Nolun aan Valko's zijde zag staan, vroeg hij: 'Eigen je je deze toe?'

'Ik eigen me deze toe als lijfbediende,' zei Valko.

Het was een heel lichte uitdaging, die kon dienen als smoes voor een gevecht – en Valko wist dat zijn vader sterk was en jaren ervaring had – maar hij ging er terecht van uit dat zijn vader alleen maar de beleefdheden in acht nam; hij zou een overlevende zoon niet ombrengen om zoiets triviaals.

'Dan erken ik je aanspraak,' zei Aruke. 'Kom met me mee, en laat je ding meekomen. Ik wil met je praten over zaken tussen vader en zoon.'

Aruke keek niet om om te zien of hij gehoorzaamd werd; hij nam aan dat Valko hem op de hielen zou volgen toen hij zich omdraaide en van de tafel naar een grote houten deur in de linkerwand liep. De deur was glanzend opgewreven en in het karige licht zag Valko dat hij pulseerde van energie. Het was een duidelijke waarschuwing: deze deur was voorzien van een magische afweer en alleen bepaalde mensen konden hem openen zonder de kans op letsel of de dood.

De heer van het kasteel legde zijn hand op de deur, die bij zijn aanraking openging. 'Wacht buiten,' droeg hij Nolun op. Hij pakte een fakkel uit een houder aan de muur en leidde Valko door de deur.

Ze kwamen in een korte gang met aan het eind een volgende deur, ook voorzien van een afweer. Aruke opende de tweede deur en zei: 'Het zou dom zijn om die afweren te verhullen, want ze zijn niet bedoeld als valstrikken. Bovendien vragen de bezweringsventers belachelijke prijzen voor dat soort onzin.'

Bij dat woord, bezweringsventers, voelde Valko een bekende knoop in zijn maag. Hij wist dat het zwak was om angsten uit je kindertijd vast te houden, maar verhalen over kwaadaardige bezweringsventers en de mysterieuze zandtovenaars had hij regelmatig gehoord voor het slapengaan. Zijn moeder had hem een gezond wantrouwen ingepeperd ten opzichte van mensen die dingen vanuit de lucht konden oproepen, door bezweringen uit te voeren en hun vingers te bewegen in mystieke patronen.

De kamer was eenvoudig maar mooi, als hij dat woord veilig kon gebruiken. Schoonheid was altijd iets waar je wantrouwig tegenover moest staan, had zijn moeder verteld. Het verleidde stommelingen ertoe om niet de werkelijke waarde van iets te zien, want schoonheid vond je vaak in waardeloze dingen... of mensen.

Aruke had deze kamer ingericht met twee stoelen en een kast. De stenen vloer was kaal, en er waren geen bontvellen, kleden of dekens om de kamer wat warmte te geven. Maar het was een mooie ruimte: elk stenen facet glansde en wat voor vreemde steensoort het ook was, het weerkaatste het fakkellicht alsof er een schatkist vol gemalen edelstenen op de wanden was aangebracht. Alle voorstelbare tinten in het zichtbare spectrum schoten over het oppervlak in schitterende vlakken van kleur. Het leek wel een buitenaardse energie.

Aruke leek de gedachten van de jongen gelezen te hebben,

want hij zette de fakkel in een beugel en zei: 'Deze kamer heeft maar één doel. Hier bewaar ik dat wat ik het meeste koester.' Hij gebaarde Valko naar de stoel die het dichtst bij het enkele raam stond. 'Ik kom hier om na te denken, en de kleuren van de muren... verfrissen me. En soms kom ik hier met anderen, met wie ik een eerlijk gesprek wil hebben.'

'Ik geloof dat ik het begrijp, vader,' zei Valko.

'Ik wil met je spreken over het feit dat ik je vader ben.' Aruke ging achteroverzitten en leek zich te ontspannen.

Valko wist dat het een truc kon zijn, een tactiek om hem over te halen tot een vroegtijdige aanval, want het was niet ongehoord dat een pas benoemde erfgenaam probeerde de macht te grijpen. Ergens begreep Valko dat wel: deze man was dan misschien zijn vader, maar tot een paar dagen geleden was hij een volkomen vreemde geweest, een schimmige figuur die hij zich niet kon voorstellen, zelfs niet na de talloze vragen die hij zijn moeder had gesteld.

Valko wachtte af.

'Het is ons gebruik om kracht boven alles te waarderen,' zei Aruke. Hij leunde voorover. 'We zijn een gewelddadig volk, en we eren geweld en macht boven alles.'

Valko zei niets.

Aruke keek hem aan. Na een tijdje zei hij: 'Ik kan me je moeder nog goed herinneren.'

Valko zweeg nog altijd.

'Heb jij al een vrouw gehad?'

Valko keek zijn vader schattend aan en probeerde te bepalen of hier een correct antwoord mogelijk was. Uiteindelijk zei hij: 'Nee. Mijn Schuilgaan was op een afgelegen...'

'Ik hoef niet te weten waar,' viel zijn vader hem in de rede. 'Geen enkele vader hoort te weten waar zijn overlevende zoon is grootgebracht. Het zou verleidelijk kunnen zijn om zo'n plek weg te vagen bij de volgende Zuivering.' Toen voegde hij er zachtjes aan toe, met iets wat leek op gegrinnik: 'En als het een plek is waar een sterke zoon is opgevoed, dan zou dat... verspilling kunnen zijn.'

120

'Even verspillend als het doden van andermans zoon, die slechts met de kleinste marge is verslagen?' liet Valko zich ontvallen.

Arukes gezicht bleef onpeilbaar, maar hij kneep zijn ogen heel licht samen. 'Zo'n vraag grenst aan godslastering.'

'Ik bedoel het niet respectloos ten opzichte van Zijne Duisternis of zijn Orde, vader. Ik vraag me alleen af: stel dat de jongeling die ik vandaag heb gedood een betere strijder was dan iemand die overwon tijdens een andere wedstrijd, in een ander fort binnen de Orde? Is dat geen verspilling van een goed strijder die de Orde had kunnen dienen?'

'Zijn wegen zijn ondoorgrondelijk,' zei zijn vader ernstig. 'Dergelijke verstrekkende gedachten horen bij de jeugd. Maar je kunt ze beter voor je houden, of er alleen over spreken met degenen die onder het zegel van zwijgen staan: je priester, een Zorger of...' Hij lachte. 'Of een Bewerkstelliger zoals je moeder.'

Aruke staarde een tijdje uit het raam naar het kolkende oppervlak van de zee in de verte en naar de flonkering van kleuren op de golven. 'Ik heb gehoord dat er een rijk bestaat waar de zon zo helder schijnt dat een strijder zonder bezwering of afweer binnen een paar uur sterft door de felheid en hitte. En dat degenen die daar wonen niet de pracht kunnen zien die wij zo gewoon vinden.' Hij keek zijn zoon aan. 'Ze zien alleen kleuren, maar niet de hoge tint of de lage tint. Ze horen alleen geluidsgolven in de lucht, maar niet het gezoem van de Godsspraak in de hemel of de trilling van het Geheel onder hun voeten.'

'Ik heb eens een blinde man gezien, die een Zorger diende.'

Aruke spoog en maakte een ritueel handgebaar. 'Alleen in de zorg van zo iemand zul je dergelijke zwakte zien. Het spijt me dat je zoiets moest zien op zo jonge leeftijd.

Zijne Duisternis weet dat de Zorgers hun nut hebben, en ik zou hier nu niet met je zitten te praten als zij me niet verzorgd hadden na de strijd. Maar dat wat zij hebben... dat zorgen voor zwakken... ik walg ervan.'

Valko zei niets. Hij voelde geen walging, maar eerder fascinatie. Hij wilde weten waarom de Zorgers zo iemand in leven hielden. Hij had het zijn moeder gevraagd, maar zij had enkel gezegd: 'Ze vinden hem ongetwijfeld nuttig.' Hoe kon een blinde nu nuttig zijn? Hij besefte dat dit weer zo'n 'verstrekkende gedachte' moest zijn waar zijn vader het net over had gehad, en dat hij maar beter zijn mond kon houden.

Aruke ging achteroverzitten. 'Een vrouw. We moeten je er een bezorgen...' peinsde hij. 'Maar niet vanavond. Je hebt je goed gehouden en me trots gemaakt, maar ik heb genoeg strijdwonden gezien om te weten dat je te veel bloed hebt verloren om vannacht nog iets anders te doen dan slapen. Misschien over een dag of twee.

Je moeder was degene die...' Hij scheen verzonken te raken in zijn gedachten. 'Ze sprak over dingen. Als we naast elkaar lagen na de copulatie, peinsde ze over... allerlei dingen. Ze had een unieke geest.'

Valko knikte. 'Zelfs de andere Bewerkstelligers die ik tijdens mijn Schuilgaan heb ontmoet, leken helemaal niet op haar. Een van hen zei dat mijn moeder dingen zag die er niet waren.' Aruke zette grote ogen op, en Valko wist dat het nu rampzalig mis kon gaan; de kleinste aanwijzing dat zijn moeder de waanzin had, kon zijn vader ertoe aanzetten Valko onmiddellijk ter dood te laten brengen. Hij voegde er snel aan toe: 'Mogelijkheden.'

Aruke lachte. 'Ze sprak vaak over mogelijkheden.' Hij keek uit het raam. 'Soms was datgene waar ze over sprak bijna... Nou, laten we zeggen dat het niet best zou zijn geweest als een van de Hiërofanten haar had gehoord. Een Zielspriester zou haar hebben vermaand en hebben gezegd dat ze berouw moest tonen, moest bidden dat haar innerlijke duisternis zich weer zou openbaren, maar er waren aspecten aan haar stemmingen en aard die ik... aantrekkelijk vond.' Hij keek neer op zijn ineengeslagen handen. 'Ze vroeg zich eens af wat er zou gebeuren als een kind zou opgroeien in het huis van zijn vader.'

Valko's mond viel open van verbazing, en hij deed hem snel weer dicht. 'Zulke gedachten zijn verboden,' fluisterde hij.

122

'Ja.' Aruke glimlachte droevig. 'Maar jij weet meer over je moeder dan ik. Van al degenen met wie ik gecopuleerd heb en die voor getuigen hadden verklaard dat ze me een erfgenaam zouden bezorgen, herinner ik me haar... het vaakst.' Hij stond op. 'Ik heb me vaak afgevraagd hoe jij zou zijn, en of je iets van de aard van je moeder zou hebben.'

Valko stond ook op. 'Ik geef toe dat ze me soms aan het denken zette, op vreemde manieren, maar ik ben nooit afgedwaald van Zijn Leer en... ik heb veel genegeerd van wat zij me probeerde bij te brengen.'

Aruke lachte. 'Net zoals ik mijn moeder negeerde tijdens mijn Schuilgaan.' Hij legde zijn hand op de schouder van zijn zoon, kneep er stevig in en zei: 'Blijf in leven, zoon van me. Ik heb vierenvijftig winters achter me, en hoewel er nog andere zoons zullen verschijnen in de jaren die komen, zullen het er steeds minder worden. En het zou me niet ontstemmen als jij uiteindelijk degene zou zijn die mijn hoofd nam, net zoals ik dat van mijn vader heb genomen. Ik herinner me nog altijd de trots in zijn ogen toen ik mijn zwaard op zijn nek liet neerkomen terwijl hij op het zand van de kuil lag.'

'Ik zal je niet teleurstellen,' zei Valko. 'Maar ik hoop dat die dag nog ver in de toekomst ligt.'

'Ik ook. Maar eerst moet je in leven blijven.'

'Blijf in leven,' herhaalde Valko op bijna rituele toon. 'Zoals Hij het wil.'

'Zoals Hij het wil,' herhaalde Aruke. 'Wat hier wordt besproken, wordt nooit doorverteld. Begrepen?'

'Begrepen, vader.'

'Laat je nu door je ding naar je kamers begeleiden en ga slapen. Morgenochtend begin je je opleiding om de toekomstige heer van de Camareen te worden.'

'Goedenacht, vader.'

'Goedenacht, Valko.'

Valko vertrok en Aruke ging weer in zijn stoel zitten. Hij staarde naar de zee en de sterren, gefascineerd door wat hij ervan wist en nieuwsgierig naar wat hij er niet van wist. Hij zag het sterrenlicht door de dichte lucht van Kosridi dringen. Hij dacht aan zijn derde reis naar de Hoofdstad om zijn zoon aan de karana te presenteren, om hem trouw te laten zweren aan de Orde en de tekarana die op een oeroude troon zat, werelden ver weg. Hij dacht aan de derde keer dat hij de Hiërofanten en hun langdurige bezweringen zou moeten doorstaan, als Valko zich wijdde aan Zijne Duisternis en de Weg.

Toen stond Aruke op en pakte een heel oude schriftrol uit de kast. Hij opende hem en las hem langzaam, want hij was nooit erg goed geweest in lezen. Maar hij kende elk woord ervan uit zijn hoofd. Hij las de woorden op de schriftrol twee keer en legde hem weg, en vroeg zich, net als twee keer eerder, af of deze zoon degene in de profetie was.

8

NIEUWE RICHTLIJNEN

Puc wachtte af.

Na een tijdje zei de handelaar: 'Nee, maar je zit niet ver bezijden de waarheid.' Hij wenkte Puc naar een tafeltje en twee stoelen waar zowel mensen als hijzelf gemakkelijk konden zitten. Toen hij had plaatsgenomen, vervolgde Vordam: 'Een begrijpelijke misvatting, want wij van de Ipiliac zijn verwant aan de Dasati.' Puc was er niet zeker van of hij de gezichtsuitdrukking van de buitenaardse handelaar kon peilen, maar hij dacht dat hij iets van verrassing op diens gezicht zag. 'Ik moet toegeven dat ik nooit had verwacht dat iemand hier in de herberg ooit zou hebben gehoord van de Dasati, laat staan in staat zou zijn er een te herkennen.'

'Ik heb er een goede beschrijving van gehoord,' zei Puc, die besloot te verzwijgen dat hij het verschil kon voelen tussen de vibraties hier en in de rest van Eerlijke Jan. 'Om redenen waar ik op dit moment niet op in wil gaan, vertel ik liever niet waarom ik informatie nodig heb, alleen dát ik informatie nodig heb.'

'Informatie is altijd een zeer gewaardeerd handelsgoed.' De handelaar verstrengelde zijn vingers en leunde op zeer menselijke wijze naar voren. 'Wat de reden van je verzoek aangaat, dat is jouw zaak, maar ik vind wel dat ik je moet laten weten dat ik gebonden ben aan diverse geloften van privilege betreffende de zaken die ik doe met klanten hier in de Galerij.' Hij knikte kort. 'Dat is essentieel om in zaken te blijven, begrijp je.'

'Wat doe je eigenlijk?'

'Ik vind moeilijk te verkrijgen voorwerpen en andere... dingen: zeldzame artefacten, unieke toestellen, vermiste mensen, informatie. Als je iets goedkoops zoekt, ben ik bijna zeker niet je eerste keus. Als je iets wanhopig graag wilt vinden, ben ik bijna zeker je uiteindelijke keus.' Hij keek Puc aan en de magiër ontdekte dat hij de gezichtsuitdrukkingen van de Ipiliac begon te herkennen. De handelaar was nieuwsgierig.

'Ik heb een gids nodig.'

'Er zijn veel gidsen, zelfs veel goede. Je moet wel een bijzondere gids nodig hebben, dat je bij mij komt. Waar wil je naartoe?'

'Kosridi,' zei Puc.

Puc twijfelde er nu niet aan dat de uitdrukking op Vordams gezicht er een van verbazing was, want de ogen van de handelaar werden groot en zijn mond hing een stukje open.

'Dat kun je niet menen.'

'Jawel.'

Lange tijd nam de handelaar hem schattend op. 'Mag ik vragen hoe je heet?'

'Puc van Midkemia.'

Een langzame hoofdknik. 'Dan is het misschien...' Vordam overwoog zijn woorden en zei toen: 'Misschien is het mogelijk. Je reputatie in de Galerij is gegroeid, jonge magiër.'

Puc glimlachte. Het was al enige jaren geleden dat iemand hem 'jong' had genoemd.

'Ik heb je mentor Macros gekend.'

Puc kneep zijn ogen tot spleetjes. Wat er ook in zijn leven gebeurde, hij vond altijd tekenen dat zijn schoonvader er de hand in had gehad. 'Echt waar?'

'Ja, hij had eens wat zaken met me te doen, enkele eeuwen geleden. Toen jij voor het eerst in de Galerij aankwam, in zijn gezelschap en met twee anderen, is je verschijning niet onopgemerkt gebleven. Tomas van Elvandar heeft nogal wat opschudding veroorzaakt, begrijp je, aangezien hij op het eerste gezicht een teruggekeerde Valheru leek, een potentiële oorzaak van veel leed bij verschillende rassen op vele werelden. De jonge

126

vrouw, hoewel ze in alle opzichten opmerkelijk was, was en is nog altijd een onbekende voor ons.'

Puc dacht niet dat ze onderweg nog iemand anders waren tegengekomen toen ze door de Galerij terug waren gereisd naar Midkemia, nadat ze Macros hadden gered uit de Tuin in de Eeuwige Stad. 'Blijkbaar heb je bijzonder accurate informatiebronnen,' zei Puc. 'Kende je Macros goed?'

De handelaar ging nog wat verder onderuitzitten en legde zijn linkerarm in een ontspannen houding over de rugleuning van zijn stoel. 'Is er wel iemand die dat kan beweren? Ik heb echter nooit meer zo iemand als hij ontmoet.'

Puc besefte dat de handelaar iets achterhield, iets wat hij waarschijnlijk pas zou vertellen als hij er klaar voor was, dus richtte hij zich op de reden van zijn bezoek. 'De gids?'

Even zweeg de handelaar. Toen zei hij: 'Het is heel lastig.'

'Wat is lastig?'

'Voor een wezen van dit niveau om naar het Dasatirijk te reizen.'

'Maar jij bent hier en zegt dat je verwant bent aan de Dasati.'

Vordam knikte, en keek toen naar de deur alsof hij iemand verwachtte. Langzaam zei hij: 'Begrijp wel... grote denkers en filosofen van talloze werelden hebben geworsteld met de aard van de realiteit. Hoe moet je het bestaan verklaren van zoveel werelden, zoveel intelligente rassen, zoveel goden en godinnen en, bovenal, zoveel mysteries?' Hij keek Puc recht in de ogen. 'Jij bent geen man die ik de aard van nieuwsgierigheid hoef uit te leggen. Dus ik twijfel er niet aan dat je vaak over deze en andere lastige vraagstukken hebt nagedacht.'

'Inderdaad.'

'Zie alles, en dan bedoel ik echt álles, als een ui. Elke laag die je afpelt, onthult een volgende laag eronder. Of als je vanuit het midden kon beginnen, zou elke laag bedekt zijn met een volgende laag. Alleen is het geen bol, dit "alles", maar, nou ja... álles.

Ik weet dat je een scherpzinnig man bent, Puc van Midkemia, dus vergeef me als ik klink als een saaie leermeester, maar er zijn dingen die je móet begrijpen voordat je een reis naar het

Dasatirijk zelfs maar overweegt. Boven en onder dit universum dat wij bewonen, bestaan discrete realiteiten, waar we alleen indirect kennis van hebben. Veel van wat we weten is gefilterd door mystiek en geloof, maar de meeste wetenschappers, theologen en filosofen houden het erop dat er andere dimensies zijn, de zeven hogere en lagere niveaus.'

'De Zeven Hellen en de Zeven Hemelen?'

'Zo noemen veel rassen ze,' antwoordde Vordam. 'Er zijn er waarschijnlijk nog veel meer, maar tegen de tijd dat je het zevende niveau van de Hemel of de Hel bereikt, zijn daar voorbij geen referentiekaders meer die... wel, die voldoende begrijpelijk zijn. De Zevende Hemel moet een zo genadig, vreugdevol rijk zijn, dat sterfelijke geesten het concept ervan niet eens kunnen bevatten. De Zesde Hemel wordt bevolkt door wezens die zo stralend en mooi zijn dat we van verwondering en vreugde zouden sterven, overstelpt door gelukzaligheid, als we zelfs maar bij ze in de buurt zouden komen.

Volgens sommige verslagen,' zei Vordam, 'heb jij te maken gehad met demonen uit de Vijfde Cirkel, de Vijfde Hel.'

'Eén ervan,' zei Puc grimmig. 'Het kostte me bijna mijn leven.'

'De Vijfde Hemel is het tegenovergestelde daarvan. Die wezens houden zich bezig met zaken die wij niet kunnen bevatten, maar ze wensen ons geen kwaad toe. Het is desalniettemin toch extreem gevaarlijk om ze te zien, omdat hun bestaanstoestand zo intens is.' Hij zweeg even. 'Voorbij de zogenoemde Sferen, of Niveaus, ligt de Leegte.'

'Waarin de drochten vertoeven,' merkte Puc op.

'Aha,' zei Vordam. 'Je reputatie is niet overdreven.'

'Ik heb te maken gehad met de drochten.'

'En je kunt het navertellen. Mijn respect voor je vaardigheden neemt steeds meer toe. De drochten zijn een gruwel voor zowel de Hemelen als de Hellen, aangezien de Leegte hen omringt en hen zou opslokken als dat kon.'

'Je spreekt alsof de Leegte bewustzijn heeft.'

'Is dat niet zo, dan?' vroeg Vordam retorisch. 'Direct boven ons, bij wijze van spreken, is de Eerste Hemel, net zoals de Eerste Hel zich zeg maar direct onder ons bevindt.' Hij keek Puc in de ogen. 'En om misverstanden te voorkomen, Puc: dat is waar je naartoe wilt reizen. Dat is het Dasatirijk waar je het over hebt. Je vraagt om een gids die je naar de Hel moet brengen.'

Puc knikte. 'Ik geloof dat ik het begrijp.' Op zijn gezicht was een mengeling van nieuwsgierigheid en bezorgdheid te zien. 'In abstracte zin tenminste.'

'Laat me je dan een wat minder abstract beeld geven. Je kunt de lucht daar niet lang ademen of het water drinken. De lucht is een soort bijtend gas en het water lijkt op zuur. Dat is een analogie, hoewel de waarheid waarschijnlijk veel subtieler is, want hun lucht is misschien niet bijtend en hun water niet zuur.'

'Dat begrijp ik niet,' gaf Puc toe.

'Denk aan water dat de heuvel afstroomt. Hoe hoger we door de niveaus opklimmen, van de laagste hel tot de hoogste hemel... hoe feller, heter en sterker alle energie, licht, warmte en magie worden; en dus vloeien alle energieën omlaag van het hoogste naar het laagste. De lucht en het water op Kosridi zouden letterlijk alle energie uit je lichaam opslorpen: je zou als een handvol stro zijn die op een smeulend vuur wordt gegooid. Het zou een tijdje fel branden, dan doven.

De inwoners van dat rijk hebben het even moeilijk in jouw wereld, hoewel hun problemen anders zouden zijn; ze zouden aanvankelijk verheugd alle rijkdom van de omringende energie in zich opnemen. Na een tijdje zouden ze echter gaan lijken op mensen die te veel hebben gedronken en gegeten, en overstelpt worden door dronkenschap en vraatzucht, nauwelijks in staat zich te bewegen tot ze van de overdaad zouden sterven.'

'Hoe kun jij, als je verwant bent aan de Dasati, dan hier in de Galerij leven?'

'Voor ik dat uitleg, lijkt het me beter dat je de metgezellen uitzoekt die je mee wilt nemen, en dan samen met hen hier terugkeert.'

'Metgezellen?' vroeg Puc.

'Je bent misschien bereid om naar de Dasatiwereld te gaan, maar alleen een gek zou daar in zijn eentje naartoe gaan.' De handelaar keek Puc aan met een blik die hij alleen kon omschrijven als berekenend. 'Ik stel een kleine groep voor, maar wel een sterke.' Hij stond op. 'Ik leg de rest van dit alles uit zodra zij er zijn. Terwijl je weg bent, zal ik op zoek gaan naar een gids, die jullie ook zal onderwijzen.'

'Onderwijzen?' vroeg Puc.

Met een glimlach – een uitdrukking die een ander zou aanzien voor een angstaanjagende grimas – zei Vordam: 'Kom hier over een week volgens jouw kalender terug, dan is alles gereed voor jullie instructie.'

'Wat voor instructie, vader?' vroeg Valko.

Aruke ging achteroverzitten in zijn stoel. Ze waren weer in de kamer waar hij zijn zoon mee naartoe had genomen na hun eerste maaltijd samen. 'Er is een plek, die wordt onderhouden door het rijk, waar we onze zonen opleiden.'

'Opleiden? Ik dacht dat jíj me zou opleiden,' zei Valko, die liever bij het raam bleef staan dan tegenover zijn vader te gaan zitten. 'Je bent een uitstekend strijder, iemand die al zevenentwintig winters over zijn huis regeert.'

'Er komt meer bij regeren kijken dan het vermogen om koppen af te hakken, mijn zoon.'

'Ik begrijp het niet.'

Aruke had twee kruiken wijn meegebracht naar de kamer. Die van Valko stond onaangeroerd op de vloer naast zijn stoel. De heer van de Camareen dronk uit de zijne. 'Ik herinner me nog hoe ik uit mijn Schuilgaan kwam. Ik was in het nadeel vergeleken bij jou, want mijn moeder was niet zo slim als die van jou. Ik kon vechten – niemand overleeft het Schuilgaan zonder dat te kunnen. Maar de vaardigheid om iemand neer te knuppelen en te pakken wat je nodig hebt, is er maar een deel van.' Hij keek zijn zoon onderzoekend aan. In de paar dagen dat hij hier nu woonde, had Aruke een gevoel van plezierige verwachting ontwikkeld als hij de jongen zag. Ze waren twee dagen

130

geleden zelfs op jacht gegaan en hij had ontdekt dat de jongen vaardig was, al was hij wat ongepolijst. Maar hij had zonder angst tegenover een aanvallend tugashzwijn gestaan die zijn zeug en jongen verdedigde, en had het dier onthoofd met een snelle houw. Aruke had toen een vreemd idee gekregen: dat als het beest Valko had gedood, hij dat als een verlies zou hebben gevoeld. Hij vroeg zich af waar die buitenissige emotie vandaan was gekomen, en of het een teken van die zwakte was die met de jaren kwam: sentiment.

'Die plek noemen we een school. Het is niet ver hier vandaan, zodat je af en toe nog op bezoek zult kunnen komen. Het is een plek waar Voorzieners en Bewerkstelligers je de dingen leren die je moet weten voor later, als je mijn hoofd neemt en na mij regeert.'

'Dat duurt nog jaren, vader, en ik hoop dat je het op dat moment zult verwelkomen.'

'Als je me zwakte bespaart en bewijst dat mijn geslacht sterk is, dan is dat alles wat ik me wensen kan, mijn zoon.'

'Maar wat leer ik daar dan?'

'Ten eerste het vermogen om te leren. Het is een moeilijk concept: urenlang zitten luisteren naar Bewerkstelligers en kijken naar Voorzieners, kan de geest verdoven. Ten tweede om je strijdvaardigheden aan te scherpen. Ik weet nog hoe ik het als kind heb geleerd, aanvankelijk met houten stokken, vechtend tegen de andere jongens in het Schuilgaan. Daarna de nachtelijke uitstapjes naar een naburig dorp om te stelen wat we nodig hadden, en uiteindelijk de ruilhandel met Voorzieners voor genoeg goud om een wapenrusting te kopen bij een venter.' Hij zuchtte. 'Het lijkt zo lang geleden.

Maar hoe vaak je ook worstelt met oudere jongens, zelfs je overwinning op Kesko's zoon, het betekent alleen dat je een vaardig strijder bent. Je hebt een ongepolijst talent, maar het moet verfijnd worden voordat je geschikt bent om te rijden met de Sadharin.' Aruke ging achteroverzitten, nam een slok wijn en voegde eraan toe: 'En, hoe onplezierig het ook klinkt, een heerser moet weten hoe hij moet omgaan met de Minderen.'

131

'Met ze omgaan? Dat begrijp ik niet. Je pakt wat je nodig hebt, en anders vermoord je ze.'

'Zo simpel is het niet. De Bewerkstelligers zullen je leren hoe complex het leven kan zijn. Maar maak je geen zorgen; je lijkt me intelligent genoeg om het te begrijpen. En de Voorzieners zullen je laten zien hoe je moet toepassen wat de Bewerkstelligers je hebben geleerd.'

'Wanneer ga ik naar die school, vader?'

'Morgen. Je vertrekt onder volledig geleide, zoals past bij de erfgenaam van de Camareen. Ga nu en laat me nadenken.'

Valko stond op en liet zijn onaangeroerde wijn bij de stoel staan. Toen de deur dichtging, vroeg Aruke zich af of de jongen op de een of andere manier had geraden dat de wijn vergiftigd was, of dat hij gewoon geen dorst had gehad. Hij zou hem natuurlijk nooit zo vroeg in zijn opleiding hebben laten sterven, maar een beetje afgrijselijke pijn was een goede manier om aandacht te trekken, en bovendien was er een Zorger in de buurt om het tegengif toe te dienen.

Toen de deur achter hem dichtviel, glimlachte Valko lichtjes. Hij wist dat zijn vader zich op dit moment zou afvragen of hij had geweten dat de wijn vergiftigd was. Zijn glimlach werd breder. Morgen begon de serieuze scholing waar zijn moeder hem over had verteld. Hij keek uit naar de dag dat hij haar kon laten halen en haar kon vertellen dat alles wat ze hem had geleerd niet voor niets was geweest. Wat ze hem over zijn vader had verteld, was waar geweest, en wat ze hem over school had verteld, zou zeker ook waar zijn. Misschien zou ze hem dan ook vertellen waarom ze hem tegen Aruke liet liegen over haar dood. Hij zette die gedachte van zich af en dacht in plaats daarvan aan haar afscheidswoorden: *Zorg dat ze je altijd onderschatten. Laat ze maar denken dat ze slimmer zijn dan jij. Dat wordt hun ondergang.*

'Instructie?' vroeg Jommy. 'Waarom?'

'Dáárom,' antwoordde Caleb, die net was teruggekeerd van Tovenaarseiland.

'Puc zegt dat jullie het nodig hebben,' voegde Claudius Haviks eraan toe.

Tad en Zane keken elkaar aan. Ze wisten dat Jommy in een opstandige bui was en als dat zo was, was hij koppig als een ezel waarvan de hoeven aan de vloer vast waren gespijkerd. De jongens hadden lange tijd in de stad geleefd, en ze waren allemaal opgetogen geweest over de afleiding en het vermaak dat Opardum bood, de hoofdstad van het hertogdom Olasko, nu onderdeel van het koninkrijk Roldem.

Ze zaten in de verlaten eetzaal van het Rivierhuis, het restaurant dat Claudius had geopend nadat hij was teruggekeerd naar Opardum. De onderneming was zo succesvol – mensen wachtten uren op een tafel – dat hij gedwongen was geweest om uit te breiden. Hij had net het gebouw ernaast gekocht, waardoor hij uiteindelijk anderhalf keer zoveel gasten zou kunnen ontvangen. Lucien, die Claus' persoonlijke kok in Roldem was geweest voordat hij zich bij Claus aansloot in Opardum, had besloten dat hij zichzelf chef wilde noemen, een Bas-Tyraans woord voor een meesterkok. Hij en zijn vrouw Magary waren beroemd in heel Olasko. De jongens werkten als afwassers in de keuken en hielpen af en toe in de bediening. Het beste aan het werk was het eten: er waren allerlei heerlijke gerechten, en aan het einde van de dag hield Magary vaak wat bijzondere desserts of andere lekkernijen voor hen apart, die jongens van hun stand normaal nooit zouden proeven.

De jongens waren Claudius gaan zien als een soort oom; de oom die je leuke dingen liet doen die je van je vader niet mocht. Maar hun stiefvader, Caleb, was de vorige avond aangekomen nadat hij een paar weken alleen had doorgebracht met de moeder van Tad en Zane, en nog een week waarin hij iets voor zijn vader moest doen.

En de jongen die een soort van neef voor hem was geworden, zat er rustig bij en probeerde zijn naam niet waar te maken. Lachende Ogen Haviks, een bijzonder voorlijke zevenjarige, faalde er jammerlijk in zijn pret te onderdrukken. De jongen was vernoemd naar zijn grootvader en was de oudste van Ha-

viks' twee kinderen. Zijn tweede kind was een prachtig pasge-
boren meisje dat Zonsondergang op de Pieken heette.

Jommy keek de jongen duister aan, en dat deed de balans
doorslaan: Lachende Ogen kon zijn vermaak niet langer verbergen. 'Wat is er zo grappig, Lachie?' vroeg Jommy.

'Je gaat naar school!' Lachende Ogen schaterde het uit. Hij
had zijn moeders rossige haar en de trekken van zijn vader, en
zijn ogen glinsterden vals terwijl hij naar Jommy grijnsde.

Uiteindelijk stak Tad zijn hand op. 'Het is misschien een
stomme vraag, maar wat is school voor iets?'

'Stomme vragen bestaan niet,' antwoordde Caleb. 'Géén vragen stellen is pas stom. Een school is een plek waar studenten
naartoe gaan om te leren van een leermeester. Zie het maar als
een leermeester die een heleboel meisjes en jongens tegelijk
onderwijst.'

'Ah,' zei Zane, alsof hij het begreep. Wat duidelijk niet het
geval was.

'In Roldem hebben ze ook scholen,' zei Claus. 'Een heleboel,
meestal onder leiding van de verschillende gilden. Het is anders
dan in het Koninkrijk of Kesh of hier in Opardum.' Hij keek
naar Jommy en voegde eraan toe: 'En heel anders dan wat jij
hebt gezien daar in Novindus.'

'We hebben heus wel scholen waar ik vandaan kom,' zei
Jommy met iets van opstandigheid in zijn stem, wat duidelijk
maakte dat hij nog nooit van zijn leven van een school had
gehoord. 'Ik heb er alleen nog nooit een gezien, dat is alles.'

Sinds ze in het Rivierhuis waren aangekomen, hadden ze
hun tijd gelijkelijk verdeeld met hard werken, wat niemand van
hen erg vond, en ontspanning. In de tijd dat de drie jongens nu
bij elkaar waren, had er zich een broederlijke band tussen hen
gevormd, waardoor ze constant op het randje van de problemen zaten. Als ze taken voor het Conclaaf uitvoerden, was dat
meestal onder leiding van hun stiefvader of een van Pucs agenten. Maar als ze aan zichzelf werden overgelaten, had het gebrek aan toezicht meteen gevolgen. Meer dan eens had Claus
voor hen moeten bemiddelen bij stadsambtenaars.

'Het zal goed voor jullie zijn,' zei Caleb. 'Claus vertelde me dat jullie plattelandsjongens wat te veel problemen tegenkomen in de stad. Dus vanaf morgen werken jullie niet langer hier, maar zijn jullie studenten aan de Universiteit van Roldem. We zorgen er wel voor dat het tuig en die meiden waar jullie mee omgaan denken dat jullie per schip vertrekken, maar later vanavond zal Magnus jullie naar Roldem brengen, zodat ze daar denken dat jullie voor zonsopgang op een schip zijn aangekomen.'

'Roldem!' zei Tad, plotseling enthousiast. Claudius had gezegd dat het de meest beschaafde stad ter wereld was, en aangezien hij hen de laatste maand had onderwezen, was zijn mening erg belangrijk voor de jongens.

'Ik dacht dat je zei dat we naar een school gingen,' zei Jommy, die zijn verwarring nu niet meer onder stoelen of banken stak.

Claus lachte. 'Het ís ook een school. Het is een school waar ze proberen alles te bestuderen, vandaar de naam. Je zult leren naast de zoons van de adel van Roldem en leerlingen uit andere landen rondom de Koninkrijkszee.'

'Zoons?' vroeg Tad. 'Geen dochters?'

Claus schudde meelevend zijn hoofd.

'Vaders idee over onderwijs aan vrouwen is... apart, misschien wel uniek,' zei Caleb. 'Nee, jullie worden ondergebracht tussen jongens, de meesten een paar jaar jonger dan jullie, maar ook enkelen van jullie leeftijd.'

'Ondergebracht?'

'Ja, jullie wonen aan de universiteit samen met andere studenten, onder toezicht van de monniken.'

'Monniken?' vroeg Zane, en zijn toon gaf aan wat de anderen met hun gezicht uitdrukten. 'Welke monniken?'

Haviks deed alsof hij moest hoesten om zijn lach te verbergen. 'Nou, de Broeders van La-Timsa.'

'La-Timsa!' schreeuwde Tad. 'Die zijn...'

'Streng?' stelde Caleb voor.

'Ja, dat zijn ze,' vond ook Claudius.

'Heel streng,' antwoordde Caleb met een blik op zijn vriend.

'Volgens sommige mensen misschien een beetje te streng, hoewel ik nog nooit heb gehoord dat er een student is doodgegaan aan te veel discipline,' zei Claus.

'Ze drinken niks anders dan water,' jammerde Zane. 'Ze eten donker brood en harde kaas en... ze kóken hun rundvlees.' Hij wierp een verlangende blik op de keukendeur.

'Wie is La-Timsa?' vroeg Jommy. 'Ik raak in de war van al die verschillende namen.'

'Ik weet niet welke naam ze in Novindus gebruiken...' zei Claus. Hij keek Caleb aan en haalde zijn schouders op.

'Durga,' zei Caleb.

'Durga!' schreeuwde Jommy. 'Die zijn celibatair! Ze slaan elkaar met stokken, als boetedoening! Ze leggen zwijggeloften af die jaren duren! Ze zijn celibatair!'

Claus barstte in lachen uit, en zijn zoontje gierde met hem mee.

'Pak alles wat je denkt nodig te hebben in, en dan hebben jullie nog een uur om de deur uit te gaan en afscheid te nemen van jullie vrienden,' zei Caleb, die met de anderen mee lachte. Toen werd hij serieus. 'Ik zeg dit nu maar, voor de duidelijkheid. Er komt een dag dat jullie staan waar Claudius en ik nu staan, in het hart van het Conclaaf. Jullie worden geen soldaten, maar generaals. Daarom gaan jullie.'

Hij vertrok, en de jongens keken elkaar met een gelaten blik aan. Na een tijdje zei Tad: 'Nou ja, het is wél Roldem.'

'En ze kunnen ons toch niet constant in die universiteit opgesloten houden?' vroeg Zane.

Jommy's lege ogen lichtten plotseling op, en hij grijnsde. 'Nou, ze kunnen het proberen, toch?' Hij sloeg Tad op zijn schouder. 'Kom mee, we moeten onze spullen pakken, en er is nog een meisje van wie ik afscheid wil nemen.'

'Shera?' vroeg Zane.

'Nee,' zei Jommy.

'Ruth,' opperde Tad.

'Nee.' Jommy liep in de richting van de keuken, waarachter hun kamers en spullen lagen.

136

'Milandra?'

'Nee,' zei Jommy terwijl hij de deur doorliep.

Zane greep Tads arm. 'Hoe doet hij dat toch?'

'Weet ik niet,' zei zijn pleegbroer, 'maar het houdt wel op als we in Roldem zijn.'

Zane zuchtte. 'Ik mis Opardum nu al.'

Tad opende de deur en merkte droog op: 'Je bedoelt dat je het eten mist.'

9

ROLÐEM

De jongens verspreidden zich langzaam. Jommy, Tad en Zane wachtten af terwijl meer dan tien universiteitsstudenten hen naderden. De pleegbroers waren gaan lopen vanaf de haven waar hun aankomst werd verwacht, hoewel ze op Pucs verzoek door Magnus waren getransporteerd naar een pakhuis van het Conclaaf. Ze zagen er wat vuil en vermoeid uit, zodat het verhaal dat ze een maand of langer met een karavaan hadden meegereisd en toen een week op zee hadden doorgebracht, geloofwaardig zou zijn. Ze droegen elk een eenvoudige tuniek en broek en een reisransel over hun schouder.

Ze keken toe terwijl de studenten zich in een halve kring voor hen opstelden en hen schattend opnamen alsof ze vee waren. Hun leeftijden liepen uiteen van ongeveer twaalf jaar tot min of meer dezelfde leeftijd als de drie nieuwkomers, al vermoedde Jommy dat hij met zijn bijna twintig jaar de oudste student van hen allen was.

Alle studenten droegen het officiële tenue van de universiteit: een zwartvilten baret, schuin links op het hoofd, een lichtgeel hemd met een lange blauwe tabberd met witte biezen erover, in de zij vastgestrikt, een gele broek en zwarte laarzen. Elke student droeg een zwartleren buidel in zijn linkerhand. Aan hun donkere huid te zien, was er een aantal studenten bij uit Kesh; maar hun verschillende accenten gaven aan dat veel van hen uit andere landen afkomstig waren.

Een van de oudere jongens, met donker haar en donkere ogen, zijn glimlach bijna een grijns, liep naar Jommy toe en bekeek hem van top tot teen. Toen wendde hij zich tot een blonde jongeling die naast hem stond en vroeg: 'Wat zouden dit zijn, denk je?'

'Plattelandsjongens, dat is duidelijk,' antwoordde zijn vriend met een minachtende blik. 'Dat leid je meteen uit die mestgeur af.'

Jommy zette zijn reisransel neer. 'Luister, maat. We komen net van een schip en een ruwe zee, en daarvoor hebben we een hele tijd op een kar gezeten, dus laten we zeggen dat we niet in opperbeste stemming zijn. Wat zou je ervan zeggen om morgen pas te beginnen met "de nieuwe jongens het leven zuur maken"?'

De donkerharige jongen keek zijn vriend aan. 'Die pummel wil ons welkom uitstellen, Godfrey. Wat vind jij daarvan?'

'Ik vind hem nogal verwaand, Servan.'

'Dus het is verwaand om vriendelijk te zijn?' vroeg Jommy retorisch.

Servan kneep zijn donkere ogen samen en deed alsof hij nadacht. Even later zei hij: 'Nee. Ik denk van niet. Laten we nú maar beginnen.' Hij porde hard met zijn vinger in Jommy's borst. 'Zet die tas maar neer, dan kan ik meteen beginnen met je onderwijs, boer, te beginnen met dat je beter geen grote mond kunt hebben tegen je meerderen!'

Jommy zuchtte. Hij liet zijn ransel langzaam van zijn schouder glijden. 'Dus zo wil je het hebben, hè?' Hij zette de ransel neer en stapte grijnzend naar voren. 'Zie je, in de regel ben ik heel rustig, net als ieder ander, maar ik heb genoeg ervaring om te weten dat waar je ook gaat, wat je nationaliteit of rang, de tijd van de dag of de maand van het jaar ook is,' – plotseling sloeg hij recht op Servans kaak, waardoor de ogen van de jongen wegdraaiden in zijn kassen en hij tegen de grond sloeg – 'overal kom je idioten tegen!' Tegen de blonde jongen zei hij: 'Wil jij ook?'

'Nee,' zei de jongen geschrokken.

'Wees dan maar zo vriendelijk om ons te zeggen waar nieuwe studenten naartoe moeten.'

'Het kantoor van broeder Kynan.' Godfrey wees naar de hoofdingang van de universiteit. 'Daar, tweede deur rechts.'

'Bedankt, maat,' zei Jommy glimlachend. 'En als je vriend straks wakker wordt, zeg hem dan dat hij zich niet druk moet maken. Ik vind dat iedereen het recht heeft om af en toe een vergissing te begaan. Dus we kunnen morgen gewoon opnieuw beginnen. Maar de volgende keer dat hij probeert de baas te spelen over ons "plattelandsjongens", word ik wél boos.'

Godfrey knikte alleen.

Jommy pakte zijn ransel op en zei tegen zijn vrienden: 'Laten we dan maar gaan.'

Ze liepen weg over het grote plein tussen de hoofdpoort en het enorme hoofdgebouw van de Koninklijke Universiteit van Roldem, terwijl de groep studenten zich mompelend om hun gevallen klasgenoot schaarde. Een jongere student haastte zich achter Jommy aan, keek met een brede grijns naar hem op en zei: 'Ik wijs je de weg wel!'

'Fijn, joh. Hoe heet je?'

'Grandy, en jij?'

'Jommy. Dit zijn Tad en Zane.'

De jongen leek niet ouder dan twaalf of dertien en had een aanstekelijke glimlach. Hij had sproeten in zijn gezicht en een bos donkerbruin haar. Hij keek ongelooflijk vrolijk.

'Ben je altijd zo blij?' vroeg Tad.

Grandy schudde zijn hoofd. 'Nee, alleen wanneer iemand Servan op zijn bek slaat.'

'Gebeurt dat vaak?' vroeg Zane.

'Nee, vandaag voor het eerst, maar ik kom wel kijken als je het nog een keer wilt doen.'

'Lastpak, zeker?' vroeg Jommy toen ze de brede trap naar de enorme dubbele deuren beklommen.

'Meer dan een lastpak. Hij is een rotzak en... gewoon gemeen. Ik weet niet waarom; hij heeft alles wat hij zich kan wensen.'

'Ik sta ervan te kijken dat niemand hem ooit eerder een optater heeft verkocht,' zei Jommy.

'Dat komt waarschijnlijk doordat zijn oom de koning is,' zei Grandy.

Jommy bleef zo plotseling staan dat Zane hard tegen hem aanbotste, struikelde en op de grond belandde. Tad staarde Grandy aan, knipperend met zijn ogen als een uil die wordt verrast door een lantaarn.

'Zijn oom is de koning?' vroeg Zane, die snel overeind krabbelde.

'Niet helemaal,' zei de jongen op vrolijke toon. 'Zijn vader is een of andere neef van de vader van de koning, de oude koning, snap je...' Zijn grijns werd breder. 'Maar hij noemt de koning zijn "oom" en niemand durft hem tegen te spreken. Omdat hij nog altijd een prins is en zo.'

Jommy bleef stokstijf staan. 'Nu heb ik het gedaan, hè?'

'Wat ga je eraan doen?' vroeg Tad.

'Nou, voor zover ik het zie, moet ik nu ofwel zijn nieuwe vriend worden, of hem zo in elkaar slaan dat hij het niemand zal durven vertellen.'

Grandy lachte luid. 'Ik denk dat geen van tweeën zal werken. Wie is je beschermheer?'

'Beschermheer?' vroeg Zane. 'Hoe bedoel je?'

'Wie heeft je naar de universiteit gestuurd?' vroeg de energieke jongen toen ze de hal inliepen en naar een brede dwarsgang wandelden. 'Mijn vader is een voormalig kapitein bij de koninklijke vloot, en mijn grootvader was admiraal van de Zuidelijke Vloot voor de oude koning; die de mensen tegenwoordig de grootvader van de huidige koning noemen. Ze zijn hier allebei naar school geweest, dus moesten ze mij wel aannemen, als een soort van erfenis. Als ik hier klaar ben, ga ik ook naar de marine. Dus wie is jullie beschermheer?'

Tad probeerde zich te herinneren wat Caleb had gezegd dat ze moesten antwoorden op zo'n vraag. 'Nou, we komen uit het Dromendal, dus we kennen mensen in zowel het Koninkrijk der Eilanden als Groot Kesh...'

Zane onderbrak hem. 'Turgan Bey, Heer van de Veste, Kanselier van Groot Kesh.' De jongens hadden de man maar één keer ontmoet, heel kort, toen iets minder dan een jaar daarvoor het complot tegen de troon was verijdeld, en het was onwaarschijnlijk dat de Heer van de Veste hen in een groep jongens zou kunnen aanwijzen. Maar Puc had nauwe banden met de man en hij had er kennelijk mee ingestemd om op te treden als beschermheer, zonder Pucs redenen al te graag te willen weten.

Grandy lachte. 'Nou, de Kanselier staat hoog genoeg aangeschreven om Servan wel twee keer te laten nadenken voor hij bij zijn vader gaat klagen. En als hij dat toch doet, zal zijn vader wel twee keer nadenken voordat hij jullie laat omleggen. We zijn er.' Ze stonden voor een grote houten deur rechts in de gang, met een klein kijkvenstertje er middenin. 'Klop drie keer aan en wacht dan af,' zei Grandy. 'Ik zie jullie straks nog wel.' Hij kuierde weg en de drie nieuwkomers keken elkaar schouderophalend aan.

Jommy klopte drie keer en ze wachtten.

Even later ging het luikje voor het kijkvenstertje opzij. Ze kregen een korte blik op licht binnen en de ogen van een man, en toen ging het luikje weer dicht. De deur zwaaide wijd open en een monnik van La-Timsa stond in de deuropening. Hij was lang, breedgeschouderd en met een brede borst, en droeg een lichtbruine mantel tot aan de vloer. De kap van de mantel hing op zijn rug en zijn grote hoofd was gladgeschoren, zoals gebruikelijk in zijn orde. 'Ja?'

Jommy keek naar zijn vrienden, maar zag aan hun gezichten dat ze verwachtten dat hij het woord zou doen. 'Er was ons verteld dat we hierheen moesten komen... meneer.'

'Het is broeder, geen "meneer",' zei de monnik. 'Kom binnen.'

Toen de drie jongens binnen waren, zei hij: 'Doe de deur dicht.'

Zane sloot de deur, en de monnik nam plaats achter een grote tafel.

'Ik ben broeder Kynan,' zei hij, 'baljuw van deze universiteit.

Je spreekt alle monniken aan met "broeder" en elke priester met "vader". Is dat duidelijk?'

'Ja... broeder,' zei Tad. De anderen zeiden hem na.

'Wie zijn jullie?'

Jommy antwoordde: 'Ik ben Jommy, en dit zijn Tad en Zane.' Hij wees hen aan terwijl hij hun namen noemde. 'We komen uit...'

'Ik weet waar jullie vandaan komen,' zei de monnik. Hij had enorm zware wenkbrauwen en diepliggende ogen, wat de indruk gaf dat hij constant boos keek. Of misschien, dacht Zane, kéék hij ook wel boos. 'Jullie zijn niet wat ik verwacht had toen we een verzoek ontvingen van het Keizerlijk Hof in Kesh om halverwege het schooljaar nog drie "veelbelovende jongemannen" toe te laten.' Hij zweeg even en bekeek hen.

Jommy stond op het punt iets te zeggen, toen broeder Kynan hem voor was. 'Je spreekt alleen wanneer je iets gevraagd wordt, is dat duidelijk?'

'Ja, broeder,' zei Jommy. Zijn gezicht verraadde dat hij er niet blij mee was om zo toegesproken te worden.

'Jullie zullen harder moeten werken dan de anderen, om je achterstand in te halen. Ons onderwijs is het beste ter wereld, dus zie het maar als een voorrecht dat jullie zijn toegelaten tot de universiteit. Hier zullen jullie vele dingen leren: geschiedenis, kunsten, de waarheid zoals die door La-Timsa aan haar uitverkorenen is onthuld, en ook militaire strategie en tactiek. De beste jonge edelen uit Roldem studeren hier, ter voorbereiding op hun dienst aan hun land in de marine of aan het koninklijk hof. Het is namelijk de plicht van iedereen die zijn studie hier afrondt om tien jaar in dienst te treden voordat ze naar hun familie terugkeren. Veel van hen blijven hun hele leven in dienst van de kroon.'

Tad en Zane wisselden een ongeruste blik, want niemand had iets over dienst aan Roldem gezegd. Voor zover zij het Conclaaf konden inschatten, was er geen beletsel voor Puc om hun op te dragen om jaren in dienst van het hof te werken, of te vechten tegen Roldems vijanden ter land of ter zee; maar het zou een iets minder grote schok zijn geweest als iemand het tegen ze had gezegd.

Broeder Kynan leek hun gedachten te lezen. 'Jongens die geen burgers zijn van Roldem krijgen niet het privilege om te dienen, maar moeten een grote som in goud betalen.' Hij bekeek Jommy van top tot teen. 'Je uiterlijk is niet in overeenstemming met je positie, maar dat doet er niet toe. Straks gaan jullie langs bij broeder Timothy, die jullie kleding van je aanneemt en opslaat. Vanaf dat moment dragen jullie het uniform van de universiteit elke dag tot je weer vertrekt. Er zijn geen rangen onder de studenten, dus titels zijn niet toegestaan. Je spreekt elkaar alleen bij naam aan, en de broeders en priesters bij hun titel en hun naam. Onze regels zijn streng, en ongehoorzaamheid tolereren we niet. Trek nu die tunieken uit.'

De jongens keken elkaar snel aan, lieten hun ransels vallen en trokken hun tunieken uit. 'Kniel voor de tafel,' zei broeder Kynan. Weer keken ze elkaar aan. 'Knielen!' schreeuwde de grote monnik, en de jongens gehoorzaamden.

Broeder Kynan beende naar de hoek van de kamer en kwam terug met een lange stok van donker hout. 'Deze stok,' zei hij toen hij hun de stok liet zien, 'is het corrigeerinstrument. Elke overtreding die je begaat, levert je klappen hiermee op. Het aantal klappen wordt bepaald op basis van de ernst van de overtreding.' Plotseling haalde hij uit en sloeg Jommy op de schouders, en vervolgens Zane en Tad ook. Alle drie de jongens grimasten, maar niemand maakte een geluid. 'Dit is om je te laten voelen wat dat inhoudt. Zijn er nog vragen?'

'Eentje, broeder,' zei Jommy.

'Spreek.'

'Wat is de straf wanneer je een andere student slaat?'

'Tien stokslagen.'

Jommy zuchtte. 'Nou, dan stel ik voor dat u in uw handen spuugt, broeder, want ik heb net voor we hierheen kwamen een jongen geslagen die Servan heette.'

'Mooi,' zei de monnik. Hij gaf Jommy tien harde klappen op zijn rug terwijl Zane en Tad op hun knieën naast hem zaten en

144

hun gezicht vertrokken elke keer wanneer de stok neerkwam. Toen hij klaar was, zei de monnik: 'Sta op en trek je tuniek weer aan.'

Toen ze bezig waren zich aan te kleden, zei broeder Kynan: 'Je bent slimmer dan je eruitziet, Jommy. De straf voor het niet opbiechten van een overtreding is dubbel zoveel stokslagen. Je had er twintig gekregen als ik van iemand anders had gehoord dat je Servan had geslagen.'

Jommy knikte alleen.

'Loop de gang door tot aan de laatste deur aan de linkerkant. Daar vind je broeder Timothy. Hij zal verder voor jullie zorgen.'

Tad en Zane hadden hun hemden met enig ongemak aangetrokken, maar Jommy rukte zijn tuniek over zijn hoofd, pakte zijn ransel op en liep de kamer uit. In de gang vroeg Tad: 'Doet je rug geen pijn?'

'Natuurlijk wel,' zei Jommy. 'Maar ik heb wel erger gehad van mijn pa toen ik nog jonger was dan Grandy, en ik geef zijn soort die genoegdoening liever niet.'

'Welk soort?' vroeg Zane.

'Er zijn twee soorten mannen die straf uitdelen, knul. Degenen die weten dat het nodig is en degenen die ervan genieten. Broeder Kynan is zo iemand die ervan geniet. Hoe meer je laat merken dat het pijn doet, hoe liever hij het heeft.'

Eenmaal bij de deur aangekomen, klopten ze drie keer. Een stem binnen riep: 'Blijf daar niet in de regen staan! Kom binnen!'

Zane keek om zich heen. 'Regen?'

Jommy lachte en opende de deur. Deze kamer was groter dan het kantoor van broeder Kynan, maar in plaats van een sombere werkplaats was het een waar pakhuis. Langs de muur links van hen waren van vloer tot plafond planken aangebracht, en op elk daarvan stonden houten kratten, elk met een zorgvuldig geschilderde naam en nummer. Het moesten er honderden zijn, want de kasten strekten zich uit met rij na rij planken van vloer tot plafond en ze konden het uiteinde van de ruimte niet zien. Tussen de planken liepen twee smalle paden, een aan de linkerkant langs de muur en een aan de rechterkant. De enige andere meubelstukken in de kamer waren een tafeltje en een stoel, waar een monnik op zat. De verweerde oude man was misschien wel de kleinste mens die de jongens ooit hadden gezien; de gemiddelde dwerg zou boven hem uittorenen. Zijn hoofd was geschoren, net als dat van broeder Kynan, maar hij droeg een volle rode baard die met grijs was doorschoten. De ogen van de man hadden een levendige kleur blauw en zijn gezicht leek te zijn bevroren in een eeuwige glimlach. 'Nieuwe jongens!' riep hij verheugd uit. 'Ik had al gehoord dat er nieuwe jongens zouden komen! Dat is prachtig!'

'Broeder Kynan zei ons dat we hierheen moesten gaan,' zei Tad. 'Bent u broeder Timothy?'

'Ja, dat ben ik inderdaad, dat ben ik.' Hij bleef grinniken. 'Nou, laten we dan maar beginnen. Kleren uit, jongens.' Hij stond op en schuifelde weg door de linkergang, en de jongens bleven elkaar verwonderd staan aankijken.

'Misschien krijgen we uniformen,' zei Zane.

'Nee,' zei Tad. 'Méén je dat?'

Jommy grimaste lichtjes toen hij zijn tuniek uittrok, en tegen de tijd dat broeder Timothy terugkwam met drie houten kratten, zo wankel gestapeld dat ze dreigde om te vallen bij elke stap die hij zette, waren de jongens bloot.

'Hier, broeder, ik zal u helpen,' zei Tad, en greep het bovenste krat.

'Dat is fijn,' zei de monnik. 'Pak ieder een krat.' Toen ze elk een krat in handen hadden – waarin een tuniek, broek, hoed en laarzen en witlinnen onderkleding zaten – zei hij: 'Nou, blijf niet zo dom staan kijken, kleed je aan. Als er iets te groot of te klein is, regelen we wel iets.'

Het duurde maar even voor ze ontdekten dat het uniform dat Jommy had gekregen te klein was en dat van Zane veel te groot. Toen ze hadden geruild, bleken de uniformen behoorlijk te passen. De laarzen waren een andere zaak, en de kleine man moest diverse keren naar achteren lopen om passende exemplaren te vinden. Maar uiteindelijk stonden ze alle drie in hetzelfde kostuum dat ze de andere studenten hadden zien dragen.

Tad lachte plotseling, en Jommy vroeg: 'Wat is er?'

'Het spijt me, Jommy, maar...'

'... je ziet er belachelijk uit,' maakte Zane zijn zin voor hem af.

'Nou, jullie zullen ook niet veel indruk maken op de meisjes bij die fontein in Kesh waar ik jullie heb ontmoet.'

Tad lachte nog harder.

'Meisjes?' zei broeder Timothy. 'Meisjes zijn geen gespreksonderwerp. Dat mag niet.'

Ze hielden alle drie op met lachen en Tad vroeg: 'Geen meisjes?'

'Nee,' zei de monnik. 'We weten hoe jonge jongens zijn, ja heus. Dat we een celibataire orde zijn, betekent nog niet dat we dat niet meer weten, hoewel het niet goed is om te veel terug te denken. Joh, toen ik nog een jongen was, voor ik mijn roeping kreeg...' Hij liet de gedachte zichzelf afmaken. 'Nee, geen meisjes. Jullie moeten studeren, ja, studeren, en oefenen, heel veel oefenen. Maar geen meisjes.'

De vreemde kleine monnik leek volkomen de kluts kwijt te zijn door het onderwerp en dus vroeg Jommy: 'Broeder, wat nu?'

'Nu?' vroeg de monnik.

'Ja, wat doen we nu?' legde Jommy uit.

'O, wat jullie nu moeten doen!' zei de monnik, die weer terugkeerde naar de opperbeste stemming waarin ze hem hadden aangetroffen. 'Nou, jullie gaan studeren, en oefenen.'

Tad rolde met zijn ogen, terwijl Zane besloot om duidelijkheid te vragen. 'Hij bedoelt: wat moeten we nu meteen doen? Zijn we hier klaar?'

'Ja, ja. Jullie komen hier als jullie spullen nodig hebben, en als jullie een kledingstuk scheuren of nieuwe laarzen nodig hebben. Al vindt de vader het niet prettig als jullie laarzen verslijten.'

'Wat voor spullen?' vroeg Tad.

'O, spullen!' riep de kleine monnik, en liep weer door de

kamer naar achteren. Even later keerde hij terug met drie van die vreemde leren buidels die alle andere studenten hadden. 'Hier zijn jullie spullen. Dit zijn studentenbuidels. Kijk er maar in!'

De jongens ontdekten dat de buidels in feite twee zachtleren huiden waren die tegen elkaar aan waren genaaid, de een groter dan de ander zodat er een flap ontstond die je over de bovenkant kon vouwen om de spullen in de tas te houden. In hun buidel vonden ze een mesje, een klein potje met een kurk, een stuk of zes schrijfveren en een stapeltje papier. Er zaten nog andere dingen verpakt in papier dat was behandeld met een soort olie of was, en ook een klein kistje.

Jommy wilde het kistje eruit halen, maar broeder Timothy zei: 'Later. Je kunt er later naar kijken. Ik wilde er alleen zeker van zijn dat ik jullie geen lege tassen had gegeven. Jullie moeten leren om klein te schrijven.'

'Klein schrijven?' vroeg Zane.

'Dan is het papier niet zo gauw vol,' antwoordde Timothy.

'Waar moeten we nu naartoe, broeder?' vroeg Jommy.

'Ga naar de residentiezaal. Vraag naar broeder Stephen; hij is de Proctor.' Hij wuifde met zijn hand. 'En nu wegwezen!'

'Broeder,' vroeg Tad terwijl ze naar de deur liepen, 'waar is de residentiezaal?'

'De residenties zijn in de andere vleugel van dit gebouw. Ga terug door de gang. Je vindt broeder Stephen bij de laatste deur links. Hij zorgt verder voor jullie.'

Ze liepen de kamer uit en terug door de gang. Aan het eind ervan kwamen ze bij een ruimte zonder deur. Het was een immense zaal en langs elke muur stond een rij bedden, met aan de voet van elk een houten kist.

In het gangpad tussen de kisten liep een monnik, deze zonder baard. 'Jullie zijn de nieuwe jongens.' Het was een opmerking, geen vraag.

'Ja,' antwoordde Zane, en voegde er snel aan toe, 'broeder.'

'Ik ben broeder Stephen, de Proctor. Ik heb de leiding over alle studenten wanneer ze niet in de klas zitten, bij het gebed

zijn of taken uitvoeren voor een monnik of priester. Volg mij.'
Hij draaide zich om en ging hen voor naar het achtereind van
de zaal. Hij wees naar een bed aan de rechterkant. 'Een van jullie
slaapt hier.' Toen wees hij naar twee bedden aan de linkerkant
van de ruimte. 'Twee van jullie slapen daar.'

De jongens wierpen elkaar een snelle blik toe, haalden hun
schouders op, en Tad en Jommy gingen naar links terwijl Zane
het bed aan de rechterkant nam. Toen Zane erop wilde gaan
zitten, riep de monnik: 'Niet gaan zitten!'

Zane sprong weer overeind. 'Het spijt me, broeder.'

'Kijk in de kist.'

Toen ze dat deden, vonden ze in de kisten een laarzenborstel,
een kam en een grote, ruwlinnen doek, en ook een scheermes
en een stuk harde zeep. Zane stak zijn hand in de kist om de
kam van dichtbij te bekijken, maar de monnik zei: 'Niets aanraken!'

Zane trok een gepijnigd gezicht. 'Het spijt me, broeder...
alweer.'

'Kijk hoe alle voorwerpen liggen. Elke ochtend als je opstaat,
maak je je bed op en ga je naar de wasruimte. Daar was je je,
kam je je haar, scheer je je en daarna geef je je gebruikte handdoek aan een bediende, die je weer een droge zal meegeven.
Dan kom je hier terug. Je kleren heb je de avond ervoor opge-
vouwen en in de kist gelegd. Je kleedt je aan, en legt dan de
andere voorwerpen precies zo terug als je ze gevonden hebt.
Als een voorwerp op de verkeerde plek ligt, krijg je vijf stokslagen. Als er een voorwerp ontbreekt, twintig stokslagen. Is dat
begrepen?'

'Ja, broeder.'

'Jullie mogen pas op jullie bed zitten na het avondgebed, en
dan gedurende één uur voordat je gaat slapen. Als je voor die
tijd zittend op een bed wordt aangetroffen, krijg je vijf stokslagen.' Hij keek hen alle drie aan en vervolgde: 'Ga nu op zoek
naar de Provoost, die jullie verder zal instrueren. Zijn kantoor
is aan de andere kant van de ingang.'

Zane bleef nog even staan staren in zijn kist voor hij het

deksel liet zakken. Toen hij zich omdraaide om te vertrekken, vroeg broeder Stephen: 'Wie van jullie heeft Servan geslagen?'

Jommy draaide zich met een spijtige blik om. 'Dat was ik, broeder.'

Broeder Stephen keek Jommy alleen maar lange tijd aan, zei: 'Hmm,' draaide zich om en liep weg.

Toen ze de slaapzaal verlieten, zei Tad: 'Zane, waar staarde je naar?'

'Ik probeerde te onthouden waar alles hoorde. Ik heb geen zin in die stok.'

'Je went er wel aan,' zei Jommy. 'Bovendien heb je een uur de tijd om ernaar te staren voordat we vanavond gaan slapen.'

'O, ja,' zei Zane zonder veel enthousiasme.

De drie jongens vroegen zich af waar ze dankzij hun stiefvader waren aanbeland.

10

ZUIVERING

Valko bereidde zich voor op geweld.
De strijder tegenover hem was oud en zijn littekens zagen eruit als eremedailles, maar zijn houding gaf aan dat hij geen oude man was die erop wachtte dat een zoon hem eindelijk naar de dienst van de Duistere God zou promoveren. Deze man had nog vele gevechten te leveren.

Valko stond midden in een grote ruimte, net zo ingedeeld als de vechtruimte in de Zaal van Beproeving in het kasteel van zijn vader, maar dan vele keren groter. Vijfhonderd ruiters konden op de galerij zitten, en er konden minstens tien gevechten tegelijk worden gehouden. Hij keek naar rechts, toen naar links, en zag andere Dasati-jongeren die ook klaar waren voor het gevecht.

De oude strijder was gekleed in de wapenrusting van de Gesel, bijna gelijk aan die de Sadharin droegen: een donkergrijze helm met een open vizier, een borstplaat, arm- en beenkappen, maar in plaats van de lange pluim die de Sadharin droegen, was zijn helm voorzien van een punt waaraan twee lange, bloedoranje linten hingen. Toen hij sprak, was zijn stem gezaghebbend, hoewel hij die niet verhief. 'Jullie gaan sterven.' Verschillende jongelingen spanden hun spieren en een paar handen grepen naar zwaarden. 'Maar niet vandaag.'

Hij liep langzaam langs de zestien jonge strijders, die in een halve cirkel opgesteld stonden, en keek elk van hen in de ogen terwijl hij sprak. 'Jullie zijn hier naar me toe gekomen omdat jullie je eerste beproeving hebben overleefd. Overleven is goed. Je kunt de tekarana niet dienen als je dood bent. Je kunt geen sterke zonen en slimme dochters voortbrengen als je niet overleeft. En jullie willen sterke zonen hebben zodat die op een dag hier kunnen staan om met hun opleiding te beginnen, en slimme dochters die jullie kleinzoons zullen verbergen tot zij klaar zijn voor hun beproeving.

Zo is het gebruik van de Dasati.'

'Zo is het gebruik,' antwoordden de jonge strijders ritueel.

'Het op één na meest glorieuze wat je kunt doen, is dapper sterven voor het rijk, als al het andere heeft gefaald. Het meest glorieuze wat je kunt doen, is zorgen dat de vijanden van het rijk eerder sterven dan wij. Elke idioot kan op een stomme manier sterven. Stommiteit is een zwakte. Er is geen glorie in sterven als een idioot.

Zo is het gebruik van de Dasati.'

'Zo is het gebruik.'

De oude strijder vervolgde: 'Ik ben Hirea, Ruiter van de Gesel. Sommigen van jullie zijn zoons van de Gesel.'

Enkele jonge strijders brulden.

'Maar niet langer,' zei Hirea, die zijn stem net genoeg verhief om zijn ongenoegen over hun gebrul te laten merken. 'Jullie zijn niet langer van de Gesel. Jullie zijn geen zonen meer van de Sadharin. Noch zijn jullie Kalmak, Zwarte Donder, Duistere Ruiter, Bloedvloed of Remalu. Wat jullie ook dachten te zijn toen jullie aankwamen, dat is voorbij. Jullie zijn nu van mij, tot ik bepaal dat jullie terug kunnen naar jullie vaders of dood op het zand liggen.' Hij wees bij wijze van nadruk naar het zand onder hun voeten. 'Hier kunnen jullie je erfgoed opeisen als ware Doodsridders, en jullie vaders of de Duistere God dienen. Ik stuur jullie met evenveel plezier naar beide toe.' Hij liet zijn blik langs alle gezichten gaan. 'Ieder van jullie vormt een team met een ander. Jullie delen ook een kamer. Vanaf dit moment wordt die strijder je broer. Jullie zullen met graagte je leven voor hem geven, en hij voor jou. Als jullie vaders vijanden zijn, maakt dat niet uit. Hij is je broeder. Dat is je eerste les.

Zo.' Hij wees snel naar de twee jonge strijders aan de uiteinden van de halve cirkel. 'Jij en jij, kom naar voren.' Ze gehoorzaamden en hij wees naar hen. 'Je naam!'

De strijders zeiden hun naam en Hirea vervolgde: 'Jullie zijn nu broers, tot jullie hier vertrekken. Daarna zijn jullie vrij om elkaar te doden, maar tot die tijd zullen jullie voor elkaar sterven als het moet.' Hij gebaarde over zijn schouder. 'Kom achter me staan.'

Hij herhaalde dit proces met de volgende twee jongelingen, en de twee daarna, tot hij bij Valko aankwam. Valko werd gekoppeld aan een zoon van de Remalu, die Seeleth heette, zoon van Silthe, Heer van de Rianta. Valko zei niets toen de andere strijders aan elkaar werden gekoppeld, maar hij had zijn twijfels over zijn nieuwe 'broer'. De Remalu stonden in heel Kosridi bekend als fanatiekelingen. Veel van hun jongelingen gaven de weg van het zwaard op om Doodspriester te worden. Het was een eer om de Duistere God te dienen, en niemand zou iets anders beweren, maar het werd algemeen als een minder mannelijke weg gezien. Priesters stierven van ouderdom en konden hun eventuele zoons nooit erkennen. Een zoon van een priester was gedoemd een Mindere te worden. Een strijder zou liever doodgaan dan een kind te laten overleven en een Mindere te laten worden. Laat de Minderen hun eigen soort maar in stand houden.

Volgens geruchten waren veel van hen ook lid van de Orde van Doodsmagiërs. Zij waren verwant aan machtige heren op andere werelden, en stonden gelijk aan adviseurs van de tekarana zelf. Onder de families op Kosridi werden de Remalu het meest gehaat, maar ook het meest gevreesd en gewantrouwd.

'Veel van hen zullen binnenkort sterven, mijn broer,' fluisterde Seeleth.

Valko zei niets en knikte kort.

Toen er acht paar broers voor hem stonden, wees Hirea naar het eerste stel, en maakte vervolgens een armgebaar toen hij hen allen toesprak. 'Elk van jullie heeft een kamer gekregen met twee bedden erin,' zei Hirea. 'Degenen die links van mij stonden toen ik je aanwees, brengen jullie bezittingen naar de kamer van je broer. Ga eten bij het zenit, en kom dan hier terug voor je eerste gevechtstraining. Lopen!'

De jonge strijders liepen in een ordelijke rij naar buiten, en even later was Valko in zijn kamer terwijl Seeleth zijn schamele bezittingen in een kist aan de voet van het tweede bed stopte. Valko zag dat er een behoorlijk aantal mystieke voorwerpen bij zat, dingen die een zoon van een ongeruste moeder meekreeg. Misschien was Seeleths moeder uit het Schuilgaan gekomen om een ereplaats in te nemen aan het hof van zijn vader, of had ze die hem gegeven voordat hij het Schuilgaan verliet. Maar enkele voorwerpen leken heel wat duisterder dan normaal en hadden een soort magische uitstraling. Afweren? Geluksamuletten?

Seeleth grijnsde naar Valko en ging op zijn bed zitten. Valko vond hem lijken op een hongerige zarkis, de gevreesde nachtelijke jager van de vlakten. 'We gaan grootse dingen doen, Valko,' fluisterde Seeleth.

'Waarom fluister je?'

'Vertrouw niemand, mijn broer.'

Valko knikte. *Als dat zo is,* dacht hij, *waarom zou ik dan een 'broer' vertrouwen die dat enkel is tot we hier weggaan?* Seeleth was kennelijk nogal een apart type. Hoe meer hij erover nadacht, hoe meer Valko vermoedde dat hij het type was dat een Doodspriester zou willen worden. 'Laten we naar het zenitmaal gaan,' zei Valko, en stond op. Seeleth stond ook op, maar stapte naar Valko toe en keek zijn nieuwe 'broer' recht in de ogen. Het was ofwel een teken van vertrouwen, of een uitdaging. Aangezien er geen wapens werden getrokken, nam Valko aan dat Seeleth vertrouwen in hem stelde. 'We gaan grootse dingen doen,' fluisterde Seeleth nog eens. 'Misschien zijn wij wel degenen die de Witte vinden en vernietigen.'

'De Witte is een mythe,' kaatste Valko terug. 'Nadenken over zulke wezens is... waanzin!'

Seeleth lachte. 'Wat een onrust over een mythe!'

Valko voelde dat hij boos werd. 'We zijn hier om te trainen, bróér. Ik geef niets om de ambities van een zoon van de Rema-

154

lu, en ik verspil ook geen tijd met nutteloos nadenken over glorieuze tochten; die zijn voor spelende kinderen in het Schuilgaan. Mijn vader heeft me opgedragen hierheen te gaan, dus hier ben ik. Hirea heeft bevolen je mijn broer te noemen en voor je te sterven als het nodig is. Ik gehoorzaam. Maar val me niet lastig met je mentale spelletjes, bróér, want dan dood ik je.'

Seeleth lachte weer. 'Je antwoordt zoals het een goed Dasatistrijder betaamt,' zei hij, en liep toen de kamer uit in de richting van de eetzaal.

Valko bleef een tijdje ontdaan staan en vroeg zich af wat er achter dit alles zat. De Witte was een obsceen concept, godslastering zelfs, iets waar niemand over sprak die de harde realiteit van het Dasatileven wilde overleven. Toegeven dat de Witte kon bestaan, was toegeven dat de Duistere niet almachtig was. Maar als zoiets toch bestond, en als een strijder er een eind aan kon maken, zou dat zeker leiden tot grootsheid. Maar hoe kon de Witte bestaan als de Duistere God oppermachtig was? Alleen die vraag al was een belediging van de logica. Was het beledigend genoeg om te rechtvaardigen dat hij Seeleths hoofd afsloeg zonder zich te hoeven verdedigen ten overstaan van Hirea? Als hij een Remalu ombracht, zou hem dat achting van zijn vader opleveren. Hij dacht er even over na, zette het toen van zich af en volgde Seeleth naar het zenitmaal.

Het was maar een kleine vergissing geweest, maar daardoor lag een jonge strijder nu op het zand terwijl het bloed onstuitbaar opwelde tussen zijn vingers, die hij tegen de wond gedrukt hield. Hirea beende naar de gewonde jongen toe en keek op hem neer. De oefenpartner van de jongen keek ook omlaag, zijn gezicht een onpeilbaar masker.

Hirea draaide zich om naar de winnaar van de wedstrijd en zei: 'Ga daar staan.' Hij wees naar de rand van de oefenvloer. Hij zweeg even. Toen vroeg hij de gewonde jongen: 'Wat heb je nodig?'

De gewonde jonge strijder kon amper spreken terwijl hij opgerold op de grond lag, met zijn handen tegen zijn buik gedrukt. Uiteindelijk bracht hij uit: 'Maak er een eind aan.'

Hirea's hand schoot naar het gevest van zijn zwaard, en voor de andere jonge strijders zelfs maar in de gaten hadden wat hij deed, kwam het zwaard omlaag en maakte een einde aan het leven van de jongeman. Verschillende toeschouwers begonnen te lachen over zijn ongeluk, maar Valko en Seeleth deden niet mee.

Hirea keek naar de jongens die lachten en zei: 'Hij was zwak! Maar niet zo zwak dat hij om een Zorger vroeg.' Hij keek omlaag. 'Dit is niet grappig. Het is niets om over te treuren, maar het is ook niet grappig.'

Hij gebaarde met zijn vrije hand dat het lijk van de jongen moest worden verwijderd. Twee Minderen haastten zich om het nu levenloze ding op te tillen en weg te dragen naar de Doodskamer, waar de Uitbeners alles uit het lichaam zouden halen wat nog nuttig was. De rest zou door het diervoeder worden gemengd; zo kon hij op bescheiden wijze alsnog dienen.

'Is er hier iemand die het niet begrijpt?' Toen niemand iets zei, vervolgde Hirea: 'Je mag vragen stellen; je leert niet door te zwijgen.'

Een strijder aan de andere kant van de ruimte vroeg: 'Hirea, wat zou je hebben gedaan als hij wel om een Zorger had gevraagd?'

Hirea stak zijn zwaard weg. 'Ik zou hem langzaam hebben laten doodbloeden. Zijn leed zou een beloning zijn geweest voor zijn aanhoudende zwakte.'

'Dát zou pas grappig zijn geweest,' zei Seeleth.

Hirea hoorde hem en draaide zich om. 'Ja, dát wel.' Hij lachte één keer, een hard, blaffend geluid, en schreeuwde toen: 'Terug naar jullie plaatsen!' Tegen de tegenstander van de dode jongen zei hij: 'Ik zal je partner zijn in deze oefening tot er nog een ander sterft, dan wordt hij die daarbij heeft overwonnen je nieuwe broer.' Hij zweeg even. Toen keek hij de jongeling die zojuist zijn broer een fatale wond had toegebracht in de ogen. 'Goed gedaan.'

156

De jongen knikte zonder te glimlachen, en zijn nerveuze gezicht gaf aan dat hij zich nu afvroeg of hij de rest van de training van vandaag wel zou overleven.

De jonge strijders werden in het holst van de nacht gewekt door de bedienden. De Minderen maakten de strijders voorzichtig wakker, kwamen heel stilletjes elke kamer binnen, fluisterden naar de jongelui en sprongen dan snel naar achteren voor het geval een plotseling gewekte jonge strijder zijn woede zou koelen op het dichtstbijzijnde doelwit. Maar de boodschap werd gehoorzaamd: *Hirea wil dat jullie nu meteen met hem uitrijden.*

De strijders sliepen in donkere nachthemden die gebruikelijk waren bij de Dasati, maar met hun wapens bij de hand. Snel keerden bedienden terug naar alle kamers om de jonge vechters te helpen hun nachthemd uit te doen en ze een eenvoudige lendendoek, voet- en enkelwindsels en een hemd aan te trekken. Toen volgden een gevoerde broek en een lichte jas, en daarna de wapenrusting. Elke strijder die de opleiding overleefde, zou een complete garderobe met kledingstukken voor elke gelegenheid aantreffen wanneer hij thuis terugkeerde, maar tijdens de opleiding was dit het totaal van hun garderobe: strijdkleding en een nachthemd. Zelfs wanneer ze lessen volgden bij Bewerkstelligers en Voorzieners droegen ze hun wapenrusting.

De jonge strijders liepen snel naar de stal, waar lakeien de wachtende varnins al hadden gezadeld. De rijdieren schraapten met hun hoeven over de grond en snoven in afwachting van een jachtpartij. Valko liep naar zijn rijdier, een jong vrouwtje dat nog geen nakomelingen had voortgebracht, en klopte haar een keer stevig op de hals voor hij in het zadel sprong. De enorme kop van de varnin ging licht op en neer om te erkennen dat haar ruiter er was, en ze snoof toen hij de leidsels pakte en er een keer hard aan trok om haar te laten weten dat hij de baas was. Varnins waren stomme beesten, en je moest ze er constant aan herinneren wie de touwtjes in handen had. Goede ruiters kozen mannelijke dieren vanwege hun agressiviteit, maar de meeste ruiters gebruikten ruinen en jonge vrouwtjesdieren.

Valko wachtte tot de rest van de strijders was opgestegen: nog maar tien van de oorspronkelijke zestien. De zes die waren gestorven, hadden hun lot verdiend, wist Valko, maar iets aan de dood van de laatste, een jongeling die Malka heette, zat hem dwars. Hij was aan het oefenen geweest met Seeleth en had een onbelangrijke wond opgelopen, alleen maar een snee in het vlezige gedeelte van zijn onderarm, en had niet eens zijn zwaard laten vallen. Bij zulke wonden hoorde je de kans te krijgen om ze zelf te verbinden. Valko had hem naar Seeleth zien gebaren dat hij een onderbreking wilde, en Seeleth was achteruitgestapt om hem die pauze te gunnen. Malka verplaatste zijn zwaard van zijn rechter- naar zijn linkerhand en Seeleth had gewacht, maar toen Malka tijdelijk niet in staat was zich te verdedigen, had de zoon van de Remalu toegeslagen met een enkele houw in Malka's nek, waarop de jongeman ogenblikkelijk dood was neergevallen.

Er was niets gezegd. Valko kon zich niet voorstellen dat Hirea het niet had gezien, want de oude strijder ontging helemaal niets. Maar hij had niets gedaan. Valko had verwacht dat Seeleth wel een reprimande zou krijgen of zelfs door de oude leermeester gedood zou worden omdat hij de regels van het gevecht had geschonden, maar Hirea had zich gewoon omgedraaid alsof hij niets had gezien.

Valko was verontrust, maar niet genoeg om vragen te stellen. Onverwachte vragen waren gevaarlijk; te veel vragen wezen erop dat een strijder niet zeker van zichzelf was. Een gebrek aan zekerheid was een zwakte. Zwakte betekende de dood.

Toch zat het hem niet lekker; er werden regels geschonden, maar daarop volgde geen straf. Wat zou hier de les van zijn, vroeg Valko zich af. Dat de overwinning belangrijker was dan de naleving van de regels?

Hirea ging in de stijgbeugels staan en richtte zich op boven zijn oude mannelijke rijdier, evenzeer een veteraan vol strijdlittekens als hijzelf. Hij gebaarde, en de ruiters verlieten het stalerf en hielden in bij de poort. Hirea stak zijn hand op om orde te vragen. 'Een strijder moet op elk moment van de dag of de nacht klaar zijn om aan een oproep gehoor te geven. En nu vertrekken we!'

De jonge strijders volgden hun leermeester, die hen voorging over de lange, kronkelende weg vanaf het oude fort dat nu hun thuis was. Vroeger was de vesting bezit geweest van een hoofdman van een oude stam, maar de naam ervan was alleen bekend bij archivarissen. Het verschuivende zand dat de fundering onder de Dasatisamenleving vormde, had weer een familie opgeslokt. Misschien was een groep families op andere bondgenoten overgestapt en hadden ze een andere familie overgeleverd aan een wreed lot terwijl ze zelf op zoek gingen naar een machtigere beschermheer. Misschien was er een beschermheer verlaten door vazallen die meer macht zochten in nieuwe allianties.

Valko besefte dat hij het nooit zou weten tot hij de tijd nam om een archivaris op te zoeken, iets waar hij weinig tijd voor en nog minder zin in had. Valko liet zijn zintuigen zich instellen op de nacht. Hij gaf de voorkeur aan de nacht: het gebrek aan zichtbaar licht werd meer dan gecompenseerd door zijn vermogen om warmte te zien en, in mindere mate, beweging te detecteren. Net als alle andere leden van zijn ras kon hij zich gemakkelijk aanpassen aan de meeste omgevingen, zelfs aan diepe, koude tunnels en grotten. Aangezien Valko het grootste deel van zijn leven in het Schuilgaan op die manier had doorgebracht, had hij een buitengewone vaardigheid ontwikkeld in het schatten van afstanden en vormen, hoe vaag ook, door middel van echolokatie.

Hij nam het landschap in zich op terwijl ze over het pad reden: de verlaten, glooiende akkers; de heuvels in de verte, die alleen zichtbaar waren doordat ze iets donkerder waren dan de lucht eromheen. Alles was een panorama van somberheid, behalve waar kleine warme plekjes de aanwezigheid van knaagdieren en hun jagers verraadden. In de verte zag hij een roedel zarkis achter een snel prooidier aanzitten, misschien een loper of darter. Hoewel ze gevaarlijk waren voor één man, zou een roedel zarkis met een wijde boog om elf ruiters heen gaan. Na jarenlang te zijn bejaagd door de Dasati hadden ze een gezonde angst ontwikkeld voor bewapende ruiters. Maar er waren nog andere nachtelijke roofdieren waar je voor moest oppassen: de keskash, de tweepotige jager van het bos, die plotseling uit zijn schuilplaats sprong en een ruiter van zijn rijdier kon trekken, met kaken die sterk genoeg waren om een wapenrusting aan flarden te scheuren. De huid van die beesten had een laagje vocht dat snel verdampte, waardoor ze verborgen bleven tot ze bijna bij hun prooi waren.

In de lucht cirkelden de nachtaanvallers, hun piepkleine hersentjes volledig gericht op het berekenen van hun overlevingskansen wanneer ze besloten een prooi aan te vallen, want niets op deze wereld gaf zich zomaar zonder strijd gewonnen. Hun warmtebeelden waren wazig, want hun grote membraanvleugels voerden de warmte snel af waardoor ze minder opvielen, zowel voor de prooi die ze zochten als voor de vliegende klauwen, de machtige vogels die hoog boven hen zweefden. De klauwen bleven doorgaans boven in de atmosfeer, soms mijlenver boven de aarde, tot ze het gas uit hun ingewanden dat hun zweefvermogen gaf lieten ontsnappen en plotseling neerdaalden op een nietsvermoedende prooi in de lucht of op de grond. Hun grote vleugels sloegen met een donderklap open als ze hun duikvlucht omzetten in een glijvlucht en met hun holle, puntige klauwen de prooi vastgrepen, waarna ze met krachtige vleugelslagen weer de lucht in wiekten terwijl ze de sappen uit hun prooi zogen. Voordat ze hun enorme hoogte weer bereikten, lieten ze het uitgedroogde karkas los, dat tollend terug naar de grond viel. Die klauwen waren sterk genoeg om een varnin te grijpen en op te tillen, en konden zonder problemen een borstplaat doorboren. Het was zeldzaam maar niet ongehoord dat een ruiter uit het zadel werd gesleurd en weggevoerd.

Valko genoot van de nacht. Net als de anderen tijdens deze rit, had hij de meeste tijd in zijn Schuilgaan overdag geslapen en was dan 's nachts op pad gegaan om te stelen wat hij nodig had. Zijn moeder had hem eens verteld dat zodra hij een plek had veroverd aan de rechterhand van 'zijn vader, hij het daglicht zou gaan waarderen. Hij twijfelde nooit aan zijn moeder; ze was een vrouw met een scherp verstand en inzicht, en hij had nog nooit meegemaakt dat ze zich ergens in vergiste, maar hij wist niet zo zeker of hij zich na de beschutting van de nacht ooit helemaal op zijn gemak zou voelen in het felle daglicht.

Valko vroeg zich af waarom ze deze onverwachte nachtelijke rit maakten, maar wist wel beter dan vragen te stellen. Hirea zou hun vertellen wat ze moesten weten, op het moment dat ze het moesten weten. De gebruiken van de Dasati waren gebaseerd op een ingewikkeld netwerk van relaties, en als het tijd was voor blinde gehoorzaamheid, zou het stellen van een vraag een jonge strijder bijna zeker het leven kosten.

Zijn varnin hijgde toen ze een volgende heuvel beklommen, want deze wezens werden gefokt om op hoge snelheid kleine afstanden af te leggen, niet voor lange ritten. Maar er waren geen duurvarnins in de stallen bij het oude kasteel. Elke jongeling wist dat die rustigere wezens het slechter deden tijdens de strijd, al hadden ze wel de voorkeur voor langere ritten. Valko concludeerde dat Hirea ofwel uit noodzaak de jonge ruiters had opgetrommeld, of het hem gewoon niet uitmaakte of de dieren werden uitgeput. Het kon Valko weliswaar niet schelen of zijn rijdier leed, maar hij vond het gewoon verspilling om een goed strijdbeest zo af te matten en had geen zin om terug te moeten lopen naar het kasteel als het beest niet meer verder kon.

Toen ze de heuvel afgingen, liet Hirea hen halt houden. Verschillende varnins stonden te trillen en te puffen met opengesperde neusgaten terwijl ze op adem probeerden te komen. Valko vroeg zich terloops af of de varnins en duurvarnins misschien met elkaar gekruist konden worden, zodat je een vurig strijddier kreeg dat ook uithoudingsvermogen had. Hij besloot zijn vraag te onthouden zodat hij die aan een fokker op het landgoed van zijn vader kon stellen. Zo'n dier zou de Camareen macht verlenen en hun status in de Sadharin vergroten, en hen misschien wel dichter bij het hof van de Karenna en de Lagradin brengen, want zo'n beest zou grote waarde hebben voor het rijk.

Toen voelde Valko het, even vertrouwd als de stem van zijn moeder: het gevoel dat hij in de buurt was bij een Schuilgaan. Zijn geest liep om van de tegenstrijdige gedachten en gevoelens. Hij zag dat andere jonge ruiters ook opgewonden en verward keken.

Nog maar enkele weken geleden zou hij zich tussen degenen hebben bevonden die beschutting zochten voor de nachtelijke ruiters en probeerden op te gaan in de omgeving.

Hij dwong zichzelf om na te denken. Waarom zou hier een Schuilgaan zijn, tussen lage heuvels in een plattelandsgebied, vol zarkis, keskash en andere gevaren? Hij zette de tegenstrijdige gedachten – hij wilde zich verbergen en tegelijkertijd verderf zaaien – van zich af. Daar! Hij zag het. Een stroompje dat zo diep in de aarde was weggesleten dat het vanaf de weg niet zichtbaar was. Het leidde van de heuvels omlaag naar het oosten. Wie zich ook hier in de buurt verstopte, was omlaag gedreven vanuit de bergen. Misschien had een plaatselijke heer lucht gekregen van het Schuilgaan op zijn land en had hij een onhandige poging gedaan om de vluchtelingen op te sporen. Of misschien waren de vluchtelingen verhuisd uit gewoonte, zoals zijn moeder vaak had gedaan toen hij nog jong was; hoewel zijn moeder hem en de andere kinderen nooit naar zo'n open plek zou hebben geleid.

Dasatistrijders hadden van nature de drang om jonge, potentiële mannelijke rivalen of vrouwen die te jong of te oud waren om nakomelingen voort te brengen te doden. Zijn moeder had hem geleerd dat als de strijders te succesvol waren, het ras zou uitsterven. Maar als ze niet hun best deden om de zwakken te elimineren, zou het lot van het ras uiteindelijk ook uitsterving zijn. Zijn moeder was een uitstekend leermeesteres, die Valko altijd onderwerpen gaf om te overpeinzen. Meer dan eens had ze gezegd dat intelligentie geen nuttig geschenk van de Duistere was, dat dieren meer in evenwicht waren met de natuurlijke orde en beter waren in overleven dan de Dasati. Slechts één op de vijf kinderen haalde de volwassenheid, en daarom was er zo'n aandrang om nakomelingen voort te brengen. Zelfs zijn

162

abstracte gedachten over de voortplanting, midden tijdens een jacht, bezorgden Valko pijn in heel zijn lichaam. Als er een geschikt fokvrouwtje in de buurt was, zou hij haar vanavond nog nemen, zelfs als ze een Mindere was! Het waren die ontluikende verlangens die zijn moeder hadden gedwongen hem naar zijn vader te sturen, want zodra hij in staat was zich voort te planten, was hij klaar voor de beproeving; bovendien was hij vanaf dat ogenblik een dodelijk gevaar voor elke onvolwassen Dasati in het Schuilgaan. Valko vroeg zich af waar zijn moeder was. Hij wist dat zodra hij vertrokken was, zij en de andere moeders in het Schuilgaan meteen naar een andere veilige plek waren gegaan, misschien naar een van de dorpen van Minderen in de hoge bergen.

Valko schudde zijn hoofd. Het was waanzin, nadenken over het verleden terwijl er een Zuivering begon! Hij zag dat Hirea naar hem keek. Hij aarzelde niet, maar spoorde zijn nog altijd vermoeide varnin aan en stuurde hem naar het riviertje. Zoals hij had vermoed, zaten er personen ineengedoken onder een beschuttende rotspunt. Zodra de hoeven van zijn varnin het water raakten, gingen ze ervandoor.

Hij zag in het donker weinig duidelijke gelaatstrekken, maar toen ze bewogen, viel de modder van hun bovenlichamen af en werd het door het rivierwater weggespoeld van hun benen en dijen. Het waren zes jongeren en drie volwassen vrouwen. Valko trok zijn zwaard en stormde op hen af. Een van de vrouwen duwde de jongeren voor zich uit, terwijl de andere twee zich omdraaiden om Valko tegen te houden. Plotseling wenste hij dat het dag was, want hij kon aan hun warmtebeeld niet zien of ze bewapend waren. Hij wist dat de wanhopige vrouwen de jongeren met hand en tand zouden beschermen als het moest, en een jonge strijder moest twee volwassen Dasativrouwen niet onderschatten.

Hij wilde graag doden. Het verlangen naar bloed op zijn zwaard bonsde in zijn oren als een oeroud gezang, en hij besefte dat hij het geluid van zijn eigen hart hoorde.

Het zou overhaast zijn om meteen naar voren te stormen en

de eerste vrouw met zijn varnin aan te vallen terwijl hij met zijn zwaard uithaalde naar de tweede. En hij wist dat wie van de twee hij ook aanviel, de ander bijna zeker op hem af zou springen om hem uit het zadel te sleuren.

De twee vrouwen, die zich instinctief leken te groeperen, gingen op ruime afstand van elkaar staan, zodat hij een van hen beiden moest kiezen. Op het laatste moment stuurde Valko zijn varnin naar de oeverrand, buiten het bereik van beide vrouwen. Hij verspilde geen tijd met een poging de dichtstbijzijnde vrouw met een neerwaartse slag te raken, want hij wist dat ze bijna zeker onder zijn zwaard door zou duiken en zou proberen zijn laars te grijpen om hem van zijn rijdier te trekken. Hij maakte een schijnbeweging met zijn zwaard, en toen ze bukte, schopte hij haar in het gezicht. Hij sprong van zijn rijdier en landde met de hak van zijn laars op haar keel, die daardoor verpletterd werd. Hij was dichtbij genoeg om de dodelijke grauw te horen van de tweede vrouw, die ongetwijfeld wist dat ze op het punt stond te sterven, maar dat met graagte zou doen om haar nakomelingen te redden. Ze dook ineen, met een mes in haar rechterhand.

Valko hoorde eindelijk andere ruiters de oever afkomen, en wist dat ze zo meteen langs hem zouden stuiven om te proberen de andere vrouw en de jongeren in te halen. Zijn woede dat hij geen deel zou uitmaken van het doden van de kinderen, wakkerde zijn toch al aanzienlijke moordlust aan, dus haalde hij loom uit naar haar hoofd alsof het hem niet kon schelen hoe gevaarlijk ze kon zijn met haar dolk. Zoals hij had verwacht, dook ze gemakkelijk onder zijn slag door en haalde met haar dolk uit naar de plek waar zijn hals niet beschermd werd door zijn borstplaat; maar hij had alleen maar een schijnbeweging gemaakt. Op het laatste moment draaide hij zijn wapen omlaag en raakte de vrouw op haar schouder, en in plaats van geweld te gebruiken om haar hals te doorklieven, trok hij het wapen gewoon met een ruk achteruit. Hij maakte een diepe wond in haar nek, waar een straal bloed uit spoot. Ze zette wankelend een stap naar hem toe, maar viel toen op haar knieën. Zonder te wachten tot ze de grond raakte, liep hij om haar heen. Andere ruiters haalden hem in. Hij bereikte zijn varnin, steeg op en wilde het dier net aansporen toen Hirea riep: 'Valko! Wacht!'

De jonge strijder draaide zijn rijdier bij, de behoefte om te doden nog altijd bonzend in zijn borst. Hij trilde in zijn zadel, maar gehoorzaamde toen Hirea herhaalde: 'Wachten.'

Hirea kwam naar hem toe en draaide zijn rijdier met de kop naar Valko's dier zodat ze elkaar in de ogen konden kijken. 'Hoe wist je het?'

Valko was nog niet op adem gekomen en zweeg.

'Diep, langzaam ademhalen, en zet het moorden uit je gedachten. Je bent geen beest. Je bent een Dasati.'

Valko had het er moeilijk mee. Hij wilde niets liever dan achter de anderen aangaan, de jongeren in het Schuilgaan opsporen en dan hakken en slaan tot de rivier oranje was van hun bloed. Hij knarsetandde.

'Denk na!' schreeuwde Hirea, een van de zeldzame keren dat hij zijn stem verhief. 'Laat geen enkel deel van jezelf je geest overstemmen! Je geest, Valko! Altijd eerst de geest. Je bent geen beest. Denk na!'

Valko richtte zijn aandacht geforceerd op de hand waarmee hij de leidsels van de varnin vasthield. Toen richtte hij zich op het trillen van de leidsels terwijl het dier wachtte op haar volgende bevel, klaar om de roep om te jagen te beantwoorden, opgewonden door de geur van bloed in de lucht. Valko voelde dat zijn geest uitdijde vanuit de aandacht die hij richtte op het dier, het riviertje, hun omgeving, naar Hirea zelf. Uiteindelijk stak hij langzaam zijn zwaard weg.

'We hadden een bericht ontvangen van een handelaar dat hij bij zonsondergang rook had gezien,' zei Hirea. 'Ik moest dus gokken waar ze zich waarschijnlijk zouden verbergen, op basis van dat beetje informatie. Maar jij vond de precieze plek. We hadden erlangs moeten rijden, en dan hadden zij dat bos in de verte bereikt. Hoe wist je het?'

Valko sprak langzaam, zijn stem gesmoord van emotie: 'Ik wist dat ze daar waren.'

'Maar hoe dan? Ik heb ze niet geroken, want de modder maskeerde hun geur, en ik kon ze niet zien.'

'Daar zou ík me verstopt hebben,' zei Valko. 'Dat zou ik ook hebben gedaan.'

Hirea's oude ogen keken onderzoekend in het jonge gezicht, zagen de gelaatstrekken niet duidelijk maar detecteerden het patroon van het bloed dat pulseerde onder de huid. Valko wist dat zijn gezicht er moest hebben uitgezien als een gloeiend masker toen Hirea even daarvoor naar hem toe was gekomen.

'Je was overstelpt door het conflict tussen de neiging om je te verstoppen en je verlangen om te doden, maar je hebt er sneller controle over gekregen dan elke andere jongeling die ik heb opgeleid.'

Valko haalde zijn schouders op. 'Het ging vanzelf.'

'Ah,' zei Hirea. Hij boog zich naar voren en zei: 'Luister, jonge heer van de Camareen. De Gesel maakt zich niet erg druk om de jongelingen van de Sadharin, maar jij hebt... potentieel. Het is niet in jouw belang of dat van je familie om dat potentieel zo vroeg in je leven al te algemeen bekend te laten raken. Je moet leren wandelen op de smalle grens tussen kracht en zwakte, het evenwicht dat je in leven zal houden tot je je eigen plek vindt in de orde van de Dasati.

Je hebt vannacht twee tegenstanders gedood, allebei volwassen vrouwen in de kracht van hun leven. Dat is geen geringe prestatie voor een jongeling. Het siert je. Maar als je de anderen zou hebben ingehaald en nog meer slachtoffers had gemaakt, zou dat... opmerkelijk zijn geweest. En op dit moment wil je liever niet te veel worden opgemerkt.' Hirea draaide zijn rijdier een stukje bij en gebaarde naar Valko dat hij met hem mee moest rijden. 'Kom, we gaan kijken hoe de anderen het doen.'

Valko gehoorzaamde zijn leermeester.

'Ik ruik de moord- en foklust in je, jonge Camareen. Als ik het niet mis heb, zul je snel weer terug zijn in het kasteel van je vader.' Hij boog zich wat opzij en sprak zachtjes: 'Maar niet te snel, want dat zou ook opmerkelijk zijn.' Hij wees voor zich uit. 'De anderen zijn daar. Als er iemand van die kinderen is ontkomen, zal ik ze terug laten lopen naar het fort met hun rijdier aan de hand, en als ze dan tegen een roedel zarkis moeten vechten, dan hebben ze pech.

Ik wil je belonen,' zei Hirea. 'Ik stuur een vrouwelijke Mindere naar je kamer als we terug zijn. Je stinkt naar de behoefte om je voort te planten. Ik zal haar je het Spel van Tong en Hand laten leren, maar copuleer niet met haar: je vader zal ontstemd zijn als je al begint te fokken, zelfs met niet-erkende Minderen, voordat ik vind dat je klaar bent voor een plek in zijn huis.

Maar je verdient erkenning omdat je de eerste was die het Schuilgaan ontdekte, en voor de eerste dode. Deel de vrouw met je broer als je wilt, maar denk eraan: wat je vannacht hebt gedaan was opmerkelijk.'

Valko knikte, en besefte dat hij deze oude man binnenkort misschien wel moest doden.

11

ᎇᎬᏞᎬᏟᎾᎡ᎞ᎥᎪ

het uitzicht was adembenemend.
Puc, Nakur, Magnus en Bek waren na gedetailleerde
instructies van Vordam een deur vanuit de Galerij der
Werelden uitgelopen, en stonden nu op een bergpiek uit te
kijken op de stad Shusar, op de wereld Delecordia. Vordam had
verteld dat er drie deuren waren tussen Delecordia en de Galerij, waarvan deze het minst werd gebruikt, en niet zonder reden.
De deur kwam uit op een winderige richel waar net voldoende
ruimte was om er met hun vieren op te staan, en alleen een smal
paadje leidde omlaag naar de veiligheid.

Puc maakte zich geen zorgen over valpartijen; hij had genoeg magische vaardigheden om zichzelf en de anderen te beschermen, hoewel geen van hen waarschijnlijk zijn hulp nodig
zou hebben. Magnus kon beter leviteren en vliegen dan elke
andere student in de geschiedenis van Tovenaarseiland, Nakur
had altijd wel een 'truc' achter de hand, en hoewel Bek niet kon
vliegen, gaf alles wat hij over zichzelf had onthuld Puc de indruk dat er meer dan een val van een bergje voor nodig was om
de jonge strijder te vellen.

'Kijk daar eens,' fluisterde Bek. 'Dat is interessant.'

Nakur moest het wel met hem eens zijn. 'Ja, heel interessant.'

De hemel had kleuren die ze nog nooit hadden gezien, fon-
kelende tinten uit het hele kleurenspectrum, die kort pulseer-
den en gloeiden maar nooit lang genoeg bleven stilstaan om ze
goed te kunnen zien. Het leek wel alsof elke windvlaag of

beweging van een wolk boven hen werd beantwoord door die buitenaardse kleuren. Puc keek er een tijdje zwijgend naar en merkte toen op: 'Ik heb wel eens eerder zulke kleuren gezien.'

Magnus keek naar de steile berghelling onder hen. 'Wanneer dan, vader?'

'Toen ik jong was. Tijdens de rit met heer Borric, toen Tomas en ik met hem meereisden om de prins van Krondor te waarschuwen voor de Tsurani-invasie. Onder de dwergenbergen ontdekten we een waterval die ook zulke kleuren had. Er kwamen mineralen uit de rotsen vrij, die fosforesceerden in de kolkende energie van het water en het licht van onze lantaarns. Sindsdien had ik dergelijke kleuren niet meer gezien, en nooit zo helder als deze.'

'Ik vind het mooi!' riep Ralan Bek, alsof hij zijn standpunt wilde benadrukken door te schreeuwen.

'Echt waar?' vroeg Nakur. Zijn ervaring met de jongeman had hem niet de indruk gegeven dat de jongeman oog had voor schoonheid.

'Ja, Nakur.' Bek keek naar de hemel met een bijna gefascineerde uitdrukking op zijn gezicht. 'Het is fraai. Vooral die flitsen, en hoe je de wind kunt zien.'

'Kun jij de wind zien?' vroeg Magnus.

'Ja. Jij niet?'

'Nee,' gaf Magnus toe.

Nakur kneep zijn ogen tot spleetjes. 'Ah, nu zie ik het...' Hij wendde zich tot de twee magiërs. 'Als je probeert door de lucht heen te kijken, naar de ruimte erachter, dan zie je de druk van de wind, net als water dat rimpelt over een vlakke rotsplaat. Probeer het maar eens.'

Puc deed het en kreeg na enige tijd een idee van wat de twee mannen bedoelden. 'Het lijkt op de hete lucht boven woestijnzand,' zei hij uiteindelijk.

'Ja!' zei Bek. 'Maar dan meer. Je kunt het achter zichzelf zien.'

Puc kneep vragend zijn ogen samen naar Nakur, die enkel zijn hoofd schudde. 'Hij ziet dieper dan wij.'

Puc besloot de kwestie voor het ogenblik te laten rusten. De wind was kil en de lucht had een bittere ondertoon. In de verte zagen ze hun bestemming, de stad Shusar. 'Kijk eens hoe groot die stad is,' zei hij.

Hij had langdurig met Kaspar gesproken over zijn visioen op de bergen die het Paviljoen van de Goden werden genoemd, en hem vragen gesteld over elk detail. Eén ding waar Kaspar heel nadrukkelijk over was geweest, was hoe enorm de steden van de Dasati waren.

Puc probeerde rustig te blijven, maar hun aankomst op Delecordia en alles eromheen was enerverend. 'Ik denk dat het wel even duurt voor we hieraan gewend zijn.'

'We kunnen beter verdergaan, vader,' zei Magnus. 'Vordams instructies helpen wel, maar ik begin me toch wat naar te voelen. We moeten snel naar Kastor.'

Puc knikte instemmend en begon het pad af te lopen. 'Zodra het kan, zal ik een kleine sprong proberen naar een zichtbare plek, maar ik vermoed dat ik mijn gedachten niet goed zal kunnen richten. Ik voel me alsof ik een slaapmiddel heb genomen.'

Nakur knikte. 'Het is hier interessant, maar niet goed. We moeten die Kastor vinden.'

Zoals hij al had vermoed, was Puc niet in staat de bezwering toe te passen om over korte afstanden te reizen, waarmee hij normaal gesproken naar elke plek kon gaan die hij kon zien. Nakur zag hem tobben en zei: 'Ja, ja, zoals ik al dacht. De materie is hier anders dan thuis. Het is verdraaid... verkeerd.'

'Hoe bedoel je?' vroeg Magnus terwijl ze over het lange pad voortploeterden dat naar de weg naar de stad leidde.

'Weet ik niet,' zei Nakur. 'Zo zie ik het. Materie heeft regels. Ze gedraagt zich op een bepaalde manier als je er iets mee doet. Als je aan de rechterkant duwt, dan gaat ze naar links. Als je omlaag drukt, gaat ze omlaag. De materie op deze wereld... het is net alsof die terugduwt als je erop duwt, of dat ze naar links wil als je omlaag drukt.' Hij grijnsde en voegde eraan toe: 'Interessant, en als ik de tijd had, zou ik vast wel een manier kunnen vinden om ermee om te gaan.'

'Als Kastor voor ons kan zorgen zoals Vordam zei,' zei Puc, 'dan is er wel tijd om je erin te verdiepen, Nakur. En ook voor Magnus en mij.'

Bek maakte een weids armgebaar naar het hele uitzicht. 'Dit is een prachtige plek, Nakur. Ik vind het hier echt mooi.'

Nakur keek zijn jonge metgezel aan. 'Hoe voel je je?'

Bek haalde zijn schouders op en liep naast Nakur mee over het smalle pad. 'Ik voel me prima. Hoezo? Jij niet?'

'Niemand van ons voelt zich hier goed, maar jij wel?' vroeg Nakur.

'Ja. Is dat verkeerd?' vroeg de sterke jongeling.

'Kennelijk niet,' zei Magnus.

Het pad werd breder toen ze de lagere heuvels bereikten. Na bijna twee uur stevig doorlopen, kwamen ze aan de rand van een brede weg, bijna een grote straat, die naar de stad leidde. Er rolde een kar voorbij, voortgetrokken door een beest dat bijzonder veel op een paard leek, maar bredere schoften en een kortere nek had. Het beest snoof telkens als de menner op de hoge bok het met een lange stok porde. Terwijl de kar hen passeerde, keek de menner kort naar hen, maar als hij al verrast was vier mensen langs de weg te zien staan, liet hij daar niets van merken.

'Ik vraag me af hoe hij dat beest tot stilstand brengt,' zei Puc.

'Misschien blijft-ie stilstaan als de menner ophoudt met porren, uit dankbaarheid?' opperde Nakur.

Magnus lachte zo hard dat Puc verwonderd naar hem keek. Zijn oudste zoon gaf maar zelden blijk van een gevoel voor humor, en als hij dat deed, verraste hij zijn vader daar altijd mee.

Ze gingen de straat op en bleven aan de rand ervan lopen, want er kwamen doorlopend voertuigen voorbij. Puc was wel vaker op andere werelden geweest, had zelfs acht jaar op Kelewan gewoond bij de Tsurani, en was vaker omgegaan met niet-menselijke, intelligente wezens, maar er was hier iets wat hem meer fascineerde dan alles wat hij ooit eerder had ervaren. Deze plek en deze mensen waren buitenaards op een manier die hij nooit voor mogelijk had gehouden.

Vordam was heel precies geweest in zijn instructies, en had een paar vragen beantwoord, maar alleen over hoe Puc en zijn vrienden zo snel en efficiënt mogelijk bij de handelaar Kastor konden komen. Vordam had vele vragen doorverwezen naar Kastor, alsof hij redenen had om voorzichtig te zijn en niet alles te onthullen.

De stad was prachtig. Terwijl ze verder liepen en er steeds dichterbij kwamen, zag Puc dat de stenen van de donkere stadsmuur licht weerspiegelend waren en vleugen kleur hadden, alsof het licht werd opgebroken in een spectrum, zoals bij olie op water. Zaten er kristalletjes in het steen?

Toen ze de enorme stadspoorten naderden, nam hun verwondering alleen maar toe. De stenen zaten zo dicht op elkaar dat de muur naadloos leek. Hij was zo'n elf of twaalf verdiepingen hoog.

'Op wat voor vijand zijn ze hier voorbereid?' vroeg Puc.

'O, misschien houden ze gewoon van heel grote dingen,' antwoordde Nakur terwijl hij op de linkerkant van de enorme stadsingang afliep. 'Maar dit is interessant,' merkte hij op.

Er waren geen poorten zoals mensen die traditioneel maakten. Een enorm deel van de muur was eenvoudig naar binnen getrokken op scharnieren die ze niet konden zien en zich ook niet konden voorstellen. Nakur lachte. 'Die hebben ze al een tijd niet meer hoeven gebruiken.'

Er was een boom langs de muur gegroeid, en die blokkeerde het segment dat opzij was getrokken. 'Die zou het lastig maken de poort te sluiten,' zei Magnus glimlachend.

'Ik denk dat ze wel een manier zouden vinden,' zei zijn vader terwijl ze de Ipiliacstad Shusar binnengingen. 'Dat ze vredelievend zijn, is goed nieuws.'

'Of ze hebben al hun vijanden al vermoord,' opperde Bek.

Puc wierp een blik achterom naar de jongen en zag dat Ralan naar alles om zich heen keek met grote ogen en een brede grijns op zijn gezicht. 'Ik mag deze mensen wel, Nakur,' zei Bek. 'Dit is een interessante en prachtige plek.'

Puc had niet zoveel inzicht als Nakur in hoe die vreemde

jongen dacht, maar hij kende hem goed genoeg om te weten dat dit voor Bek een uitbundig vertoon was van wat anderen vreugde noemden. Bek verkeerde kennelijk permanent in een verhoogde staat van bewustzijn en schepte genoegen in alles wat een emotionele piek veroorzaakte; of het nu seks, geweld of schoonheid was. Puc vroeg zich niet voor het eerst af waarom zijn toekomstige ik erop had gestaan die jongen mee te nemen. Nu vielen kleine stukjes van een heel ingewikkelde puzzel op hun plek; van hen allen was Bek het minst gedesoriënteerd en ontdaan over hun aankomst in dit rijk. Hij scheen er echt van te genieten, terwijl zijn drie metgezellen zich steeds onbehaaglijker en zieker begonnen te voelen.

Als hun aanwezigheid opschudding veroorzaakte bij de Ipiliac, dan verborgen ze het goed. Eigenlijk, zag Puc, keken de meesten amper naar de vier mensen.

Hij moest toegeven dat zodra het buitenaardse aspect begon te wennen, de Ipiliac een fraai ras vormden: ze waren lang, met een bijna koninklijke uitstraling en een soepele, sierlijke manier van bewegen. De vrouwen waren opvallend, al waren ze dan naar menselijke maatstaven misschien niet meteen aantrekkelijk te noemen. Ze liepen nog sierlijker dan de mannen, op een manier die bijna verleidelijk was, maar ze schenen zich daar niet erg van bewust te zijn. Het ging er ontspannen aan toe op de markt, waar mannen en vrouwen lachten en elkaar begroetten. Voor zover Puc kon zien, leek dit een gelukkig volk.

Tegen de tijd dat ze het plein hadden bereikt dat Vordam had beschreven, voelde Puc een zware druk op zijn borst, was hij kortademig en begon hij te hoesten. De anderen, behalve Bek dan, hadden het ook moeilijk. Puc bleef staan voor een fontein die ongelooflijk mooi was, gemaakt van kristal met lichtjes erin en water dat in grote vlakken neerkwam en helder klaterde als de druppels op het kristal belandden.

'Daar,' zei Puc wijzend. 'De winkel met de rode deur.'

Een groep ruiters reed over het plein, allemaal in zwarte tunieken met paarse biezen en een wit schild op hun rug. Ze droegen hoeden die van een soort vilt leken te zijn gemaakt, en

173

laarzen tot aan de knie met een lange, neergevouwen flap aan de voorkant. Hun stoere uiterlijk werd benadrukt doordat elke man een kort baardje droeg.

Ze hielden hun vreemde, paardachtige rijdieren in een korte draf, en Bek lachte als een kind. 'Ha! Ik vraag me af of ze kunnen vechten?'

Puc keek meteen op om te zien of hij die vraag in de praktijk wilde uittesten, maar was opgelucht toen hij zag dat Bek alleen maar met open mond van bewondering toekeek. Hij gebaarde dat de anderen hem moesten volgen en ze liepen naar hun bestemming toe. Puc keek snel door de straat om te zien hoe de plaatselijke bewoners de winkels betraden – of ze eerst klopten en dan naar binnen gingen, of ze werden binnengelaten of gewoon naar binnen liepen. Toen hij zag dat iedereen de winkels gewoon in en uit liep, duwde hij de winkeldeur open. Binnen vonden ze niets wat leek op een menselijke winkel: geen toonbank, geen schappen, geen duidelijke inventaris of zelfs maar afbeeldingen van producten die er werden verkocht. In plaats daarvan lagen er kussens op de vloer rondom een groot toestel, waar diverse buizen van geweven stof uitkwamen. Boven op het apparaat stond een grote schaal.

Er kwam een Ipiliac door een kralengordijn binnen. Hij was lang en mager, zelfs vergeleken met de rest van zijn ras. Zijn mantel had een regenboog van kleuren, die van tint veranderen als hij liep. Hij bleef even staan, keek hen een voor een aan, en zei toen iets in een vreemde taal. Toen ze niet reageerden, probeerde hij een andere taal, een die Puc herkende.

'Daar komen we niet vandaan,' zei hij. 'Wij komen van Midkemia.'

In het Keshisch zei de koopman: 'Welkom in mijn etablissement. Ik krijg maar zelden menselijke klanten. Jullie moeten degenen zijn waar Vordam het over had. Hoe kan ik jullie helpen?'

'We zoeken een gids naar Kosridi.'

De handelaar keek verbaasd. 'Jullie zoeken een weg naar het volgende rijk?'

'Is het mogelijk?' vroeg Puc.

'Ja, maar wel moeilijk. Vordam zou jullie niet hebben gestuurd als hij dacht dat het onmogelijk was. Jullie moeten bijzonder sterk zijn als jullie deze winkel hebben bereikt zonder hulp van krachtige magie.'

'Die schijnt hier niet te werken,' antwoordde Magnus. 'En het wordt steeds lastiger om te ademen.'

Kastor knikte. 'Ik kan daarbij helpen.' Hij verdween achter in zijn winkel en keerde even later terug met een buideltje, waarvan hij de inhoud in de schaal op het toestel goot. Toen voegde hij er een vloeistof aan toe, en bijna meteen verscheen er een lichte mist boven de schaal. 'Als jullie de mist inademen door die slangen, zal dat jullie ademhalingsmoeilijkheden snel verlichten.'

'Ik heb dat niet nodig,' zei Bek.

De Ipiliac bekeek de jongeman een tijdje en zei toen zachtjes: 'Ik geloof dat je gelijk hebt.'

Puc aarzelde even toen Nakur en Magnus begonnen te ademen door de buizen, maar het had geen zin om zich zorgen te maken. Ze hadden geen keus. Ze waren nu eenmaal hier en moesten dit wezen vertrouwen. Puc inhaleerde diep en onderdrukte een hoestbui toen de sterke dampen zijn longen bereikten. Na een paar keer diep ademhalen, nam zijn ongemak af.

Nakur inhaleerde een keer diep. 'Dit is goed spul.'

'Vergeef me mijn botheid,' zei Kastor, 'maar de tijd zal tegen jullie werken als jullie besluiten niet verder te gaan op jullie tocht.'

'We zijn niet van plan terug te gaan.'

'Dat zeg je nu wel, maar er zijn vele dingen aan die plek waar je naartoe wilt waarvan ik zeker ben dat je ze niet begrijpt, en ik help jullie pas zodra ik zeker weet dat je ze wél begrijpt.'

Puc knikte.

'De Dasati vermoorden je zodra ze je zien, gewoon omdat je bestaat. Het is een ras dat lijkt op het onze, maar ze worden gedreven door een realiteit die jullie je nauwelijks kunnen voorstellen, laat staan volledig begrijpen. Alles wat een potentiële dreiging is, wordt vernietigd, volkomen vernietigd. Alles wat ze niet begrijpen, is een dreiging en wordt daarom vernietigd.

In de geschiedenis van dat volk zijn er twaalf werelden onder hun bewind gekomen. Daarvan werden er vijf bevolkt door andere rassen. In alle gevallen zijn die werelden volledig ontdaan van de oorspronkelijke rassen. Tegenwoordig komt elk dier, tot aan het laagste insect, elke plant, elke levensvorm, van de thuiswereld van de Dasati: Omadrabar.'

Puc herkende die naam uit zijn eigen briefje aan zichzelf, maar zei niets. Hij wilde nadenken over waarom hij zichzelf niet alleen deze bijna onmogelijke taak had opgelegd, maar zelfs naar het hart moest gaan van de gevaarlijkste dreiging voor zijn eigen wereld.

'Ik begrijp je waarschuwing,' zei Puc. 'De Dasati zijn vreeswekkend en dodelijk.'

'Onverzettelijk, mijn vriend. Je krijgt er nooit een zover om met je te praten, laat staan te onderhandelen. Als je alleen al de eerste paar minuten op Kosridi wilt overleven, komt daar veel meer bij kijken dan enkel jullie lichaam voorbereiden op de levensomstandigheden op die wereld.'

'Vordam heeft daar al iets over gezegd,' zei Puc. 'Hij zei dat het leek alsof je stro op het vuur gooide.'

'Eerder olie,' antwoordde Kastor. 'Laten we er alvast van uitgaan dat jullie erop zijn ingesteld om die bestaanstoestand te verdragen. Dan moeten jullie nog altijd de Dasati zien te overleven. Daarvoor is magie nodig van onvoorstelbare proporties, want jullie zullen op elke mogelijke manier op Dasati moeten lijken, niet alleen qua uiterlijk, maar ook wat betreft zintuigen die verder reiken dan die van jullie. Ze kunnen bijvoorbeeld je lichaamswarmte zien, net als ik, en jullie gloeien feller dan zij. Dus moeten we aan vele details werken, zelfs tot jullie lichaamsgeur en de klank van jullie stem aan toe. Bovendien moet die bezwering niet slechts minuten of uren aanhouden, maar wekenlang, misschien wel maandenlang. Daarnaast moeten jullie hun taal, hun cultuur en hun gedrag leren om niet op te vallen. En jullie moeten belangrijk genoeg zijn om te voorkomen...' Hij

176

stak zijn handen in de lucht. 'Nee, het is gewoon onmogelijk.'

Puc keek hem aan. 'Ik denk van niet. Ik denk dat jij weet hoe zoiets te realiseren is. Je ziet er alleen geen voordeel in.'

'Dat is niet waar. Voor deze training zal ik een betaling vragen waar een koning op jullie wereld tevreden mee zou zijn.' Hij kneep zijn ogen tot spleetjes. 'Vordam zou jullie niet hebben gestuurd als jullie niet de middelen hadden om zoiets te bekostigen.'

'Ik kan betalen,' zei Puc.

'Ik ben nieuwsgierig,' zei Nakur. 'Wat voor soort betaling?'

'Het gebruikelijke,' zei Kastor. 'Waardevolle metalen: goud uit jullie rijk is vooral nuttig omdat het neutrale eigenschappen heeft. Zilver om omgekeerde reden. Bepaalde edelstenen voor hun toepassingen en hun schoonheid. Net als vele andere rassen, houden wij van voorwerpen die uniek zijn of tenminste opvallend, van kunstige en curieuze dingen.' Hij keek Nakur aan. 'Maar wat ik het meest op prijs stel, is informatie.'

'Betrouwbaarheid en onwaarschijnlijkheid,' zei Nakur.

'Ja,' zei Kastor. 'Jij begrijpt het.' Hij keek Magnus aan. 'Jij ook?'

'Waarschijnlijk niet,' zei de jongere magiër, 'maar ik ben de zoon van mijn vader, en ik ga waar hij gaat.'

Kastor stelde dezelfde vraag aan Bek. 'En jij, jonge strijder. Begrijp jij het?'

Bek grijnsde alleen maar, en het viel Puc op hoe jong hij er soms uitzag. 'Het kan mij niet schelen. Zolang ik maar plezier heb. Nakur zei dat dit leuk zou worden, dus ga ik met hem mee.'

'Goed dan,' zei de Ipiliac, en stond op. 'We beginnen meteen. Als eerste moeten we oplossingen zien te vinden voor een grote verscheidenheid aan problemen, maar het dringendst is jullie vermogen om de lucht van Kosridi in te ademen, het water te drinken en jullie levensenergie in je lichaam te houden.'

Hij wenkte hen mee door het kralengordijn. Achter in het gebouw ontdekten ze een gang die naar een veel groter gebouw leidde: een pakhuis met ontelbare rijen schappen.

Toen ze door het pakhuis waren gelopen, leidde hij hen een

gang in met deuren aan weerszijden. Aan het einde van de gang wees Vordam naar twee deuren, een aan elke kant, en zei: 'Hier logeren jullie. Binnen het uur kom ik terug met verschillende drankjes, mengsels en poeders die jullie moeten innemen. Zonder die stoffen zal het niet lang duren voor jullie zo ziek worden dat niemand meer iets voor jullie kan doen. Maar zelfs ondanks die maatregelen moeten jullie voorbereid zijn op vele dagen van groot ongemak. Als jullie geheel geacclimatiseerd zijn in deze wereld, beginnen we met vier dingen: we bereiden jullie voor op je reis naar het tweede rijk, wat zal aanvoelen alsof je het hele proces weer opnieuw doorstaat; we reorganiseren jullie gedachten zodat jullie door je begrip van magie jullie magische kunsten kunnen gebruiken; we onderwijzen jullie over de Dasati, hun taal, hun overtuigingen en hoe jullie op hen kunnen lijken zodat ze jullie niet vermoorden; en dan zullen we uiteindelijk gaan begrijpen waarom jullie een taak willen ondernemen die zo onvoorstelbaar idioot is.'

Hij vertrok zonder verder nog iets te zeggen, en de vier mannen bleven achter in de gang. Puc opende een van de twee deuren en gebaarde naar Magnus dat hij met hem mee moest gaan, en Nakur en Bek namen de andere deur.

Na twee weken begon het voedsel hun normaal te smaken en rook de lucht zoet. De aanvallen van maagkrampen, de hoestbuien, de misselijkheid en het plotselinge zweten gingen over. Kastor had een reeks instructies van een Ipiliacmagiër geregeld, een wezen dat Danko heette en dat Nakur meteen fascineerde; Danko scheen dezelfde interesses te hebben als de kleine gokker. Nadat er een oefening voltooid was, gingen de twee vaak wandelen in de stad, met Bek achter hen aan, terwijl Puc en Magnus zich richtten op andere problemen die ze konden verwachten.

Puc en zijn zoon maakten gebruik van de afwezigheid van de anderen en praatten over een kwestie die Puc nog steeds niet tot ieders tevredenheid had uitgelegd: waarom maakten ze deze reis eigenlijk?

178

'Eerlijk gezegd, jongen, weet ik het niet,' zei hij.

Magnus zat in kleermakerszit op een slaapvlonder en glimlachte. 'Moeder zou blij zijn je zoiets te horen toegeven.'

Puc had maandenlang overwogen of hij zijn familie moest vertellen over de briefjes uit de toekomst, maar zijn voorzichtigheid had hem altijd gemaand dat niet te doen. Hij zuchtte. 'Ik mis haar meer dan ik je kan vertellen. Ik zou nu met plezier een van haar woedeaanvallen doorstaan, gewoon om haar stem te kunnen horen.'

Magnus glimlachte breed. 'Ik kan me indenken wat je over je heen zou krijgen als ze hoorde dat je ze woedeaanvallen noemt.'

Puc lachte. Toen trok hij een bezorgd gezicht. 'Magnus, alles wat ik je op dit moment kan vertellen, is dat ik zeker weet dat het heel belangrijk is dat we naar de Dasatiwereld reizen. We moeten naar het hart van hun rijk, en wel via een bepaalde wereld – waar ik vermoed dat we de reden zullen vinden voor die inbreuken op Kelewan en de oorsprong van de scheuringen – en dan ontdekken we daar wat er moet gebeuren om onze wereld en Kelewan te redden.'

'Maar wat ik niet begrijp, is waarom we dit risico moeten nemen. De talnoy wordt veilig bewaard bij de Assemblee en Midkemia heeft geen last meer van scheuringen. Waarom vernietig je de talnoy niet gewoon? Volgens Tomas' herinneringen aan de Drakenheersers zijn ze niet onkwetsbaar. Of verplaats hem dan in ieder geval. Misschien naar een verlaten wereld?'

Puc zuchtte. 'Daar heb ik ook al aan gedacht, en ook aan andere dingen. Als we iets waardevols kunnen ontdekken door het onderzoek dat de Assemblee naar het toestel doet, dan is dat het risico waard. Ik wil de talnoy die dankzij de afweren in Novindus nog voor de Dasati verborgen zijn niet verstoren. Als het moet, kan de Assemblee de talnoy terugbrengen naar Midkemia via een scheuring naar ons eiland, en je moeder weet wat haar te doen staat als zoiets nodig mocht zijn.'

Magnus stond op. 'Kom, we gaan een eindje wandelen. Ik heb het hier wel gezien. Mijn maag doet geen pijn meer, en deze kamer benauwt me.'

Puc stemde ermee in en ze verlieten de kamers bij de handelaar. Ze werden hier bij zonsondergang weer verwacht, als Danko langskwam voor een volgende oefening in magie. Nakurs observatie dat de materie in deze wereld zich anders gedroeg was juist gebleken; zodra de Ipiliacmagiër zijn lessen was begonnen, merkte Puc al snel dat alles in dit rijk andere gedragsregels volgde, en dat er nieuwe methoden nodig waren om hun magie te laten werken. Het was net, zo concludeerde Puc na de eerste les, alsof je een nieuwe taal leerde.

Op het plein zagen ze dat er weer een Ipiliacfestival bezig was. Puc had ervan staan te kijken hoeveel dit volk van dat soort evenementen hield, vaak ter gelegenheid van heilige dagen of data die geschiedkundig belang hadden. Dit festival leek iets te maken te hebben met eten, want er werden door de lieden in de processie koeken naar het publiek gegooid.

Puc greep een vuistgrote koek uit de lucht en nam er een hap van. 'Niet slecht,' zei hij, en bood de helft aan Magnus aan, die zijn hand opstak om te bedanken.

Ze liepen over het plein en een stukje over de hoofdboulevard, nog altijd stomverbaasd over hoe groot deze Ipiliacstad was. Gebouwen waren soms wel twaalf verdiepingen hoog, allemaal met gladde gevels van steen. Er was niets in deze stad dat ook maar enigszins leek op enige menselijke stad die vader of zoon ooit had bezocht, niets van de hapsnap-bouw die ze uit het Koninkrijk kenden of de onderkomens die je zag in de Hete Landen van Kesh, waar huizen gedrongen, donkere toevluchtsoorden waren voor de hitte. Evenmin leek het op de bouwstijl in Kelewan, waar gebouwen allemaal wit werden geschilderd om het zonlicht te weerkaatsen en landhuizen werden gebouwd van hout en papier, met schuifmuren om de wind binnen te kunnen laten en vele fonteinen en vijvers.

Uit een zijstraat kwam een kleine stoet aan: een rijke vrouw in een draagstoel die werd getorst door een stel stevige dragers – voor Ipiliacse begrippen althans. Magnus en Puc stapten opzij toen de deftige vrouw passeerde, die uitdagend was gekleed: ze droeg een smalle riem met edelstenen om een heel dun rokje

180

dat zeer weinig aan de verbeelding overliet, en een lijfje dat bestond uit ingewikkeld kralenwerk, dat verschoof en bewoog en fascinerende blikken op haar blote huid bood. Haar zwarte haren, de meest gebruikelijke kleur bij deze mensen, werden hoog op haar hoofd bijeengehouden door een gouden ring, zodat ze in een paardenstaart over haar rug vielen; om elke vinger droeg ze ringen met edelstenen.

Toen ze voorbij was, merkte Magnus op: 'Die acclimatisering die we ondergaan heeft interessante effecten, vader. Ik vond die vrouw aantrekkelijk.'

'Het is een mooi ras, als je eenmaal gewend bent aan hun uitheemse uiterlijk,' zei Puc.

'Nee, ik bedoel aantrekkelijk op de manier zoals ik een mensenvrouw opwindend kan vinden. En dat is vreemd.'

Puc haalde zijn schouders op. 'Misschien. Ik vond de elfenkoningin ook mooi, al was het geen echt fysiek verlangen; maar Tomas was allang voordat hij veranderde in wat hij nu is verliefd op haar. Misschien heeft het iets te maken met de veranderingen die we ondergaan, of misschien komt het gewoon doordat je een bredere kijk op schoonheid hebt dan je vader.'

'Dat zou kunnen,' zei Magnus. 'Ik vraag me af wie ze is. Als we in Kesh waren, zou ik denken dat ze van adel was of een lager lid van het koninklijk huis. In Krondor zou ik eerder denken dat ze een courtisane van een rijke man was.' Hij schudde zijn hoofd gelaten. 'Maar hier? Kunnen we genoeg leren over de Dasati in... een enigszins redelijk tijdsbestek om een bezoek aan hun wereld te overleven?'

Puc zuchtte. 'Ik ben er eigenlijk van overtuigd dat het mogelijk is, maar hoe ik daartoe kom...' Weer vroeg hij zich af of hij zijn zoon moest vertellen over de boodschappen uit de toekomst. 'Laten we zeggen dat ik denk dat deze reis minder gevaarlijk is dan hij lijkt.'

Magnus zweeg een tijdje, en toen zei hij: 'Je moet ophouden me als je zoon te behandelen, vader. Ik ben, en dat ben ik al jaren, je meest begaafde student. Ik ben bijna even machtig als jij of moeder op bepaalde vlakken, en ik vermoed dat ik jullie op een dag misschien wel allebei inhaal. Ik weet dat je me probeert te beschermen.'

Puc legde hem met een opgestoken hand het zwijgen op. 'Als ik je wilde beschermen, Magnus, dan had ik je op het eiland achtergelaten bij je moeder en je broer.' Hij keek om zich heen alsof hij zijn gedachten op een rijtje wilde zetten, en koos zijn woorden zorgvuldig. 'Beweer nooit dat ik je probeer te beschermen, Magnus. Ik heb minstens tien keer mijn mond gehouden als jij het gevaar opzocht, terwijl elke vezel van mijn wezen me toeschreeuwde dat ik iemand anders moest sturen. Op een dag ben je misschien zelf vader, en dan pas zul je begrijpen wat ik bedoel. Als ik alleen maar wilde dat je veilig was, zou je hier niet zijn. Jij hebt een broer en een zus verloren die je nooit hebt gekend, maar ik heb kinderen verloren van wie ik evenveel hield als van jou en Caleb.'

Magnus sloeg zijn armen over elkaar en keek op hem neer, en even zag Puc zijn vrouw in zijn zoon, zowel in zijn houding als in zijn gezichtsuitdrukking. Uiteindelijk zuchtte Magnus. Hij keek Puc in de ogen en zei: 'Het spijt me, vader.'

'Dat is niet nodig,' zei Puc, die zijn arm vastpakte. 'Ik begrijp je frustratie. Er gaat geen dag voorbij dat ik niet denk aan mijn eigen frustratie toen mijn krachten groeiden, en jouw groei is veel makkelijker geweest dan die van mij, voor het geval je het vergeten was.'

Magnus glimlachte warm. 'Dat besef ik.' Hij wist dat zijn vader moeite had gehad met zijn oorspronkelijke mentor, de oude magiër Kulgan van het Mindere Pad. Dat kwam doordat Puc in dat stadium van zijn leven een natuurlijke aanleg had voor het Hogere Pad, een onderscheid dat nu niet meer uitmaakte, maar dat heel veel verschil had gemaakt toen hij nog een jongen was. Daarna had hij vier jaar doorgebracht als slaaf, en toen nog eens vier in opleiding bij de Assemblee van Magiërs op Kelewan. Vergeleken daarmee was Magnus' opleiding gewoonweg idyllisch geweest.

'Maar toch,' vervolgde Puc, 'moeten we nog maar zien hoe we de komende reis zullen overleven.'

Achter hen sprak een stem in accentloos Keshisch: 'Dat is precies de vraag die je zou moeten stellen.'

Puc en Magnus hadden niet gemerkt dat er iemand was genaderd, dus reageerden ze allebei snel en namen defensieve houdingen aan: hun gewicht gelijk over de benen verdeeld, de knieën licht gebogen en hun hand bij de dolk achter hun riem. Geen van beiden voelde zich al competent genoeg om een magische verdediging te proberen.

'Rustig maar. Als ik jullie dood wenste, zouden jullie allebei al dood zijn,' zei het wezen dat net was gearriveerd. Het was een lange Ipiliac met het meest menselijk uitziende gezicht dat ze tot dusverre hadden gezien, deels dankzij de diepliggende ogen en de flinke bos zwart haar tot op zijn schouders, wat zeer ongebruikelijk was onder dit volk omdat de meeste mannen het kort in de nek droegen. Zijn gezicht was gerimpeld, wat aangaf dat hij de middelbare leeftijd voorbij was, maar zijn ogen waren alert en zijn blik doordringend. Hij had de houding en kleding van een strijder: een gevoerde linnen jas, een gekruist leren holster met verscheidene wapens erin en een broek en laarzen, wat aangaf dat hij een ruiter was.

'Ik ben Martuch,' zei hij kalm. 'Er is me gevraagd jullie gids te zijn. Ik ben een Dasati.'

12

VIJANDEN

Miranda smeet een vaas van zich af.

Haar ergernis werd groter dan haar zelfbeheersing en ze moest haar frustratie kwijt. Ze had er meteen spijt van – ze hield van eenvoudig maar stevig aardewerk – en reikte met haar geest naar de vaas, net voordat die de tegenoverliggende muur bereikte en aan gruzelementen zou gaan. Ze haalde hem met haar wil terug en zette hem weer op de tafel waar ze hem vanaf had gegrepen.

Caleb kwam net op tijd binnen om haar uitbarsting te zien. 'Vader?' vroeg hij.

Miranda knikte. 'Ik mis hem, en daardoor ben ik...'

Caleb grijnsde, en even zag ze de glimlach van haar man bij hem. 'Ongeduldig?' opperde hij.

'Een wijze woordkeus,' zei ze. 'Is er nieuws?'

'Nee, niet van vader of Magnus, en dat verwacht ik ook niet binnenkort. Maar we hebben wel een boodschap van de Assemblee. Ze vragen of je zo snel mogelijk kunt komen.'

Miranda maakte een snelle berekening in haar hoofd en besefte dat het op allebei de werelden halverwege de ochtend was; door het verschil in daglengte was het soms lange tijd halverwege de middag op de ene wereld en midden in de nacht op de andere. 'Ik ga nu meteen,' zei ze tegen Caleb. 'Jij hebt de leiding tot ik terug ben.'

Caleb stak zijn handen op. 'Je weet dat veel van de...'

'... magiërs het niet leuk vinden als jij de leiding hebt,' maakte ze zijn zin voor hem af. 'Dat weet ik. En het kan me niet schelen. Dit eiland is van je vader en van mij, en dus is het jouw eiland als wij er niet zijn. Bovendien is Rosenvar nog in Novindus bij de talnoy, Nakur en je broer zijn met je vader mee, dus dat betekent dat je maar moet zien om te gaan met kinderlijke ergernissen die de kop opsteken. Als er een geschil ontstaat, regel het dan, of stel het in ieder geval uit tot een van ons terug is. Bovendien hoef ik waarschijnlijk niet lang op Kelewan te blijven.'

'Dat hoop ik dan maar,' zei Caleb.

Toen zijn moeder wegliep, draaide ze zich om en vroeg: 'Heb je al iets gehoord van de jongens?'

Caleb haalde zijn schouders op. 'Ze hebben niet het vermogen om snel te communiceren, moeder. Ik heb een paar van onze agenten in Roldem gevraagd om een oogje op ze te houden, maar hoe kunnen ze nu in de nesten zitten met een hele universiteit vol La-Timsaanse monniken om hen heen?'

'Jij zit goed in de nesten,' zei Zane.

'Behoorlijk,' beaamde Tad.

Jommy keek hen allebei duister aan terwijl hij de oefenvloer op stapte. De studenten waren aan het oefenen met zwaarden. Jommy wist hoe hij een man moest neerslaan met een zwaardgevest, hem de keel moest afsnijden na een knietje in het kruis en alle andere smerige trucjes die Caleb hem had kunnen leren, maar dit was een toernooigevecht met regels en een Zwaardmeester die in de gaten hield of ze opgevolgd werden. Bovendien was zijn tegenstander Godfrey, Servans naaste bondgenoot, en aan de manier waarop hij zijn wapen vasthield te zien, had hij hier ervaring mee. Jommy trok de kraag van zijn jas wat losser terwijl de Zwaardmeester de twee tegenstanders wenkte om samen midden op de vloer te komen staan. De rest van de klas keek zwijgend toe, onder het toeziend oog van een stuk of zes monniken.

De Zwaardmeester sprak net luid genoeg zodat zijn stem boven het geroezemoes van de jongens uit hoorbaar was: 'Deze

oefening dient ter demonstratie van de tegenaanval.' Hij wendde zich tot Jommy. 'Aangezien Godfrey de meeste ervaring
heeft met het zwaard, ben jij de aanvaller. Je mag elke lijn kiezen,
hoog, midden of laag, maar je mag uitsluitend licht of helemaal
geen contact maken. Is dat duidelijk?'

Jommy knikte en liep terug naar zijn pleegbroers. Tad gaf
hem de helm aan, een mandvormig gelaatsmasker dat op een
stoffen achterkant was vastgezet. Hij liet het masker over zijn
hoofd zakken en nam de beginhouding aan.

'Start!' beval de Meester.

Jommy aarzelde maar begon toen met een hoge slag, in een
poging om zo goed mogelijk volgens de regels Godfreys hoofd
af te hakken. Godfrey sloeg zijn uithaal met gemak opzij, strek-
te zijn arm en gaf een harde por tegen Jommy's borst; toen hij
het zwaard terugtrok, raakte hij met een snelle polsbeweging
het enige onbedekte deel van Jommy's lichaam, de rug van zijn
hand.

'Au!' schreeuwde Jommy. Hij liet zijn zwaard vallen, tot groot
vermaak van de andere studenten, die in lachen uitbarstten.

'Pak je zwaard op,' zei de Meester.

'Dat deed hij expres,' zei Jommy beschuldigend terwijl hij
knielde om zijn wapen op te pakken.

Godfrey zette zijn helm af en grijnsde vol minachting naar
Jommy.

Op misprijzende toon zei de Zwaardmeester: 'Alleen een
slecht zwaardvechter beschuldigt zijn tegenstander om zijn eigen tekortkomingen te verhullen.'

Jommy staarde de Zwaardmeester lange tijd aan. 'Goed dan.
Laten we het nog eens doen.'

Hij liep naar Zane toe om hem zijn masker even vast te laten
houden, haalde zijn hand door zijn vochtige haren en knikte
eenmaal toen hij zijn masker weer terugnam. Hij zette het weer
op en draaide zich om naar Godfrey.

'Die blik bevalt me niet,' zei Tad.

'Weet je nog wat er gebeurde, de vorige keer dat we die blik
zagen?'

186

'Die taveerne in Kesh?'

'Ja, waar die soldaat die opmerking maakte tegen dat meisje...'

'Dat meisje dat Jommy leuk vond?' zei Tad.

'Die, ja.'

'Dat was niet best.'

'Nee, zeker niet,' stemde Zane in.

'Dit kan dus ook niet best zijn.'

'Bepaald niet,' vond Zane ook.

Jommy liep naar het midden. De Meester zei: 'Nog eens,' en dirigeerde de twee vechters naar hun posities. 'Bij de laatste uithaal,' zei hij tegen de toekijkende studenten, 'heeft deze jongen' – hij wees naar Jommy – 'zich overstrekt, waardoor hij uit balans werd gebracht, uit zijn midden, en zijn tegenstander hem simpel kon aanvallen, waardoor hij nog verder uit evenwicht raakte en kwetsbaar was voor de tegenaanval.' Hij keek naar de twee jongelingen en zei: 'Begin!'

Jommy kwam naar voren, precies zoals de vorige keer, en herhaalde al zijn bewegingen tot het moment waarop Godfrey zijn zwaard opzij had geslagen. In plaats van zijn arm volledig te strekken, draaide Jommy nu met zijn kling rond die van Godfrey zodat het gevest zich binnen dat van de andere jongen bevond, en Godfrey gedwongen was zelf een cirkelende beweging te maken om Jommy's kling te grijpen en weer naar buiten te drukken.

Maar in plaats van nog eens rond te gaan, stak Jommy zijn wapen omhoog alsof hij een saluut bracht, een onverwachte beweging waardoor Godfrey aarzelde. Meer tijd had Jommy niet nodig. Hij zette nu geen stap achteruit om ruimte voor zichzelf te scheppen en voorrang te nemen, wat nodig was voordat er een punt kon worden gescoord, maar boog alleen zijn elleboog en sloeg zo hard mogelijk met zijn zwaardgevest op Godfreys gezicht.

De oefenmaskers waren bedoeld om een zwaardpunt of -rand af te ketsen, en waren niet bestand tegen een harde stomp van een boze jongeling met veel spierkracht.

Het gelaatsrooster boog door en Godfrey viel op zijn knieën terwijl er bloed onder het masker uit droop.

'Fout!' riep de Zwaardmeester.

'Waarschijnlijk wel,' zei Jommy. 'Maar ik heb wel erger gezien in gevechten.'

De Zwaardmeester keek naar de hoogste monnik die toezicht hield, broeder Samuel, die het op de een of andere manier voor elkaar kreeg om zijn lachen in te houden. Samuel was soldaat geweest in het leger van Roldem voordat hij zijn roeping kreeg en La-Timsa ging dienen, en had de leiding over de gevechtstraining van de studenten. Jommy, Tad en Zane hadden de man meteen gemogen, en hij scheen hun ruwe benadering van het onderwerp wel op prijs te stellen. Hoewel de drie jongens ver op de anderen achterlagen wat geschiedenis, literatuur, filosofie en de kunsten betrof, was duidelijk dat hun vorige 'educatie' ook uit behoorlijk wat hand- en zwaardgevechten had bestaan. Ze waren dan misschien geen duelleerders, maar ze konden goed vechten. Broeder Samuel hield zijn hoofd schuin en trok zijn wenkbrauwen op, alsof hij tegen de Zwaardmeester wilde zeggen: 'Jij hebt de leiding: regel het maar.'

'Dit is het Méésterhof!' zei hij, alsof dat alles verklaarde. 'Deze lessen dienen ter perfectionering van de kunst van het zwaardvechten.'

'Dan heb ik gewonnen,' zei Jommy.

'Hè?' De Zwaardmeester keek hem ongelovig aan.

'Dat staat vast,' zei Jommy, die zijn masker onder zijn rechterarm stak zodat hij met zijn linker kon gebaren.

'Dat is belachelijk!' schreeuwde Servan.

Jommy haalde diep adem en sprak toen op een toon alsof hij het tegen kleine kinderen of heel domme volwassenen had: 'Ik wíst wel dat jij het niet zou begrijpen, Servan.' Hij wendde zich tot de Zwaardmeester en zei: 'Mijn tegenstander probeerde een aanvalslijn te beginnen waardoor ik achteruit moest stappen om zijn zwaard van dat van mij los te krijgen, toch?'

De Zwaardmeester kon alleen maar knikken.

'Dus als ik dat had gedaan, dan zou hij mijn zwaard opzij

hebben geduwd en me hebben aangevallen, en als ik niet veel sneller was dan hij – wat ik niet ben – dan zou hij een punt hebben gescoord en had ik verloren. Of hij had mijn zwaard naar binnen geduwd, een snelle volgende slag gemaakt om zijn lijn weer op te pakken en waarschijnlijk voorrang te krijgen, en nog een punt gescoord. Met nog een punt had hij dan de wedstrijd gewonnen. Maar aangezien ik hem in zijn gezicht heb gestompt, en hij niet kan winnen na een fout, moeten we opnieuw beginnen, en misschien win ík dan.'

'Dit is...' De Zwaardmeester kon kennelijk geen woorden vinden.

Jommy keek in de ruimte rond. 'Wat is er? Is dat dan niet hoe het hoort te gaan na een fout?'

De Zwaardmeester schudde zijn hoofd en zei: 'De wedstrijd is voorbij. Ik roep Godfrey uit tot winnaar.'

Met zijn bloedneus leek Godfrey niet veel op een winnaar. Hij keek woest naar Jommy, die alleen maar schouderophalend naar hem glimlachte.

Broeder Samuel droeg de jongens op hun uniformen weer aan te trekken; de les van vandaag was afgelopen. Servan fluisterde iets in Godfreys oor terwijl de gewonde jongen woest naar Jommy bleef kijken.

Broeder Samuel liep langs de jongens om elk van hen iets te zeggen over diens vechtstijl. Toen hij bij de drie jongens van Tovenaarseiland kwam, zei hij: 'Tad, goed gedaan. Snelheid is een groot voordeel in het gevecht. Maar wees wat voorzichtiger bij het inschatten van de volgende slag van je tegenstander.' Hij keek Zane aan en zei: 'Jij moet meer anticiperen. Je bent te voorzichtig.' Toen keek hij Jommy aan. 'Ik zou je nooit meenemen naar een toernooi, jongen, maar je mag altijd links van mij op de muur staan.' Hij knipoogde en liep weg.

Jommy glimlachte naar zijn pleegbroers. 'Nou, het is fijn te weten dat tenminste iemand mijn betere kwaliteiten op prijs stelt.'

Zane keek langs Jommy naar Servan en Godfrey. 'Hij is misschien wel de enige.' Hij sprak zachtjes. 'Je maakt zo heel machtige vijanden, Jommy. We zullen niet altijd hier aan de universiteit blijven, en een familielid van de koning heeft waarschijnlijk heel lange armen.'

Jommy zuchtte. 'Je hebt gelijk, maar ik kan er niks aan doen. Het is net als met die bakkersjongens in Kesh: bij rotzakken krijg ik zin om wat koppen in elkaar te timmeren. Komt waarschijnlijk doordat ik de kleinste was in mijn familie.'

Tad zette grote ogen op. 'Jíj was de kleinste?'

'Een onderkruipsel,' zei Jommy terwijl hij zijn uniformtuniek over zijn hoofd aantrok. 'Mijn oudere broers, dát zijn grote, sterke kerels.'

Zane keek Tad aan. 'Onvoorstelbaar.'

'Kom mee,' zei Jommy toen hij zich had aangekleed. 'We moeten terug naar de anderen.'

De studenten volgden broeder Samuel terug naar de universiteit, waar ze weer andere lessen hadden. Voor de drie jongens van Tovenaarseiland betekende dat dat ze teruggingen naar de bescheiden studiekamer die voor hen was gereserveerd. Daar zou hun leermeester broeder Jeremy naartoe komen, die probeerde hun de basisbeginselen van de wiskunde bij te brengen. Zane pakte het snel op en begreep niet waarom Jommy en Tad zo'n moeite schenen te hebben met iets wat hij zo gemakkelijk vond.

Na twee uur wiskundeles was het tijd voor het avondmaal, een maaltijd die zich voltrok in stilte aangezien de studenten aten bij de monniken en soms een priester van La-Timsa. Het ontbijt en middagmaal waren luidruchtig en levendig, zoals te verwachten was in een zaal vol jongens, maar de enige geluiden die je tijdens het avondmaal hoorde, waren die van borden die werden verschoven en van bestek dat tegen het aardewerk kletterde.

Jommy mocht niet praten, maar hij gaf Zane een por, die op zijn beurt Tad er ook een gaf. Jommy beduidde met een lichte hoofdknik dat er een bijzonder iemand aan de hoofdtafel zat. Het was een lange, oudere geestelijke – aan zijn mantel te zien een priester van hoge rang. Zijn blik leek gefixeerd te zijn op de drie jongens van Tovenaarseiland. Het gestaar van de geestelijke maakte Jommy heel onbehaaglijk, en hij keek snel weer naar zijn bord.

Na afloop van de maaltijd hadden alle studenten bepaalde taken tot aan hun vrije uur voor ze naar bed gingen, maar voordat de jongens naar de keuken konden gaan, waar ze deze week moesten werken, werden ze benaderd door broeder Stephen. 'Kom met mij mee,' zei hij. Hij draaide zich om en liep weg zonder te kijken of ze hem volgden.

De jongens volgden de Proctor naar zijn kantoor. Toen ze binnenliepen, zagen ze daar de geestelijke die aan de hoofdtafel had gezeten. Hij gebaarde dat ze de deur moesten sluiten; toen ging hij aan broeder Stephens bureau zitten. Hij nam hen stuk voor stuk op en zei uiteindelijk: 'Ik ben vader Elias, de Abt hier aan de universiteit. Hoewel het misschien niet zo lijkt, is deze school in feite wel een abdij.

Jullie drie hebben het op de een of andere manier voor elkaar gekregen om een paar heel machtige mensen boos te maken. Ik heb vele vragen over jullie moeten beantwoorden, waaronder die van een afgevaardigde van de koning zelf. Men wil weten waarom jullie hier zijn, en waarom een Keshisch edele met aanzienlijke invloed bij de keizer en zijn broer jullie steunt, en nog een heleboel andere lastige en ongemakkelijke vragen. Laten we zeggen dat ik een paar bijzonder vervelende briefwisselingen heb gevoerd in de paar weken sinds jullie hier zijn.'

Jommy leek op het punt te staan iets te zeggen, maar herinnerde zich toen dat dat niet mocht zonder toestemming. De Abt zag het en vroeg: 'Heb je iets te zeggen?'

'Ja, vader.' Hij zweeg.

'Zeg het dan, jongen.'

'O, nou, dan...' begon Jommy. 'Vader, we zijn hier niet gekomen om problemen te veroorzaken. Die wachtten ons al op toen we hier aankwamen. Ik weet niet of het gewoon een van die dingen is die nu eenmaal gebeuren, of dat iemand besloot dat hij ons wel te grazen kon nemen voordat we zelfs maar voet in dit gebouw hadden gezet, maar eerlijk gezegd waren we liever gewoon naar binnen gelopen om ons te melden bij broeder Kynan, en hadden ons dan zo goed mogelijk aan de regels gehouden. Maar Servan heeft besloten er zijn levenswerk van te maken om de tijd die we hier moeten doorbrengen – en hoe lang dat is mag de hemel weten – zo ellendig mogelijk voor ons te maken. En hoewel ik normaal heel ontspannen ben, weet ik gewoon niet hoe lang ik dat getreiter van hem nog kan verdragen.'

'Hoe lang jullie hier blijven, is een van de dingen waar we het over gaan hebben.' De Abt kneep zijn donkere ogen lichtjes samen terwijl hij hen aankeek. 'Zeg me eens wat je verteld is over wat je hier kon verwachten,' zei hij.

'Vader,' zei Jommy, 'eigenlijk hebben we niet veel gehoord, alleen dat we hierheen moesten gaan vanuit...'

'Ik weet dat jullie uit Olasko komen, ondanks dat kleurrijke verhaal over die karavaan uit het Dromendal. Ik weet ook dat jullie niet per schip zijn gekomen.'

'... vanuit Olasko,' vervolgde Jommy. 'Er is ons alleen verteld dat we ons moesten voorbereiden, hierheen gaan en dan onthouden wat ons geleerd werd.'

De Abt zweeg een tijdje en trommelde afwezig met zijn vingers op tafel, een gebaar dat Jommy op zijn zenuwen werkte. Uiteindelijk zei vader Elias: 'We hebben een bijzondere relatie met jullie... mentors.' Opnieuw keek hij hen onderzoekend aan. 'Hoewel we er niet geheel van overtuigd zijn dat al hun doelstellingen overeenstemmen met die van ons, vinden we wel dat ze voor het goede werken, en dat ze als zodanig zeer veel vertrouwen van ons waard zijn.' Hij ging achteroverzitten en hield op met trommelen, waar Jommy dankbaar voor was. 'Ik vermoed dat als ik de naam Puc noemde, jullie nog nooit van hem gehoord zouden hebben.'

Tad schudde zijn hoofd, net als Zane, en Jommy zei: 'Nee, dat zegt me niets, vader.'

De Abt glimlachte. 'Goed dan. We gaan door met ons toneelspel, maar net als zoveel dingen die te maken hebben met die man van wie jullie nog nooit gehoord hebben – die naar ik meen jullie adoptie- of pleegvader is, als ik goed ben ingelicht – zullen we de feiten in schaduw gehuld laten. Maar ik zal je vertellen wat hij je had moeten vertellen, of wat althans Turgan Bey jullie had moeten vertellen: dit is het beste instituut van zijn soort ter wereld, op vele manieren uniek, en hier leiden we de zoons van Roldem, en de rest van de wereld, op tot leiders. De meesten van onze jongemannen gaan naar de marine – we zijn immers eilanders – maar sommigen gaan in dienst in ons leger of bekleden andere functies. We discrimineren geen jongens die niet uit Roldem komen. Enkelen van de intelligentste geesten die naties dienen die ooit onze vijanden waren, hebben hier gestudeerd. We onderwijzen hen omdat mensen dingen die ze kennen niet vrezen. We zijn er zeker van dat door de jaren heen machtige mannen sympathie hadden voor Roldem omdat ze hier opgeleid waren, en dat heeft de balans in ons voordeel doen doorslaan als het om oorlog ging, of hen gewoon eerder bereid gemaakt naar ons te luisteren.

Met dat doel krijgen jullie hetzelfde onderwijs als de andere jongens, en hoe lang jullie hier ook zijn – een week, een maand, een jaar – jullie zullen elke dag nieuwe dingen leren. Het is zaak dat jullie die eindeloze vijandelijkheden met andere jongens staken. Dus breng ik wat veranderingen aan. Jullie gaan allemaal naar de vertrekken van de oudere jongens. Daar is drie jongens op een kamer de standaardregel.'

Dit nieuws kwam als een verrassing. De oudere jongens waren degenen van wie werd verwacht dat ze binnen het jaar hun opleiding voltooid hadden, aangevuld met veelbelovende jongere jongens zoals Grandy, van wie men dacht dat het gunstig voor ze zou zijn om tijd door te brengen in het gezelschap van oudere studenten. De pleegbroers grijnsden naar elkaar, maar hun vreugde was van korte duur.

'Jullie twee,' zei vader Elias tegen Tad en Zane, 'gaan een kamer delen met Grandy.'

Zane en Tad wisselden een blik.

'En jij, Jommy,' vervolgde de Abt, 'deelt een kamer met Servan en Godfrey.'

Jommy kon een gekreun amper onderdrukken. 'Vader, waarom hangt u me niet meteen op?'

De Abt glimlachte lichtjes. 'Je went er wel aan. Jullie allemaal, want vanaf vandaag gaat het zo: als een van jullie straf verdient, krijgen jullie alle zes straf. Als een van jullie stokslagen krijgt, krijgen jullie die allemaal. Is dat duidelijk?'

Jommy kon geen woord uitbrengen van verbazing. Hij knikte alleen.

'Mooi, wegwezen dan. Ga je spullen verhuizen. Jullie nieuwe taken worden door broeder Kynan uitgedeeld, en hij houdt er niet van als je laat bent.'

De drie jongens knikten, zeiden 'Ja, vader,' en vertrokken. In de gang zette Jommy twee lange passen, bleef staan, stak zijn handen op en rolde met zijn ogen. Toen slaakte hij een kreet van pure ontsteltenis. 'Argghhh!'

Jommy duwde de deur open en zag drie gezichten verrast opkijken. Grandy grijnsde, Godfrey keek boos, en Servan sprong als door een adder gebeten op en zei: 'Waar denk jij dat je mee bezig bent?'

Met een brutale grijns antwoordde Jommy: 'Kijken of dit de goeie kamer is.' Hij keek demonstratief rond. 'Ja, dit is 'm.'

Grandy keek naar de twee oudere jongens en grijnsde nog breder toen hij hun onthutsing over deze indringer zag. 'Hallo, Jommy. Wat ben je van plan?'

'Hier intrekken,' zei Jommy, die zich omdraaide en zijn kist naar binnen sleepte. 'Jij verhuist naar de kamer van Tad en Zane. Ik zou maar opschieten als ik jou was.'

'Echt waar?' vroeg Grandy.

'Wie heeft dat bepaald?' schreeuwde Servan.

Jommy trok zijn kist over de drempel. 'Vader Elias heet hij, geloof ik. Ken je hem? Hij is hier de baas.'

'Wie?' vroeg Servan.

'Vader Elias, de Abt van dit...'

'Ik weet wie hij is!' schreeuwde Servan, die met vooruitgestoken kin op Jommy af beende.

'Rustig,' zei Jommy, en stak zijn rechterhand op. 'Denk aan de vorige keer.'

Servan aarzelde en bleef staan. 'Ik ga dit navragen.'

'Veel plezier,' zei Jommy vrolijk toen de jonge edele zich langs zijn nieuwe kamergenoot perste. 'Schiet maar op,' zei hij tegen Grandy.

'Wacht,' beval Godfrey.

Grandy aarzelde, maar Jommy zei: 'Toe maar. Het is in orde.'

Grandy wilde opstaan en zijn kist pakken, maar Godfrey hield hem tegen. 'Ik zei dat je moest blijven zitten!'

Jommy zette een dreigende stap naar Godfrey toe. 'En ik zei dat het in orde was!'

Godfrey ging met grote ogen zitten.

Grandy sleepte zijn kist van de voet van het bed naar de deur, en Jommy zette zijn eigen kist op de nu lege plek. Toen keek hij Godfrey aan. 'Dus je mag in deze kamer op je bed zitten?'

Godfrey sprong op alsof hij zich gebrand had. 'Alleen als de deur dicht is!'

Jommy grijnsde. Een stilte van enkele minuten werd verbroken doordat Servan terugkeerde. Hij beende langs Jommy en zei tegen Godfrey: 'We zitten met hem opgescheept.'

Jommy deed de deur dicht, liep naar wat nu zijn bed was, ging zitten en zei: 'Zo. Waar zullen we het eens over hebben?'

Miranda beende doelgericht door de gang en negeerde de Tsuranimagiërs die schrokken toen ze langskwam. Ze kwam bij de deur naar de ruimte waar de talnoy werd onderzocht, liep naar binnen en trof daar vier Grootheden van het rijk aan die het toestel bestudeerden.

'Hebben jullie hem kapotgemaakt?' vroeg ze zonder omhaal.

Alenca draaide zich met een glimlach om. 'Miranda! Wat zie je er prachtig uit.'

'Hebben jullie hem kapotgemaakt?' herhaalde ze.

Hij wuifde lichtjes met zijn handen. 'Nee, we hebben hem niet kapotgemaakt. In mijn boodschap stond alleen dat hij het plotseling niet meer deed.'

Miranda liep langs de oude magiër en zijn drie metgezellen naar de verhoging waarop de talnoy lag. Ze hoefde hem niet aan te raken om te weten dat er iets aan veranderd was. Het was een subtiele verandering, onmerkbaar voor mensen zonder diep magisch inzicht, maar het leek wel... alsof er iets ontbrak.

'Hij is leeg,' zei ze. 'Wat er ook binnenin heeft gezeten, het is nu... weg.'

'Dat was onze conclusie ook,' zei Wyntakata. Hij gebaarde met een hand terwijl hij met de andere zijn staf vasthield. 'We hebben een nieuw stel afweren uitgeprobeerd – gemaakt door de meest begaafde magiërs van het Mindere Pad in het rijk – en het wezen een eenvoudige instructie gegeven, zodat we konden zien of hij door de afweer werd afgeschermd... en hij bewoog niet. Elke test die we hebben uitgevoerd, bewijst dat wát het ook was dat hem eerst in beweging bracht, het er nu niet meer is.'

'De ziel is er eindelijk uit,' zei Miranda zachtjes.

Alenca trok een weifelend gezicht. 'Als het ding inderdaad werd aangedreven door een ziel, dan is die nu weg.'

Miranda zei niets over de andere talnoy die nog beweging-loos in een grot in Novindus lagen. Ze zuchtte alsof ze teleur-gesteld was. 'Nou, één voordeel: ik vermoed dat we ons nu niet meer druk hoeven maken over scheuringen vanaf de Dasatiwe-reld naar hier.'

'Was dat maar waar,' zei Alenca.

Een magiër die Miranda alleen van gezicht kende – Lodar – zei: 'We hebben vanmorgen een melding binnengekregen, na-dat we ontdekten dat de talnoy bewegingloos was, en we heb-ben twee van onze leden op onderzoek uitgestuurd, zoals we gewoonlijk doen.'

'Ze vertelden dat ze iets vreselijks hadden gezien,' zei Alenca. 'Een deel van het bos was... kaal. Alles wat leefde was in een pas ontstane scheuring gezogen. We hebben Matemoso en Gilba-ran moeten sturen om hem te sluiten. Het kostte ze al hun krachten om de scheuring dicht te krijgen. Maar het meest ver-ontrustende was dat het een scheuring was naar de Dasatiwereld, en de energie die door de scheuring – die ongeveer zo groot was als jij – werd gezogen, was een zo sterke wind dat een volwassen man er amper in overeind kon blijven.'

'Nee,' zei Miranda langzaam, 'dat is niet het meest verontrustende. Wat verontrustend is, is hoe er een scheuring van hier naar de Dasatiwereld open kon gaan. Want de andere komt meestal van daar naar hier, niet andersom. Dat betekent dat het twee helften van een stel zijn...' Ze draaide zich om en greep Alenca bij de schouder. 'Er is er nog een die je nog niet gevonden hebt, ergens daarbuiten. Je moet hem vinden!'

VERANDERING

Valko sloeg hard toe.

Zijn tegenstander was uit zijn evenwicht gebracht en stapte struikelend achteruit, en Valko viel aan. Hij sloeg beide armen rond het middel van de andere strijder, tilde hem op, zette twee snelle stappen naar voren en ramde hem tegen de muur, waarbij hij zijn schouder in de maag van de hulpeloze man dreef. De lucht werd uit de longen van de trainer geperst en Valko dacht dat hij ook ribben hoorde kraken.

Hij liet los en stapte achteruit. Toen zijn tegenstander door de knieën begon te zakken, bracht hij zijn rechterknie hard omhoog en raakte hem er vol mee in het gezicht, waarmee hij de toch al bloederige neus nog verder verbrijzelde.

'Genoeg!' schreeuwde Hirea.

Valko bleef staan en onderdrukte de neiging om op de keel van zijn tegenstander te gaan staan, die te verpulveren en het leven van de jongeman te beëindigen. Hij keek naar de andere strijders, die hem koel opnamen. Hij wist wat ze stuk voor stuk dachten, zelfs zijn 'broer' Seeleth: *Hou die Valko in de gaten; misschien moet je hem op een dag doden.* Het was een inspannend gevecht geweest, hoewel de uitkomst al vanaf het begin af aan duidelijk was; Valko had geweten dat hij sneller en sterker was, en na de eerste minuut had hij ook geweten dat hij slimmer was. Heel even voelde hij zich plotseling buitensporig moe, niet in verhouding met de inspanning die hij had geleverd.

Hirea kwam naast hem staan. 'Dit is een training, niet de

arena. Hij kan dan wel op dit moment een vashta zijn, maar hij is een ervaren vechter en kan de meesten van jullie nog wel het een en ander leren.' Hirea keek naar de andere negen ruiters, die elk op hun beurt wachtten om met hun gekozen tegenstander te vechten. 'Zo is het genoeg voor vandaag. Ga terug naar jullie kamers en overdenk je fouten. Schep geen genoegen in je successen. Jullie zijn nog kinderen.'

De overige negen strijders kwamen overeind van hun knielende positie rondom het gevechtsterrein. Toen Valko naar hen toe liep, zei Hirea: 'Wacht even, Valko.'

Nadat de anderen vertrokken waren, zei hij: 'Toen Faroon zijn hand op je bovenarm legde, deed je iets om zijn greep af te schudden. Laat het me zien.'

Valko knikte en wachtte af. Hirea greep de jonge strijder onzachtzinnig bij zijn linkerarm, en zonder nadenken stak Valko zijn linkerhand omhoog, pakte een zeer pijnlijke handvol huid aan de achterkant van Hirea's rechterarm vast en trok daar hard aan. Met zijn rechterhand vormde Valko een dolk van vingers en ramde daarmee tegen de rechterkant van Hirea's nek, stapte met zijn eigen been achter het linkerbeen van Hirea, en plotseling lag de oude instructeur op het zand, opkijkend naar een gebalde vuist voor zijn gezicht. 'Stop!' riep hij.

Valko stapte achteruit.

'Er is nog nooit een nieuwe strijder naar ons toe gekomen met kennis van snelle handvechttechnieken,' zei Hirea. 'Zelfs degenen die ik jarenlang heb opgeleid in de Gesel, kunnen dat wat jij deed niet zo snel en gemakkelijk.' De oude strijder stond op. 'Wie heeft je dat geleerd?'

'Mijn moeder,' zei Valko. 'Ze zei dat het me kon helpen tijdens het Schuilgaan als een strijder me vond terwijl ik niets had om me mee te verdedigen, behalve mijn blote handen.'

Plotseling trok Hirea zijn zwaard en maakte een wijde, bovenhandse beweging die Valko's hoofd van zijn schouders zou hebben gescheiden als de jonge strijder niet een stap naar voren had gedaan. Als hij achteruit was gestapt of had geprobeerd te bukken, dan zou de slag zijn schouder of hoofd hebben verbrijzeld. Valko haakte zijn linkerarm om Hirea's schouder, stapte achter diens rechterbeen en sloeg zo hard mogelijk met zijn handpalm tegen de keel van de oudere strijder, waardoor die achterover viel. Valko knielde neer toen Hirea neerging en op het laatste moment, toen zijn knie het zand raakte, stond hij op en zette zijn linkervoet op Hirea's zwaardhand. Met zijn rechterhand stond hij klaar om de keel van de oude man te pletten.

'Stop!' wist Hirea met opgestoken hand uit te brengen, zijn handpalm omhoog als teken van onderwerping.

Valko dwong zich kalm te spreken, al siste hij bijna. 'Waarom? Er is een verschil tussen trainen en doden, oude man. Waarom zou ik je hoofd nu niet nemen? Ben je zwak? Smeek je om genáde?' Hij spuwde dat laatste woord bijna uit.

'Nee,' zei de oude man. 'Maar als je wilt blijven leven, luister dan naar me.'

Valko stak zijn hand uit en pakte Hirea zijn zwaard af. Hij zette de punt ervan tegen de keel van de oude man en gebaarde hem met zijn andere hand dat hij moest opstaan.

'Er zijn er maar een paar die kunnen wat jij net deed. Zeg me de naam van je moeder.'

'Narueen. Een Cisteense Bewerkstelliger.'

Hirea negeerde het wapen tegen zijn keel. 'Nee, dat was ze niet.' Hij keek om zich heen om er zeker van te zijn dat niemand hen kon horen. 'Wat ik je nu vertel, kost ons allebei het leven als iemand ons hoort. Je moeder, hoe ze in het echt ook heette, was een Bloedheks. Slechts een handjevol mensen kan iemand leren wat jij hebt geleerd, en maar één groep vrouwen in de Twaalf Werelden hoort daarbij: de Oranje Zusterschap.'

'Die zijn een mythe.' Valko keek de oude man onderzoekend aan en voegde er toen aan toe: 'Net als de Witte.'

'Achter mythes gaan veel waarheden schuil, jonge strijder.' Hirea keek nog eens om zich heen. 'Luister nu goed naar me. Spreek hier met niemand over. Er zijn geheimen waarvan je misschien niet eens weet dat je ze kent, en er zijn mensen die je huid in repen van je lijf zouden trekken om die geheimen aan de weet te komen. Ik stuur je binnenkort naar je vader – je had vandaag mijn hoofd kunnen afhakken; ik kan je niets meer leren – maar we moeten hier nog een keer over praten voordat je vertrekt. Er zijn dingen die ik je moet vragen, en dingen die ik je moet vertellen.' Hij draaide zich om en negeerde nog altijd het zwaard tegen zijn keel. 'Als iemand, vooral Seeleth, je vraagt waarom ik je langer liet blijven, zeg dan maar gewoon dat we een onvolkomenheid in je voethaak moesten corrigeren. Ga nu naar je kamer en was je.' Hij wees naar de stille gestalte van zijn nog altijd bewusteloze gevechtsassistent en zei: 'Faroon is dan misschien zo stom als een vashta, maar jij stinkt ernaar.'

Valko draaide het zwaard om en gaf het aan zijn leermeester terug. 'Ik zal hier niets over zeggen. Maar het viel niet mee om je hoofd op je schouders te laten zitten, oude man.'

Hirea lachte. 'Misschien krijg je de kans nog wel. Ik heb geen levende zoon, en op een dag, misschien wel binnenkort, zal ik je vragen een einde aan mijn leven te maken. Mijn beenderen krijgen last van de kou en mijn zicht is niet meer zo scherp als toen ik jong was. En nu wegwezen!'

Valko deed wat hem was opgedragen. Hirea had vandaag zijn slachtoffer kunnen zijn, maar hij was nog altijd zijn leermeester en moest dus gehoorzaamd worden. Maar wat hij had gezegd, verontrustte de jonge strijder, die langzaam terugliep naar zijn kamer en zich afvroeg of de oude man gelijk had gehad over zijn moeder. Ze was zeker niet zoals andere vrouwen, en veel dingen waar ze onder vier ogen over hadden gesproken, waren verboden onderwerpen. Was ze inderdaad een Bloedheks geweest? Die fabelachtige zusterschap was verboden door de tekarana zelf. Elk lid ervan was volgens zeggen opgespoord en ter plekke terechtgesteld. De hogepriesters van Zijne Duisternis noemden de vrouwen godslasteraars en hun leermeesteressen waren bestempeld tot een gruwel.

Plotseling voelde Valko zich heel erg moe. *Moeder, wat heb je gedaan?*

'Caleb, wat heb je ons nu toch weer geflikt?' riep Tad terwijl ze zich vastklampten aan de klifwand.

'Ik geloof niet dat hij ons kan horen,' schreeuwde Jommy om de wind te overstemmen.

Zane zei niets. Hij klappertandde en hield zich vast aan Tads tuniek om niet te vallen.

'Doorlopen!' schreeuwde Servan. 'Je moet eerst naar boven, dan naar beneden!'

Jommy knikte en zei, zo zacht dat alleen Tad en Zane het konden verstaan: 'Ik vind het rot om te moeten zeggen, maar hij heeft gelijk.'

'Nou, hou op je daar druk over te maken. Denk liever na over hoe we Grandy naar beneden moeten krijgen,' zei Tad.

Jommy knikte, klom op de smalle richel over Tad heen en kwam tussen hem en Zane terecht, die iets opzij schoof om hem ruimte te geven.

De zes jongens bevonden zich op een berg, een halve dag rijden vanaf Roldem. De oefening was bedoeld om hun te leren onder moeilijke omstandigheden als groep samen te werken, in dit geval door een klim naar een rotspunt zonder touwen of andere hulpmiddelen. Ze waren nog maar een paar meter van de top verwijderd, toen er plotseling een noorderstorm was opgestoken met stromende regen en felle windvlagen.

Vijf van de zes jongens hadden zich in veiligheid kunnen brengen, in elkaar gedoken tegen de rotswand, waar ze konden wachten tot de storm over een uur of wat ging liggen, maar Grandy zat in moeilijkheden.

De kleinere jongen was bijna van de richel geblazen door een plotselinge windvlaag toen ze probeerden de berg weer af te komen. Hij was naar een rotspunt een paar meter onder de anderen gegleden, en nu klampte hij zich daar uit alle macht vast, met verkrampte vingers en een vastberadenheid die voortkwam uit doodsangst.

Servan begon de anderen bevelen te geven. 'Jommy, ga plat tegen de rotswand liggen. Zane, Tad en Godfrey gaan je omlaag laten zakken zodat Grandy je handen kan vastgrijpen!'

'Waarom ben jij de enige die niks uitvoert?' schreeuwde Jommy.

'Omdat ik van ons vieren de zwakste ben,' antwoordde Servan, en dat was waar. Hij was een heel goed zwaardvechter, maar had niet de fysieke kracht van zelfs maar Godfrey, die een stuk minder sterk was dan de drie stevige jonge knapen van Tovenaarseiland.

Jommy had geen reden meer tot klagen: Servan was eerlijk en zette zijn eigen ijdelheid opzij om Grandy in veiligheid te brengen.

Honderd voet onder hen probeerden twee monniken wanhopig tegen de natte rotswand op te klimmen om de jongens te helpen, maar gehinderd door hun sandalen en lange mantels hadden ze nog minder succes dan de zes jongens.

De anderen lieten Jommy zakken langs de rots, die hem geen enkel houvast bood doordat er constant water overheen spoelde. 'Hou stevig vast!' schreeuwde hij tegen Tad en Godfrey.

Godfrey en Tad hielden ieder een been van Jommy vast, terwijl Zane, de stevigste en sterkste van de drie, hun tunieken in zijn vuisten klemde en met zijn volle gewicht achteroverleunde. Jommy stak een hand uit, kreeg vat op Grandy's hemd en schreeuwde: 'Ik trek je omhoog!'

'Nee!' schreeuwde Servan. 'Hou hem alleen stevig vast. Wij trekken jóú op!'

De vreemde keten van jongens kroop langzaam terug de berghelling op, maar Grandy raakte ineens in paniek en probeerde tegen Jommy's arm omhoog te klimmen. Jommy voelde zijn greep op het hemd van de jongen wegglippen en wilde zich omdraaien, maar besefte niet dat Godfrey en Tad hem maar amper konden houden. Hun greep op zijn benen begon te verslappen, en toen lieten ze los; eerst Tad, toen Godfrey. Binnen een tel klom Grandy omhoog naar een relatief veilige plek, terwijl Jommy voorover tuimelde, een koprol maakte en plotseling langs de rotswand naar beneden begon te glijden, met zijn voeten vooruit, klauwend naar houvast.

Servan liet zich op zijn achterwerk vallen en gleed achter Jommy aan. Toen rolde hij zich op zijn buik, de scherpe punten van de rotsen negerend, en draaide met zijn hoofd naar voren, waardoor hij bijna van de rotswand afdook. Hij kreeg het voor elkaar om Jommy bij de kraag van zijn tuniek te grijpen en diens val te stuiten.

Zane klauterde snel achter het tweetal aan en kreeg een van Servans benen te pakken. De jongen gaf een kreet van pijn toen zijn heup bijna uit de kom werd gerukt door Zanes ingreep. Jommy stak nietsziend een hand uit en voelde dat Servan die vastpakte. 'Niet loslaten!' schreeuwde hij.

'Geen zorgen!' zei Servan.

Jommy dwong zichzelf kalm te blijven en riep naar Servan: 'Wat nu?'

De neef van de koning grimaste van pijn, maar bleef naar Jommy kijken. 'Ik kan me niet bewegen. Klim over me heen naar boven.'

Jommy gebruikte alle kracht in zijn linkerarm om zich op te trekken. Hij stak zijn rechterhand uit en greep Servans broekriem vast. Rondtastend met zijn voet kreeg hij een teen in een ondiepe holte in de rots en duwde zich op. Toen liet hij met zijn linkerhand los en pakte een stevige handvol van Servans rechterdij beet, trok nog een keer en voelde Godfreys handen op zijn schouders, die hem op de richel hielpen.

Zodra hij veilig was, draaide Jommy zich om en hielp Zane om Servan weer op de richel te trekken. De zes jongens hijgden van inspanning, schrik en pijn. Ze hadden het ijskoud in de stortregen op de richel. Jommy keek Servan aan. 'Je bent gek, maat, weet je dat?'

'Ik mag je niet, maar dat betekent nog niet dat ik je dood wil zien,' antwoordde Servan.

'Ik mag jou ook niet,' zei Jommy. Servans gezicht zat vol schrammen, zijn ene wang was dik en zijn rechterschouder was mogelijk uit de kom geschoten. Nu de regen in vlagen neerkwam, kon Jommy er niet zeker van zijn, maar hij dacht dat Servans ogen opgezwollen waren van de tranen, waarschijnlijk van pijn. 'Maar ik ben je mijn leven verschuldigd.'

Servan glimlachte scheefjes. 'Een beetje een lastige situatie, hè?'

204

'Dat hoeft niet,' zei Jommy. 'Ik weet niet waarom je de behoefte had om de baas over ons te spelen toen we aankwamen, en op dit moment kan me dat ook niet schelen. Je hebt mijn leven gered: ik ging die berg af, en ik had niet kunnen stoppen tot ik beneden was. Dus als iemand het vraagt, zal ik de eerste zijn die zegt dat je geen lafaard bent. Gek, misschien, maar geen lafaard.'

Plotseling glimlachte Servan. 'Nou, ik kon je moeilijk te pletter laten vallen nadat je je eigen nek had gewaagd om mijn neefje te redden.'

'Neefje?' vroeg Tad. Hij keek naar Grandy. 'Is hij je neef?'

Grandy klappertandde van de kou. 'Ja. Had ik dat niet gezegd?'

'Dus jij bent ook een neefje van de koning?' vroeg Tad.

'Nee,' antwoordde Servan. 'Hij is de zoon van de koning. Grandy's oudere broer is kroonprins Constantine van Roldem. Wat betekent dat hij op een dag het broertje van de koning zal zijn.'

'Krijg nou wat!' zei Jommy. 'Soms ontmoet je toch mensen...'

Plotseling begon Servan te lachen. Het was zo'n oprecht geluid – een uitlaatklep voor alle spanning en angst – dat de andere jongens niet anders konden dan meelachen.

Broeder Thaddeus, de monnik die hen probeerde te bereiken, vond een veilige rotsrichel een tiental meter onder hen en schreeuwde: 'Blijf daar! Broeder Malcolm rent terug naar de universiteit. Hij haalt broeder Micah op. Blijf waar jullie zijn en hou vol!'

De jongens kropen dicht tegen elkaar aan in de regen. Micah was niet echt een monnik van de Orde, maar een magiër van het Mindere Pad die op het universiteitsterrein woonde. Een van zijn vele talenten was dat hij controle had over het weer.

Tegen de tijd dat Micah aankwam, voelden de jongens zich behoorlijk ellendig. Ze rilden onophoudelijk en konden zich nog nauwelijks bewegen. Micah zong een bezwering om de kracht van de storm af te zwakken, waardoor er een grote ruimte met milder weer rondom de jongens ontstond. De bol van de bezwering was bijna honderd meter in doorsnee, en daarbinnen viel de regen enkel nog maar zoals tijdens een zacht lentebuitje.

Nu de regen een paar minuten op afstand werd gehouden, klom broeder Thaddeus tegen de rotswand op zodat hij de jongens kon helpen naar een bredere richel eronder te komen. Van daaraf voerde een smal pad naar de voet van de berg, onder normale omstandigheden slechts drie uur lopen. Terwijl ze zich een weg zochten over het glibberige paadje, draaide Jommy zich om naar Grandy en vroeg: 'Waarom heb je nooit gezegd dat je een zoon van de koning was?'

Grandy huiverde; hij was behoorlijk aangedaan door zijn ervaringen. 'Ik weet niet of je het gemerkt hebt, maar niemand aan de universiteit praat veel over zijn familie. Dat doe je gewoon niet. We zijn allemaal studenten.'

Jommy knikte, hoewel hij het niet begreep. Gedurende de tijd dat hij nu aan de La-Timsaanse universiteit was, waren er wel wat opmerkingen gemaakt over dat die student of die student de zoon van een edele of rijke koopman was, maar hij besefte dat hij niemand had horen zeggen over wie ze het nu precies hadden. Grandy was een uitzondering geweest, toen hij zei dat Servan een neef was van de koning.

Jommy was verward. Uitgeput, gehavend en volslagen verward. En aan de blik op de gezichten van zijn pleegbroers te zien, waren Tad en Zane er niet veel beter aan toe.

Er stonden paarden te wachten onder aan het pad. Gelukkig hoefden ze niet terug te lopen naar de stad. En als ze daar eenmaal waren, zouden er droge kleren en warm eten op hen wachten.

Het pad werd gemakkelijker begaanbaar en ze maakten meer snelheid. Toen ze dicht genoeg genaderd waren om vochtig paardenhaar en de doordringende geur van de regenachtige bossen te ruiken, keek Jommy nog eens naar Servan. Hij was nu niet in de stemming om er precies achter te komen wat voor kerel die jonge neef van de koning was, maar hij was vastbesloten dat het niet meer zo zou worden als voorheen. Jommy zag dat Godfrey hinkte en hield zonder een woord te zeggen zijn pas een beetje in, ging naast hem lopen en legde de arm van de jongen over zijn schouder om wat gewicht van zijn gekwetste enkel af te nemen.

Valko voegde zich zwijgend bij de andere negen nog levende jonge strijders toen Hirea en een andere oudere strijder de jongelingen gebaarden dat ze in een rij moesten gaan staan. Toen iedereen op zijn plek stond, zei Hirea: 'Er is meer nodig dan hersenloos doden om eer en glorie te brengen aan je rijk, je samenleving en de naam van je vader.

Goed doden is een kunst en niets is plezieriger dan een vaardig strijder zich te zien ontdoen van een zwakkeling. Niets behalve de kunst van het paren, althans.'

Een paar jongemannen lachten.

'Ik heb het niet over naar bed gaan met een vrouw, jullie stomme tavaks!' zei Hirea. Tavaks waren grazende dieren die bekendstonden om zowel hun seksuele drang als hun ongelooflijke domheid.

Nu keken verscheidene jonge strijders verward. Enkelen van hen hadden vrouwen gehad in het Schuilgaan. Het was een van de tekenen dat een jongeman de tijd van zijn beproeving naderde. Wanneer de concurrentie onder de jongens in het Schuilgaan te heftig werd, probeerden hun moeders hen terug te krijgen naar het domein van hun vaders.

Hirea lachte. 'Bij wie van jullie is je moeder mee teruggegaan naar het fort, kasteel of landgoed van je vader?'

Twee jonge strijders staken een hand op.

Hij wees naar die twee. 'Zij hebben geluk. Ze hebben slimme moeders en sterke vaders. Hun moeders waren onvergetelijk. Hun vaders wilden dat ze terugkeerden, misschien om nog een zoon te baren.

Sommigen van jullie hebben je vader eraan moeten herinneren wie je moeder ook alweer was.' Hij schudde zijn hoofd en keek omlaag. 'Door de aard van de Dasati zijn ideale paren zeldzaam, maar ze zijn wel wenselijk, niet alleen vanwege de

kans op superieure nakomelingen, maar omdat een ideale partner het leven van een man draaglijker en plezieriger maakt.'

Hij gebaarde naar de man die naast hem stond. 'Dit is Unkarlin, een ruiter van de Bloedwacht.' Hij wendde zich tot hem
en vroeg: 'Hoeveel nog levende zoons en dochters zijn er in
jouw huis?'

'Ik ben de derde zoon, en de vijfde van zeven kinderen.'

'Van dezelfde moeder?'

Unkarlin knikte instemmend, en enkele jonge strijders slaak-
ten verbaasde kreten. Twee of zelfs drie nakomelingen van
dezelfde ouders waren niet ongehoord, maar zeven! Dat was
heldhaftig!

'Zo worden dynastieën geboren!' schreeuwde Hirea. 'Als je
zoons hun vijanden doden en hun bezittingen opeisen, vervolgens hun rijkdommen, dan hun landgoederen en Minderen,
zodat er steeds meer ruiters bij de familie komen! De familie
van deze man is mede verantwoordelijk voor de macht en het
succes van de Bloedwacht. Denk aan je vader en aan hoeveel
verwanten er met hem meerijden. Hoeveel ooms en neven heb
jij in de Sadharin, Valko?'

In de weken die hij met zijn vader had doorgebracht voordat
hij voor zijn opleiding naar Hirea was gekomen, had Valko al
die details geleerd. 'Mijn vader is de oudste van de Sadharin,
Hirea. Hij heeft een jongere broer en vier lagere neven bij de
ruiters. Via hen heb ik zevenentwintig neven en zestien Mindere neven.'

'Hoeveel ruiters in de Sadharin?'

'Zevenennegentig.'

'Van de vijftig heren van de Sadharin, zijn er negenenveertig
verwant aan Valko!' Hirea keek rond. 'Sterkere banden zijn nauwelijks mogelijk! Maar om dat soort kracht voort te brengen,
dat soort macht te krijgen, moet je verstandig kiezen wie je naar
je bed haalt, jonge dwazen! Je zult vrouwen tegenkomen die je
zo graag wilt bezitten dat je lijf er pijn van doet, maar ze zijn
een verspilling van je tijd en je zaad. Zelfs als je een sterke zoon
krijgt van een Mindere, blijft hij een Mindere. Als je een zoon

208

krijgt van een strijdfamilie, maar het is een zwakke familie zonder machtige beschermheren of bloedbanden, wat heb je daar dan aan? Niks. Zij winnen erbij om zich bij je geslacht aan te sluiten, maar het haalt jou omlaag.

Je moet gelijken zoeken of, als je slim genoeg bent, als je iets unieks hebt,' – hier leek hij direct naar Valko te staren – 'dan grijp je hoger. Als je een van de vrouwelijke familieleden van de karana in je bed kunt krijgen, al is het de lelijkste vrouw die je ooit hebt gezien, dan moet je dat doen, en als je haar houdt tot ze in verwachting is, bid dan maar dat dat kind een strijder van naam wordt, want dan smeed je banden die je vijanden doen beven als ze zelfs maar aan je denken. Dan kun je de politiek van je natie overstijgen, zelfs de politiek van je wereld, en een macht worden binnen de Twaalf Werelden.'

Hij zweeg even toen hij zag dat de jonge strijders stuk voor stuk aan zijn lippen hingen, en vervolgde: 'Maar het begint allemaal met de wetenschap dat paren een kunst is.'

Nu waren de strijders klaar om iets te gaan begrijpen van wat hun volgende taak zou worden, dacht Valko. Hij had gedaan alsof hij even belangstellend was als de anderen, maar niets wat Hirea had gezegd was nieuw voor hem. Zijn moeder had urenlang met hem over dergelijke dingen gesproken.

Hij wist dat tijd verspillen aan een vrouw met een lagere rang ongelooflijk dom was, behalve als het diende om een vazal aan je te binden, misschien een heer zonder levende zonen, want land en vee hadden meer waarde dan zonen van lagere huizen. Maar hij zou zich erop richten zijn status te verhogen. Hij wist dat zijn moeder van hem verwachtte dat hij snel vooruitgang zou boeken en over tien jaar heer van de Camareen zou zijn, en dat hij over twintig jaar sterke zoons en banden met machtige huizen zou hebben.

Valko begreep maar een deel van het plan van zijn moeder. Dat ze een plan hád, daar twijfelde hij niet aan, want ze had geen domme zoon grootgebracht. Hij wist dat ergens, op een bepaald moment, ze weer naar hem toe zou komen, en dan zou hij ontdekken wat er precies achter zijn training had gezeten.

'En nu,' zei Hirea, 'gaan we naar een feest, in de stad Okora. Daar ontmoeten jullie dochters en huisvrouwen van rijke en machtige mannen. Kies verstandig, jonge strijders, want dit zullen de eersten zijn die jullie zoons zullen sturen, zoons die in de loop van de tijd terug zullen keren naar het huis van jullie vaders. Wie die zoons zullen zijn, dat is aan jullie.'

In stilte dacht Valko: *En dat is dan ook het enige. Daarna is het de moeder die het kind vormt.*

Puc verzette zich tegen de impuls om iets te doen, wat dan ook, maar hield zich zo roerloos mogelijk. Ze zaten in een kring, Magnus rechts van hem, Nakur links, Bek naast Nakur, en tegenover Puc zat de Dasati die Martuch heette.

Martuch had de afgelopen twee dagen verschillende keren met Puc en Nakur gesproken en daarbij vragen gesteld die overduidelijk op deze onderneming betrekking hadden, maar tevens over schijnbaar heel gewone dingen. Aspecten van het menselijk bestaan fascineerden hem, net zoals alles aan de Dasati Puc en Nakur fascineerde; maar zonder referentiekader was het lastig voor Puc om zijn gevoelens ten opzichte van hun instructeur te benoemen. Hij neigde ernaar hem een aardige kerel te vinden.

'Zit stil, vrienden,' zei Martuch, 'dan gaat het beter. Hoe meer je beweegt, hoe onplezieriger de verandering is.'

Ze waren nu al twee weken in de stad Shusar om hun magie te oefenen. Martuch was kennelijk een man die over veel vaardigheden beschikte, en magie hoorde daarbij. Hij legde uit dat op de Dasatiwerelden 'bezweringsventers' werden gezien als gewone kooplieden, niet verhevener dan een smid of timmerman. Maar hij had ze ervan verzekerd dat zodra ze hun kunsten hadden vervolmaakt op Delecordia, hun magie ook op de Dasatiwerelden zou werken.

Hij had er nog altijd niet in toegestemd hun gids te zijn. Hij had gezegd dat hij hun zijn besluit zou meedelen als de tijd daar was, maar tot nu toe had hij nog geen ja of nee gezegd. Wat hij wilde weten van Puc en zijn metgezellen was niet duidelijk, en hij scheen niet echt haast te hebben om een beslissing te nemen.

'Jullie moeten geduld hebben,' zei Martuch. 'Als dit proces voltooid is, zullen jullie in staat zijn de lucht te ademen, het water te drinken, het voedsel van de Dasati te eten, en in alle opzichten op Dasati te lijken. We zullen een bezwering toepassen waardoor jullie een van ons lijken te zijn, hoewel je waarschijnlijk wel vreemde blikken zult trekken van een Doodspriester als je er eentje tegenkomt. Dat zou ik dus maar vermijden als ik jullie was. Maar jullie hebben één voordeel: de Ipiliacmagiërs zijn superieur aan Doodspriesters doordat hun magie niet geheel afhankelijk is van doodsbezwering. Door verschillende aardse middelen kunnen we ervoor zorgen dat jullie vermomming ook bij nader onderzoek voldoet.

Maar dat is wel de minste van jullie zorgen. Want jullie temperament en aard is even buitenaards voor de Dasati als zij voor jullie zijn, en er zijn duizenden manieren om je te gedragen, naar het leven te kijken en alledaagse dingen te doen die jullie niet zullen begrijpen. Sommige leren jullie misschien snel, maar andere zullen je altijd blijven ontgaan.'

Hij keek hen om beurten aan. 'We zijn een ras van strijders, en dat zeg ik zonder pochen. We zijn niet het enige strijdlustige ras dat bestaat, maar wel een ras dat leeft voor de strijd. We doden onze jongetjes, wisten jullie dat?'

Puc herinnerde zich een opmerking van Kaspar. 'Ik had zoiets gehoord.'

'Elke jongen kan later een bedreiging vormen, een rivaal worden, en daarom moet hij worden gedood voordat het zover is.'

Nakur leek hierdoor gefascineerd. 'Hoe houden jullie dan stand als ras?'

'Door gevaarlijk te zijn, zelfs als kind al. Door wispelturig te zijn. Door moeders te hebben die hun kinderen verstoppen tot ze oud genoeg zijn om zichzelf te beschermen. Jullie zullen nog meer leren over het Schuilgaan en andere dingen die heel normaal zijn bij mijn volk, maar niet allemaal tegelijk. Laten we ons er nu maar op richten hoe we jullie meer dan een uur in leven kunnen houden nadat jullie voet zetten op een van de Twaalf Werelden.'

'Maar toch niet ieder lid van je volk kan een strijder zijn?' vroeg Magnus.

'Nee, er zijn strijders en hun consorten, en hun kinderen en Mindere broers en zusters. Die rang is niet duidelijk bepaald, net zoals je de burgers in jouw land ziet als "normaal", terwijl alle anderen die je ontmoet "anders" zijn.' Hij keek hen weer om beurten aan. 'Op mijn wereld zijn jullie die anderen, dus is het het beste als we een rol voor jullie vinden die de Dasati toch al met enige argwaan bekijken. Hebben jullie geneeskundige vaardigheden?'

'Ik heb wat kruidenkennis en kan wonden verbinden,' zei Nakur.

'Op mijn wereld,' zei Puc, 'worden mensen genezen door chirurgen en geestelijken, maar ik heb wel wat basiskennis.'

'Dan worden jullie leden van het Gilde van Zorgers.'

'Zorgers?' vroeg Magnus.

'Iedereen die geen lid is van de heersende klasse, staat bekend als een "Mindere",' zei Martuch. 'Vooral Zorgers worden geminacht, omdat ze een impuls hebben om te zorgen voor anderen dan hun naaste familie.'

'Maar jullie tolereren hen wel?' vroeg Puc.

'Ja,' zei Nakur. 'Omdat ze nuttig zijn!'

Martuch glimlachte, en even had Puc het gevoel dat hij nog iets anders zag achter dat strenge uiterlijk. 'Ja. Je hebt het door. Degene die je vreest, die stem je mild. Degenen die een dreiging kunnen zijn, die vernietig je. Maar degenen die noch vreeswekkend noch bedreigend zijn, maar die mogelijk nuttig zijn, die hou je in de buurt. Je maakt ze tot je vazallen en beschermt ze tegen andere heersers die het in hun hoofd zouden kunnen halen om ze af te slachten.' Martuch beschreef met zijn hand een cirkel in de lucht. 'Voorbij deze muren ligt een stad die veel meer gemeen heeft met jullie wereld dan met die van mij. Hoewel de mensen hier verre verwanten van me zijn, hebben ze zo lang op deze verwrongen plek gewoond, deze plek halverwege

212

het eerste en het tweede niveau, dat ze veel van onze... gebruiken zijn vergeten.

Hier zijn handelaars en kooplieden en artiesten, ongeveer net zoals op jullie wereld. Volgens onze normen zijn die verre neven van ons zorgeloos op het waanzinnige af... maar degenen op jullie wereld zijn zeker knettergek.'

'Zoveel te leren,' zei Puc.

Bek zei eindelijk ook iets. 'Ik begrijp hier helemaal niks van. Ik wil gewoon iets dóén.'

'Binnenkort,' zei Nakur om de ongedurige jongeman gerust te stellen.

'Bek, we zijn voorlopig klaar,' zei Martuch. 'Ga maar buiten een luchtje scheppen.'

Bek keek Nakur aan, die knikte, en toen de jongeman vertrokken was, vroeg Nakur: 'Waarom wilde je dat hij wegging?'

'Omdat zoveel hiervan hem ontgaat, maar op veel manieren lijkt hij meer op een Dasati dan jullie je kunnen voorstellen.' Hij keek Nakur aan. 'Hij volgt jou?'

'Hij doet wat ik hem opdraag, voorlopig tenminste nog wel.'

'Hou hem in de gaten.' Aan Puc vroeg hij: 'Waarom heb je hem meegebracht?'

'Dat was me opgedragen,' antwoordde Puc.

Martuch knikte, alsof dat alles was wat hij hoefde te weten. 'Hij kan wel eens belangrijk zijn.'

Nakur keek Magnus even aan en zei toen: 'Ik moet je iets vragen, Martuch.'

'Wat dan?'

'Waarom help je ons zonder dat je onze bedoelingen kent?'

'Ik weet meer dan je beseft, Nakur de Isalani,' zei Martuch. 'Jullie komst was min of meer aangekondigd. We kregen maanden geleden al het nieuws dat iemand van het eerste niveau van de realiteit toegang zou zoeken tot mijn wereld.'

'Nieuws?' vroeg Puc. 'Van wie?'

'Ik heb alleen een naam,' zei de gids. 'Kalkin.'

Puc was met stomheid geslagen. Zelfs Nakur zette grote ogen op. Magnus was de eerste die zijn stem hervond. 'Dat betekent niet dat het Kalkin wás, of Banath. Het kan ook gewoon iemand zijn die die naam gebruikte.'

'Maar wie zou het weten?' vroeg Puc. 'Wie buiten de binnenste kring van het Conclaaf weet zelfs maar af van Kaspars visioen op het dak van het Paviljoen van de Goden?'

'En dat, mijn vrienden,' zei Martuch, 'is waarom ik jullie mag helpen, als jullie bewezen hebben dat jullie kunnen doorstaan wat nodig is om jullie naar de Dasatiwerelden te krijgen. Want of jullie het nu beseffen of niet, we spelen een Spel van Goden, en de inzet is veel groter dan jullie je kunnen voorstellen. Het is niet alleen jullie wereld die in de waagschaal ligt, maar mijn wereld ook. Er waart een enorm gevaar rond, en hele naties kunnen sterven.'

ꬰEEST

Puc viel aan.

Martuch stak zijn handen op en voor zijn gekruiste polsen verscheen een glanzende schijf: een schild van energie. De blauwe schicht die Puc had geworpen, ketste nutteloos af in de lucht.

Puc, Nakur en Magnus hadden eerder die middag afgesproken met Martuch, die hen was voorgegaan naar een relatief verlaten weiland in de heuvels, een klein stukje lopen vanaf de stad. Puc zag dat er overal gecultiveerde akkers waren, maar geen boerderijen.

'Die zijn niet gebruikelijk bij ons,' had Martuch gezegd. Toen legde hij uit dat boeren een kaste van arbeiders waren die werkte voor groepen ontwikkelaars, molenaars en graan- en groente-exporteurs. De boerenarbeiders woonden in kamers in grote gebouwen, die hij 'appartementen' noemde. Ze reden elke morgen op wagens naar de akkers en keerden bij zonsondergang weer terug. Hij zei dat het een erfenis was van hun Dasati-afkomst, want op de Twaalf Werelden was 'kracht in aantallen' niet enkel een loze kreet, maar een motto waar mensen naar leefden: de roedels roofdieren op de Dasatiwerelden waren zo gevaarlijk, dat een boerenfamilie alleen in een huisje het nog geen jaar zou overleven.

Iets anders wat Puc opmerkte, was dat hij vaak de term 'ons gebruik' bezigde. Wat hij verder ook van de Ipiliac vond, hij zag ze als gelijk aan de Dasati.

'De Dasati zien magie als een hulpmiddel,' zei Martuch, 'en dan bedoelen ze in feite natuurlijk gewoon een wapen. Ik denk dat zodra jullie de details doorhebben van het gebruik van magie in deze omgeving, je meesterschap je superieur zal maken aan andere gebruikers van magie, Puc.'

Tegen Nakur en Magnus zei hij: 'Jullie zullen alle drie waarschijnlijk superieur zijn. Maar onderschat de felheid van degenen die je tegenkomt niet. Een Doodspriester in zijn eentje is geen partij voor jullie, maar een stuk of zes die als groep opereren zijn sterker. Het zijn fanatiekelingen in jullie ogen, net als elke andere man, vrouw en kind in dat rijk.

Ze leven volgens een standaard die je niet eens een "code" kunt noemen. Het is een stel instinctieve reacties die in de loop van duizenden jaren zijn ontwikkeld doordat ze leven in een wereld waar aarzeling de dood betekent.' Hij keek de drie magiërs in dringend aan. 'Als je nadenkt, sterf je.'

'Je schetst een grimmige realiteit,' zei Magnus.

'Het is alles wat ze kennen. Het is voor hen niet grimmig, want zij zijn de overlevenden, de winnaars – zelfs de laagste onder hen – en daaruit putten ze trots en voldoening. De laagste van de Minderen, die de smerigste klusjes moet doen, kan zich superieur voelen aan de mislukte zoon van de tekarana zelf. Het is een gevoel dat daar normaal is en dat jullie niet begrijpen.'

'Dat had ik uren geleden al door, Martuch,' zei Nakur. 'Wat ik zou willen weten, is hoe het komt dat jij zo anders bent dan je broeders?'

'Dat is iets wat we later nog wel zullen bespreken, binnenkort zelfs. Ik heb besloten dat ik jullie gids zal zijn. En daarnaast zweer ik dat ik alles zal doen wat in mijn macht ligt om jullie weer thuis te krijgen.'

'Daar zeg je zo wat...' zei Magnus. 'Nu we al deze veranderingen hebben ondergaan, hoe overleven we dan als we weer naar huis gaan?'

'Zonder problemen, denk ik,' zei Martuch. 'De aard van de verschillen tussen het eerste en tweede vlak van de realiteit is zodanig dat zodra jullie weer thuis zijn, jullie vanzelf weer teruggaan naar je oude toestand. Je zult misschien een paar dagen in bed willen blijven, en ongetwijfeld het gevoel hebben dat je doodgaat, maar dat gebeurt niet. Zie het maar als een behoorlijk zware griep of een stevige kater, maar dan veel erger en een week lang. Maar dan gaat het over.

Er is een elegantie in de orde van de natuur, een statige progressie van het universum die voorschrijft dat dingen moeten blijven waar ze horen. Aangezien jullie vastberaden zijn om dat niet te doen, is het universum geneigd jullie te vergeven en jullie weer aan haar boezem te drukken zodra jullie terugkeren.' Hij tuurde naar Puc, een gewoonte waarvan Puc had opgemerkt dat het meestal betekende dat hij ergens heel nieuwsgierig naar was. 'Dus mag ik dan nu de reden weten waarom jullie ergens naartoe willen waar geen enkel verstandig lid van jullie ras ooit naartoe zou willen gaan?'

Puc keek Nakur aan, die eenmaal knikte. Aan Martuch vroeg hij: 'Wat weet jij over de talnoy?'

Martuch zette grote ogen op. 'Ten eerste dat je dat woord niet eens zou moeten kennen, laat staan dat je hoort te weten wat het is. Ten tweede dat het een... godslastering is. Hoezo?'

'We hebben er een.'

Nu keek Martuch volkomen ontdaan. 'Waar? Hoe?'

'Dat is de reden dat we naar de Dasatiwerelden moeten,' zei Puc. 'Ik zal je later alles vertellen, maar voorlopig is het genoeg als je begrijpt dat de aanwezigheid van de talnoy op mijn wereld de reden van onze zorg is.'

'Nou, en terecht, mens,' zei Martuch. 'Het is iets waar zelfs de dapperste Dasatiheld bang voor is, een monstruositeit uit de bloedigste tijden in de lange, gewelddadige geschiedenis van mijn volk.' Hij zweeg even en zei toen: 'Dit verandert de zaak.'

'Hoezo?' vroeg Puc. 'Je verandert toch niet van gedachten?'

'Nee. Integendeel, ik ben nu nog vaster van plan jullie te brengen naar waar jullie willen gaan. Ik zei dat jullie het Spel van Goden speelden, maar nu is de inzet nog veel hoger dan jullie ooit hadden verwacht.

Ik moet even iemand spreken, en hij zal op zijn beurt een

gesprek met een ander hebben. Als we hebben overlegd, kom ik terug en dan praten we over dingen waar geen sterveling, menselijk of Dasati, ooit over na zou moeten denken, laat staan dat hij het ertegen wil opnemen.' Hij keek om zich heen alsof hij zich plotseling zorgen maakte dat ze werden afgeluisterd. Het gebaar was bijna grappig op hun huidige locatie, maar Puc begreep de implicaties. 'Ik kom zo snel mogelijk terug. Het zal jullie duidelijk zijn dat jullie hierover met niemand anders moeten spreken, zelfs niet met Kastor. Laten we nu teruggaan naar de stad, en dan vertrek ik.'

Puc en de anderen wisselden blikken en volgden de duidelijk opgewonden Dasati.

Valko genoot niet van het feest. Het was vreemd en verontrustend voor hem, hoewel zijn moeder dergelijke sociale bijeenkomsten wel eens had beschreven. Het leek wel alsof zij een buitengewoon vermogen had om te zien wat voor anderen onzichtbaar was. Of misschien was ze gewoon beter in het negeren van wat anderen verblindde of een rad voor ogen draaide. Dit was wat zijn moeder de 'sociale oorlogsvoering' van de Dasati had genoemd.

Zoals Hirea had voorspeld, gedroegen de meesten van zijn medestudenten zich als tavaks, behalve Seeleth, die zich net als Valko had teruggetrokken in een hoekje van de ruimte om te observeren.

Verschillende vrouwen hadden al toenadering tot hem gezocht: jonge dochters van lagere strijders, en ook een opmerkelijk mooie dochter van een Mindere Voorziener die zich specialiseerde in de groothandel van wapens en wapenrusting. Haar vader was voor zover Valko kon bepalen een insect, maar wel een erg succesvol insect. En zijn dochter was buitengewoon aantrekkelijk en gebruikte haar schoonheid als een stormram tegen een stadspoort. Valko twijfelde er niet aan dat verschillende van zijn dommere medestrijders met genoeg wijn op zouden vechten om haar, misschien zelfs bloed zouden vergieten. Valko keek naar de manier waarop ze bewoog, de manier waarop haar verder heel fatsoenlijke kleding suggestief elke ronding van haar lichaam volgde, en de manier waarop ze glimlachte. Hij vermoedde dat ze met afstand de gevaarlijkste persoon in het vertrek was.

Hij overwoog wat Hirea eerder had gezegd over de relaties tussen families en clans, huizen en dynastieën, en dacht aan wat zijn moeder hem had geleerd. Wat zij zei, was in tegenspraak met de conventionele wijsheid: dat paren met de dochter van een lagere strijder niet noodzakelijk een slechte zaak was, als er uit die copulatie een succesvolle nakomeling voortkwam die die strijder en zijn familie aan jou zou binden als vazal. Je 'omhoog' voortplanten was niet de enige weg naar het succes, had ze hem geleerd. Ook als je je 'omlaag' voortplantte, kon je een brede fundering veiligstellen en je verzekeren van vele zwaarden voor elke zaak die je oppakte.

In feite, zo dacht hij terwijl hij rondkeek in de zaal, leek er hier niet veel kans om zich omhoog te fokken. Slechts één jonge vrouw scheen aan Hirea's vereisten te voldoen, en zij werd omgeven door vijf van zijn medestudenten.

Seeleth kwam naar hem toe. 'Wil je niet copuleren vanavond, broer?'

Valko keek hem zijdelings aan en schudde zijn hoofd. Hij zag dat Seeleth ervoor had gekozen het embleem van Remalu op zijn wapenrusting te dragen. Dat was niet verboden, en Valko had het embleem van de Camareen of de Sadharin kunnen dragen. Dat had hij niet gedaan. Maar het was vreemd dat Seeleth zijn genootschapsembleem had gekozen in plaats van zijn familie-embleem, dat hij in plaats van zijn familie de relaties van zijn vader bekendmaakte. Valko kwam in de verleiding ernaar te vragen, maar net als bij alle andere dingen die Seeleth betroffen, dacht hij dat zwijgen beter was. Valko had geconcludeerd dat de kans op een voordelige paring klein was, en hij dacht dat Hirea dit wist. De oude strijder stond bij de tafel van zijn gastheer en luisterde naar de gesprekken daar, maar zijn ogen gingen constant naar zijn pupillen in de zaal en beoordeelden hun gedrag.

Valko wist dat zijn kameraden in de loop van de avond dronken zouden worden en domme keuzes zouden maken. Wat hij niet wist, was of dit ook eigenlijk van ze verwacht werd en hij hetzelfde zou moeten doen, of dat hij het moest zien te vermijden. Aan de ene kant wilde hij zijn tijd en energie niet verspillen aan iets waar hij niets aan had, maar aan de andere kant dacht hij aan Hirea's waarschuwing dat hij niet te veel mocht opvallen.

Terwijl hij die keus afwoog, vroeg hij aan Seeleth: 'En zoek jij geen partner, "broer"?'

Seeleth grijnsde als een hongerige zarkis. 'Er is hier eerlijk gezegd niemand die mijn aandacht waard is, denk je ook niet?'

Valko keek hem schuins aan en richtte zijn aandacht toen weer op de zaal. Zijn beslissing was genomen. 'Misschien die vrouw die met Tokam staat te praten.'

'Waarom? Haar vader is een lagere ridder.'

'Maar haar moeder is de jongere zus van iemand die hoog in de Bloedwacht staat, namelijk van Unkarlin.' Voordat Seeleth iets kon zeggen, liep Valko weg en beende doelgericht op de vrouw af. Ze was aantrekkelijk, en hij voelde zijn hartslag toenemen bij de gedachte dat hij met haar zou kunnen copuleren of met Tokam om haar zou kunnen vechten. Hij wist dat hij geen van beide zou doen, maar door belangstelling te tonen, gedroeg hij zich voorspelbaar genoeg om eventueel wantrouwen bij iemand die hem in de gaten hield te voorkomen. En zo verspilde hij ook niet zijn tijd aan een vrouw die eigenlijk niet de ideale positie had en dus uiteindelijk toch zonde van de moeite was.

Hij wierp een blik op Hirea en zag dat de oude strijder toekeek hoe hij de twee naderde, die op zachte toon diep in gesprek leken te zijn. Zag Valko goedkeuring in de ogen van de oude man? Hij besloot dat ze dat gesprek onder vier ogen snel moesten hebben.

Tad verplaatste voortdurend zijn gewicht, Zane keek met grote ogen om zich heen en Jommy grijnsde. De ontvangst in het paleis was zeker niet 'bescheiden' in de ogen van de jongens.

Minstens tweehonderd hovelingen hadden zich opgesteld aan weerszijden van de lange loper naar de troon, en langs de muren stonden twee dozijn koninklijke wachters, de Eerste Dragonders, in de houding. Ze waren gekleed in een ronde witte bontmuts met een zwarte sjaal vanaf de punt tot op de linkerschouder, een roomkleurige jas met rode zomen en een zwarte broek met rechte pijpen in kniehoge zwarte laarzen.

De jongens waren ook uitgedost in hun beste kleding, die ze snel hadden moeten kopen toen ze de uitnodiging van het paleis hadden ontvangen. De monniken waren niet blij met deze verstoring van hun ordelijke schema, maar zelfs de Hogepriester van La-Timsa kon een koninklijk bevel niet negeren.

Vooral Jommy paradeerde rond als een bantamhaan, met zijn eerste echt mooie jas van groen ribfluweel met gouden knopen, een hemd van wit linnen met ruches aan de voorkant – dat Tad belachelijk vond, maar dat nu mode was in Roldem – een strakke zwarte broek en enkellaarzen.

Zane vond die laarzen niks, want wat hem betrof waren ze nutteloos voor alles waarvoor je echte laarzen nodig had en toch lang niet zo comfortabel als sandalen.

Nu stonden de jongens te wachten tot ze werden voorgesteld aan de koning van Roldem.

Servan kwam naast Jommy staan en fluisterde: 'Dit krijg je ervan als je het leven van een prins redt.'

'Als je me had gewaarschuwd,' zei Jommy zonder zijn grijns te verliezen, 'dan had ik dat onderkruipsel daarboven laten zitten.' Servan glimlachte en wendde zijn blik af.

Hij en Jommy waren geen vrienden geworden, maar ze waren wel tot een soort verstandhouding gekomen. Servan en Godfrey deden beschaafd tegen de drie jongens van Tovenaarseiland, en Jommy sloeg hen niet meer.

De koninklijke Ceremoniemeester stampte op de vloer met een zware houten staf en het werd stil in de zaal. 'Uwe Majesteiten!' kondigde hij aan, 'mijne dames en heren en alle andere aanwezigen! Heer Jommy, heer Tad en heer Zane van het koninklijk huis van Kesh!'

'"Heer"?' vroeg Tad. 'Sinds wanneer?'

'Nou, ze moesten toch iets verzinnen om jullie belangrijk te laten klinken,' fluisterde Servan. 'Loop nu naar de koning toe, maak een buiging zoals ik je heb voorgedaan, en zorg dat je niet struikelt!'

De drie jongens liepen over de loper naar de aangewezen plek, zes passen voor de tronen, en maakten de buiging die hun was voorgedaan. Op de tronen zaten koning Carol en koningin Gertrude. Naast de koningin stond een meisje dat niet ouder was dan acht of negen, prinses Stephané, en rechts van de koning stonden drie zonen: kroonprins Constantine, een jongen die bijna even oud was als de drie jongens van Tovenaarseiland; prins Albér, twee jaar ouder dan Constantine; en natuurlijk prins Grandy, die grijnsde naar zijn vrienden. Constantine en Albér droegen uniformen van de Koninklijke Marine, terwijl Grandy een eenvoudige tuniek droeg, als je die al eenvoudig kon noemen met al dat gouddraad en de diamanten knopen.

De koning glimlachte. 'We zijn jullie veel verschuldigd, mijn jonge vrienden, voor het redden van het leven van onze jongste zoon.'

De drie hadden gehoord dat ze niet mochten spreken als hun niets werd gevraagd, maar Jommy kon zich niet beheersen. 'Ik wil niets afdoen aan de eer, Majesteit, maar uw zoon was echt niet in zulk groot gevaar; hij is een ondernemende jongen die voor zichzelf kan zorgen. Hij zat alleen in een wat onhandige positie.'

Even werd het stil in de zaal, maar toen lachte de koning. Grandy rolde met zijn ogen, maar grijnsde naar zijn klasgenoot.

'Hoezeer het ons ook verheugt dat onze jongste zoon voor zichzelf kan zorgen, zoals jij dat zegt, we weten door wat ons verteld is dat zijn leven wel degelijk in gevaar was. En dat jullie jezelf bovendien aan nog groter gevaar hebben blootgesteld om hem te redden. Daarom is het ons een genoegen jullie te belonen met het volgende.' Hij wenkte zijn Ceremoniemeester, die naar voren stapte.

'Laat in het gehele rijk van Roldem bekend zijn,' riep de

Ceremoniemeester, 'dat deze drie mannen vanaf heden de titel Ridder van het Koninklijk Hof voeren, met alle privileges en eer die bij die rang behoren, en dat zij de dankbaarheid van het hof genieten vanwege hun heldhaftige redding van onze geliefde zoon Grandprey. Bovendien zullen zij de titel Ridder van het Koninklijk Hof hun levenlang behouden. Zo is vandaag per koninklijk besluit bepaald.'

'Grandprey?' fluisterde Tad.

Zane keek naar de jongen, die met zijn ogen rolde om aan te geven dat hij die naam niet zelf had uitgezocht; dat had zijn moeder gedaan.

De jongens deden er het zwijgen toe terwijl het hof beleefd applaudisseerde. De koninklijke familie scheen hun warmte en dankbaarheid echter oprecht te menen, en Jommy nam aan dat Grandy dus een kleurrijk verhaal had verteld over hun heldendaden op de berg.

De koning stond op, liep de drie treden af en kwam voor de jongens staan, terwijl een page in koninklijk livrei aan zijn zijde verscheen met een groot dienblad. Het dienblad was bekleed met wit fluweel, en daarop lagen drie gouden pinnen met het koninklijk zegel van het land erop. De koning pakte de pinnen van het blad, bevestigde die persoonlijk op de kraag van de drie jongens en stapte toen achteruit.

Jommy keek naar Servan. De jongeman gebaarde dat hij moest buigen, dus deed Jommy dat, meteen gevolgd door Tad en Zane.

De koning liep terug naar zijn troon en zei: 'Er begint een receptie zodra het hof vandaag sluit.'

Servan wenkte de jongens terug. Ze maakten een buiging en stapten achteruit, draaiden zich om en liepen naar de uitgang van de zaal.

Eenmaal buiten kwamen Servan en Godfrey naar hen toe en zei Servan: 'Nou, dat ging goed. Je bent niet gestruikeld, hoewel het nogal moeilijk voor je is om je mond te houden, hè?'

Jommy had het fatsoen om beschaamd te kijken. 'Ja, dat weet ik, maar het was ook echt niet zo'n lastige situatie, en jij hebt veel meer risico genomen om mij te redden dan ik om Grandy te redden. Ze hadden jou die eer moeten geven.'

Servan haalde zijn schouders op. 'Nou, ik zal je niet tegenspreken, maar weet je, ze geven meestal geen eretitels voor het redden van koppige boerenjongens. Bovendien bén ik al een Ridder van het Hof.'

'Waar ging dat eigenlijk allemaal om?' vroeg Zane.

Godfrey legde het uit. 'Wat het betekent, is dat jullie ridders zijn tot aan jullie dood, maar je kunt je titel niet doorgeven aan je zoons. Dat zijn gewoon boeren, net zoals jullie.'

Zane rolde met zijn ogen. 'Best.'

Tad lachte. Hun relatie met Godfrey was ook overgegaan in een soort waakzame tolerantie die op vriendschap begon te lijken.

'Kom mee,' zei Servan. 'Jullie moeten op de receptie zijn voordat de koninklijke familie arriveert. Probeer niet met wijn op je nieuwe kleren te knoeien. De goden weten wanneer jullie weer de kans krijgen zulke mooie kleding te dragen.'

Jommy sloeg in een half speels gebaar op Servans schouder, net hard genoeg zodat Servans knieën heel lichtjes knikten. 'Je bent een onuitstaanbare kwast. En net toen ik begon te denken dat je wel een uitstáánbare kwast was.'

Tad, Zane en Godfrey barstten in lachen uit.

Ze liepen de koninklijke receptiezaal binnen, een ruimte met een gewelfd plafond en glazen wanden van beneden tot boven, waardoor de felle middagzon naar binnen scheen. Het hof was aanwezig, en Jommy gaf Tad en Zane een por toen hij zag hoeveel mooie meisjes er waren.

'Meisjes!' zei Zane enthousiast. Enkele edelen in de buurt hoorden hem, wat aanleiding gaf tot een paar vreemde blikken en geamuseerde gezichten.

'Gedraag je,' zei Godfrey. 'Dit zijn de beste dochters van het koninkrijk, en jullie zijn slecht opgeleide lomperiken.'

'Je bedoelt slecht opgeleide lomperik-rídders,' zei Tad. 'En wie heeft jou eigenlijk gisteren voor dat tentamen geometrie helpen slagen?'

Godfrey keek licht beschaamd. 'Goed dan. Jullie zijn goed opgeleide lomperiken.'

'Goed opgeleide lomperik-rídders,' corrigeerde Jommy.

Ze staakten hun grollen toen ze op hun plek aankwamen, het midden van een cirkel van grote ronde tafels, allemaal al gedekt. Bedienden wachtten in de buurt om ervoor te zorgen dat de adel van Roldem en de geëerde gasten niet werkelijk hun eigen eten en drinken hoefden te pakken.

De koninklijke familie kwam binnen en iedereen maakte buigingen. Toen de koning bij de drie eregasten aankwam, gebaarde hij naar de Ceremoniemeester, die met zijn staf op de stenen vloer bonkte. 'Het is Hunne Koninklijke Hoogheden een genoegen u te verwelkomen!'

Meteen begonnen bedienden borden vol te scheppen en bekers te vullen. De jongens was opgedragen niet te eten of te drinken als ze in gesprek waren met de koning. Tad en Jommy wachtten, terwijl Zane met nauwelijks verholen schrik toekeek hoe de hoeveelheden voedsel op de tafels snel slonken.

'Je bescheidenheid siert je, jongeman,' zei de koning tegen Jommy, 'maar je moet nooit een koning in het openbaar tegenspreken als hij beloningen uitdeelt.'

Jommy bloosde. 'Mijn nederigste verontschuldigingen, Majesteit.'

De koning gebaarde en er verscheen een page met een dienblad, met daarop drie buideltjes. 'Bij de posities die jullie zijn verleend, behoren wat kleine landgoederen waarvan jullie een jaarlijkse toelage ontvangen. Dit is jullie betaling voor dit jaar.'

Hij keek vragend naar een hoveling die in de buurt stond, en de man zei: 'Honderd soevereinen, Majesteit.'

De koning knikte, pakte een buideltje op en gaf dat aan Jommy, toen de andere twee aan Tad en Zane. 'Jullie jaarlijkse toelage kunnen jullie elk jaar op deze dag ophalen bij de koninklijke schatkist.'

De jongens waren sprakeloos. Honderd Roldeemse soevereinen waren zeker meer dan driehonderd gewone goudstukken waard in het Dromendal, waar ze waren opgegroeid. Het was een inkomen zoals Miller Hodover in Sterrewerf had, en dat was de rijkste man die Tad en Zane ooit hadden ontmoet. Jommy had helemaal nooit iemand ontmoet die zoveel verdiende. Op dat moment dachten ze alle drie hetzelfde: ze waren rijk!

'Geniet maar van de aandacht,' zei de koning. 'Vanavond gaan jullie terug naar de universiteit, en voor zover ik begrepen heb, zijn de monniken niet onder de indruk van titels en rijkdom.'

De jongens maakten een buiging en stapten achteruit, draaiden zich om en liepen de mensenmassa in. Servan en Godfrey sloten zich bij hen aan toen Grandy ook naar hen toe kwam.

'Grandprey?' vroeg Tad.

Grandy haalde zijn schouders op. 'Zo heette de opa van mijn moeder. Mij is niks gevraagd.'

Jommy maakte een theatrale buiging. 'Uwe hoogheid.'

'Heer Jommy,' grapte Grandy.

'Over namen gesproken,' zei Servan, 'wat is "Jommy" eigenlijk voor naam?'

Jommy haalde zijn schouders op. 'Eigenlijk een grapje. Mijn echte naam is Jonathan, maar mijn broer kon dat niet zeggen toen hij klein was, dus noemde hij me "Jommy". Dat is blijven hangen; niemand noemt me Jonathan.'

Er werd voedsel aangedragen door pages, en de jongemannen hielpen zichzelf aan een bord vol en een beker bier. 'Geniet ervan,' zei Servan. 'Bij zonsondergang zijn we weer overgeleverd aan de tedere zorgen van de broeders van La-Timsa.'

'Ja,' zei Tad glimlachend, 'maar tot die tijd hebben we eten, drinken en mooie meisjes om mee te flirten.'

Jommy's hoofd kwam omhoog als dat van een geschrokken hert. 'Meisjes!' zei hij terwijl hij de zaal rondkeek. 'Verdomd, en nu ben ik ridder!'

De andere vijf jongens lachten. Jommy grijnsde en zei: 'Tot vanochtend was ik een boerenjongen zonder titel, maar nu ben ik een knappe jonge ridder met vooruitzichten, en toevallig een goede vriend van een koninklijke prins. Als jullie schurken me nu willen verontschuldigen; ik ga kijken op hoeveel meisjes ik indruk kan maken voor we weer naar de universiteit worden gesleept.'

'Dat is "heer Schurk" voor jou,' zei Tad, maar hij gaf zijn nauwelijks aangeroerde bord aan een langskomende page.

Zane begon zijn eten op te schrokken en zei met volle mond: 'Ik haal jullie zo wel in!'

Toen Zane zijn bord leeg had, haastte hij zich achter zijn pleegbroers aan. Godfrey keek Grandy en Servan aan. 'Mogen de goden de dochters van Roldem behoeden.'

Servan grinnikte. 'Je kent die meisjes al heel je leven, Godfrey. Heb liever medelijden met die jongens.'

Grandy barstte in lachen uit.

ᴅᴇ ᴡɪᴛᴛᴇ

Valko stak zijn zwaard in de lucht.
Vanaf de borstwering van het familiekasteel verderop
beantwoorde zijn vader zijn saluut en verwelkomde
een overlevende zoon terug van zijn opleiding. Hirea reed naast
Valko. Nu de opleiding voltooid was, had hij eenvoudig aan de
zoon van de Camareen meegedeeld dat hij met hem mee zou
reizen naar het landgoed van zijn vader, en dan door zou rijden
naar zijn eigen huis in Talidan, een dorp dat dichter bij de bergen in het oosten lag. Op gepaste afstand achter hen reden
Hirea's twee assistenten. Tijdens hun rit samen had Hirea gezegd: 'Het is tijd voor klare taal, jonge Valko.'

'Dat gesprek waar je het die middag op het oefenterrein over
had,' zei de jonge strijder, 'dat gesprek waar ik tevergeefs op heb
gewacht?'

'Dat is de aard van de tijd en de omstandigheden,' antwoordde de oude leermeester. 'Ik heb weinig te zeggen, en je vader zal
je uitgebreider inlichten. Laat me je voorlopig vertellen dat je
moeder dingen voor je verborgen heeft gehouden om te voorkomen dat je haar of jezelf zou verraden. Ik heb haar ontmoet,
en ze is een opmerkelijke vrouw. Dit is wat je moet weten: alles
wat je moeder je heeft geleerd, is waar; alles wat je hebt gezien
sinds je uit het Schuilgaan kwam, is vals.'

Valko draaide abrupt zijn hoofd om en staarde de oude man
aan. 'Wat...?'

'De bloeddorst die we soms voelen, de neiging om jongelin-

228

gen te doden, dat is allemaal vals. Dat alles is ons opgedrongen, maar het is niet het ware gebruik van de Dasati.'

Valko's mond hing open. Geen wonder dat de oude strijder hem dit niet in het openbaar kon vertellen. Zijn hart ging tekeer.

'Je vader zal je binnenkort meer vertellen. Spreek met niemand over wat ik heb gezegd, en stel me geen vragen,' zei de oude leermeester. 'Hier scheiden onze wegen, maar geloof me als ik je zeg dat de komende dag cruciaal is voor je overleven. Als we elkaar weer ontmoeten, zul je begrijpen waarom ik zo vaag ben geweest.' Hij wuifde een keer naar het kasteel in de verte, een saluut aan Valko's vader, draaide toen zijn varnin van de weg naar het kasteel af en wenkte zijn twee assistenten hem te volgen, zodat Valko alleen achterbleef.

Valko keek hen onthutst na. Hij dacht aan de onheilspellende dingen die Hirea had gezegd, *De komende dag is cruciaal voor je overleven*, en vroeg zich af wat dat betekende. Een terugkerende zoon, beproefd en geheel opgeleid, kon zeker gevaarlijk zijn voor zijn vader, en Valko was waarschijnlijk een gevaarlijker tegenstander dan zijn vader in jaren tegenover zich had gehad, maar hij wist ook dat zijn vader waarschijnlijk de gevaarlijkste vijand was die hij in de nabije toekomst zou hebben. Hirea was dan misschien een goede leermeester, maar zijn hoogtijdagen waren voorbij; Aruke daarentegen was nog steeds een zwaardvechter die respect afdwong.

Valko reed rustig verder, omdat hij niet te gretig wilde lijken. Hij bereikte de ingang van het kasteel en zag dat beide poorten wijd open waren gezet voor zijn terugkeer. Hij waardeerde het gebaar. Meestal werd er maar één deur opengedaan voor een enkele ruiter.

Op het binnenplein van het kasteel zag hij zijn vader op het balkon staan en op hem neerkijken. Een Mindere, de opziener van zijn vader, naderde met neergeslagen ogen en zei: 'Meester Valko, uw vader wil graag dat u zich terugtrekt om te rusten. Hij ontvangt u in zijn privévertrek nadat u hebt gegeten.'

Valko steeg af en vroeg: 'Eet ik vanavond niet samen met hem?'

'Nee, meester,' zei de man met een lichte grimas, alsof hij straf verwachtte omdat hij mogelijk slecht nieuws bracht. 'Hij heeft andere verplichtingen, maar wil u graag zien zodra de omstandigheden dat toelaten. Er zal voedsel naar uw kamer worden gebracht.'

Valko besloot de bediende er niet verder mee lastig te vallen. Hij had geen zin om alleen te eten: door zijn tijd samen met de andere negen strijders in opleiding was hij prijs gaan stellen op gezelschap, iets wat hij het grootste deel van zijn jeugd niet had gehad.

Hij liet de Minderen zijn rijdier meenemen en liep langzaam het kasteel van zijn vader in. Net als bij alles wat Dasati was, was aan de architectuurstijl te zien dat groter hier sterker betekende. Hij besefte dat er jarenlang was bijgebouwd en dat de buitenmuur was verbreed om extra woningen voor assistenten en Minderen te creëren, en onderkomens voor de andere ruiters van de Sadharin als die hier waren, waardoor er nu een moeilijk te verdedigen positie was ontstaan. Toen hij door de grote dubbele deuren liep die het plein beneden domineerden, besefte hij dat hij minstens drie goede plannen kon verzinnen om zijn vaders landgoed te bestormen of belegeren.

Zodra hij hier regeerde, zou hij het tot zijn eerste taak maken om die onvolkomenheden en tekortkomingen in het ontwerp te corrigeren.

Valko liep door de enorme gangen en overal zag hij niets dan traditionele zaken: hoge, onelegante pilaren, gladde muren met precies passende stenen zonder schutsbressen die zich uitstrekten zover het oog reikte, wat betekende dat er vele blinde plekken langs de muren waren. Het zou geenszins makkelijk zijn om dit oude kasteel te veroveren, maar het was verre van onmogelijk. Terwijl hij de trap naar de familiekamers beklom, besloot hij dat het het beste zou zijn om gewoon meer wachtposten en uitkijkposten op strategische plekken op de muren te stationeren.

Valko kwam bij zijn eigen vertrekken aan en vroeg zich af of elke zoon het kasteel van zijn vader zag als zowel een toevluchtsoord als een buit die hij moest zien te bemachtigen. Hij duwde de deur open en zag dat zijn vader zijn kamers opnieuw had laten inrichten. Het eenvoudige bed waar hij de vorige keer in had geslapen, was vervangen door een groot bed, vol gestapeld met bontvellen, dat de kamer domineerde. Waar een eenvoudige kast had gestaan voor zijn wapenrusting, stonden nu een sierlijk bewerkte zwarthouten kist en een pop waarop hij zijn wapenrusting kon hangen. Felgekleurde kleden hingen aan de muren om voor warmte voor het lichaam en het oog te zorgen.

Minderen haastten zich om de jonge strijder te helpen zijn wapenrusting af te leggen, en anderen droegen een groot bad naar binnen. Hij trok snel zijn wapenrusting uit toen hij besefte dat hij spierpijn had, moe was en behoefte had aan een bad.

Toen hij zich in het warme water had laten zakken, begonnen bedienden meteen zoet geurende oliën in zijn haren te wrijven en zijn lichaam te wassen met zachte doeken. Valko was nog nooit van zijn leven zo behandeld en wist niet goed hoe hij moest reageren.

Nadat hij in bad was geweest, kon hij kiezen uit vele prachtige badmantels, en hij koos een donkerblauwe met witte biezen en abstracte vormen in gouddraad die hij heel mooi vond.

De badkuip werd naar buiten gedragen, waarop vier andere mannelijke Minderen een grote tafel binnendroegen met een keur aan voedsel, wijn en bier erop.

Valko was uitgehongerd na de lange rit en viel er meteen op aan. Terwijl hij at, trokken de bedienden zich terug, op eentje na: een jonge vrouw die opmerkelijk mooi was en die zwijgend en geduldig toekeek. Na een tijdje zei ze zachtjes: 'Ik ben hier voor het genoegen van de jonge heer. Er is me opgedragen me niet bekend te maken aan getuigen zodat, mocht ik in verwachting raken, het kind geen recht zal hebben om verwantschap op te eisen.'

Valko keek de jonge vrouw onderzoekend aan en besefte dat, hoe graag hij ook met haar wilde copuleren, hij het vreemde gedrag van zijn vader en Hirea's waarschuwing niet uit zijn gedachten kon zetten. Uiteindelijk zei hij: 'Niet vanavond... Hoe heet je?'

'Naila, heer.'

'Misschien laat ik je morgenavond halen, maar nu heb ik rust nodig.'

'Zoals de jonge heer wenst.' Ze maakte een buiging en vroeg: 'Wilt u dat ik vertrek, of hebt u liever dat ik blijf?'

'Blijf tot ik klaar ben met eten en vertel me over de huishouding van mijn vader. Wat is er gebeurd tijdens mijn afwezigheid?'

'Ik weet zeker dat anderen u dat beter kunnen vertellen dan ik.'

'Daar twijfel ik niet aan,' zei Valko, die met een klopje van zijn hand aangaf dat het meisje naast hem moest komen zitten. 'Maar tot die tijd luister ik liever naar jou. Je hebt toch ogen om te zien en oren om te horen? Wat heb je gezien terwijl ik weg was?'

De Mindere wist niet helemaal zeker hoe ze moest antwoorden, dus begon ze een lange lijst op te sommen van kasteelroddels, geruchten en speculatie, het meeste ervan slaapverwekkend en saai. Maar af en toe zei ze iets wat zijn belangstelling wekte, en na een paar vragen kwam ze met enkele nuttige feiten.

Al met al, besloot hij, was dit een veel zinnigere tijdsbesteding dan copuleren. Hij negeerde het verlangen in zijn lichaam om het meisje te bezitten en bleef haar tot laat in de nacht vragen stellen, lang nadat hij klaar was met eten.

Midden in de nacht werd er aangeklopt. Jommy was als eerste wakker toen de deur openging en broeder Kynan binnenkwam. 'Kleed je aan en hou je mond,' droeg hij de drie jongemannen op.

Jommy keek naar Servan, die zijn schouders ophaalde. Godfrey knipperde met zijn ogen als iemand die bijkwam uit een verdoving.

Tegen de tijd dat ze aangekleed waren, troffen ze Tad, Zane en Grandy aan, die zwijgend op de gang stonden te wachten onder het toeziend oog van de monnik. Kynan legde een vinger op zijn lippen en gebaarde dat de zes studenten hem moesten volgen.

Ze kwamen zonder een woord te zeggen op hun bestemming aan, het kantoor van de Proctor, maar eenmaal binnen kon Godfrey zich niet meer inhouden. 'Hoe laat is het?' fluisterde hij naar Servan.

Servan zette waarschuwend grote ogen op, maar een stem vanuit de donkere kamer zei: 'Een uur na middernacht, geloof ik.'

Vader Elias opende een lantaarn met een luikje ervoor en liet zich zien. Hij zat achter het bureau van de Proctor. 'Wacht buiten, broeder, alstublieft,' zei hij tegen broeder Kynan.

Kynan knikte en verliet de kamer.

De Abt stond op en zei: 'Ik heb gehoord dat jullie zes je ruzie hebben bijgelegd. Is dat waar?'

Jommy keek Servan aan en knikte toen eenmaal, en Servan antwoordde: 'Ja, vader. We hebben een... regeling getroffen.'

'Mooi. Ik hoopte op vriendschap, maar ik neem genoegen met een respectvolle wapenstilstand. Jullie zijn hierheen gehaald zodat ik afscheid kan nemen.'

De jongens keken elkaar aan en Jommy vroeg: 'Vader, gaat u weg?'

'Nee, jullie gaan weg,' zei de Abt. 'Er zijn dingen die ik jullie niet mag vertellen, maar dit kan ik nu wel zeggen: jullie zes zijn ridders van het Roldeemse Hof, en als zodanig hebben jullie bepaalde plichten, net zoals er privileges bij jullie rang horen. Jullie zijn tevens zes begaafde jongemannen met een mooie toekomst.'

Tegen Grandy zei hij: 'Vooral u, mijn prins, hebt een grotere verantwoordelijkheid en een hogere plicht.'

Jommy begon ongemakkelijk te kijken en dat ontging de Abt niet. Hij glimlachte. 'Geen angst, jonge Jonathan. Ik heb gesprekken gehad met Turgan Bey over uw toekomst. Hij heeft ingestemd met jullie volgende opdracht.'

Bij het woord 'opdracht' spanden Jommy, Tad en Zane meteen hun spieren. De Abt had niet met zoveel woorden gezegd dat die instructies van het Conclaaf kwamen, maar dat hoefde ook niet.

'Jullie gaan een tijdje het leger in.'

De studenten vertoonden verschillende gradaties van ongeloof.

'Het leger?' vroeg Grandy.

'Uw vader heeft al twee zoons bij de marine, jonge prins. Roldem heeft evenzeer behoefte aan generaals als aan admiraals, en u hebt het goed gedaan.' Tegen Jommy, Tad en Zane zei hij: 'Jullie drie hebben bijzonder goed werk verricht in jullie korte tijd hier, ondanks jullie gebrek aan vooropleiding.

We hoefden jullie niet in geleerden te veranderen, we moesten alleen zorgen dat jullie ons wat verfijnder verlieten dan toen jullie aankwamen. Jullie tijd in het leger maakt deel uit van jullie voortgezette opleiding. Daar zullen jullie leren denken als militairen en leiderschap leren herkennen.

Met dat doel worden jullie allemaal junior-luitenanten in het Eerste Leger, de Koninklijke Wacht. Er staat buiten een wagen te wachten om jullie naar de haven te brengen, waar een schip klaarligt om jullie naar Inaska te brengen. Schijnbaar is een of andere roofbaron of iemand anders van Bardacs Houvast Aranor binnengevallen om misbruik te maken van de nogal chaotische situatie daar sinds we Olasko in het koninkrijk hebben ingelijfd.

Jullie zullen prima jonge officieren worden en gaan generaal Bertrand helpen die schurken terug de grens over te drijven.' Hij boog zijn hoofd. 'Moge La-Timsa jullie behoeden. Lang leve Roldem.'

'Lang leve Roldem,' antwoordden Servan, Godfrey en Grandy, even later zwakjes bijgestaan door de drie jongens van Tovenaarseiland.

Buiten wachtte broeder Kynan op hen. Hij ging hen door de gang voor naar het stalerf, waar een wagen stond.

'En onze spullen dan?' vroeg Servan.

'Jullie worden voorzien van alles wat je nodig hebt,' antwoordde de onverstoorbare monnik, en toen de zes jongens op de wagen zaten, gebaarde hij naar de menner dat hij kon vertrekken.

Puc schrok wakker in het kleine kamertje achter Kastors winkel. Er was iets veranderd... Iets buiten? Hij hoorde geen geluiden waarvan hij wakker zou kunnen zijn geworden. Het was donker en niemand anders bewoog zich, hoewel Bek af en toe woelde in zijn slaap vanwege dromen die hij zich later nooit kon herinneren.

Toen besefte Puc dat dat andere wat hij voelde niet van buiten kwam, maar van binnen. Van binnen in zichzelf. Híj was veranderd. Hij stond op, liep naar het raam en keek naar buiten.

Plotseling zag hij deze wereld zoals een Dasati die zou zien! Puc had geen woorden om te beschrijven wat hij zag. Hij zag kleuren die buiten het spectrum van violet en rood lagen, glinsterende energieën die nu zichtbaar waren; het was adembenemend.

In de nachthemel zag hij sterren die menselijke ogen niet zouden kunnen zien, hun aanwezigheid onthuld door energieën die een mens van Midkemia niet kon begrijpen. Ze gaven geen licht maar hij kon hun warmte zien, op een onpeilbaar grote afstand.

Plotseling zei een stem achter hem: 'Ongelooflijk, hè?'

Puc had niet gehoord dat Ralan Bek zich had bewogen, laat staan dat hij wakker was geworden en naast hem was komen staan. Het verontruste Puc dat hij de aanwezigheid van de jongeman niet meer kon bespeuren. Hij hield zijn verbazing verborgen en zei: 'Ja, het is onvoorstelbaar.'

'Ik ga niet terug,' zei de jonge strijder.

'Waar naartoe?'

'Naar onze wereld, naar Midkemia. Ik... hoor daar niet.'

'Hoor je dan hier?'

Bek zei een tijdje niets, staarde op naar de hemel, maar antwoordde uiteindelijk: 'Nee. Ook niet hier. Ik hoor op de volgende plek, waar we naartoe gaan.'

'Hoe weet je dat?' vroeg Puc.

'Geen idee,' antwoordde Bek. 'Ik weet het gewoon.'

Puc zweeg. Hij keek nog een tijdje naar Bek die opstaarde naar de hemel, en keerde toen terug naar zijn slaapvlonder. Terwijl hij daar in het donker lag en Bek uit het raam keek, had Puc zijn bedenkingen over zijn eigen waanzinnige plan. Hij wist dat het zijn eigen plan was, want die boodschappen waren allemaal in zijn eigen handschrift geschreven, en in bijna vijftig jaar tijd had hij zichzelf nooit slecht advies gegeven.

Af en toe vroeg hij zich af waarom hij zo'n cryptische stijl gebruikte, waarom hij zo weinig informatie verstrekte en alleen maar simpele opmerkingen of instructies opschreef. Hij wist dat hij in de toekomst ongetwijfeld een goede reden zou hebben om cryptisch te zijn, ook al frustreerde het hem nu... maar hij voelde de neiging om hardop te kreunen. Tijdparadoxen maakten hem duizelig.

Hij bleef tot het ochtendgloren in bed liggen worstelen met honderd verschillende twijfels en nog honderd andere geestelijke demonen.

Valko werd wakker. Iemand zei iets, op zachte toon en zonder dreiging. Hij draaide zich om en ontdekte dat het Naila was. Ze was niet van zijn zijde geweken maar had met hem gepraat, was naast hem gaan liggen toen hij in slaap viel en had hem vastgehouden zoals zijn moeder altijd deed toen hij nog klein was. Hij had het een verrassend fijne en geruststellende ervaring gevonden. 'Uw vader vraagt naar u,' zei ze zachtjes.

Hij trok zijn mantel aan en volgde haar, tot ze bleef staan voor de deur naar de privékamer van zijn vader. Ze klopte eenmaal aan en haastte zich toen, zonder toestemming van Valko te vragen, weg door de gang alsof haar dat was opgedragen.

De deur ging open, maar in plaats van zijn vader stond er een andere man. Valko's hand ging automatisch naar zijn middel, maar zijn wapenrusting en wapens hingen nog over de pop in zijn kamer: hij was dood als deze man een vijand bleek te zijn.

236

Maar de man bij de deur maakte geen dreigende gebaren. Hij wuifde Valko alleen naar binnen en zei: 'Je vader wacht op je.'

Valko wist dat hij geen andere keus had dan naar binnen te gaan. Als het voorbestemd was dat hij hier en nu zou sterven, dan kon hij niets doen om het onvermijdelijke uit te stellen.

In de kamer waren vier stoelen tegenover een enkele stoel in een halve cirkel gezet. Drie van de stoelen waren bezet, en Aruke zat in de stoel direct tegenover de apart gezette stoel. Naast hem zat een man in de kleding van een Doodspriester. Aan zijn markeringen te zien was het een man met een hoge rang. Aan de andere kant van Valko's vader zat Hirea, die heel licht glimlachte toen Valko's gezicht zijn verrassing verried. De man bij de deur kende hij niet, maar hij was net als Valko's vader als strijder gekleed in wapenrusting en met een zwaard.

'Ga zitten,' beval zijn vader, wijzend naar de lege stoel tegenover zich.

Valko deed zwijgend wat hem werd opgedragen. De andere strijder nam de overgebleven stoel en uiteindelijk sprak Aruke: 'Je staat op een kruispunt, mijn zoon.' Langzaam trok hij zijn zwaard en legde het over zijn knieën. 'Een van ons zal vanavond sterven.'

Valko sprong op uit de stoel en pakte die op, bereid om het onhandige wapen te gebruiken als het moest. De Doodspriester wuifde met zijn hand, en plotseling voelde Valko zijn kracht wegebben. Binnen een paar tellen kon hij de stoel niet meer houden en viel die uit zijn handen. Toen de Doodspriester een ander gebaar maakte, kwam Valko's kracht weer terug.

'Je kunt ons niet weerstaan, mochten we je doodwensen, jonge strijder. Maar je moet weten dat we oprecht hopen dat je in leven blijft.'

'Hoe kan dat?' vroeg Valko, die op de rugleuning van zijn stoel steunde terwijl hij wachtte tot zijn kracht weer volledig terug was. 'Mijn vader zegt dat een van ons vanavond gaat sterven. Hij kan niet bedoelen dat hij zijn leeftijd voelt en nu al naar een eerbare dood verlangt.'

'Dat is precies wat hij bedoelt,' zei de Doodspriester.

Aruke wuifde weer naar Valko dat hij moest gaan zitten, en met tegenzin nam de jonge strijder plaats. 'Wat je vanavond zult horen, is eeuwen geleden begonnen,' zei Aruke. 'Op een dag niet veel anders dan deze werd mijn overgrootvader door zijn vader naar deze zelfde kamer gehaald, waar vier mannen zaten, net zoals nu. Er werden hem dingen verteld die hij amper kon geloven, maar toen de nacht plaatsmaakte voor het ochtendgloren, leefde hij nog en geloofde hij alles wat hem geleerd was. Zo is het generaties lang gegaan, want vroeg in de geschiedenis van de Camareen ligt een geheim. Het is een geheim dat je ofwel zult bewaren in de jaren die komen gaan, of vanavond met je mee het graf in neemt.

Ik zat vele jaren geleden waar jij nu zit, net als mijn vader en zijn vader voor hem hadden gedaan. We zaten daar, we luisterden, we konden onze oren niet geloven, maar toen alles achter de rug was, gingen we het begrijpen. En toen we het begrepen, waren onze levens voor altijd veranderd.

Bovendien heeft ieder van ons, van die voorvader tot mijzelf, een eed afgelegd en is vertrokken op een reis. Mijn reis duurt nog altijd voort.'

'Reis?' vroeg Valko. 'Waarheen?'

'Naar een plek binnen in de ziel,' zei de Doodspriester.

Valko's hersens begonnen meteen op volle toeren te werken. Zijn moeder had hem gewaarschuwd dat hij niet naar Doodspriesters moest luisteren, want zij stonden na de tekarana het hoogst in de achting van de Duistere. Als zodanig konden zij elke afwijking van het geaccepteerde gedrag bestempelen als godslastering en je onmiddellijke vernietiging bevelen; hoewel zijn moeder hem ook op het hart had gedrukt dat dergelijke beschuldigingen vaak meer te maken hadden met bezittingen, rangen, een oude bloedvete of een vrouw die van voordeel was voor een bondgenootschap, en weinig met de leer.

De Doodspriester las kennelijk iets in Valko's gezichtsuitdrukking, want hij zei: 'Ik weet dat je moeder je heeft gewaarschuwd niet naar leden van onze broederschap te luisteren. Maar zet alles wat je nu denkt te weten opzij, en luister.'

238

'Hoe weet u waar mijn moeder me voor gewaarschuwd heeft?' vroeg Valko geschrokken.

Aruke lachte. 'Omdat je moeder een van ons is, en als ze kon, zou ze in de vijfde stoel zitten. Maar ze is in gedachten bij ons.'

Valko begreep het niet, maar hij wist tot in het diepst van zijn beenderen dat de komende paar minuten zijn leven in de waagschaal lag.

Aruke keek eerst naar de ene kant, toen naar de andere, en de drie mannen bij hem knikten allemaal. 'Mijn zoon, al lang voordat jij verwekt werd, zijn er zaken in gang gezet waarvoor nodig was dat zo iemand als jij werd gecreëerd.'

Valko vroeg zich af waarom zijn vader het woord 'gecreëerd' gebruikte, maar hield zijn mond.

'Net als mijn vader voor mij, ben ik opgevoed met één enkel doel, een doel waarvan ik hoop dat het vanavond wordt vervuld.' Hij zweeg, ofwel om zijn zoon de gelegenheid te geven iets te zeggen of te vragen, ofwel om gewoon zijn gedachten te ordenen. 'Je zult het begrijpen of niet, en van jouw begrip hangt ons beider toekomst af. Alles wat je weet over ons volk, de Dasati, is vals.'

Nu kon Valko zijn drang om te spreken niet meer onderdrukken. 'Vals? Hoe bedoel je? In welk opzicht?'

'In alle opzichten,' zei zijn vader.

De Doodspriester was de volgende die het woord nam. 'Ik ben vader Juwon. Als kind wist ik dat ik een roeping had die anders was dan die van de strijders. Toen ik terug was op het landgoed van mijn vader en iedereen had verslagen die hij naar me toestuurde om me te beproeven, vertrok ik, op zoek naar de dichtstbijzijnde abdij.

Daar werd ik opgeleid tot ik werd verheven tot de rang van lector, en toen tot deken. Uiteindelijk betrad ik het priesterambt, en nu ben ik Hogepriester van de Westelijke Landen. Maar vanaf het begin wist ik dat mijn roeping niet van de Duistere kwam, maar van elders.'

De haartjes in Valko's nek kwamen overeind, want hoe was het mogelijk dat deze hooggeplaatste Doodspriester zo godslasterlijk sprak? Er was behalve de Duistere geen andere bron van een roeping. Dat was wat iedereen die hij ooit gekend had altijd zei... iedereen behalve zijn moeder.

Valko zweeg.

De man in wapenrusting zei: 'Ik ben Denob van de Jadmundier. Ik ben samen met je vader en Hirea opgeleid. Wij drieën waren door het lot uitverkoren om broeders te worden, hoewel ons dat niet meteen duidelijk was.' Hij keek Hirea aan.

'Ik heb binnen in je gekeken, jonge Valko,' zei de oude leermeester, 'dieper dan je denkt. Ik heb ook je moeder gesproken, en zij vertelde me waar ik in je geest naar op zoek moest gaan. Je hebt me niet teleurgesteld.'

'Toen we vochten en ik je met blote handen versloeg, waarom dan die misleiding?' riep Valko. 'Waarom deed je alsof je mijn moeder niet kende, en vertelde je me toen dat ze een Bloedheks was?'

Hirea glimlachte. 'Heb je nagedacht over wat ik zei?'

'Ja,' zei Valko.

'En je conclusie?' vroeg de Doodspriester.

Valko zweeg een tijdje. Toen sprak hij zachtjes. 'Ik geloof dat mijn moeder inderdaad een Bloedheks is.'

'Dan heb je je eerste stap gezet,' zei zijn vader. 'Al lang voordat je moeder en ik elkaar leerden kennen en we uiteindelijk copuleerden, was bepaald dat we een buitengewoon kind zouden verwekken. Generaties van Dasati en hun nakomelingen na hen zijn gericht gekoppeld, zodat jij op een dag in die stoel zou zitten.'

'Voorspellingen en voortekenen hebben ons allemaal jaren geleden op dit pad gezet,' zei vader Juwon. Hij boog zich naar voren en keek Valko recht in de ogen – onder alle andere omstandigheden een provocatie. 'Jij bent dat buitengewone kind, en de profetie is begonnen.'

'Welke profetie?' vroeg Valko.

De Doodspriester ging achteroverzitten en begon te spreken alsof hij een vertrouwde, oude liturgie opzei. 'In het begin was er een evenwicht, en binnen in dat evenwicht bestonden alle

240

dingen. Er was plezier en pijn, hoop en wanhoop, overwinning en nederlaag, het begin en het einde, en daarin leefden alle dingen, plantten zich voort en stierven, en alles voltrok zich zoals het hoorde.

Maar op een dag begon er een strijd, en na epische veldslagen en vreselijke offers werd het evenwicht vernietigd.'

'Ik begrijp het niet,' zei Valko. 'Over welk evenwicht hebt u het?'

'Het evenwicht tussen goed en kwaad,' zei de Doodspriester.

Valko knipperde met zijn ogen. 'Die woorden zeggen me niets.'

'De woorden zijn verloren gegaan omdat de onderliggende concepten verloren zijn gegaan,' zei Aruke. 'Zeg eens: waarom denk je dat Zorgers zich met genezing bezighouden?'

Valko haalde zijn schouders op. 'Ze zijn zwak. Ze zijn...' Hij liet zijn stem wegsterven, want eigenlijk begreep hij helemaal niet waarom Zorgers kozen voor de levens die ze leidden.

'Waarom zou een intelligent wezen ervoor kiezen een leven te leiden dat hem de minachting oplevert van degenen die hij dient?' vroeg Hirea. 'Ze hadden ook Venters, Voorzieners of Bewerkstelligers kunnen worden. Maar in plaats daarvan kiezen ze een vak dat, hoewel het nuttig is, constante minachting oplevert. Waarom?'

Weer kon Valko geen reden bedenken. Hij had alleen wel diep van binnen het gevoel dat er iets niet klopte.

'Ze doorstaan wat ze doorstaan omdat het goede mensen zijn,' zei vader Juwon. 'Ze zijn goed omdat ze ervoor kiezen anderen te helpen, gewoon voor de voldoening van het genezen, het helpen, het herstellen van schade, omdat ze de behoeften van anderen boven die van zichzelf plaatsen.'

'Ik begrijp het niet,' zei Valko, maar in plaats van opstandig, klonk zijn stem zacht en peinzend, alsof hij echt wilde begrijpen wat hem werd verteld. En diep van binnen wist hij dat hij het begón te begrijpen.

'In vroeger tijden,' zei de Doodspriester, 'waren er twee drijvende krachten binnen in elke man, vrouw en kind: de impuls om te nemen wat je wenste, wat het een ander ook kostte, te zien en te grijpen, te verlangen en te doden, te leven zonder rekening te houden met anderen. In zo'n soort leven kon er geen vooruitgang zijn, geen groei, niets anders dan eindeloos bloedvergieten en strijd.'

'Maar zo is het altijd geweest,' zei Valko.

'Nee!' zei Aruke tegen zijn zoon. 'Wij vier hier zijn het levende bewijs dat het niet altijd zo is. Elk van ons is bereid zijn leven te geven voor de andere drie.'

'Maar waarom?' vroeg Valko. 'Hij is een Jadmundier.' Hij wees naar Denob. 'Hirea is van de Gesel, en hij' – Valko wees naar vader Juwon – 'is een Doodspriester. Jullie hebben geen band met elkaar, geen loyaliteit aan elkaar, geen sociale bondgenootschappen, geen pacten of verplichtingen.'

'Dat is niet waar,' antwoordde zijn vader. 'Hoewel de Gesel naast de Sadharin kan vechten, of tegen de Jadmundier, zijn wij drie als broers.'

'Dat is de andere drijvende kracht,' zei vader Juwon. 'De impuls om samen te werken, lasten te delen en elkaar te helpen; precies wat men nu minacht. Maar sommigen van ons voelen het nog altijd, anders zou niemand Zorger of Voorziener worden. Waarom zou je een leven kiezen waardoor je spot en haat over je afroept?'

Valko keek verslagen. 'Ik begrijp het niet.'

'Dat noemen ze "verlicht eigenbelang", mijn zoon,' zei Aruke. 'Daarom kunnen strijders hun verschillen terzijde schuiven en elkaar helpen, omdat het tot wederzijds voordeel is. En wij vier hier in deze kamer zijn maar enkelen van de velen die zijn gaan inzien dat ons volk verloren is geraakt zonder die tweede drijvende kracht, de impuls om voor anderen te zorgen. De enige plek in ons volk waar die impuls nog altijd puur is, is bij een moeder en haar kind. Overdenk maar eens dat je moeder al die jaren in het Schuilgaan voor je gezorgd heeft, en vraag je af waarom dat de enige tijd is waarin wij Dasati die eigenschap laten zien.'

'Maar jullie vier hebben het gevonden?' vroeg Valko.

'Wij hebben een hogere roeping,' zei Aruke. 'Wij dienen een andere meester dan de Duistere.'

'Wie dan?' riep Valko, die op het puntje van zijn stoel was gaan zitten.

'Wij dienen de Witte,' zei Aruke.

Valko was met stomheid geslagen. De Witte was een verhaaltje dat moeders vertelden om hun kinderen bang te maken. Maar deze vier mannen – drie strijders en een Doodspriester – zaten voor hem en zeiden dat ze een mythe dienden.

De stilte hield aan, tot Aruke zei: 'Je zwijgt.'

Valko koos zijn woorden zorgvuldig. 'Wat mijn moeder me boven alles heeft geleerd, is dat ik overal vraagtekens bij moet plaatsen.' Hij verschoof in zijn stoel, alsof hij het zichzelf gemakkelijker wilde maken zodat hij beter over dit moeilijke onderwerp kon nadenken. 'Tot dit moment zou ik, als je het gevraagd had, gezegd hebben wat ik aanneem dat elke strijder van de Dasati zou zeggen: de Witte is een mythe. Het is een verhaaltje dat Doodspriesters hebben bedacht om de gelovigen op het rechte pad te houden, of een fabeltje van de voorouders van de tekarana om gewicht te verlenen aan de bewering dat zijn geslacht was uitverkoren door de Duistere om het volk te beschermen tegen het felste licht. Of misschien gewoon een verhaaltje dat is overgeleverd door onze voorvaderen en dat niets betekent. Ze zeggen dat de Witte een wezen is dat de ongelovigen naar de waanzin lokt en zorgt dat de zwakke irrationele dingen doet waardoor hij opvalt, zodat alle Dasati zijn besmetting kunnen zien. Ze zeggen dat het gevaarlijk is om zelfs maar te lang over de Witte na te denken. Voor mij was de Witte altijd synoniem aan waanzin.

Tot deze avond zou ik niet hebben geloofd dat zoiets als de Witte echt bestond. Maar hier zitten jullie, en jullie zweren van wel. Dus zou ik moeten aannemen dat jullie vier waanzinnig zijn, aangezien jullie beweren iets te dienen wat alleen maar een mythe is. Maar niets wat ik in Hirea heb gezien, duidt op irrationaliteit, en in jou ook niet, vader. Dus ben ik gedwongen aan te nemen dat de Witte echt is en dat de wereld niet is zoals me is geleerd.'

Aruke leunde achterover en straalde van trots. Hij keek naar vader Juwon, die zei: 'Dat heb je goed beredeneerd, jonge Valko. Neem maar aan dat de Witte echt is. Wat denk jij dat het is?'

Valko schudde zijn hoofd. 'Ik denk dat ik dat niet eens kan raden.'

'Raad toch maar eens,' beval zijn vader.

'De Witte is geen wezen,' begon Valko langzaam. 'Anders zouden er wel meer... geloofwaardige verhalen over zijn. Getuigenissen, observaties en dergelijke. Het zou onsterfelijk moeten zijn, want de legende bestaat al eeuwen. Ik heb nog nooit gehoord van iemand die zelfs maar iemand kende die een manifestatie van de Witte heeft gezien, dus kan het geen persoon of wezen zijn.'

Vader Juwon knikte goedkeurend.

'Dus,' vervolgde Valko, 'moet het iets abstracts zijn.' Hij keek de vier mannen aan. 'Misschien een genootschap, zoals de Sadharin of de Gesel.'

Aruke knikte. 'Dat is ook zo, maar het is meer.' Hij keek Hirea aan.

'Ik heb je in de gaten gehouden, jonge Valko,' zei Hirea, 'en ik heb je zien doden, maar je schept er geen genoegen in.'

Valko haalde zijn schouders op. 'Ik... Nee. Dat doe ik ook niet. Ik voel dan...'

'Wat voel je dan?' vroeg Denob.

'Het voelt als... verspilling,' antwoordde Valko. 'Zelfs wanneer ik woest word, of ernaar honger om bloed te vergieten, dan voel ik daarna... een leegte.' Hij keek zijn vader aan. 'De jonge strijder tegen wie ik vocht op de dag van mijn beproeving, de zoon van heer Kesko... Ik heb anderen gezien die niet van hem hadden kunnen winnen op het oefenterrein. Door het toeval kwam hij tegenover mij te staan. Als hij tegen een ander had gestreden, zou hij nu dit huis en de Sadharin dienen. Er is geen voordeel, alleen maar toeval, en toeval... dat vindt uiteindelijk een evenwicht, hè?'

Vader Juwon knikte. 'Inderdaad. We raken veel prima jonge strijders kwijt aan het toeval, terwijl mindere strijders in leven blijven.'

'Het is verspilling,' herhaalde Valko.

'Het is verkeerd,' zei Aruke. 'Als je dit kunt begrijpen, dan zal ik vanavond tevreden sterven.'

'Waarom wil je vanavond sterven?' vroeg Valko. 'Waarom moet een van ons dood? Komt het door dat... geheim dat je bij je draagt? Ik kan het nauwelijks geloven, maar als jij zegt dat je de Witte dient, dan zal ik samen met jou dienen. Je hebt me nog zoveel te leren, vader, en het duurt nog vele jaren voor ik je hoofd neem.'

'Nee, je moet vanavond mijn hoofd nemen.'

'Maar waarom?'

'Zodat jij bij het ochtendgloren heer van de Camareen zult zijn. Je moet je moeder hierheen halen als voornaamste vrouw van dit huis en beginnen om zonen te verwekken. Je moeder zal de vrouwen uitkiezen die je sterke zonen met goede banden zullen bezorgen. En je moet vele dingen gaan begrijpen die ik je niet kan leren. Je moeder ook; want we staan voor een tijd van verandering, en je moet vele jaren heer van de Camareen blijven en je lot volledig gaan begrijpen.'

'Wat is mijn lot?' vroeg Valko. 'Dat ik dit moet aanhoren en... geloven?'

'Je moeder zal je alles vertellen; ze komt hier binnen twee dagen aan,' zei Aruke. 'Maar voordat ik ga, is het mijn genoegen om je te vertellen wat je moet weten. Je bouwt een bondgenootschap op dat niet meer is gezien sinds de Dagen van het Smeden. Jij of je erfgenaam moet met dat bondgenootschap over de Sterrenbrug rijden naar Omadrabar, en daar moet je iets doen wat nog nooit is gedaan in de geschiedenis van de Dasati. Je moet het hoofd van de tekarana nemen. Je moet het rijk van de Twaalf Werelden vernietigen en de Dasati redden van de Duistere.'

ḥEER VAN ƉE CAMAREEN

Aruke bereidde zich voor op zijn dood.

Valko protesteerde nog eens. 'Dit is verspillend en onnodig.'

'Je bent jong,' zei vader Juwon. 'Je bent sterk, getalenteerd en scherpzinnig voor je leeftijd, maar je bent onervaren.'

Aruke knielde voor zijn zoon neer. 'Luister naar hen. Vader Juwon zal hier blijven als je spiritueel adviseur, en Hirea en Denob komen regelmatig op bezoek. Anderen zullen zich nog aan je bekendmaken. Maar je moet eerst je moeder raadplegen, en dan vader Juwon, want zij zullen je hart en geest zijn tot je volwassen genoeg bent om je lot in vervulling te laten gaan, mijn zoon. Jij moet de regerend heer van de Camareen zijn, niet enkel mijn zoon. Het is van essentieel belang dat je snel naam maakt en dat iedereen je kent, want er komt een grote strijd aan en je moet er klaar voor zijn als die komt. Je moeder zal een uitstekende kasteelvrouwe zijn. Ik blijf het eeuwig jammer vinden dat ze nooit lang hier was in mijn tijd als heerser; zij heeft me meer geleerd dan ik ooit dacht te kunnen leren van een vrouw, en het spijt me dat ik haar nooit meer zal zien. En met zo'n machtig prelaat als vader Juwon als je persoonlijk adviseur, begin je al met groot prestige en veel invloed. Zij zullen je begeleiden, voor je veiligheid waken tegen degenen die je uit de weg willen ruimen, en je afschermen van degenen die zullen proberen je van benedenaf omlaag te trekken.' Aruke keek vader Juwon aan en knikte. 'Ik ben klaar.'

Vader Juwon keek eerst zijn oude vriend aan en toen Valko, die zag dat de ogen van de Doodspriester vochtig waren. Een openlijk vertoon van zwakte bij een Doodspriester? Dit bewees nog maar eens dat wat hem verteld was de waarheid was, in ieder geval in de ogen van deze mannen.

De Hogepriester van de Westelijke Landen zei: 'Wij staan zo ver van het licht, wij die de Witte dienen, dat we zelfs geen naam hebben voor die Ene die we aanbidden. Dat wezen leefde ergens verloren in de tijd, en we bidden dat de goedheid nog ergens standhoudt, tot het moment dat de weg vrij is zodat het naar ons volk kan terugkeren. Maar we vragen dat wezen toch om genade voor onze broer en weten dat dit offer alles is wat van iemand gevraagd kan worden.' Hij keek Valko aan. 'Doe het snel, met eer en respect.'

De heer van de Camareen presenteerde zijn zwaard met het gevest naar voren aan zijn zoon, en Valko pakte het aan. Hij haalde diep adem en bracht het toen in één vloeiende beweging suizend omlaag, waardoor het hoofd van zijn vader van zijn nek werd gescheiden. Oranje bloed spoot in een gebogen straal omhoog toen Arukes hoofd over de vloer rolde en zijn lichaam omviel. Valko stond bij het lijk van zijn vader, en generaties van Dasatigeslachten gaven hem een gevoel van triomf. Hij was nu heer van de Camareen! Hij was nu... Maar toen drong er een ander gevoel tussendoor: een donker, kil gevoel in zijn maag, veel verkillender dan het gevoel van verspilling dat hij eerder had als hij iemand nodeloos zag sterven. Het was een eenzaam gevoel, een doffe pijn van het hart, en hij had er geen naam voor. Hij keek Juwon aan met een zwijgende vraag in zijn blik.

'Dat heet verdriet,' zei de Doodspriester. 'Wat je in je hart voelt, noemen we verdriet.'

Valko voelde vocht in zijn ogen, en een koude vuist sloot zich om zijn hart. Hij keek naar de drie andere mannen in de kamer en vroeg: 'Maar dit kunnen jullie toch niet willen dienen?' Zijn stem klonk gesmoord van de onbekende emoties.

'Jawel,' zei Hirea, die ook droefheid vertoonde over de dood van zijn oude vriend. 'Sterven voor een goede zaak maakt het verlies niet minder, mijn jonge vriend. Je vader was mijn oudste metgezel en de enige broer van het hart die ik kende. Ik zal de rest van mijn leven elke dag aan hem denken.'

Er liep een enkele traan over Valko's wang. 'Ik kan dit niet verwelkomen,' zei hij.

Vader Juwon legde zijn hand op de schouder van de jonge heer. 'Dat moet je toch. Dat is wat je zal redden. En het zal ons volk redden. Ik weet dat het een hoop is om te verwerken, maar op een dag zul je het begrijpen. De moeilijkste taak ligt nu achter je.'

Neerkijkend op het lijk van de man die hij amper had gekend, vroeg Valko: 'Waarom voel ik zo'n... verdriet? Ik... Hij was een vreemde.'

'Hij was je vader,' zei Denob. 'In vroeger tijden zou hij evenveel van je hebben gehouden als je moeder.'

'Is dat mogelijk?'

'Daar vechten wij voor,' zei Juwon. 'Kom, we gaan de huishouding vertellen dat jij nu heer van de Camareen bent, en dan sturen we bericht naar het hof van de Sadharin en de karana. Maak dan je huis gereed voor je moeder, want ze is hier dringend nodig, mijn jonge vriend.'

Valko liet het zwaard van zijn vader uit zijn hand vallen. Hij staarde naar het onthoofde lijk en knikte. Ja, zijn moeder was hier meer dan wie ook nodig.

In de verte waren de geluiden van zware aanvalsmachines te horen, die door muilezels over een richel door de bossen werden getrokken. Menners kletsten met zwepen en schreeuwden naar de koppige dieren, die ploeterden om hun last een pad op te slepen dat nooit voor een dergelijk gebruik bestemd was geweest. De kar met de zes jonge ridders uit Roldem hotste en botste over elke steen, afgevallen tak en kuil in het pad, zodat de passagiers onder de builen en blauwe plekken zouden zitten bij aankomst. Ze hadden een snelle kotter genomen van Roldem naar de binnenhaven van Olasko Poort. Van daaraf hadden ze een rivierboot genomen naar het stadje Verbereik, dat in een driehoek van land lag die werd gevormd door het samenstromen van twee rivieren, de Lor en de Aran, die de grenzen vormden tussen het hertogdom Olasko, het vorstendom Aranor en de betwiste gebieden in het zuiden, waarop niet minder dan zes verschillende naties aanspraak maakten. Zwak uitgedrukt was dit een probleemgebied, en sinds Kaspar een paar jaar daarvoor uit de macht was gezet, was het hier nog onrustiger geworden.

'We zijn er, jonge officieren,' zei de menner, een vrolijk mannetje dat Alby heette en dat onophoudelijk furieus pufte aan een pijp met goedkope, ongelooflijk stinkende tabak. De opgetogen menner had ook de irritante gewoonte om aan één stuk door te praten en niet te luisteren naar wat de jongens zeiden. Prins Grandy had hem twee keer opgedragen om op te houden die smerige tabak te roken. Kort nadat deze bezoeking begon, hadden de jongens geconcludeerd dat Alby zo doof moest zijn als een boomstronk.

Volkomen verstijfd klommen ze uit de kar. Toen ze alle zes met hun voeten stevig op de grond stonden, zei Jommy: 'Bedankt voor de lift.'

Zonder achterom te kijken antwoordde Alby: 'Zeer graag gedaan, jonge heer.'

'Ben je niet doof?' vroeg Grandy.

'Natuurlijk niet, jonge heer. Hoe komt u daar nou bij?'

'Omdat ik je uren geleden al had opgedragen op te houden dat smerige onkruid te roken!'

De oude man keek achterom en grijnsde. 'En moet ik dan luisteren naar zo'n jonge ridder-luitenant? Dit leger wordt aangevoerd door generaals en sergeanten, jonge heer. Dat kunt u maar beter meteen in uw oren knopen. Goedendag.' Hij gaf een tikje met de leidsels en zijn paarden liepen door. Zes gebutste en geërgerde jonge officieren bleven voor de bevelstent staan.

Servan liep naar de wachter toe. 'We moeten ons melden bij generaal Bertrand.'

'Momentje,' zei de wachter, en verdween in de grote tent.

Even later verscheen er een bekend gezicht tussen de tentflappen, toen Kaspar van Olasko zijn hoofd naar buiten stak om te zien wie de nieuwe officieren waren. Hij glimlachte en zei: 'Een momentje, jongens.'

'Kaspar,' zei Tad.

'Ken je hem?' vroeg Godfrey.

'Dat is de voormalige hertog Kaspar van Olasko,' zei Zane. 'Ik vraag me af wat hij hier doet.'

'Daar zullen we wel snel genoeg achterkomen,' zei Servan.

Zoals Servan had voorspeld, kwam even later Kaspar uit de bevelstent tevoorschijn, in het gezelschap van een forse oudere man met een zwarte baard, gekleed in een vuile tabberd met bloedvlekken en het koninklijke embleem van Roldem erop. Zijn haren zaten plat en warrig, alsof hij net zijn helm had afgezet. Hij keek de zes jongens aan en zei: 'Heren, welkom in de oorlog.'

De jongens brachten een saluut zoals hun was opgedragen, en Grandy was de eerste die sprak. 'Hoe kunnen we dienen, generaal?'

Generaal Bertrand glimlachte en ontblootte zijn gelijkmatige, witte gebit. 'Probeer om te beginnen maar in leven te blijven, Hoogheid. Ik heb geen idee waarom uw vader ermee instemde u in gevaar te brengen, maar als u hier bent om te dienen, dan zult u dienen.' Hij gebaarde naar de man naast hem. 'Kaspar van Olasko hier treedt op als raadgever tijdens deze mars, aangezien hij dit gebied heel goed kent.'

'Ja, ik jaagde hier altijd,' zei Kaspar.

'Heer,' vroeg Tad, 'wat moeten we doen?'

'Nou, jullie gaan observeren en leren,' zei de generaal. 'En uiteindelijk leiding geven. Maar nu wil ik weten wie van jullie het hardst kan rennen.'

Geen van de jongens voelde zich bijzonder lichtvoetig na de lange rit in de hobbelende kar, maar Jommy en Godfrey zeiden allebei zonder aarzelen: 'Tad.'

De generaal knikte en gaf Tad een opgerold stuk perkament. 'Dat pad daar op en over die richel, langs de plek waar de aanvalsmachines worden vervoerd, vind je een compagnie onder bevel van ene kapitein Beloit. Geef dit aan hem en wacht op zijn antwoord. En nu wegwezen.'

Tad aarzelde heel even, salueerde toen en rende weg.

'De rest komt met mij mee,' zei Kaspar.

Toen ze een eindje van de bevelstent vandaan waren, bleef Kaspar staan. 'We hebben pas wat infanterie van Bardacs opgerold, die dachten hier te kunnen plunderen en misschien een eigen baronietje opzetten. Zolang jullie je bevelen opvolgen, zouden jullie veilig moeten zijn, maar ga er nooit van uit dat er geen gevaar achter die bomen schuilt.' Hij keek Grandy aan. 'Vooral jij, jonge prins.' Hij schudde zijn hoofd. 'De laatste keer dat ik je zag, kreeg je volgens mij net tandjes.'

Grandy probeerde ernstig te kijken, maar dat mislukte.

Kaspar vervolgde: 'Blijf dicht bij de bevelstent tot de generaal jullie onderbrengt in een compagnie waar een onervaren luitenant nodig is die geen idee heeft wat hij doet, en dan sturen we jullie met hen mee.' Hij keek om zich heen alsof hij gevaar verwachtte. 'Die honden van Bardacs hebben ergens daarbuiten een compagnie lichte cavalerie, en we hebben geen idee waar ze zitten, dus blijf alert. Want als die rotzakken verschijnen, zal het hier plotseling heel druk worden.' Hij zag dat ze geen wapens droegen. 'Wiens idee was het om jullie zonder wapens naar een oorlog te sturen?'

De jongens wisselden blikken, en Jommy nam het woord. 'Vader Elias zei dat we alles zouden krijgen bij ons vertrek van de universiteit. Ik denk dat hij dáár niet aan gedacht heeft.'

Kaspar riep naar een wachter die in de buurt stond. 'Breng deze jonge officieren naar de wagen van de kwartiermaker!' Tegen de vijf jongens zei hij: 'Jullie krijgen ieder een zwaard en de borstplaat van een officier. Als ze rijlaarzen hebben in jullie maat, ruil dan die herenstappertjes om die je draagt; als ze geen laarzen voor jullie hebben, zullen jullie het hiermee moeten doen. Er zijn mannen bezig om paarden te halen, die hier voor zonsondergang zouden moeten zijn. Dan kunnen jullie er elk een uitzoeken.'

De jongens probeerden verschillende onhandige saluten te

brengen en Kaspar moest moeite doen om zijn lachen in te houden. Toen ze de heuvel afliepen naar de wagen van de kwartiermeester, kreunde Kaspar in zichzelf. 'Puc, wat heb je je nu toch weer in je hoofd gehaald?'

Miranda kon zich nauwelijks beheersen. 'Wat heeft je vader zich nu toch weer in zijn hoofd gehaald?' wilde ze van Caleb weten.

Haar jongere zoon zat op een divan in de privévertrekken van zijn ouders in de villa op Tovenaarseiland, en stak gelaten zijn handen in de lucht. 'Ik heb nooit goed begrepen waarom jullie de dingen doen die jullie doen, moeder.'

Miranda ijsbeerde door de kamer. 'Ik heb een dode talnoy in de zaal van de Assemblee, en we denken dat er ergens op de planeet een zwervende scheuring is, die de machtigste magiërs op twee werelden kennelijk niet kunnen vinden. Je pleegkinderen zijn met Kaspar soldaatje aan het spelen, en je vader is... ergens.'

'Wat wil je dat ik doe?' vroeg Caleb.

Miranda zuchtte diep en ging zitten. 'Luister gewoon maar naar me.'

'Dat is geen punt,' zei haar zoon met een spijtige glimlach. Hij wist hoe bezorgd zijn moeder was als zijn vader buiten bereik was. Ze vond de meeste dingen die hij deed niet zo erg, hoe gevaarlijk ze ook waren, zolang ze maar contact met hem kon opnemen. Dat gaf haar dan de geruststelling die ze schijnbaar nodig had.

'Heeft het zin als ik zeg dat vader waarschijnlijk de enige man is van twee werelden die het daar kan redden?'

'Maar er is hier zoveel wat zijn aandacht nodig heeft,' zei ze, hoewel ze wel wist dat het een kinderachtige klacht was. 'En op Kelewan ook.'

'Zoals zoeken naar Leso Varen?'

Ze knikte. 'Hij heeft kennelijk geleerd van zijn fouten. Er is nog niet het geringste spoor van zijn kwade magie dat iemand, Grootheid of tovenaar van het Mindere Pad, kan detecteren. Gelukkig hebben de Tsurani zo'n grondige hekel aan doodsbezweringen dat hij makkelijk te vinden moet zijn als hij begint met mensen te vermoorden voor hun levenskracht.'

'Behalve als hij besloten heeft tot een andere aanpak.'

'Zoals?'

'Als hij zijn misleiding, zoals toen in Kesh, herhaalt en zich heeft ingegraven in een belangrijke familie, of zelfs de keizerlijke familie, zou hij een hoop schade kunnen aanrichten.'

'Laat hem dat maar proberen,' zei Miranda. 'Sinds de hervormingen van de laatste twee keizers is het Spel van de Raad ongeveer even dodelijk als een worsteling tussen twee jonge katjes. Er is al tien jaar geen politieke moord meer gepleegd, en er is al vijftien jaar geen rechtstreeks gewapend conflict meer geweest tussen clans of families. Het is daar rustiger geworden dan hier.'

'Maar toch,' zei Caleb, 'misschien moet je naar Kelewan terug en je vermogens aanwenden om naar Varen te zoeken. Je hebt hem nooit ontmoet...'

'Ik was op het Eiland toen hij toesloeg!' bracht ze haar zoon in herinnering.

'En ik wilde net zeggen: behalve die ene keer op het Eiland. Maar daardoor zul jij hem toch eerder herkennen dan iemand op Kelewan.'

'Ik had naast hem kunnen staan, Caleb, en dan zou ik hem nog niet hebben herkend. Hij gebruikt misschien een of andere... soort magie die je vader zou herkennen, maar toen ik met hem praatte, kreeg ik geen gevoel over hem.'

'Misschien is er een andere manier.'

'Wat dan?'

'Stel vragen. Ga op zoek naar dingen die je een aanwijzing kunnen geven, zoals wie er op vreemde momenten afwezig is van de Assemblee.'

'De Assemblee heeft meer dan vierhonderd leden,' bracht Miranda haar zoon in herinnering. 'Het kan lastig zijn het komen en gaan te controleren van mannen die eraan gewend zijn dat elke gril zonder commentaar wordt gehoorzaamd.'

'Vraag dan na of iemand zich vreemd heeft gedragen. Vader

zegt dat iemand die in een ander lichaam is overgegaan wat tijd nodig heeft om eraan te wennen.'

'Hij heeft gelijk,' zei Miranda, toen haar nog iets inviel. 'Mijn vader had boeken over doodsbezwering, en die zijn hier op het eiland.'

'Dan stel ik voor dat je die raadpleegt, want als je de man niet kunt vinden, dan kun je misschien wel de magie vinden.'

'Dat is een goed idee,' zei Miranda, die snel de kamer uitliep.

Caleb keek naar de deur waardoor zijn moeder was vertrokken en zei zachtjes: 'Graag gedaan.'

Puc wachtte. De Dasati Martuch stond naast Magnus, met een soort priester van een plaatselijke tempel naast zich. Ze waren bezig de belangrijkste taal van de Dasati te leren, met gebruikmaking van 'trucs' die Nakur al eerder had toegepast. Het was een soort magie die Puc al had gezien tijdens de Oorlog van de Grote Scheuring, en toen werd gebruikt door een priester van Ishap die Dominicus heette. De plaatselijke priester was nodig omdat Nakurs beheersing van zijn 'trucs' nog altijd wat twijfelachtig was en verfijnd moest worden voordat hij het aandurfde iets te proberen wat met de geest te maken had.

Alles wat Puc wist, was dat het meer dan een uur had geduurd, maar dat hij nu vloeiend, idiomatisch Dasati sprak – en dat hij een vreselijke hoofdpijn had. Magnus zag eruit alsof hij moest overgeven.

'Het ongemak is maar tijdelijk,' zei Martuch.

De enige die volkomen onaangedaan leek door de ervaring was Bek, die nu echt opgewonden was over het vooruitzicht om naar het tweede niveau van de realiteit te gaan.

'Voordat we vertrekken,' zei Martuch, 'zijn er nog wat dingen die jullie moeten weten. Delecordia is een wereld die op een of andere manier een evenwichtspunt heeft bereikt tussen het eerste en tweede vlak van de realiteit. Grote denkers onder de Ipiliac hebben vele theorieën en speculaties bedacht, maar niemand weet hoe, waarom of wanneer dat is gebeurd. We kennen ook geen andere plek zoals deze.'

254

'De Galerij is groot,' zei Nakur grijnzend. 'Jullie vinden er vast nog wel eens een, wed ik.'

Puc wist wel beter dan te wedden tegen Nakur.

'De mensen die jullie hier zien,' vervolgde Martuch, 'zijn afstammelingen van vluchtelingen. Eeuwen geleden, toen de voorouders van de huidige tekarana een hoge positie onder de Dasati bereikten, brak er een wereldoorlog uit en zijn degenen die tegen zijn overheersing gekant waren, hierheen gevlucht. De details zijn verloren gegaan.' Hij keek om zich heen. 'De Ipiliac zijn een volk waarmee je kunt praten, waarmee je iets gemeen kunt hebben, waar je het mee eens kunt worden, maar wij Dasati lijken minder op de Ipiliac dan jullie.'

Hij keek Puc doordringend aan. Puc onderging zijn blikken en begreep het. 'Je voert elk moment dat je hier bent strijd, of niet?'

'Meer dan je ooit zult weten. Het kost constant inspanning om geen zwaard te trekken en een slachting aan te richten. Ik heb altijd geleerd de Ipiliac en andere rassen te minachten: het zijn mindere wezens, zwakkelingen die het leven niet waard zijn.' Hij zuchtte. 'Ooit, zo is me verteld, zal de worsteling minder heftig, minder bewust worden, en dat geloof ik ook wel.' Hij plooide zijn gezicht in wat Puc was gaan herkennen als een glimlach bij de Dasati. 'De laatste tijd heb ik hele minuten achtereen niet het verlangen gehad om jullie hoofd af te hakken.' Toen was hij weer serieus. 'Als we hier weggaan, zullen jullie iets meemaken wat jullie nog nooit hebben meegemaakt, want er is geen "deur" naar de Galerij in het tweede rijk, of tenminste niet een die iemand gevonden heeft op de lagere niveaus van de realiteit.'

'Hoe weet je dat?' vroeg Puc.

'Alles op z'n tijd,' zei Martuch, die een hand opstak. 'Er is tijd voor antwoorden op dat soort academische vragen als we onze bestemming hebben bereikt.' Hij keek om zich heen en vervolgde: 'Op dit moment moeten we ons richten op ons overleven. Vergeet dit niet: er is geen ontsnapping mogelijk. Je kunt nergens heen vluchten. Zodra je op Kosridi bent, zit je daar vast. En daar moeten jullie blijven tot jullie mysterieuze missie voorbij is. En altijd, elk ogenblik, moet je eraan denken dat de gevaarlijkste persoon onder de Ipiliac minder gevaarlijk voor jullie is dan de zachtmoedigste ziel onder de Dasati.

Jullie zijn vermomd als Zorgers, wat zowel een risico als een veiligheid is. Hun morele positie en impuls om anderen te helpen, zorgen ervoor dat de meeste Dasati hen minachten, maar het helpt je wel om eventuele blunders die je begaat te maskeren.' Hij stak zijn hand op. 'Ik waarschuw jullie: zeg of doe niets tot een Dasati heeft gesproken. Je kunt op talloze manieren iemand uitlokken om je aan te vallen, en ik kan jullie pas beschermen als we ons veilige toevluchtsoord bereiken.

Ik doe me voor als strijder, een Ruiter van de Sadharin... dat is een van de strijdgenootschappen waarover ik heb verteld. Jullie staan onder mijn bescherming omdat ik jullie nuttig vind, maar als jullie blunders begaan, wordt er van me verwacht dat ik jullie ombreng, even snel als een vreemde zou doen. Denk dus aan mijn waarschuwing: als ik moet, zal ik een van jullie doden om deze missie te redden. Begrijpen we elkaar?'

Ze keken elkaar aan, en Puc wist wat Magnus dacht: dat Martuch zijn handen vol zou hebben als hij dat bij een van hen wilde proberen. Niemand zei iets, maar alle aanwezigen knikten instemmend.

'En als laatste: spreek tegen niemand, in geen geval, behalve als ik jullie dat opdraag. We reizen op enkel onze gedachten naar Kosridi, naar het kasteel van een bondgenoot die op een paar weken reizen van de hoofdstad woont. Daar rusten we uit, en daar zullen jullie je vermomming verfijnen en van een andere Dasati dan ik leren hoe je Dasati moet zijn. Daarna reizen we naar de stad Kosridi en nemen we de Sterrenbrug naar drie werelden, tot we in Omadrabar aankomen.' Hij keek Puc aan en zei: 'Ik vertrouw erop dat we tegen die tijd allebei een goed idee zullen hebben van wat deze waanzinnige missie inhoudt, en hoe die ons beider belangen zal dienen.'

In stilte dacht Puc: *dat hopen we dan maar.*

17

STRIJDERS

Jommy zwaaide met zijn zwaard.

Van onder aan de heuvel zwaaide Grandy terug. De jongens hadden een relatief veilige positie gekregen, en overzagen een compagnie gewonde soldaten achter de linies. Jommy, Servan en Tad zaten op een richel en verkenden de beste route die van het gebied wegvoerde, terwijl Grandy, Zane en Godfrey beneden bleven bij de drie karren met gewonde mannen. Een paar gewonden die nog konden lopen, hinkten mee naast de wagens, die zo langzaam moesten rijden over het lastige terrein dat de mannen ze wel bij konden houden. Ze zochten zich een weg door een bergweide die werd doorsneden door diverse wildpaden. Het felle licht van de middagzon wierp diepe schaduwen over het landschap, waardoor het lastig was de traag bewegende karren op het juiste pad te houden dat van de berg af voerde. Zonder de drie jongens die de weg verkenden, zouden de wagens gemakkelijk in een droge rivierbedding vast kunnen lopen. Jommy wist dat er aan de andere kant van de laatste richel een rechte weg lag die naar de wachtende rivierschepen leidde.

Het conflict had zo'n vijf mijl naar het noordoosten zijn hoogtepunt bereikt, doordat de troepen van generaal Bertrand en Kaspar de infanterie van Bardacs Houvast tot staan hadden gebracht. De vijandelijke soldaten hadden zich verscholen in een oud grensfort, dat half was verwoest door de elementen. Roldems aanvalsmachines, twee kleine blijdes en twee grote ballista's, werden gehaald om de andere helft van het fort aan puin te schieten. Er was geen spoor gezien van de cavalerie van Bardacs, en in het kamp werd gespeculeerd dat ze al over de grens terug waren naar het Houvast.

Servan wendde zich tot Jommy. 'Zodra we over deze richel zijn, denk ik dat het een rustige tocht omlaag naar de rivier wordt. De schepen zijn er als het goed is nog...' Plotseling zweeg hij.

Jommy hoorde het op datzelfde moment. 'Paarden!'

Geen van beide jongens hoefde eraan te worden herinnerd dat de hele Roldeemse cavalerie aan het front was, als scherm voor de aanvalsmachines. Jommy rende de helling af, een halve pas achter Servan aan en een stap voor Tad uit, die verrast leek zijn twee vrienden de helling af te zien hollen. Toen hoorde Tad Jommy schreeuwen, en daarna het geluid van hoefslagen op de rotsen in de geul.

Grandy, Zane en Godfrey hadden het ook gehoord. De gewonden die dat nog konden, hielpen de anderen uit de karren. Iedereen die nog op de open wagens zat als de cavalerie arriveerde, ging eraan.

Er waren vier boogschutters en twee zwaardvechters meegestuurd met de zes jonge officieren, en voordat Jommy zelfs maar kon overwegen wat hij moest doen, deelde Servan al bevelen uit. 'Jij, jij en jij,' zei hij, wijzend naar de eerste drie boogschutters. 'Ga die rotsen op en schiet op het eerste hoofd dat je door die geul ziet komen, man of paard, dat kan me niet schelen.' Tegen de vierde boogschutter zei hij: 'Jou wil ik dáár hebben...' Hij wees naar een rotspunt die rechts van hen uitstak. 'Kijk of je ze ervan kunt weerhouden jouw kant op te komen.' Tegen de twee fitte wachters en de andere jongens schreeuwde hij: 'Maak die karren los en gooi ze op hun kant! Opschieten!'

Jommy zag de zin er niet van in om te discussiëren over wie de hoogste rang had, want hij had geen idee wat hij moest doen, en Servan kreeg de mannen in ieder geval zover dat ze zijn bevelen opvolgden. De jonge neef van de prins riep: 'Iedereen die een wapen kan hanteren, achter de karren. De rest gaat dit pad op' – hij wees naar een wildpad dat over de richel liep – 'en verstopt zich zo goed mogelijk!'

Degenen die daartoe in staat waren, hielpen de anderen het pad op. Zes lichtgewonde mannen liepen naar de boogschutters en zwaardvechters toe.

Servan greep Grandy vast en zei: 'Ga dat pad op met de gewonden.' Toen de prins aarzelde, schreeuwde hij: 'Lopen! Bescherm ze!'

Grandy knikte en deed wat hem werd opgedragen. Jommy wist dat Grandy ongeveer evenveel bescherming kon bieden als een eekhoorn, maar door dit bevel kreeg de jongen een doel en bovendien was zijn eer gered.

De karren waren op hun kant gegooid en Jommy zag dat iedereen zich zo veel mogelijk had voorbereid; de losgemaakte paarden liepen nu in het bos. 'Hou je klaar!' schreeuwde hij. Hij verschoof zijn gewicht en bepaalde waar de aanval vandaan zou komen.

Plotseling was de lucht vervuld van strijdkreten en pijlen.

De drie boogschutters bestookten de eerste ruiters met pijlen en schoten minstens vier zadels leeg. De vierde boogschutter doodde de eerste twee mannen die zich probeerden om te draaien om de aanvalslinie te verlaten. De mannen achter hen bogen zich over de halzen van hun paarden en stormden op de karren af. Jommy vermoedde dat het een bijeengeraapt zooitje was, voornamelijk huurlingen voor zover hij kon zien, zonder uniformen en zonder organisatie. Hij wist dat als ze een uitweg konden vinden, ze die zouden nemen, dus rende hij naar Servan toe en zei: 'Als ze richting het noorden uitbreken, laat ze dan gaan.'

'Laten we ze gaan?' vroeg de jonge edele.

'Ja! Het zijn huurlingen, die niet willen sterven voor een verloren zaak.'

Op dat ogenblik kwamen de ruiters bij de wagens aan. Jommy zag Tad zich omdraaien en een ruiter uit het zadel slaan, terwijl Zane opsprong vanuit zijn ineengedoken positie achter een van de karren en een man uit Bardacs van zijn paard trok.

Zoals Jommy had verwacht, hadden de ruiters maar korte tijd nodig om langs de zijkanten van de drie omgekiepte karren te komen, en nu stond hij tegenover twee gewapende ruiters die de verdediging hadden ontweken.

De gewonde mannen vochten met alles wat ze hadden, maar Jommy wist dat ze geen kans maakten. De boogschutters zouden al snel door hun pijlen heen zijn en hadden geen zwaard of schild, alleen maar messen. Jommy koos de dichtstbijzijnde ruiter uit en haalde hard uit naar de man, die Jommy's zwaard opving met zijn eigen wapen. De man pareerde snel, met de korte, hakkende slagen die cavaleristen het liefst gebruikten om te zorgen dat infanteristen niet te dichtbij konden komen. Jommy was gedwongen achteruit te stappen.

Een andere ruiter kwam van links op Jommy af, dus de jongen draaide zich snel om en bracht zijn zwaard omhoog terwijl hij bukte. Het zwaard van de ruiter zoefde over Jommy's hoofd heen, maar Jommy's wapen raakte de ruiter diep in het been. De man slaakte een kreet van pijn en kon niet meer in het zadel blijven. Het paard was nu ruiterloos. Zonder nadenken sprong Jommy in het zadel, voordat de eerste ruiter zich kon omdraaien en naar hem toe kon komen. Jommy was een goed zwaardvechter en een goed ruiter, maar hij had nog nooit eerder vanaf een paard gevochten, zelfs niet tijdens de opleiding. Caleb, Kaspar en Claudius Haviks hadden hem verteld dat een ervaren strijdros wist wat de ruiter wilde door de manier waarop die met zijn benen druk uitoefende, maar Jommy had geen idee of dit een ervaren dier was of niet; en hij was niet de vaste berijder. Hij pakte snel de teugels met zijn linkerhand en bracht net op tijd zijn zwaardhand omhoog om een slag van de eerste ruiter af te weren. Jommy haalde op zijn beurt uit, met een wijde, zijdelingse slag waardoor hij zelf bijna uit het zadel viel. En het paard draaide met hem mee! Zijn beendruk tegen de linkerflank van het paard en de korte ruk aan de teugels hadden het dier aangezet om mee te gaan met de natuurlijke beweging van Jommy's aanval. Hij drukte zijn hielen in de flanken van het paard en galoppeerde achter de eerste ruiter aan. De man draaide bij,

260

net toen Jommy hem inhaalde, en werd plotseling geconfronteerd met een lange, roodharige ruiter die met moorddadige kracht naar hem uithaalde. De man probeerde achterover te leunen in zijn zadel maar verloor zijn evenwicht. Dat was het ogenblik waarop Jommy had gewacht. Hij herstelde zich van zijn voorwaartse uithaal en deelde een fatale achterhandse slag uit, waardoor de man uit het zadel werd geslingerd.

Jommy draaide zijn paard bij en zag dat Servan, Tad, Godfrey en Zane het moeilijk hadden tegen zes ruiters. Hij stormde op hen af.

Hij reed als een bezetene en dwong het opgewonden dier om met een noodgang tussen twee paarden door te duiken. Jommy negeerde de ruiter links van hem, hopend dat hem dat niet zijn hoofd zou kosten, en sprong uit het zadel, waarbij hij de ruiter rechts van hem mee van zijn paard sleepte.

Plotseling lag Jommy op de grond. Hij klauwde, schopte, gaf knietjes, beet, en stompte met het gevest van zijn zwaard omdat er geen ruimte was om ermee te zwaaien. Paarden hinnikten van schrik en stampten overal om hem heen, en de jongen en de man rolden woest vechtend over de grond. Jommy bad maar dat er geen angstig paard op hem ging staan.

Hij ramde het gevest van zijn zwaard tegen de kaak van zijn tegenstander en zag dat diens ogen glazig werden. Jommy sloeg hem nog eens en het gezicht van de man werd slap, maar dat duurde maar even. De man was een ervaren strijder, en hoe sterk Jommy ook was, de kerel had waarschijnlijk wel erger doorstaan. De man schudde zijn hoofd en wilde uithalen met zijn vuist, toen hij een schop met een laarspunt tegen zijn slaap kreeg. Zijn ogen rolden weg in hun kassen.

Een sterke hand greep Jommy bij zijn uniformtuniek en trok hem overeind. Zane liet los en zei: 'Blij dat je kon komen.'

Jommy draaide zich om en haalde uit naar een ruiter die probeerde te ontkomen. De ruiters trokken zich terug langs het noordelijke pad, zoals Jommy al had vermoed. Hij schreeuwde: 'Laat ze gaan!' en besefte toen dat er toch niemand van hun groepje fit genoeg was om de achtervolging in te zetten. Jommy liet het zwaard uit zijn hand vallen en plofte op de grond, terwijl alle kracht die hij nog overhad uit hem wegsijpelde als water uit een gebarsten kruik.

Servan ging naast hem zitten. 'Dat scheelde niet veel.'

Jommy knikte. 'Nee. Je hebt het goed gedaan, zoals je alles organiseerde. Heel indrukwekkend.'

'Bedankt,' zei Servan.

Tad kwam naar hen toe gerend. 'Ik ga achter Grandy aan om te zien of alles goed met hem is.'

Jommy knikte en Godfrey zei: 'Ik ga met je mee.'

'Ik zag je toen je met dat paard de chaos inreed, jij idioot,' zei Servan. 'Het kostte je bijna je kop toen je die kerel uit het zadel trok. De ruiter aan je blinde kant had je bijna te pakken.'

'Nou, je weet wat ze zeggen: "Bijna is bij de boer nog niet half".'

'Dat zeggen ze inderdaad, hè?' Servan begon hard te lachen. 'En zoals jullie door het stof rolden! Dat bijten en schoppen en zo. Heb je echt geprobeerd zijn oor eraf te bijten?'

'Je moet overal bijten waar je kunt,' zei Jommy. 'Dan vergeten ze dat ze je willen vermoorden.'

Servan lachte. 'Nu snap ik het.'

'Wat?'

'Dat oefengevecht aan het Meestershof. Toen je me op mijn gezicht sloeg.'

'Dus?'

'Dat je moet doen wat nodig is om te winnen,' zei Servan. 'Duelleren lijkt niet echt een goede voorbereiding op wat wij zojuist hebben meegemaakt.'

'Ik zie geen verwondingen bij jou, dus zo te zien heb je het goed genoeg gedaan.'

Servan lachte weer. 'Dat is waar. Is het altijd zo?'

'Wat bedoel je?'

'Dit gevoel. Ik voel me bijna uitgelaten.'

Jommy knikte. 'Soms. Dan ben je verdomd blij dat je nog ademhaalt. Niet zoals die arme drommels daar.' Hij wees naar een stuk of zes lijken. 'Dat kan je een heel raar gevoel geven.'

'Ah,' zei Servan, achteroverleunend tegen de omgegooide kar.

'En op andere momenten word je er zo misselijk van dat je zeker weet dat de pijn je de kop zal kosten,' zei Jommy, die dacht aan de marteling van de gevangen Nachtraaf Jomo Ketlami. Hij liet zijn hoofd zakken. 'Maar meestal ben je alleen maar te moe om de ene poot nog voor de andere te zetten.'

Servan haalde diep adem. 'We kunnen deze jongens maar beter organiseren.' Hij stond op, draaide zich om en stak een hand uit naar Jommy om hem overeind te trekken.

De grotere jongen liet zich overeind helpen. Toen ze tegenover elkaar stonden, zei Jommy: 'Nog één ding.'

'Wat?'

'Over dat oefengevecht op het Meestershof. Dus... wat jij zegt, is dat ik gewonnen heb?'

Servan lachte en stak zijn handen in de lucht. 'Nee, dat zeg ik niet.'

'Maar net zei je nog...' begon Jommy, maar de neef van de koning draaide zich om en begon bevelen uit te delen aan de mannen.

Valko bleef een tijdje bewegingloos staan en liep toen naar het enorme venster dat uitzicht bood op het plein. Zijn moeder kwam aangereden op de rug van een kleine varnin, gekleed zoals hij zich haar herinnerde van het Schuilgaan. Hij wist niet wat hij verwacht had, misschien dat ze een soort koninklijke hofkledij zou dragen, of dat ze zich door Minderen zou laten vervoeren in een draagstoel. Ze steeg af en gaf haar leidsels aan een lakei, waarna ze snel het fort binnenging.

Valko liep de kamers uit die hij betrokken had zolang zijn vaders vertrekken nog voor hem werden klaargemaakt. Hij had ervoor gekozen alle persoonlijke spullen weg te laten halen, omdat het doden van zijn vader hem een bittere nasmaak had gegeven. Het had in niets geleken op de triomf die hij zich als kind had voorgesteld, een moment van glorie waarna hij zijn eigen rijk zou gaan opbouwen.

Zijn moeder kwam de lange gang naar de vertrekken van zijn vader in lopen en Valko riep: 'Moeder, hier ben ik!'

Ze haastte zich naar hem toe. Ze zag er nog precies zo uit als hij zich haar herinnerde. Ze was lang, gezaghebbend en nog altijd mooi, met schouderlange, donkere haren waarin alleen wat grijs bij de slapen te zien was. Hij begreep waarom veel mannen naar haar verlangden, maar nu begreep hij ook waarom hij haar enige kind was. Het had allemaal deel uitgemaakt van een plan.

Haar ogen waren de meest indringende die Valko ooit had gezien, en haar blik vervulde hem tegelijkertijd met opgetogenheid en angst. Ze was zijn moeder, en de liefde tussen moeder en zoon was uniek onder de Dasati. Ze zou honderd keer zijn gestorven om hem te redden.

Ze omhelsde hem zachtjes en heel kort, en zei toen: 'We moeten alleen zijn.'

Valko gebaarde naar de kamers die hij voor haar had gereserveerd, naast die van zijn vader. 'Ik betrek morgen de herenvertrekken,' zei hij terwijl hij met haar meeliep naar haar appartement.

Ze keek hem onderzoekend aan, maar zei niets tot ze alleen waren en de deur gesloten was. Toen Valko iets wilde gaan zeggen, maande ze hem met haar hand tot stilte, en jaren van gehoorzaamheid namen het over zodat hij bewegingloos bleef staan. Die handgebaren hadden hem meer dan eens gered in het Schuilgaan. Ze sloot haar ogen en mompelde iets wat hij niet verstond, en toen opende ze haar ogen weer.

'We worden niet bespied.'

'Dus het is waar. Je bent een Bloedheks.'

Ze knikte. 'Ik ben blij je in leven te zien, mijn zoon. Het bewijst mijn vermoedens over je; en bovendien betekent het dat je de man bent geworden om wie ik gebeden had.'

'Gebeden? Tot wie? Zeker niet tot Zijne Duisternis, van wat ik heb gehoord.'

Ze knikte en gebaarde dat hij moest plaatsnemen in een stoel naast een divan. Ze keek de kamer rond en knikte goedkeurend.

De muren waren van zwarte steen, net als de rest van het kasteel, maar Valko had twee vrouwelijke Minderen opgedragen ze te versieren op een manier die geschikt was voor de vrouwen in de huishouding van de karana, en dat hadden ze gedaan. De prachtigste wandtapijten in het kasteel waren hier aan de muren gehangen, een rijk geweven kleed van ahasawol lag op de vloer, en op haar bed lagen stapels bontvellen. Er waren geurkaarsen aangestoken en overal in de kamer stonden potten met bloemen. 'Je hebt me een warm welkom bereid, mijn zoon.' Ze ging op het bed zitten.

Hij knikte. 'Je bent mijn moeder,' zei hij, alsof dat alles verklaarde.

'En jij bent mijn zoon.' Ze keek hem weer onderzoekend aan. 'En je bent ook de zoon van een buitengewoon man.'

Plotseling kreeg Valko een vreemd, verstikkend gevoel in zijn borst. 'Dat weet ik. Maar waarom krijg ik die vreemde... pijn van binnen – ik weet niet hoe ik het moet noemen – als ik aan Aruke denk?'

'Dat heet spijt,' zei ze. 'Het is een van de vele gevoelens die de Dasati lang geleden zijn kwijtgeraakt.' Ze keek uit het raam naar de ondergaande zon, die sprankelde op de zee. 'Je vroeg tot wie ik bad. We hebben geen naam voor die kracht, behalve "de Witte". We weten niet eens of het een god of een godin is.'

'Ik dacht dat die allemaal waren vernietigd door de Duistere.'

'Dat willen de Doodspriesters je laten geloven. Hoe dan ook, de Witte is tegengesteld aan alles wat de Duistere vertegenwoordigt.'

'Zoveel vragen...' begon de jonge strijder.

'En we hebben de tijd, maar eerst zijn er dingen die je moet weten om in leven te blijven.

De Witte wordt gebruikt als verhaaltje voor het slapengaan voor kinderen, om ze bang te maken en te indoctrineren, om de Dasati te laten denken dat het een mythe is die geen belang heeft, iets waar je overheen groeit. Daardoor geloven de meeste Dasati er niet in, en dat is een veel effectievere aanpak dan het gewoon te ontkennen.

Lang geleden had de Zusterschap van de Bloedheksen in de Dasatisamenleving een even hoge rang als de Doodspriesters. De Doodspriesters dienden alle goden, niet alleen Zijne Duisternis, en de Zusterschap hield zich meer bezig met de natuur en de levenskrachten. Bloed is niet alleen maar wat je ziet als je het vergiet op het zand van de arena of op het slagveld, maar het is de materie van het leven die door je aderen pulseert. Het belichaamt alles wat tegengesteld is aan de cultus van de Duistere, en toen hij de voornaamste onder de goden werd, werden wij een gruwel en werden we verbannen.

De Zusterschap van de Bloedheksen bestaat al eeuwen in het geheim, mijn zoon. We hebben geprobeerd om de macht van de Duistere zo veel mogelijk in te perken.'

'Dan hebben jullie in mijn ogen gefaald.' Valko leunde achterover. 'Ik weet dat ik nog jong ben, moeder, maar ik kan me veel herinneren van wat je me geleerd hebt tijdens het Schuilgaan, en nu besef ik dat je me vele stukken van een puzzel hebt gegeven. Als je ze op de ene manier in elkaar past, lijkt het één plaatje, maar als je ze op een andere manier samenvoegt...'

Ze knikte. 'Een wijs inzicht voor iemand zo jong als jij. Jij bent degene die verwacht werd, Valko van de Camareen. Generaties lang heeft de Zusterschap van de Bloedheksen op iemand zoals jij gewacht, want er bestaat een profetie waarvan niemand buiten de Zusterschap volledig op de hoogte is. Personen zoals je vader, Hirea en Denob, die de Witte dienen, kennen er maar een deel van. Jij zult de eerste buiten de Zusterschap zijn die hem helemaal zal kennen.' Ze zweeg even alsof ze overwoog hoe ze het beste kon beginnen. Toen keek ze haar zoon aan en glimlachte.

'In voorbije tijden bestond er een evenwicht en waren alle dingen zoals ze hoorden te zijn. Maar om dat evenwicht in stand te houden was een strijd nodig, want net als bij alle soorten strijd, verschoof het evenwicht af en toe. Toen de krachten van de Duistere de kop opstaken, werden die tegengewerkt door degenen die goden en godinnen aanbaden waarvan we nu de namen niet meer kennen, want zelfs die kennis is verboden.

Rond de tijd van de Grote Zuivering kreeg iedere Dasati de keus om de Duistere te aanbidden of te sterven. Veel van hen kozen de dood, omdat ze wisten dat leven onder de heerschappij van de Duistere een leven van ellende en wanhoop zou zijn.'

Valko viel haar in de rede. 'Maar de Duistere is altijd oppermachtig geweest...' Hij liet zijn hoofd hangen. 'Ik spreek voor mijn beurt.'

'Dat is wat je geleerd is. En er waren dingen die ik niet met je kon delen in het Schuilgaan, omdat dan het risico bestond dat je iets tegen een ander kind zou zeggen. Die overtuigingen zijn zo in ons ingebed, dat er moeders zijn die hun eigen kinderen zouden opofferen om een Doodspriester te waarschuwen voor wat wordt gezien als godslastering.'

Valko stond op en liep hoofdschuddend naar het raam.

'We hebben veel te bespreken, en er is veel wat je moet leren,' zei zijn moeder. 'Over een week moet je de hele Sadharin hier uitnodigen om je nieuwe positie als Heer van de Camareen te vieren. Voor die tijd moet je volledig gaan begrijpen wat je de komende jaren moet doen, want jij hebt een kans die geen enkele Dasati heeft gehad sinds het ontstaan van ons ras.'

Valko draaide zich met een bezorgde blik om van het raam. 'Die profetie waar je het over had?'

'Ja, mijn zoon. Ik zal hem je in detail vertellen, en ook nog vele andere dingen die je moet weten. Want als de profetie waar is, en wij denken van wel, dan zal er binnenkort een verandering komen over de Twaalf Werelden en moeten we daarop voorbereid zijn. We weten dat er iemand zal komen die de Duistere wil uitdagen, en hij zal bekendstaan als de Godendoder.'

Valko's gezicht werd bleek. 'Ben ik...'

'Nee, mijn zoon, jij bent de Godendoder niet. Maar je moet de weg vrijmaken voor de Godendoder.'

'Hoe moet ik dat voor elkaar krijgen?'

'Dat weet niemand.' Ze stond op en ging naast Valko staan terwijl de zon achter de wolken aan de horizon onderging. 'Het was een mooie dag vandaag, maar ik denk dat het morgen gaat regenen.'

'Dat denk ik ook.' Hij keek haar aan. 'Wat moet ik doen tot ik mijn taak ken?'

'Speel de rol die het lot je heeft toebedeeld, als Heer van de Camareen. Ik heb boodschappen verstuurd, en zusters van me zullen langzamerhand hier naartoe komen, sommigen jong en mooi, anderen met jonge, mooie dochters. Ze zijn allemaal wijs en weten allemaal meer dan elke andere vrouw die je ooit zult ontmoeten.

Je zult vele zoons voortbrengen, Valko, en weten dat andere zoons van de Zusterschap de plaats van hun vaders zullen innemen. En als de tijd daar is, als de Godendoder komt, dan zullen wij van de Zusterschap, en de mannen van wie we houden, opstaan en de Doodspriesters, de tekarana en zijn twaalf karana vernietigen, en zo het Dasativolk bevrijden.'

Valko voelde zich overdonderd. Zijn geest kon zo'n idee nauwelijks bevatten, laat staan hoe het gerealiseerd moest worden. De jongen die pas uit het Schuilgaan kwam, het kind binnen in hem, wist dat de tekarana de hoogste onder de stervelingen was, gezegend door Zijne Duisternis, dat zijn legers over de Twaalf Werelden heersten en er in de loop van de eeuwen nog twaalf meer hadden verslagen. Dit rijk bestond al meer dan duizend jaar...

Hij legde zijn arm tegen de muur en liet er zijn voorhoofd tegen steunen. 'Het is allemaal te veel.'

'Dan pakken we het langzaam aan, mijn zoon. We gaan eerst eten, na het eten spreken we verder, en daarna gaan we een nacht goed slapen.'

Valko haalde diep adem en keek zijn moeder aan. 'Er is nog één ding wat ik nu zou willen weten, moeder.'

'Wat dan?'

Met een vreemde glans in zijn ogen zei Valko: 'Vertel me over mijn vader.'

ꝼeestꝳaaⳑ

Grandy gierde van het lachen.
De prins van Roldem was dronken. Het was het eerste feest waarbij hij mocht eten en drinken zoals de ouderen. En voor een jongen van veertien was een beetje bier al heel wat.

De anderen waren allemaal twee of drie jaar ouder dan hij en de drie jongens van Tovenaarseiland dronken al bijna twee jaar als mannen. Dus zij bekeken, samen met Servan en Godfrey, de jonge prins met nauwelijks verholen vermaak. Grandy was die middag tijdens het gevecht eigenlijk nauwelijks in gevaar geweest, maar Servans bevel dat hij de vluchtende gewonden moest beschermen, had hem het gevoel gegeven dat hij echt iets had bijgedragen; meer dan in feite het geval was. Niettemin vierde hij het verdrijven van de invasietroepen van Bardacs Houvast met evenveel enthousiasme als de meest geharde soldaat in het leger.

Ze zaten rond een kampvuur, een klein stukje van de tent van de generaal vandaan, en luisterden naar de verhalen die de veteranen vertelden over de korte aanval op het oude fort. De commandant van de Houvastbrigade zag het onvermijdelijke gebeuren nadat de eerste projectielen van de blijde op zijn belangrijkste verdedigingsposities belandden, en gaf zich over. Zoals dat ging bij dergelijke snelle en relatief makkelijke overwinningen, werden de verhalen steeds grappiger naarmate de avond vorderde en het bier en de wijn rijkelijker vloeiden. Uiteindelijk stonden de laatste veteranen op en lieten de jongens alleen achter.

Kaspar had generaal Bertrand geholpen om over de voorwaarden voor overgave te onderhandelen, en de verslagen invasietroepen kampeerden nu onder bewaking een halve mijl verderop langs de weg. Ze zouden aan de lange mars naar huis beginnen zonder wapens en alle andere dingen die de overwinnende soldaten van hen konden afpakken, en de officieren zouden voor het losgeld worden vastgehouden om de kosten van de verdediging van Aranor goed te maken.

De nieuwe provincie had historische banden met Roldem – het grootste deel had vroeger bij het koninkrijk gehoord – maar de snelheid van de respons had de invasielegers niettemin verrast. Kaspar kende Bertrand, want hij had in Opardum gediend onder Quint Havrevulen, de huidige Ridder-Maarschalk. Kaspar had Havrevulen toen hij nog regeerde over Olasko bovendien zelf aangesteld om het leger te leiden.

Kaspar kwam uit de tent van de generaal en ging op een boomstam naast Servan zitten. 'Jullie hebben hier nogal een feestmaal,' merkte hij op.

Jommy lachte, duidelijk dronken. 'De proviandmeester had genoeg eten bij zich voor een maand, Kaspar. Hij had geen zin om het allemaal mee terug te slepen naar Opardum, denk ik, dus hij maakt alles nu op.'

'Maar goed ook,' zei de voormalige hertog. 'Veel ervan zou gewoon worden weggegooid...' Hij wilde zeggen 'thuis', aangezien de hoofdstad van Olasko heel zijn leven zijn thuis was geweest, maar dat was al drie jaar niet meer het geval, dus in plaats daarvan zei hij: '... daar.' Hij keek de zes jongens van de universiteit aan. 'Jullie hebben het goed gedaan vandaag, jongens. Die rotzakken die jullie aanvielen, waren een stel zwervers in een slechte bui die zin hadden in een knokpartij voordat ze terugvluchtten over de grens. Jullie hebben er zes gedood, en er nog eens zes verwond waardoor ze het vechten onmogelijk werd.' Hij glimlachte naar Servan. 'En het mooiste is nog wel dat jullie zelf niemand zijn kwijtgeraakt. Jullie hebben er nu twee lichtgewonden bij, maar verder was het prima werk.'

'Dat kwam door Servan,' zei Jommy. 'Hij heeft alles ter plekke georganiseerd, alsof hij zulke dingen al heel zijn leven deed, Kaspar.'

'Iedereen heeft zijn aandeel geleverd,' zei Servan bescheiden. 'Ze sprongen meteen op en hielden stand.'

'Nou, het is mooi, want we zullen veldcommandanten nodig hebben, en snel ook.'

'Hoezo?' vroeg Godfrey. 'Gaat Roldem de oorlog verklaren aan Bardacs Houvast?'

Kaspar schudde zijn hoofd. 'Nee, jonge vriend.' Hij keek de duisternis in en zijn ogen stonden bedroefd. 'Binnenkort zal iedereen oorlogvoeren.'

Godfrey keek alsof hij nog een vraag wilde stellen, maar zweeg toen Jommy hem een waarschuwende blik zond. Kaspar keek om zich heen. 'Toen ik nog een jongen was, nam mijn vader me mee hierheen om te jagen. Ik ben sindsdien verschillende keren terug geweest.'

'Het moet vreemd zijn om hier weer te komen,' zei Tad. 'Ik bedoel, nu je geen hertog meer bent.'

Kaspar glimlachte. 'Het leven heeft de gewoonte om te veranderen zonder je toestemming te vragen, Tad.' Hij keek de jongens om beurten aan. 'We maken plannen, maar het lot luistert niet altijd naar wat wij willen.' Hij stond op en keek naar het stralende gezicht van de jonge prins. 'En jij, jonge heer, zult het morgenochtend heel zwaar hebben als je niet ophoudt met bier drinken. Ik raad je aan om een paar slokken water te nemen voor je naar bed gaat.' Zonder het antwoord van de prins af te wachten, keerde Kaspar terug naar de generaalstent.

Jommy geeuwde. 'Nou, we kunnen waarschijnlijk beter naar bed gaan, aangezien we morgen vroeg weer moeten marcheren.'

Godfrey keek Kaspar na, die verdween in de tent. 'Ik vraag me af wat hij bedoelde, met "iedereen zal oorlogvoeren".'

Zane keek Tad aan, die op zijn beurt naar Jommy keek. Jommy haalde zijn schouders op en plotseling was het stil. Grandy zat te grijnzen en keek op naar zijn vrienden, die ongerust zwegen. Zijn grijns vervaagde en uiteindelijk keek Jommy omlaag, legde zijn hand op de schouder van de prins en zei: 'Kom, we gaan wat water drinken, jongeman. Kaspar heeft gelijk. Anders ben je morgen zo ziek als een hond.'

Zwijgend maakten de jongens het zich gemakkelijk rondom het kampvuur, terwijl Jommy met Grandy op zoek ging naar een grote emmer drinkwater.

Valko stond aan het hoofd van de tafel. De Ruiters van de Sadharin sloegen met hun gepantserde vuisten op het oude hout en brulden goedkeurend. De nieuwe Heer van de Camareen had de andere leiders van zijn genootschap uitgenodigd om zijn nieuwe machtspositie te vieren.

Narueen had haar zoon zeer precies geïnstrueerd over de juiste volgorde van zaken nadat het lichaam van zijn vader in de crypte van hun voorvaderen was gelegd. Er werd een formele boodschap gestuurd naar de karana in Kosridi Stad, om te melden dat Valko nu de mantel van de Camareen droeg en te smeken om erkenning; al verzekerde ze hem ervan dat dat slechts een formaliteit was. Toen waren er boodschappers vertrokken naar alle bloedverwanten die stonden opgetekend in de Zaal van Voorouders, wederom een formaliteit, en vervolgens ging de uitnodiging naar de Sadharin, die volgens haar veel meer was dan een formaliteit. Want de broederschap van de Sadharin was meer dan zomaar familie: het was een strijdgenootschap dat het keizerlijk beleid kon beïnvloeden en zelfs de machtsverhouding kon doen verschuiven tussen facties in de Langradin, clans omver kon werpen en families kon verwoesten. Narueen had al vier ruiters genoemd met dochters die gunstige partners voor hem zouden zijn. Valko moest er vanavond een kiezen die hem zijn eerste kind zou schenken. Narueen had hem fluisterend op de hoogte gebracht in de duisternis voordat de zon opkwam, en de plannen waren gesmeed. De Zusterschap van de Bloedheksen had ongeëvenaarde kunsten tot hun beschikking, en Narueen zou bepalen of de jonge heer van de Camareen zoons of dochters zou krijgen. Twee zoons, had ze hem verteld, zouden binnen een maand worden verwekt, en daarna twee dochters.

Hun Schuilgaan zou anders zijn dan alle andere in de geschiedenis van de Dasati, want er waren speciale regelingen getroffen met sympathiserende Zorgers, zusters van de Bloedheksen en een paar vertrouwde strijders, die ervoor zouden zorgen dat de locatie van dit Schuilgaan nooit werd ontdekt en nooit werd gezuiverd. Binnen twintig jaar zouden twaalf sterke zoons en dochters zich melden bij Kasteel Camareen, en dan zou Valko almaar meer macht krijgen.

Valko stond op en schreeuwde: 'Lang leve de Sadharin!'

De vijftig heren van de Sadharin sloegen nog harder op de tafel en joelden hun strijdkreet. Heer Andarin van de Kabeskoo brulde: 'Lang leve heer Valko!'

Valko pakte zijn kruik wijn op en dronk eruit. Zijn moeder had ervoor gezorgd dat er heel veel water in zat, want terwijl alle andere heren van de Sadharin dronken werden, moest haar zoon zijn verstand erbij houden.

Aan de tafels die lager stonden dan de enorme houten plank voor de heren van de Sadharin, zaten de vrouwen en dochters vol belangstelling en vermaak naar hun mannen te kijken. Er waren meerdere dochters die probeerden de blik van de jonge heer te vangen. Maar Valko had alleen oog voor zijn moeder, die zich sierlijk tussen haar gasten mengde en ervoor zorgde dat niemand iets tekortkwam. Ze bleef achter heer Makara's dochter staan en legde haar hand op de schouder van het meisje. Valko liet niets merken, maar hij wist dat dit een duidelijke instructie van zijn moeder was: met haar moest hij vannacht het bed delen. Hij bekeek het meisje. Ze was mooi en keek hem openlijk hongerig aan; hij wist dat ze blij zou zijn als ze zich tegenover getuigen bekend mocht maken. Haar vader zou het toejuichen nauwere banden met de opkomende jonge heer te smeden, want hij zou Valko zien als zijn vazal, hoewel hij al snel zou beseffen dat het omgekeerd was.

Valko keek de kamer rond en glimlachte. De eters werden

steeds luidruchtiger. Hij genoot van hun goedkeuring en van zijn eigen jeugdige kracht. Veel van wat zijn moeder hem had geleerd, begon te vervagen toen zijn Dasati-aard zich liet gelden, en hij nam een grote slok uit zijn kruik. Hij wilde wijn!

Toen hij zich omdraaide om nog een kruik naar zijn tafel te laten brengen, werd hij tegengehouden door een zachte hand op zijn pols. Op een of andere manier had zijn moeder zijn stemming gepeild en het verslappen van zijn aandacht voorzien. 'Het is tijd voor het amusement, mijn zoon,' zei ze, zo zachtjes dat alleen hij het kon horen.

Valko keek haar even aan en knikte toen. 'Mijne heren!' riep hij. 'Voor uw vermaak!'

De deuren naar de zaal gingen open en een dozijn bedienden haastte zich naar binnen met een enorme pot van aardewerk. Er werd een tegenstribbelende jongen naar binnen gesleept, die aan handen en voeten gebonden was. Valko grijnsde en kondigde aan: 'Deze jongen wilde het kasteel van zijn vader bereiken, om hem uit te dagen voor een plek in zijn huishouding, en kwam gisteravond in een vadoonstrik terecht!'

Zijn mededeling was aanleiding tot woest gelach, want vadoons waren domme grazers die gemakkelijk te vangen waren. De beesten werden voornamelijk gevangen voor hun huiden, en ze ergerden eigenaren van boomgaarden omdat ze fruitbomen vernielden. De knaap moest wel heel onoplettend of heel dom zijn dat hij in zo'n strik was getrapt.

'Laat me gaan!' gilde hij toen hij in de pot werd gezet. Hij was bereid met blote handen en voeten te vechten als hij de kans kreeg, maar de bedienden duwden hem omlaag tot hij klem zat in de pot, met zijn knieën onder zijn kin. Hoe hij ook zijn best deed, uit deze positie kon hij zich niet zonder hulp bevrijden, en niemand zou hem helpen.

Valko schreeuwde: 'Je bent een beest! Zelfs te stom om te vechten voor je plek tussen de mannen. En je zult sterven als een beest!'

De jongen begon te schreeuwen, een reeks woeste grauwen en onverstaanbare kreten. De gasten lachten, want zijn machteloze frustratie en woede waren grappig. Valko gebaarde, en bedienden begonnen emmers water over het hoofd van de jongen te gieten. Hij spoog en brulde het uit, en het gelach in de ruimte werd alleen maar luider.

'Vroeger,' zei Valko, 'vond men het grappig om een zwakkeling in koud water te zetten en dat dan langzaam aan de kook te brengen. Nu hebben we geen vuur nodig, want er zijn andere middelen die datzelfde bereiken zonder hitte.' Hij gebaarde nog eens. De bedienden strooiden de inhoud van twee zakken in het water en stapten toen achteruit.

De chemische middelen begonnen te reageren en het water ging borrelen. Het woedende geschreeuw van de opstandige jongeling veranderde al snel in kreten van pijn.

Er kwam iets van het watermengsel op een bediende terecht die in de buurt stond, en hij klauwde gillend van pijn naar zijn ogen.

De gasten kregen de slappe lach. Hoe harder de gevangene gilde, hoe groter de hilariteit onder de gasten werd. De jongen verzette zich hevig, waardoor spetters vloeistof op zijn schouders, nek en gezicht belandden, en er zich blaren en roodoranje wonden begonnen te vormen.

Het gekrijs hield bijna een kwartier aan, en toen de gevangene op het randje van de dood was, zag Valko de gasten opstaan van hun stoel en gretig toekijken. De vrouwen waren opgewarmd, zag Valko, aangezien veel van hen met hun handen over hun lichaam gingen en veel mannen duidelijke tekenen van lust vertoonden.

Zijn moeder had gelijk gehad. Eén enkel slachtoffer op het juiste moment was veel effectiever dan de willekeurige slachtpartijen die meestal werden georganiseerd voor dit soort evenementen. Kijken naar zes Minderen die werden vertrapt door beesten of opgevreten door uitgehongerde zarkis was te veel van het goede en leidde af, maar één sterfgeval, kunstig georganiseerd, zorgde voor een intense concentratie.

Valko gebaarde naar een bediende. 'Vraag aan heer Makara's dochter of ze naar me toe wil komen.'

De bediende rende naar het meisje dat hij had aangewezen en fluisterde haar iets toe. Ze draaide haar hoofd en haar ogen glansden gretig terwijl ze met haar handen de stof van haar jurk vastgreep. Valko wist dat als hij het wilde, ze zich nu meteen door hem zou laten nemen, in het bijzijn van alle gasten.

Verschillende heren van de Sadharin waren opgestaan van de hoofdtafel en dicht bij de vrouwen gaan staan die ze vanavond mee naar bed zouden nemen. Valko nam aan dat er in de loop van de komende jaren heel wat aanspraken zouden volgen, dat vele zoons zouden arriveren bij kastelen als resultaat van de paring van vanavond. Alleen Valko, zijn moeder en een handjevol Ruiters van de Sadharin wisten dat elk van die koppels was geregeld door de Bloedheksen, en dat elk kind dat uit deze avond zou voortkomen en het Schuilgaan overleefde, een dienaar van de Witte zou worden.

Gedachten aan de Witte waren moeilijk vast te houden in de van bloed en lust doortrokken roes van het moment. Valko glimlachte toen de jongeling zijn laatste adem uitblies en zei: 'Zwakkeling.'

Zijn moeder fluisterde: 'Hij was geen toevallige passant op het land van de Camareen, mijn zoon. Hij was onderweg naar dit kasteel. Hij was Arukes zoon. Jouw broer.'

Valko voelde een vreemde kilte in zich opkomen en draaide abrupt zijn hoofd om. Hij keek zijn moeder in de ogen en op dat ogenblik waren zijn gevoelens zo verward dat hij niet wist of hij zich ervan kon weerhouden haar te slaan. Maar haar zachte aanraking gaf hem richting. 'Als je iets anders had gedaan, zou je dodelijk zwak zijn geweest in de ogen van je gasten: je zou iedereen hebben laten zien dat je het niet echt waard was om de Camareen te leiden. Je moet alleen wel de prijs weten van wat je doet. Je strijd is nog maar net begonnen, mijn zoon, en de pijn die je nu voelt, zal terugkeren, vele keren in de jaren die komen.' Ze streelde over zijn wang, zoals ze altijd had gedaan toen hij klein was. 'Ga nu,' fluisterde ze. 'Zet alle gedachten aan pijn en leed, bloed en dood van je af. Ga een sterke zoon maken.'

276

Valko zette zijn verwarring van zich af, verliet de tafel en vond het meisje wachtend bij de deur van de gang naar zijn kamers. Hij legde een arm om haar middel en omhelsde haar ruw, hongerig en zonder tederheid. Toen pakte hij haar hand en nam haar mee zijn slaapkamer in.

Het was een vreemd avondmaal. Puc zat aan het hoofd van de tafel, met Martuch tegenover zich. Ipiliac, gekleed in vreemde kleding, liepen stilletjes rond om schalen neer te zetten of weg te halen en kruiken en kommen te vullen, alles zonder een woord te zeggen.

Martuch stond erop dat ze een week lang voor hun vertrek elke avond zo moesten eten, want dat was, zei hij, de beste manier waarop ze konden wennen aan alles wat Dasati was.

'Dit eten is niet precies wat je op Kosridi zult krijgen, maar het lijkt erop. Voldoende om te zorgen dat je niet op een onverwachte manier zult reageren op een heel normaal gerecht. Degenen die je bedienen, gedragen zich zoals Minderen doen, dus let op ze. Je zult bijna nooit aan een tafel zoals deze zitten, want dit is hoe de strijders eten. De enige keer wanneer mannen en vrouwen aan één tafel eten, is wanneer ze alleen zijn, misschien na het copuleren.'

Puc knikte. Martuch was een uitmuntend leermeester geweest. Zijn geest was een schatkist met een miljoen details over het Dasatileven. Puc kon zich niemand voorstellen die geschikter zou zijn om hen op deze expeditie voor te bereiden.

Ze hadden wekenlang de taal geoefend en een overtuigend verhaal verzonnen; dat zij drie Zorgers waren die Martuch dienden. En de jonge strijder Bek was de zoon van een verre edele in een lager genootschap die een pelgrimage maakte naar Omadrabar, de stad van de tekarana. Dat was niet ongehoord, vooral als de jonge strijder overwoog Doodspriester te worden. Want in Omadrabar stond de grote tempel van de Duistere, waar volgens Martuch de levende god woonde en waar alle macht vandaan kwam.

Puc maakte zich zorgen over Bek, hoewel Nakur zei dat de

jonge strijder wel in toom gehouden kon worden. Hij leek wel een heel ander wezen hier op Delecordia, en Puc vroeg zich af welke veranderingen hij nog zou ondergaan op het tweede niveau van de realiteit. Bek werd op veel manieren een Dasati. Hij hoefde maar één keer te horen wat er van hem verwacht werd, en dan deed hij dat, zonder falen.

Nakur had vanaf het begin aangegeven dat hij vermoedde dat er iets buitenaards, gevaarlijks, misschien zelfs iets dat verbonden was met de Naamloze, binnen in Bek zat. Maar misschien kwam die duisternis wel van de Duistere God van de Dasati. Puc vond het vreselijk dat er zoveel onbekende factoren waren, maar hij vertrouwde erop dat hij het in ieder geval zou overleven; hoe had hij anders die boodschappen aan zichzelf kunnen sturen?

Om Magnus en Nakur maakte hij zich de meeste zorgen, want hij wist in zijn hart dat Lims-Kragma's overeenkomst met hem, toen hij bijna dood in haar zaal lag, geen loos dreigement was geweest. Hij zou iedereen van wie hij hield zien sterven, ook zijn kinderen. Maar elke dag bad hij dat vandaag niet de dag zou zijn waarop die pijn begon. Nu vroeg hij zich af of hij gedoemd was zijn zoon en Nakur allebei te verliezen tijdens deze waanzinnige missie.

Puc zette zijn bedenkingen uit zijn hoofd, want hij wist dat het zonde van de energie was, zowel mentaal als emotioneel, om zich druk te maken over dingen waar hij niets aan kon veranderen. Elk lid van het Conclaaf ging er bewust mee akkoord het gevaar op te zoeken en zijn leven te riskeren voor een groter goed. Maar toch, dat besef maakte Pucs zorgen niet minder.

Martuch zou de mentor van de jonge Bek spelen, een strijder die trouw had gezworen aan Beks zogenaamde vader. De bondgenootschappen van de Dasati waren zo complex, zo meerlagig van aard, dat niemand anders dan een Voorziener die in de Zaal van Voorvaderen werkte elke genoemde heer, familie, clan of strijdgenootschap zou kunnen herkennen.

Denkend aan dat onderwerp zei Puc: 'Martuch, je zei dat je

een Ruiter van de Sadharin gaat spelen. Is dat een realistische positie voor je, of een dekmantel?'

De oude strijder knikte. 'Ik kom uit dat genootschap. Je zult zien dat we onder Dasatistrijders gerespecteerd worden en een lange, glorieuze geschiedenis hebben. Bovendien zijn er onder de leden veel die onze zaak een warm hart toedragen.' Hij pakte een stuk pombafruit, scheurde het met zijn duimen open en beet in het geurige vruchtvlees. 'De agenten van de Duistere zouden dit bijzonder graag willen weten, Puc. Als bekend wordt dat enkele leden van de Sadharin sympathie hebben voor de Witte, leidt dat gegarandeerd tot de totale uitroeiing van ons genootschap. De tekarana, in het verre Omadrabar, kan een hele streek van Kosridi laten verwoesten, gewoon om ervoor te zorgen dat de "infectie" geheel wordt uitgeroeid. Het zou duizenden levens kosten.'

'De Witte?' vroeg Puc. 'Wie of wat is de Witte?'

'Dat is een lang verhaal, of eigenlijk een reeks lange verhalen,' zei Martuch. 'Maar dit kan ik je wel vertellen: in vroeger tijden waren er twee krachten die ons universum bestuurden, de Duistere en de Witte.'

'Aha,' zei Nakur. 'Kwaad en goed.'

'Zo noemen jullie ze.' Martuch haalde zijn schouders op. 'Ik heb het nog altijd moeilijk met die concepten, hoewel ik ze wel voor waar heb aangenomen. Ons hele leven horen we dat "de Witte" iets is wat je moet vrezen, een ziekte binnen de Dasatisamenleving, en mijn moeder heeft me als kind in het Schuilgaan meer dan eens gewaarschuwd dat als ik niet gehoorzaam was, ik naar de Witte zou gaan.' Hij lachte bij de herinnering. 'Ik vraag me af wat ze nu zou zeggen.'

Martuch legde zijn mes neer en vervolgde: 'De Witte is een organisatie, maar het is ook een geloof, een fervente hoop dat er meer in het leven is dan gedachteloze slachtpartijen en Zuiveringen. We hebben niet veel van wat jullie zien als beschaafde gebruiken – muziek, kunst, literatuur – dingen die de Ipiliac heel gewoon vinden, en jullie mensen ook, vermoed ik. Toen ik voor het eerst een boek zag dat niet religieus was of een waarschuwende fabel over de macht van de Duistere, kon ik mijn ogen nauwelijks geloven. Wat voor waanzin was dat, dat iemand was gaan zitten om betekenisloze woorden op te schrijven voor het vermaak van anderen? En dan die muziek die niet bestaat uit strijdliederen of tempelpsalmen! De Minderen hebben hun werkliederen, maar muziek die alleen dient om voor je genoegen naar te luisteren? Heel apart.

Ik werd hierheen gestuurd om die dingen te leren, Puc, en aangezien ik als Dasati het best met jullie kon communiceren, kreeg ik de taak om jullie te begeleiden.'

Weer had Puc het donkerbruine vermoeden dat Vordam niet zomaar een gids voor hen had gezocht, maar dat er meer achter zat. 'Wie heeft je gestuurd?'

Puc had die vraag al eerder gesteld, en kreeg nu weer hetzelfde antwoord. 'Er zullen je nog veel dingen worden verteld, maar niet dat, niet nu.' De toon waarop Martuch sprak liet er geen twijfel over bestaan dat dat onderwerp taboe was.

'Begrepen,' zei Puc. De Dasati deden niet aan halve maatregelen, had hij geconcludeerd. Ze waren de gevaarlijkste sterfelijke wezens die hij ooit had ontmoet. Ze waren niet alleen sneller dan mensen, feller dan jachttrollen en dapperder dan de moedigste Tsuranistrijder, maar ze hadden bovendien een gedachtewereld die je alleen kon omschrijven als moorddadig. De dood was hun antwoord op de meeste sociale problemen, en Puc vroeg zich af hoe zo'n samenleving had kunnen ontstaan, en hoe die kon overleven. Hij herinnerde zich dat Nakur dikwijls had gezegd dat het kwaad per definitie waanzinnig was. Als dat waar was, dan waren de Dasati de waanzinnigste wezens in twee universums. Maar op basis van wat hij van het Orakel had gehoord en wat hij uit Martuchs informatie had kunnen afleiden, was die samenleving niet altijd zo geweest. De opkomst van de Duistere God van de Dasati ging schuil in de nevelen van het verre verleden, en werd vertroebeld door mythes en legenden, maar het was pas relatief laat in de geschiedenis van het ras gebeurd. Tot die tijd hadden ze veel geleken op de Ipiliac: complex, voornamelijk vredig, en productief.

'In onze geschiedenis is er een tijdperk dat bekendstaat als de Chaosoorlog,' zei Puc tegen Martuch. 'Toen kwamen sterfelijke wezens en lagere goden in opstand tegen de hogere goden. Het is een tijd die verloren is geraakt in de geschiedenis, maar we weten er wel iets van. Volgde de opkomst van de Duistere ook na zo'n conflict?'

'Ja,' antwoordde Martuch. 'Ze zeggen dat de winnaars de geschiedenis schrijven, en de Doodspriesters maken geen onderscheid tussen leerstellingen en geschiedenis. De geschriften van Zijne Duisternis zijn wat ons betreft geschiedenis. De enige reden waarom ik van die verschillen weet, is dankzij de archieven van de Ipiliac, die teruggaan tot voor hun vlucht vanaf Omadrabar.'

'Die archieven zou ik graag zien, als er tijd voor is.'

'Ja, die is er wel, en het zou een verstandig gebruik zijn van jullie resterende tijd hier.'

'Waarom ben jij naar Delecordia gekomen?'

'Dat is een verhaal voor een ander moment, dat zal moeten worden verteld door iemand anders. Maar dit wil ik wel kwijt: tot vijfentwintig van jullie jaren geleden, leek ik veel op elke andere jonge Dasatistrijder. Ik had het Schuilgaan overleefd, mijn weg naar het kasteel van mijn vader gevonden en een andere strijder gedood in de Beproevingszaal om mijn plaats in zijn huis te verdienen. Ik werd verwelkomd bij de Sadharin en deed alles wat een goede Dasatistrijder zou doen. Ik joeg op kinderen tijdens Zuiveringen, doodde vrouwen die hen probeerden te beschermen, paarde met vrouwen om politiek voordeel te behalen, en was altijd bereid de roep van de karana te beantwoorden en de wapens op te pakken.

Twee keer heb ik geholpen een opstand neer te slaan, of zo werden ze althans genoemd door degenen die hun vijanden wilden vernietigen, en drie keer heb ik gediend in campagnes tegen rivaliserende strijdgenootschappen. Ik heb zes grote verwondingen opgelopen en meer lichte dan ik kan tellen, maar ik twijfelde niet aan mijn superioriteit. Er kwamen zoons die het overleefden, en ik vond een vrouw die me dermate behaagde dat ik, toen onze zoon aankwam, haar vroeg zich bij mijn huishouding te voegen. We hadden wat jullie een "gezin" zouden noemen. Dat concept bestaat niet in de geest van de Dasati, maar dat was ik: de gelukkige vader van een gezin.

Toen gebeurde er iets en veranderde het leven dat ik kende. Ik zou mezelf nooit meer kunnen beoordelen volgens de normen van mijn ras, en sinds die tijd probeer ik mijn volk te veranderen.' Hij staarde voor zich uit alsof hij het verleden weer voor zich zag. 'Mijn vrouw – echtgenote, als je wilt – mist me, zoals ze me zo vaak vertelt. Mijn zoons beheren ons kleine landgoed best redelijk, en we leven in een tijd van relatieve vrede.' Hij legde de schil van de vrucht die hij had gegeten neer en veegde zijn handen af aan een doek. 'Alles is zoals het zou moeten zijn in het Dasatirijk,' zei hij op droge, bittere toon. 'De enigen die sterven, zijn de onschuldigen.'

Puc zei niets.

Martuch grinnikte. 'Weet je dat er in de taal van de Dasati geen woord is voor "onschuldig"? Het woord dat er het dichtst bij in de buurt komt, is "onbebloed", wat betekent dat je nog geen leven hebt genomen.' Hij schudde zijn hoofd terwijl hij naar zijn wijnbeker reikte. 'Om onschuld te kennen, moet je weten wat het concept "schuld" inhoudt. Dat is nog zo'n woord dat wij niet hebben. Wij spreken over "verantwoordelijkheid". Ik denk dat het komt doordat de schuldigen al dood zijn... van binnen.' Hij stond op. 'Excuseer mij. Ik heb te veel gedronken.' Hij keek Puc aan. 'Het archief is buiten, aan het eind van de straat links. Het lijkt veel op de andere gebouwen, maar er hangt een blauw vaandel met een witte cirkel boven de ingang. Ga daarheen, en alles wat je wilt zien, zal je worden getoond. Ik kom morgen laat in de middag terug. Goedenacht.' Met die woorden vertrok hij.

Magnus wendde zich tot zijn vader. 'Vreemd.'

'Ja, behoorlijk,' zei Puc. 'Vanuit het oogpunt van de Dasati...'

'... zijn jullie zwak en verdienen jullie de dood,' zei Bek.

'Mijn vader is nauwelijks zwak te noemen,' zei Magnus. 'Dat is niemand van ons.'

'Ik bedoel jou of je vader niet,' zei de jonge strijder. 'Ik bedoel mensen in het algemeen. Jullie zijn zwak en verdienen de dood.'

Puc merkte dat Bek over mensen sprak als 'jullie' in plaats van 'wij'. Hij keek Nakur aan, die lichtjes zijn hoofd schudde.

'Vader, ik denk dat ik ook maar naar mijn kamer ga,' zei Magnus. 'Ik wil nog een tijdje mediteren voor ik ga slapen.'

Puc knikte en de jonge magiër verliet de kamer. De bedienden stonden te wachten, en Puc besefte dat ze niet zouden vertrekken tot zij ook weg waren. Hij gebaarde naar Nakur, die zei: 'Kom, Bek, we gaan een eindje wandelen.'

Ralan Bek stond energiek op. 'Mooi. Ik wandel graag door deze stad. Er zijn hier zoveel interessante dingen te zien, Nakur.'

Puc en Nakur kwamen overeind en volgden Bek de vroege avondlucht in. Puc haalde diep adem en zei: 'Ik denk dat we ons helemaal hebben aangepast, want het ruikt hier nu net zoals in Krondor of Kesh.'

'Beter,' zei Nakur. 'Niet zoveel rook en afval.'

Terwijl ze over straat liepen, zei Puc: 'De Ipiliac zijn veel pietluttiger dan mensen, denk ik door alles wat ik hier zie.'

'Ja,' zei Bek. 'Dit is een hele mooie stad. Het zou best leuk zijn de boel te zien fikken.'

'Misschien ook niet,' zei Nakur snel. 'De ene brand lijkt toch veel op de andere.'

'Maar denk je eens in hoeveel groter de brand hier zou zijn, Nakur.'

'Misschien heeft hij iets van Prandur in zich?' zei Puc zachtjes, verwijzend naar de vuurgod die bekendstond als de 'Stedenbrander'.

Nakur grinnikte. 'Bek, wil je iets nieuws zien? Iets wonderbaarlijks?'

'Ja, Nakur, graag. Het is hier interessanter dan de meeste plekken waar ik ben geweest, maar de laatste tijd verveel ik me bij al dat zitten en praten.'

Puc keek Nakur aan, die gebaarde dat hij moest wachten en

zei: 'Je kunt morgen wel naar het archief. Dit is iets wat jij ook zou moeten zien.'

Ze wandelden door de stad, knikten beleefd naar passerende burgers en kregen maar af en toe een vreemde blik toegeworpen. Martuch en Kastor hadden allebei gezegd dat bezoekers uit andere werelden hier niet vaak werden gezien. Toen ze bij de oostpoort van de stad waren aangekomen, wees Nakur omhoog. 'Op die heuvel.'

'Waar gaan we naartoe?' wilde Puc weten.

'Wacht maar af,' zei de kleine gokker met een vergenoegde glans in zijn ogen.

Ze beklommen de heuvel, en toen zagen Puc en Bek wat Nakur hun had willen tonen. In de verte rees een glinsterende streep op uit het oosten, die omhoogstak in de nachthemel en verdween in de verte.

'Wat is dat?' vroeg Bek.

'De Sterrenbrug,' antwoordde Nakur. 'Martuch zei dat we hem op een heldere nacht zouden kunnen zien. Die stad daar is Desoctia, en de Ipiliac gebruiken die brug om te reizen naar een wereld die Jasmadine heet. Het is dezelfde magie die wij gaan gebruiken om tussen de Dasatiwerelden heen en weer te reizen, hebben ze me verteld.'

'Hoe ver weg is die stad?' vroeg Puc.

'Zo'n tweehonderd mijl in vogelvlucht.'

'Dan moet dat wel een heel grote brug zijn,' zei Bek.

'Of het is heel helder weer,' merkte Puc op.

Ze bleven een tijdje zwijgend staan kijken naar de gloed van de lichtbrug in de verte, die hen naar een ander niveau van de realiteit zou brengen.

19

KOSRIÐI

Martuch stak zijn hand op.

Alle ogen richtten zich op hem. De vier mensen en de Dasatistrijder stonden midden in een grote, gewelfde ruimte, op een plek die in Pucs ogen veel leek op zijn Academie op Sterrewerf, een plek om te studeren en leren. Hij was de afgelopen dagen hier en in het archief geweest om zo veel mogelijk te leren over de Dasati. Dat bleek overigens wel tegen te vallen, want het grootste deel van de Ipiliacgeschiedenis begon bij het punt waarop het volk op Delecordia was aangekomen.

De dingen die hij gelezen had, waren niet hoopgevend, want de Ipiliac bekeken de Dasati zoals je zou verwachten van een verslagen volk dat sprak over zijn onderdrukkers. Toch had Puc het gevoel dat ze zich nauwelijks beter hadden kunnen voorbereiden op deze ongelooflijke reis.

De ruimte was een zaal die werd gebruikt voor vergaderingen en sociale bijeenkomsten en zo groot dat ze dit afgezonderd en zonder afleiding konden doen, had de Ipiliacmagiër verteld die hen bij deze reis naar het tweede niveau hielp. Puc, Magnus en Nakur hadden gretig geluisterd naar de tovenaar toen hij vertelde wat er zou gaan gebeuren, maar zelfs Puc kon zich amper voorstellen welke kunsten daaraan te pas zouden komen.

'Zo meteen begint de overgang,' zei Martuch. 'Jullie hebben nog nooit zoiets ervaren, als jullie geluk hebben. Ik heb deze overgang al een keer of tien gemaakt, en telkens zweer ik dat ik het niet nog eens zal doen. Zijn jullie klaar?'

Puc stond met een arm door die van Nakur gehaakt, die zijn arm om die van Bek had geslagen. Magnus stond aan de andere kant en hield zijn vader en Martuch vast. Martuch had gewaarschuwd dat ze gingen reizen door een rijk dat hij alleen maar 'het grijs' noemde, en dat al hun zintuigen daardoor van slag zouden raken. Die overgang duurde maar heel even, maar ze zouden het gevoel hebben alsof de tijd stilstond.

De Ipiliacmagiër die was opgeroepen om hun overgang te begeleiden, had veel moeite gedaan om Puc, Nakur en Magnus te laten weten wat ze konden verwachten. Bek maakte zich geen zorgen en negeerde de waarschuwingen. Hij stond te springen om eindelijk naar 'die volgende plek' te gaan.

Puc haalde diep adem en zei: 'Klaar.'

Martuch knikte eenmaal naar de tovenaar, die zijn staf boven zijn hoofd hief voor het laatste deel van een bezwering waarmee hij bijna een uur eerder begonnen was.

Plotseling verdween de ruimte rondom hen. Puc probeerde adem te halen, maar hij wist dat hier geen lucht was, want hij herkende deze plek! Hij was weer in de ruimte tussenin! Hier had Macros de Zwarte hem mee naartoe genomen toen hij de eerste scheuring van Tsurani afsloot, aan het eind van de Oorlog van de Grote Scheuring. Hij wist precies waarom Martuch hem had gewaarschuwd. Puc tastte rond met zijn gedachten en beschutte snel zijn medereizigers, zoals Macros hem toen had beschut. *Vader,* hoorde hij Magnus in zijn hoofd vragen. *Waar zijn we?*

We zijn in een ruimte tussen momenten, zoon. We bevinden ons in de materie van het universum zelf, tussen die draden die Nakur 'spul' noemt, in de leegte zelf.

'Je kunt wel spreken,' zei Nakur. 'Hoewel ik niets kan zien.'

Plotseling werden Puc en de anderen zichtbaar, en Martuch vroeg: 'Hoe...?'

'Ik ben hier eerder geweest,' legde Puc uit. Hij wendde zich tot Magnus. 'Je grootvader heeft me mee hiernaartoe genomen.

Dit is het rijk van de leegte, waar de goden streden tijdens de Chaosoorlog.'

'Het heeft nog nooit zo lang geduurd...' zei Martuch.

'Misschien omdat we met ons vijven zijn,' opperde Bek, die kennelijk gefascineerd was door het totale gebrek aan referentiepunten om hen heen. De leegte was een uitgestrekt niets: geen licht, geen geluid, geen gevoel.

'Dank je hiervoor, Puc,' zei Martuch. 'De overgang is altijd koud en pijnlijk geweest.'

'Het zal niet plezierig zijn als we aankomen,' antwoordde de magiër. Zijn uitspraak werd meteen bevestigd, want de overgang naar het tweede niveau van de realiteit was verscheurend. Het leek wel alsof elk deeltje van hun lichaam en geest uit elkaar werd gereten. Toen Puc voelde dat hij de Dasatiwereld in werd getrokken, flitste er iets door zijn gezichtsveld. Hij probeerde de beweging te volgen, maar werd fysiek uit de leegte gerukt, en plotseling stond hij op een stenen vloer in een ruimte van zwarte steen. Hij was op Kosridi.

De pijn schoot op en neer door elke zenuw van Pucs lichaam, en hij bleef staan hijgen alsof hij een hardloopwedstrijd achter de rug had. Iedereen was er, met hun armen in elkaar gehaakt zoals ze vanaf Delecordia waren vertrokken.

Puc wankelde lichtjes toen hij de armen van Nakur en Magnus losliet. 'Er was...' begon hij.

'Wat is er?' vroeg Nakur, zijn gezicht ongebruikelijk ongerust.

'Iets...' zei Puc. 'Ik vertel het later wel.'

Hij richtte zijn aandacht op zijn omgeving en moest een paar keer knipperen, alsof er iets mis was met zijn ogen. Toen besefte hij, nog meer dan op Delecordia, dat hij dingen zag waar de menselijke geest niet op was ingesteld. Overal waren kleurtinten en pulserende energieën te zien. De ruimte waarin ze verschenen waren, was afgewerkt met het zwarte steen dat hij ook op Delecordia had gezien, maar hier leek het constant van kleur te veranderen. Het effect was bijna te veel voor hem.

Op dat ogenblik besefte hij dat ze niet alleen waren. In de ruimte wachtten twee gestalten, een man en een vrouw. Puc kon de vrouw alleen omschrijven als koninklijk. Haar hoge voorhoofd en rechte neus maakten haar bijzonder mooi, ondanks haar buitenaardse gelaatstrekken. Haar ogen waren bijna katachtig van vorm, en ze had volle lippen.

De man droeg de wapenrusting van een strijder, hoewel iets aan zijn gezicht Puc het idee gaf dat hij nog jong was. De vrouw keek naar Magnus en trok haar wenkbrauwen een stukje op. Ze zei: 'Die daar lijkt bijna een Dasati, mijn zoon. Hij is zelfs knap. Jammer dat hij geen strijder is.'

Puc keek naar zijn zoon en besefte dat er een betovering over hen lag. Hij zag zowel de Magnus die hij kende als de Magnus die eruitzag als een Dasati, alsof de twee beelden over elkaar heen waren gelegd. Hij begreep waardoor Magnus met zijn lengte, zijn slanke gezicht en zijn lange neus in de ogen van dit volk aantrekkelijk was.

De jongeman stapte naar voren en zei: 'Ik ben heer Valko. Dit is mijn huis. Jullie zijn welkom, hoewel ik toegeef dat ik me moet inhouden om jullie niet te doden. De aanwezigheid van buitenaardsen hier zit me gewoon niet lekker, maar ik zal proberen mijn walging te onderdrukken.'

Puc keek naar Martuch, die tegen hem zei: 'Zie dat maar als de meest beleefde ontvangst die je ooit zult krijgen op een Dasatilandgoed, mijn vriend.' Hij wendde zich tot Valko. 'Ik ben Martuch, heer van de Setwala. Ik rijd met de Sadharin.'

'Welkom, Ruiter van de Sadharin!' zei Valko, volgens Puc een oprecht warme begroeting. Ze omhelsden elkaar met veel klappen op de rug en omvatten met de rechterhand elkaars pols. Toen richtte de jonge heer van het kasteel zijn blik op Bek.

Ralan Bek stond met zijn hoofd omlaag en keek vanonder zijn zware, zwarte wenkbrauwen naar Valko. Zijn ogen brandden als kooltjes in de weerschijn van het haardvuur, en zijn gezichtsuitdrukking kon niet anders worden omschreven dan hongerig. Toen vroeg hij: 'Martuch, mag ik hem doden?' Bek was gekleed als een Dasatistrijder en had zijn rol geoefend.

Martuch schudde zijn hoofd. 'Hij is onze gastheer, Bek.'

Toen schreeuwde Ralan, alsof hij al heel zijn leven niet anders deed: 'Ik ben Bek! Ik dien Martuch van de Setwala en rijd met de Sadharin!' Hij grijnsde als een waanzinnige wolf en wees naar Valko. 'Mijn meester zegt dat ik je niet mag doden, of die vrouw achter je mag nemen. Ik zal zijn wensen respecteren en mijn verlangens onderdrukken.'

'Is hij gek?' vroeg Valko.

Zijn moeder grinnikte. 'Hij heeft geen manieren, maar hij speelt de rol van een jonge Dasatistrijder goed.' Ze klopte Valko op de schouder. 'De meeste jongemannen in het Schuilgaan hadden mij niet als leermeesteres. Zijn gedrag zal deze... personen goed helpen.'

Puc begreep haar woordkeus. Dasati betekende 'mensen', maar het woord dat zij gebruikte was vager. Ze waren niet echt Minderen, maar ook zeker geen Dasati.

'Het is midden in de nacht,' zei Valko. 'Hebben jullie rust nodig?'

'Nee,' antwoordde Martuch, 'maar wel informatie. Er staat hier veel meer op het spel dan we hadden gedacht.'

Puc nam aan dat hij de talnoy bedoelde. Er was niet verder over het creatuur gesproken, en toen hij had geprobeerd het onderwerp aan te snijden, had hij de kous op de kop gekregen.

'Laten we naar een rustige kamer gaan, waar we alles kunnen bespreken wat ter tafel moet komen,' zei de vrouw.

Valko keek onbehaaglijk, en Puc stond ervan te kijken hoe snel hij de gezichtsuitdrukkingen van de Dasati had leren duiden. Hij wist dat hij dat deels te danken had aan de opleiding op Delecordia, maar de rest was het resultaat van de kunstige bezweringen die de Ipiliacmagiër had gebruikt.

De jonge heer van de Camareen zei: 'Maar weet je... ze zien eruit als Minderen, maar ik moet ze behandelen als gasten!'

Hij zei het op zo'n manier dat Puc plotseling de verholen belediging begreep. De moeder van de jongeling antwoordde echter: 'Laat je niet bedotten door hun uiterlijk. Elk van deze... personen is een meester met zeer veel macht, anders zouden ze hier niet zijn. Elk van hen is machtiger dan de meest hoogstaande Doodspriester. Denk daaraan.'

Zonder nog een woord te zeggen, draaide Valko zich om en liep weg, alsof hij verwachtte dat iedereen hem gewoon zou volgen. Puc keek Martuch aan, die aangaf dat hij zou volgen met Bek achter zich, en dan de vrouwe van het kasteel. Puc begreep dat ze snel hun nieuwe rollen in deze samenleving moesten gaan spelen. Hij bad in stilte, tot welke goden hem dan ook konden horen, dat ze deze reis allemaal mochten overleven.

Niets wat ze op Delecordia hadden gedaan, had Puc en zijn metgezellen voorbereid op de ervaringen op Kosridi. Zelfs in het relatief beschutte kasteel van heer Valko was het buitenaardse gevoel van deze realiteit bijna overstelpend. Puc streek met zijn hand over een tafel en verwonderde zich erover hoe die onder zijn vingers aanvoelde; het was hout, gewoon een soort donker hout met een fijne nerf dat een meubelmaker in Midkemia ook zou kunnen gebruiken, maar het was geen hout op een manier die echt was voor Puc. Het was het vlees van iets wat hetzelfde nut had als een boom in deze realiteit, net als de stenen leken op graniet en veldspaat, donker gevlekt met kleuren, maar hier bevatte het steen nog gevangen energieën, alsof de creatie ervan, diep onder de korst van deze wereld, nooit helemaal was voltooid. En het hongerde. Toen Puc de tafel aanraakte, voelde hij dat die via zijn vingertoppen de energie uit zijn lichaam wilde zuigen.

'Ongelooflijk,' zei hij zachtjes terwijl ze in de ruimte wachtten die door heer Valko en zijn moeder aan hen was toegewezen.

'Ja, zo ongeveer reageerde ik ook toen ik voor het eerst naar Delecordia ging,' zei Martuch. 'Toen ik mijn eerste wereld bezocht via de Galerij, kon ik me bijna niet verroeren van verwondering. Vanuit ons oogpunt, Puc, is jullie realiteit zo vreselijk fel en warm. Het is bijna te veel als je niet het vermogen hebt om je goed te concentreren. Het kan net zoiets zijn als proberen te luisteren naar één gesprek in een grote zaal waar iedereen met elkaar praat. Het is mogelijk, door je sterk te concentreren, en daarna wordt het makkelijker.'

'Martuch,' vroeg Nakur, 'waarom zou iemand van deze wereld het eerste niveau willen binnenvallen?'

'Waarom doet wie dan ook – een persoon, een volk, een natie – iets wat wij waanzinnig vinden?' Hij haalde zijn schouders op. 'Ze hebben hun redenen. Is dat waarom jullie hier zijn? Vrees je een invasie van de Dasati op jullie wereld?'

'Misschien,' zei Puc. 'Die zorg is deels wat ons drijft. We zouden liever ontdekken dat we het mis hebben en dat je ras geen bedreiging voor mijn wereld is.'

'Misschien is het tijd voor wat meer klare taal,' zei de Dasatistrijder. Hij zat op een kruk, nog altijd gekleed in zijn wapenrusting, terwijl de anderen op een stel divans vol kussens zaten. Bek staarde uit het raam alsof hij niet genoeg kon krijgen van het uitzicht. Puc begreep zijn fascinatie. De veranderende tinten van de nacht die overging in de dag, vormden een constant spel van energieën dat de blik trok. Zelfs het kleinste detail van dit niveau kon de verbeelding meevoeren. Eerder had Puc gemerkt dat hij zelf ook geboeid was door het uitzicht. Op een geheel eigen, buitenaardse manier was het prachtig, maar Puc moest zich er constant aan herinneren dat hun aanpassing aan het bestaansniveau van de Dasati een illusie was, en dat zelfs het gewoonste ding wat ze tegenkwamen gevaarlijk, zelfs dodelijk kon zijn.

Puc richtte zijn aandacht weer op Martuch. 'Ja, graag.'

'Ten eerste,' zei Martuch, 'moet je tegen niemand op deze wereld over de talnoy spreken tot je de Tuinier ontmoet.'

'De Tuinier?' vroeg Magnus. 'Is dat een naam, of een titel? Op onze wereld staat dat woord voor iemand die zorgt voor... planten, in een tuin.'

'Zo is het hier ook,' zei Martuch. 'Het is een naam die wij hem hebben gegeven opdat anderen niet weten wie hij echt is.'

'Wie is hij dan?' vroeg Nakur ter zake.

'Hij is onze leider, bij gebrek aan een beter woord, maar

Narueen kan jullie meer over hem vertellen; zij heeft hem ontmoet. Ik niet.'

'Hij is jullie leider, maar je hebt hem nooit ontmoet?'

'Het ligt ingewikkeld. Jarenlang zijn er personen onder de Dasati geweest die zich er niet toe konden brengen de leerstellingen van Zijne Duisternis te aanvaarden als het totaal van alle kennis. Onder jullie mensen zijn er neem ik aan ook die zich tegen autoriteit verzetten en de conventies uitdagen.'

'Absoluut,' zei Puc, met een blik op zijn zoon. 'Het komt regelmatig voor aan het einde van de kindertijd. Je kunt het elke menselijke ouder vragen.'

Magnus glimlachte lichtjes. Hij was even koppig geweest als zijn moeder toen hij nog klein was, en toen hij aan zijn opleiding bij zijn vader was begonnen, hadden ze vaak ruzie gehad voordat Magnus de wijsheid en kennis van zijn vader begon in te zien.

'Wij hebben geen kindertijd zoals jullie,' zei Martuch, 'dus ik zal maar aannemen dat je snapt wat ik bedoel. Degenen die de leerstellingen van de Duistere in twijfel trekken, worden ter dood gebracht, dus mensen met twijfels leren heel snel hun mond te houden.

Maar er zijn al heel lang facties in onze samenleving, waarvan de Zusterschap van de Bloedheksen het meest... "notoir" of "berucht" was, zoals jullie zouden zeggen, en die facties waren eeuwenlang rivalen van de Doodspriesters, en hadden elk hun eigen invloedssfeer. Er was een evenwicht.

Toen begonnen de Hiërofanten en priesters de Zusterschap te vrezen, en lieten ze vervolgens met de zegen van de tekarana tot afvalligen verklaren, opjagen en vernietigen. Enkelen van hen ontkwamen en hielden de oude leer in leven, en nu zijn ze weer onder ons, hoewel ze voor de meeste mensen wezens uit oude mythes en legenden blijven.

En er zijn mannen geweest, zoals ik, die geen reden hadden om de orde van de wereld in twijfel te trekken, maar dat toch deden.' Martuch keek uit het raam, langs Bek heen. 'Dit is een vreemde plek voor jullie, vrienden, maar voor mij is het thuis.

292

Hier is alles zoals het moet zijn, terwijl jullie werelden... vreemd en exotisch zijn. Maar ook al is dit mijn thuis, ik voelde toch dat er iets mis was, iets uit evenwicht was. Het toeval heeft me gemaakt tot wie ik nu ben.'

Martuch keerde terug naar zijn kruk en ging zitten. 'Ik heb werelden op het eerste niveau gezien, Puc. Ik heb mannen op insecten zien trappen, zonder nadenken, een gewoonte misschien, of een diep ingesleten afkeer van ongedierte. Beter kan ik je eigenlijk niet uitleggen hoe wij Dasatimannen reageren als we kinderen zien. Toen ik voor het eerst mannen en vrouwen van andere rassen hun kinderen zag dragen, vasthouden, hen aan de hand mee zag voeren over drukke markten, kon ik mijn ogen nauwelijks geloven.

Ik weet niet hoe ik het duidelijker kan uitleggen, maar het was voor mij even walgelijk als wanneer jij iets in het openbaar zou zien wat je vreselijk pervers vindt. Een moeder die haar kind uitscheldt omdat het wegloopt in de drukte, dat kon ik begrijpen, want onze moeders verdedigen ons met hun leven tijdens het Schuilgaan.' Hij zweeg even. 'Maar toen ik een vader zijn kind zag optillen, gewoon om het aan het lachen te maken...' Hij zuchtte. 'Dat zat me meer dwars dan jij ooit kunt begrijpen. Mijn maag draaide zich om.

Ik denk dat je het zou begrijpen als je plotseling op magische wijze naar een plek werd gebracht waar je getuige kon zijn van een Zuivering. Volwassen mannen in wapenrusting rijden door de nacht, stuiven door de struiken in het bos, galopperen door kampen vol angstige kinderen en woedende moeders, van wie er veel zich op speerpunten en zwaarden werpen om hun kleintjes een kans op overleven te geven, en... wel, die strijders lachen en maken grappen terwijl de baby's sterven... Wat jij zou voelen als je dat zag, zo voelde ik me als ik een man de wang van een zuigeling zag kussen.

En toch, diep van binnen, wist ik dat het verkeerde daaraan niet bij die vader en zijn kind lag, maar in mij en mijn ras.'

'Hoe kwam je aan dat inzicht?' vroeg Nakur. 'En hoe ben je voor het eerst naar de eerste cirkel gekomen?'

Martuch keek Nakur glimlachend aan. 'Alles op z'n tijd, mijn vriend.' Hij stond weer op en ijsbeerde door de kamer alsof hij zijn gedachten wilde ordenen. 'De eerste keer dat ik het gevoel had dat er iets niet klopte, zoals ik het zie, was tijdens een grote Zuivering.

De Ruiters van de Sadharin hadden bericht gekregen dat een Voorziener – een handelaar dus – bij zonsondergang in een dicht bos rook had gezien, slechts een halve dag rijden van dit kasteel vandaan. De bergen ten oosten van hier beginnen als uitlopers, en er zijn daar veel grotten en oude mijnen. Een georganiseerde groep zou ze in één jaar tijd nog niet allemaal kunnen verkennen, laat staan dat ze kampen met vrouwen en kinderen zouden kunnen vinden die zich constant verplaatsen.

We vertrokken bij zonsondergang, zodat we het kamp midden in de nacht konden aanvallen. Tegen de tijd dat we daar aankwamen, roken we houtrook in de lucht en hoorden we het zachte geluid van moeders die tegen hun nakomelingen kirden.

We werden vervuld van bloeddorst en wilden niets liever dan hakken en scheuren en die díngen onder de hoeven van onze varnins vertrappen. Een van de vrouwen was kennelijk alert, want we hoorden een waarschuwingskreet net voordat we het kamp bestormden. Onze vrouwen zijn intelligent, en bijzonder gevaarlijk als ze hun kinderen beschermen. Verschillenden van hen trokken met hun blote handen strijders uit het zadel, en stierven om hun kinderen te redden. Een van die vrouwen beet een strijder zijn strot af.

Ik heb die nacht drie vrouwen gedood om mijn broer de kans te geven zijn rijdier terug te vinden, en toen hij weer in het zadel zat, was het kamp verlaten. In het donker hoorde ik overal om me heen geschreeuw en gegil en het gejammer van kinderen, dat eindigde met het geluid van zwaarden die zich in vlees boorden.

Ik voelde mijn hart bonzen in mijn oren, en ik hijgde. Het is ongeveer hetzelfde gevoel dat we krijgen als we klaar zijn om te copuleren. In mijn beleving is het plezier gelijk: leven maken of leven nemen.

294

Ik reed de struiken rondom het kamp in, en toen voelde ik ineens iets. Ik keek omlaag en daar, ineengedoken onder een laaghangende tak, zat een vrouw met haar zoontje in haar armen. Ik zou haar nooit hebben gezien als ik door was gereden of niet op precies dat moment omlaag had gekeken. Dan had die vrouw bijna zeker kunnen ontkomen naar de vrijheid en veiligheid.'

Martuch hield op met ijsberen en keek Puc aan. 'Maar toen gebeurde er iets ongelooflijks. Ik hief mijn zwaard op om de vrouw te doden – zij was het gevaarlijkst – en dan de jongen. Maar in plaats van dat ze opsprong om haar kind af te schermen, hield ze hem stevig tegen zich aangedrukt en keek me in mijn ogen, Puc. Ze staarde me aan en zei "alsjeblieft".'

'Ik begrijp dat dat nogal... onverwacht was,' zei Puc.

'Ongehoord,' zei Martuch, die weer op zijn kruk was gaan zitten. '"Alsjeblieft" is een woord dat een Dasati maar zelden hoort, behalve van een Mindere die je iets aanreikt. Maar nooit als smeekbede, nee, dat is niet ons gebruik.

Maar iets in de ogen van die vrouw... Er lag kracht en vaardigheid in: dit was geen gejammer van een zwakke vrouw, maar een smeekbede aan iets diepers dan gedachteloos doden.'

'Wat deed je toen?' vroeg Magnus.

'Ik liet ze gaan,' zei Martuch. 'Ik stopte mijn zwaard weg en reed door.'

'Ik denk niet dat ik kan begrijpen hoe dat moet hebben gevoeld,' zei Puc.

'Ik begreep het zelf amper,' zei Martuch. 'Ik reed achter de anderen aan, en tegen zonsopgang waren er dertien vrouwen en een stuk of twintig kinderen afgeslacht. De andere ruiters lachten en kletsten onderweg terug naar de grote zaal van de Sadharin, maar ik hield mijn mond.

Ik had geen gevoel van trots, of dat ik iets had gepresteerd. Ik besefte op dat moment dat ik van binnen was veranderd, en dat er niets glorieus was aan het afslachten van degenen die zich niet goed kunnen verdedigen.

Een vrouw met een mes moet je met respect behandelen,

maar ik zat in het zadel van een voor de strijd opgeleide varnin, in volledige wapenrusting, met een zwaard en een dolk en een strijdboog aan mijn zadel. En dan moest ik het als een prestatie zien dat ik haar had gedood? Ik moest triomf voelen bij het afslachten van een kind dat zich alleen met nagels en tanden kon verdedigen?' Hij schudde zijn hoofd. 'Nee, ik wist dat er iets vreselijk mis was. Maar net als velen die dit inzicht krijgen, nam ik aan dat dat verkeerde binnen in mij zat, dat ik de waarheid van Zijne Duisternis uit het oog was verloren, dus ging ik naar een Doodspriester toe om raad te vragen.' Martuch keek Puc met een scheve glimlach aan. 'Het lot konkelde en bracht me bij een man die Juwon heette, een Doodspriester van de hoogste rang buiten de Binnentempel, een Hogepriester, iemand die jurisdictie had over deze hele regio van het rijk.

Hij luisterde naar mijn verhaal en vertrouwde me later toe dat het standaardbevel van de Duistere is dat iedereen die komt met de twijfels die ik uitsprak, meteen moet worden gearresteerd, ondervraagd, en dan ter dood gebracht. Ik had alleen toevallig de hoogst geplaatste prelaat in de streek in vertrouwen genomen die ook in het geheim voor de Witte werkte.

Hij luisterde, zei me dat ik er mijn mond over moest houden tegen anderen, maar vroeg me om terug te komen. We hebben elkaar in de maanden daarna vaak gesproken, soms urenlang, voordat hij me terzijde nam en zei dat het mijn roeping was om de Witte te dienen.

Tegen de tijd dat hij me dat vertelde, was ik al tot de conclusie gekomen dat hier veel meer achter zat dan mijn simpele aarzeling over het doden van één vrouw en één kind. Sindsdien heb ik vele keren met hem gesproken, en ook met Narueen en andere wijze mannen en vrouwen – priesters, Bloedheksen en anderen. Ik ben zoveel meer gaan begrijpen dan me als kind is geleerd.' Martuch boog zich naar voren. 'En zo ben ik de Witte gaan dienen. Sterker nog, ik ben van de Witte gaan houden en alles aan Zijne Duisternis gaan haten.'

'Hoe ben je naar het eerste niveau van de realiteit gekomen?' vroeg Nakur.

'Ik werd gestuurd door de Tuinier.'

'Waarom?' vroeg Puc.

'Hij is degene die het nauwst samenwerkt met de Witte,' zei een vrouwenstem bij de deur. 'We trekken zijn bevelen niet in twijfel. Als hij ons opdraagt naar een andere realiteit te gaan, dan gaat Martuch, of ik, of een ander die de Witte dient.'

Puc draaide zich om en ging meteen staan, met zijn ogen op de vloer gericht. Magnus en Nakur volgden zijn voorbeeld.

'Dat moet sneller,' zei Narueen terwijl ze de kamer binnenliep. 'Bij de geringste aarzeling val je al op. Minderen die opvallen zijn dode Minderen. Denk eraan: Zorgers zijn nuttig, maar worden ook geminacht omdat ze anderen willen helpen.'

Puc bleef roerloos staan, en ze nam zijn plaats op de divan in. 'Kom naast me zitten,' zei ze tegen hem. Toen liet ze de anderen weten: 'Jullie kunnen ophouden met acteren. Het zal bijna zeker de laatste keer zijn dat jullie de kans hebben vragen te stellen, en we moeten nog veel bespreken voordat jullie vertrekken.'

'Zo snel al?' vroeg Puc.

'Ja,' zei Narueen. 'Ik heb bericht ontvangen dat er mogelijk iets buitengewoons gaande is op Omadrabar. Hogepriester Juwon is naar het Hof van Zijne Duisternis geroepen, en als ze de priesters uit de buitenstreken oproepen, dan is dat voor een belangrijke vergadering.'

'Enig idee waarom?' vroeg Martuch.

'Als een Opperprelaat sterft en er een opvolger moet worden gezalfd, dan is een oproep van deze soort gebruikelijk; maar ik heb niet gehoord dat hij ziek was. Bovendien zou er met zo'n bevel nieuws zijn meegestuurd over zijn vroegtijdige dood. In het verleden riep de Opperprelaat nog wel eens zo'n vergadering bijeen om een nieuwe leerstelling bekend te maken; maar Juwon zou op de hoogte zijn van zo'n theologische beweging in de hiërarchie van de kerk.' Ze schudde licht haar hoofd; een heel menselijk gebaar. 'Nee, het moet iets anders zijn.' Ze keek Puc aan. 'We zijn altijd bang om ontdekt te worden. Maar één voordeel dat wij hebben, is dat de dienaren van de Duistere liever niet willen dat het volk weet dat we geen mythe zijn, dat we echt bestaan.'

'Als je zegt "wij",' zei Puc, 'bedoel je dan de Bloedheksen of de Witte?'

'Allebei,' antwoordde ze, 'want in mijn beleving zijn de Zusterschap van de Bloedheksen en de Witte al vele jaren één, al lang voordat we beseften dat we de kracht dienen die tegenovergesteld is aan de Duistere.'

'Martuch vertelde ons hoe hij ooit een vrouw en haar kind heeft gespaard. Ken je dat verhaal?' vroeg Nakur.

Narueen knikte met een open blik, die meer emotie bevatte dan Puc tot nu toe bij haar had gezien. 'Ik ken het verhaal goed, want ik was die vrouw, en Valko was het kind in mijn armen. We waren een eindje van de grotten weggegaan om te koken. Onze vuren waren natuurlijk te vroeg aangestoken. De kinderen waren onrustig, Valko kreeg tandjes en was chagrijnig. De verkoelende avondbries kalmeerde hem.'

'Waarom heb je alleen maar "alsjeblieft" gezegd?' vroeg Magnus.

Ze zuchtte. 'Dat weet ik eigenlijk niet. Een instinct waardoor ik iets in hem zag. Hij was een sterke krijger, het soort man dat vrouwen willen als vader van hun kinderen, en in de kracht van zijn leven. Hij was doordrongen van moordlust en wilde doden, maar hij had een... blik, iets in zijn ogen onder die angstaanjagende zwarte helm, waardoor ik hem gewoon vroeg om ons te sparen.'

'En zo neemt het leven een andere wending,' zei Martuch. 'Valko kent dit verhaal niet, en ik zou het op prijs stellen als jullie het hem nog niet vertellen. Hij zal er snel genoeg achterkomen. Wat jullie moeten weten, is dat onze jonge heer van de Camareen zijn positie pas sinds deze week heeft. Hij heeft zijn vader pas zes dagen voor jullie aankwamen onthoofd. De viering van zijn nieuwe positie vond eergisteren plaats. Als we toen waren aangekomen, waren de meesten van ons nu waarschijnlijk dood geweest.'

'Ik verwonder me vaak over die kleine schijnbaar willekeurige gebeurtenissen in het leven,' zei Puc. 'Dat iets alleen maar toeval lijkt, maar uiteindelijk zo belangrijk blijkt te zijn.'

Nakur was ongebruikelijk stil geweest tijdens het gesprek en had zich tevredengesteld met kijken en luisteren. Nu reikte hij in zijn buidel en haalde er een sinaasappel uit.

Puc zette grote ogen op. 'Hoe deed je dat?' Nakurs altijd aanwezige buidel had binnenin een permanente scheuring naar twee kanten, waardoor hij er zijn hand door kon steken en sinaasappelen en andere dingen van een tafel in een groente-winkel in Kesh kon pakken. Maar voor zover Puc iets van magie wist, kon dat hier onmogelijk werken.

Nakur grijnsde alleen maar. 'Andere buidel. Ziet er hetzelfde uit, maar is het niet. Ik heb er gewoon een paar sinaasappels in gestopt. Dit is de laatste.'

Hij stak zijn duim door de schil, pelde de sinaasappel en nam toen een hap. Hij trok een vies gezicht en zei: 'Afgrijselijk. Ik geloof dat onze smaak ook is veranderd.' Hij stopte de sinaas-appel terug in zijn buidel. 'Ik denk dat ik deze onderweg beter ergens kan weggooien.'

'Ja,' zei Martuch, die opstond en zijn hand uitstak. 'Ik zorg er wel voor. Het is beter als je niet aan een Doodspriester hoeft uit te leggen hoe je aan fruit van het eerste bestaansniveau komt.'

Nakur gaf hem de sinaasappel en keek naar Bek, die rustig uit het raam zat te kijken. 'Wat vind je zo fascinerend, Ralan?'

Zonder zich om te draaien antwoordde Bek: 'Ik vind het hier gewoon heel fijn, Nakur. Ik wil blijven.' Hij draaide zich om en zijn ogen glansden van emotie. 'Ik wil dat je rechtzet wat je met me hebt gedaan, die dag bij de grotten, omdat ik denk dat ik hier... gelukkig kan zijn. Dit is een goede plek, Nakur. Ik kan hier doden en mensen aan het huilen maken, en iedereen vindt dat grappig.' Hij keek weer uit het raam. 'En het is de mooiste plek die ik ooit heb gezien.'

Nakur liep naar het raam en keek naar buiten. 'Het is onge-bruikelijk helder vandaag...'

Door de manier waarop hij zijn stem liet dalen, keken Puc en de anderen hem bevreemd aan. 'Wat is er?' vroeg Puc.

'Kom hierheen,' zei Nakur.

Puc keek langs zijn twee vrienden naar buiten. Ze hadden even moeten wennen aan het daglicht van Kosridi, aangezien er weinig zicht was volgens Midkemiaanse normen, maar Puc had gemerkt dat toen zijn ogen gewend waren aan een veel breder spectrum – wat Nakur 'de kleuren voorbij violet, en onder het rood' had genoemd – hij een duidelijk verschil kon zien tussen nacht en dag. Als de zon boven hem stond, zag hij warmte en energie en veel meer details dan 's nachts. Maar zelfs in het donker zag hij veel meer met zijn 'Dasati-ogen' dan hij ooit voor mogelijk had gehouden. En hij begreep waarom hij geen duidelijke bewegwijzering had gezien op Delecordia of hier: het had even geduurd voor hij de energiesignaturen had gezien die op de stenen boven deuren waren aangebracht om het doel van een gebouw aan te geven.

Vandaag was het 'helder' omdat het onbewolkt was en de zon scheen. Puc zag het stadje voorbij het kasteel en de oceaan daarachter. Toen viel hem op dat er iets bekends was aan wat hij zag.

'Ik ben maar één keer eerder naar een plek als deze geweest,' zei Nakur. 'Jaren geleden, toen prins Valentijn achter...'

Puc onderbrak hem. 'Het is Schreiborg,' zei hij zachtjes.

'Het lijkt heel veel op Schreiborg,' zei Nakur.

Puc wees naar het zuidwesten. 'Daar zijn de Zes Zusters.'

'Zo heten die eilandjes inderdaad,' zei Narueen.

Puc herhaalde: 'We zijn in Schreiborg.' Hij keek weer naar buiten. 'Dit stadje is gebouwd... wel, op Dasati-wijze, als een reeks gekoppelde gebouwen zoals bij de Ipiliac, maar daar, die landtong die uitsteekt ten noorden van de haven... dat is Lang-punt!'

'Wat betekent dat?' vroeg Magnus.

Puc draaide zich om en ging in het vensterkozijn naast Bek zitten, die nog altijd naar buiten staarde. 'Dat weet ik niet. Op een bepaalde manier betekent het denk ik dat we thuis zijn, alleen op een ander niveau van de realiteit.'

Puc begon Narueen en Martuch vragen te stellen over de

geografie van het gebied en begreep al snel dat Kosridi Midkemia was, maar dan op het tweede niveau van de realiteit. Na bijna een halfuur vroeg Puc: 'Waarom zou al het andere anders zijn, maar de fysieke omgeving hetzelfde?'

'Dat is een vraag voor filosofen,' zei Nakur. Hij grijnsde. 'Maar ik hou evenveel van goede vragen als van goede antwoorden.'

'Zoveel mysteries,' zei Magnus.

'We vertrekken morgen met paard-en-wagen naar Kosridi Stad,' zei Martuch.

Puc dacht dat de hoofdstad van deze wereld ruwweg op dezelfde plek lag als Sterrewerf op Midkemia, en vroeg: 'Zou het per schip niet sneller gaan?'

'Ja,' antwoordde Martuch, 'als de wind uit de goede richting kwam, maar in deze tijd van het jaar hebben we die de hele weg tegen. Bovendien zijn er een stuk of wat gevaarlijke plekken langs de kust – ik ben geen zeeman, dus ik weet niet hoe je die noemt – rotsen onder het water, waar je ze niet kunt zien.'

'Riffen,' zei Puc, 'in onze taal.'

'Hoe dan ook,' zei Narueen, 'zodra we Ladsnawe bereiken, nemen we een snel schip over de Diamantzee naar de rivier die tot in Kosridi stroomt.'

Puc dacht hierover na en besefte dat de Bitterzee inderdaad min of meer diamantvormig was. 'Dus hoe lang?' vroeg hij.

'Drie weken, als alles probleemloos gaat. We hebben al snelle boodschappers op pad gestuurd om te melden dat we komen, dus we zullen elke avond onderweg een veilig toevluchtsoord hebben.'

'We hebben nog zoveel te bespreken,' zei Puc.

'Daar is nog wel tijd voor. Alles wat we doen, wordt begeleid door de Tuinier. Jullie reizen met een geleide van mensen die jullie geheimen zullen beschermen, ook al weten ze zelf niet wat die geheimen zijn. Speel je rol, dan komt alles in orde. We hebben nog tijd, meer dan genoeg tijd, geloof me.'

Narueen stond op en wees naar Magnus. 'Jij komt met mij mee.'

Magnus leek even verscheurd te worden tussen nieuwsgierigheid en de wens om zich voor te doen als gehoorzame dienaar. Toen stond hij op, boog zijn hoofd en volgde Valko's moeder. Puc keek Martuch aan, die licht glimlachte. 'Wat is hier gaande?' vroeg hij.

'Ze neemt hem vanavond mee naar bed,' zei Martuch. 'Hij is heel knap voor een Dasati. Veel vrouwen zullen met hem willen copuleren. Ik besef wel dat onze gebruiken voor jullie nogal bot en... ach, wat is toch dat woord dat jullie mensen gebruiken om afwijkend gedrag te verklaren?'

'Moreel?' opperde Nakur.

'Dat is het,' zei Martuch. 'We hebben geen moreel als het op voortplanting aankomt.'

'Maar kan hij...?'

'Ik ben geen deskundige,' zei Martuch, 'maar ik denk dat de grondbeginselen min of meer hetzelfde zijn, en terwijl Narueen zich wat gratis genoegen bezorgt, zorgt ze er ook voor dat je zoon niet dood is voor we ons doel bereiken.

Ik overdrijf niet. Hij is heel knap en veel vrouwen zullen zijn gezelschap willen. En ook wel een paar mannen, verwacht ik. Als hij zijn rol niet begrijpt – hoe hij moet gehoorzamen, hoe hij kan weigeren of wat hij kan verwachten – zien jullie hem misschien nooit terug.' Hij wees naar Bek. 'Net zoals hij vanavond een Mindere in zijn bed zal aantreffen.' Hij liet zijn stem dalen en voegde eraan toe: 'Ik denk dat hij er geen moeite mee zal hebben een Dasativrouw ervan te overtuigen dat hij een strijder is.'

'Ik ben getrouwd,' zei Puc snel.

Martuch lachte. 'Maak je geen zorgen, mijn vriend Puc. In Dasati-ogen ben jij veel te klein en gewoontjes om dat soort aandacht te trekken.'

'Ik val op meisjes,' zei Nakur.

Martuch lachte nog harder, schudde zijn hoofd en liep de kamer uit.

20

VUURPROEF

het stortregende.

Zes mistroostige jonge ridder-luitenanten van het leger van Roldem zaten ineengedoken onder de armzalige beschutting van een stuk grondzeil, dat haastig was opgehangen bij wijze van provisorische tent. Het regende al drie dagen onophoudelijk en ze waren tot op het bot verkleumd, hun voeten deden pijn, en ze konden zich niet herinneren wanneer ze voor het laatst hadden geslapen.

Nadat ze waren teruggekeerd van het conflict met Bardacs Houvast, hadden de zes opdracht gekregen om stroomafwaarts naar Olasko Poort te gaan met de eerste en derde infanterie van Olasko, en zich daar te melden bij de staf van generaal Devrees. De boottocht was kalm verlopen, en de jongens waren vol geweest van zichzelf en hun prestaties.

De veteranen in het eerste en derde ondergingen het grenzeloze optimisme van de jongens gelaten. Ze hadden het eerder gezien, en wisten dat het niet zou aanhouden, vooral sergeant Walenski, de hoogste sergeant die het bevel over het eerste en derde had. De twee eenheden waren tot de helft van hun normale aantal teruggebracht sinds Kaspar drie jaar eerder uit de macht was gezet. Ze werkten sindsdien als gezamenlijke eenheid, en Roldem stuurde maar mondjesmaat nieuwe rekruten naar het oude Olaskese leger.

Het eerste en derde hadden bevel gekregen om de grens met Salmarter schoon te vegen. Het was een chronisch probleem:

de meest zuidelijke provincie van Olasko was een groep van honderden eilanden, verblijfplaats van piraten, smokkelaars en schurken van alle soorten, en een uitstekende plek van waaruit de hele streek kon worden geplunderd. Roldem had besloten hard in te grijpen, als waarschuwing voor alle anderen in de streek die overwogen te gaan avonturieren in de twee nieuwste provincies.

'Waarom moesten ze zo nodig het regenseizoen uitkiezen?' vroeg Jommy, die huiverend onder het zeil zat. Ze droegen alle zes het uniform van het leger van Roldem: donkerblauwe tunieken, donkergrijze broeken en een tabberd met een riem eromheen. Ze hadden elk een conische helm met neusbescherming gekregen. Grandy's helm was de kleinste die hij had kunnen vinden, en was nog altijd een beetje te groot.

'Om ervoor te zorgen dat we alle mogelijke aspecten van de ervaring beleven?' opperde Godfrey.

'Nou, het is tenminste geen koude regen,' zei Tad.

'En de regen houdt de muggen weg,' zei Grandy vrolijk.

'Altijd de optimist,' zei Servan. Hij stak een hand uit en woelde door Grandy's natte haren. 'Het is maar goed dat we er daar in ieder geval eentje van bij ons hebben.'

'Ik wou alleen dat ze iets voor ons te doen hadden,' zei Zane.

'Pas maar op met wat je wenst,' zei Jommy. Hij wees met zijn duim, en iedereen keek om. Sergeant Walenski klom het korte pad op van de generaalstent naar de plek waar de meeste jongere officieren zaten.

Hij kwam voor hen staan en bracht hun een traag saluut, dat duidelijk aangaf wat hij vond van die zes 'kinderen' die aan hem waren toevertrouwd. 'Als de heren zo vriendelijk zouden willen zijn... De generaal wil jullie spreken.'

Jommy en de anderen kwamen onder hun afdak vandaan en toen ze de sergeant volgden, zei Jommy: 'U hebt zeker geen geluk gehad in uw zoektocht naar een fatsoenlijke tent voor ons, hè, sergeant?'

'Helaas niet, nee, luitenant,' antwoordde hij. De sergeant was een kleine man met brede kaken, met een grote snor die aan weerszijden van zijn gezicht uitstak en waarvan de punten waren omgekruld. Zijn haar was nog altijd grotendeels donker, maar met net voldoende grijs om zijn leeftijd aan te geven. Hij was vijfentwintig jaar soldaat geweest – eerst korporaal, toen sergeant – in het leger van Olasko en had weinig geduld met jonge officieren, vooral jongens die van de universiteit waren geplukt en die wat hem betrof soldaatje kwamen spelen terwijl echte mannen vochten en sneuvelden. Hij was bijna brutaal en beledigend geweest zonder echt het militaire protocol te schenden, maar de jongens twijfelden er niet aan dat hij liever had gehad dat deze zes luitenanten elders in het leger waren ondergebracht, waar dan ook behalve hier. 'Het spijt me te zeggen dat de kwartiermeester geen voorraden meer heeft ontvangen uit Opardum... luitenant.'

Jommy keek hem zijdelings aan. 'Nou, dank u voor de moeite, sergeant. Ik ben ervan overtuigd dat u hemel en aarde hebt bewogen.'

'We doen ons best, jonge heer. En nu, als u het niet erg vindt: de generaal wacht.'

De jongens sjokten de modderige heuvel af naar de bevelstent. Toen ze een rij wagens passeerden, bleef Jommy staan. 'Sergeant, wat ligt daar opgestapeld op die tweede wagen?'

De sergeant tuurde overdreven naar de wagen. Uiteindelijk zei hij: 'Goh, ik geloof dat dat een stapel tenten is, luitenant. Die moet ik over het hoofd hebben gezien.'

Jommy wierp een woedende blik op de sergeant toen hij langs hem de tent van de generaal binnenliep en zei: 'Ik hoop dat u de vijand ook niet over het hoofd ziet als ze opduiken.'

De tent van de generaal was een groot paviljoen met daarin een tafel waarop diverse kaarten lagen, een paar houten stoelen met zittingen van zeildoek en een eenvoudige slaapmat. Alles was vochtig of doorweekt, afhankelijk van waar in het lekkende paviljoen het stond. 'Wat een rotweer, hè?' zei de generaal.

'Inderdaad, commandant,' zei Jommy.

'We hebben melding gekregen over smokkelarij in de buurt van een plek die Falkane-eiland heet.' Hij wees de plek aan op de kaart en de zes officieren kwamen om hem heen staan. 'Ik zit een beetje in een lastig pakket. We hebben ook een melding gekregen dat Salmarter een expeditie heeft georganiseerd die ergens hier in de buurt over de grens komt. Dus ik moet het grootste deel van het eerste en derde intact houden, maar ik wil dat jullie zes met twintig man naar dat eiland gaan om te kijken of die geruchten waar zijn. Ga niet op zoek naar een gevecht; de aanblik van meer dan twee dozijn soldaten zou genoeg moeten zijn om te zorgen dat ze het op een lopen zetten.

Ik wil gewoon geen toestanden langs mijn zuidelijke flank als Salmarter besluit hier aan te vallen.' Hij keek de zes jongens aan en zei tegen de prins: 'Met alle respect voor uw familie, Hoogheid, maar wat doet u hier?'

Grandy haalde zijn schouders op. 'Mijn broers zitten allebei bij de marine, commandant. Ik neem aan dat mijn vader vond dat het tijd was voor mijn militaire opleiding.'

'Verdomd vreemde keus,' mompelde de generaal. 'Maar toch zal het u geen goed doen als u omkomt. Mijn assistent is geraakt door de pijl van een smokkelaar, en als u terugkomt, breng ik u onder bij mijn groep. De rest van jullie wordt verdeeld over het eerste en derde. Ik zal een compagnie toewijzen aan vier van jullie, en de vijfde komt hier op het hoofdkwartier werken, samen met de prins. Ga nu naar jullie groep bij het water en begin maar te roeien.'

Jommy keek nog een laatste keer naar de kaart, net als Servan, om de locatie goed in zich op te nemen. Toen brachten ze de generaal een saluut en vertrokken.

Buiten stond de sergeant op hen te wachten. 'Luitenanten?'

'Ik neem aan dat u de bevelen al kent, sergeant,' zei Servan. 'Is de compagnie verzameld?'

'Ja, luitenant, ze zijn klaar,' zei hij, en het lukte hem nog altijd om 'luitenant' als een belediging te laten klinken.

Ze volgden hem naar het water, waar een rivierboot lag aangemeerd. Nog eens zes boten deinden op en neer op de snel naar het zuidoosten voortrazende rivier. Twintig soldaten zaten op doorweekte balen hooi op hen te wachten.

306

Jommy keek naar Servan en zei: 'O, dit is toch niet te geloven.'

Servan zuchtte. 'Elke simulant, misnoegde en dief in het leger.'

'Ach, het zijn goeie jongens die we jullie jonge officieren hebben toegewezen,' zei sergeant Walenski. 'Ze hebben alleen maar wat problemen gehad, en ik weet zeker dat jullie zes prima jonge officieren ze wel in het gareel krijgen.'

Jommy keek naar de twintig doorweekte mannen, die terugstaarden naar de zes ridder-luitenanten. Degenen die hen niet kwaad aankeken, namen hen taxerend op, en de rest deed zijn best om ongeïnteresseerd te kijken. Ze waren allemaal gekleed in het standaarduniform van het Roldeemse leger – een blauwe, gevoerde jas, grijze broek, laarzen en een helm – en droegen een zwaard en schild.

'Overeind!' schreeuwde Walenski. 'Officieren!'

De mannen kwamen expres zo traag mogelijk overeind, en enkelen van hen fluisterden en lachten.

'Oké dan,' zei Jommy. Hij zette zijn helm af en gespte zijn zwaardriem af. 'Sergeant, als u het niet erg vindt...' Hij gaf zijn spullen aan Walenski.

'Luitenant?' De sergeant wist niet wat hij ermee moest.

Jommy wendde zich tot Servan en de anderen. 'Geef me een beetje ruimte.' Toen zette hij een stap naar voren en deelde een enorme klap uit, vol op de kin van de grootste soldaat in de groep, waardoor de man achteroversloeg en samen met twee mannen die achter hem stonden op de grond belandde. Jommy wendde zich vervolgens tot sergeant Walenski en zei: 'Zwaard, alstublieft, sergeant.'

De sergeant gaf hem het zwaard terug en Jommy gespte het weer om. Twee van de gevallen mannen krabbelden weer op; de man die door Jommy was geslagen, verkeerde nog buiten westen. Jommy pakte zijn helm, zette die op en draaide zich om naar de soldaten. 'Zo. Nog meer vragen over wie hier de leiding heeft?' Toen er geen antwoord kwam, verhief hij zijn stem: 'Ga aan boord van die boot!'

'Je hebt de luitenant gehoord! Op die boot!' schreeuwde sergeant Walenski. 'Jullie twee, til die kerel op en neem hem mee!'

De twintig soldaten deden haastig wat hun was opgedragen. Toen de zes officieren achter hen aanliepen, hield de sergeant Jommy tegen. 'Momentje, luitenant.'

Jommy bleef staan, en de sergeant zei: 'Als ik het zeggen mag: met een beetje oefening zou u op een dag een uitstekend sergeant kunnen worden. Het is zonde als u al dat talent verspilt als officier.'

'Ik zal eraan denken,' antwoordde Jommy. 'En, sergeant?'

'Ja, jonge heer?'

'Als we terugkomen staan onze tenten klaar, hè?'

'Dat garandeer ik, luitenant.'

'Mooi,' zei Jommy, die bij de anderen aan boord van de rivierboot klom.

'Jommy, één ding nog,' zei Servan.

'Wat is er?'

'Die eerste dag aan de universiteit?'

'Ja?'

'Toen je me sloeg? Bedankt dat je je hebt ingehouden.'

Jommy lachte. 'Geen punt, maat.'

Puc keek verwonderd toe terwijl de schipper het bootje de rivier op duwde met een lange paal. De hele reis lang had hij een vreemde mengeling gevoeld van het vertrouwde en het buitenaardse, hoewel het wel gemakkelijker was geworden om te weten waar ze zich bevonden toen ze eenmaal beseften dat deze wereld gelijk was aan Midkemia. In zijn bibliotheek had Puc de meest complete verzameling kaarten ter wereld, en ofschoon sommige daarvan gedateerd waren en de meeste incompleet, had die verzameling hem een vrij aardig beeld gegeven van de geografie van de wereld. Nakur en Magnus hadden de meeste van die kaarten ook bekeken toen ze op Tovenaarseiland waren.

Ze hadden een route afgelegd via wat op hun wereld het Grijze-Torengebergte zou zijn, over een rivier die in Schreiborg de Grensrivier heette. De rit door de bossen en de noordelijke pas bracht sterke herinneringen in Puc boven aan de tijd dat hij en zijn jeugdvriend Tomas samen met heer Borric waren vertrokken om de prins van Krondor te waarschuwen voor de komende Tsurani-invasie.

Maar nu waren de bomen buitenaards, bijna als dennen en balsembomen, alleen net niet helemaal. De vogels waren allemaal roofvogels, zelfs het Dasati-equivalent van mussen, en alleen de grootte van de ruiters weerhield de vogels ervan hen aan te vallen.

Nakur had opgemerkt dat duizenden jaren lang ervaring met wie als voedsel diende en wie honger had, had geleid tot een moorddadige maar evenwichtige wereld. Zolang je maar op je tellen paste, bleef je in leven.

Eenmaal over de bergen kwamen ze bij een haven die niet bestond op Midkemia: een groot dorp dat hier Larind heette, maar Puc kende de plek, want hij lag dicht bij de Vrijstad Bordon op zijn wereld. Het stadje was een kleinere versie van de Ipiliacstad: een reeks aaneengeschakelde gebouwen, alsof de behoefte aan samenscholing tegen alle vijandelijke krachten in deze wereld had geleid tot een groepsbenadering in een samenleving die verder moorddadig individualistisch was. Nakur zei onderweg meer dan eens dat hij hier dolgraag zou blijven om dit volk te bestuderen. Magnus had daarop gezegd dat de Dasati hém ongetwijfeld ook graag zouden bestuderen.

Van daaraf zeilden ze over de Diamantzee – de Bitterzee op Midkemia – naar de stad Deksa, waar thuis Vykorhaven was. Puc betreurde het dat ze door hun koers net buiten het zicht van Tovenaarseiland bleven – of hoe het dan hier ook heette – want hij had graag de versie van zijn huis op deze wereld gezien.

Nu bevonden ze zich op een grote boot. Het was een vaartuig dat thuis een kielboot zou worden genoemd, hoewel het langer was dan de Midkemiaanse versie. De wijze van voortstuwing was echter hetzelfde: een team van mannen, zes aan elke kant van de boot, duwden palen in de rivieroever en 'liepen' dan naar de boeg van de boot. In feite stonden zij stil en bewoog de boot onder hun voeten door. Wanneer ze de achtersteven bereikten, trokken ze hun paal op, gooiden die moeiteloos over hun schouder en liepen naar de boeg, waar ze de paal in de rivierbodem staken en opnieuw begonnen. Het ging traag maar het was effectief, en ze zouden waarschijnlijk uitgeruster op hun bestemming aankomen dan wanneer ze in een hobbelende kar hadden gereisd. Puc had niet gevraagd waarom er geen magie werd gebruikt om naar hun bestemming te komen. Hij nam aan dat er een goede reden voor was.

Op Midkemia werd de Dromenzee, eigenlijk eerder een heel groot zoutwatermeer dan een echte zee, aan de noordkant begrensd door de Koninkrijkse stad Landreth, en aan de zuidkant door de Keshische stad Shamata. Hier werd de hele oostelijke helft van de zee op beide oevers bezet door de grote stad Kosridi, de hoofdstad van deze wereld.

Ze waren nog mijlenver van hun bestemming, maar zagen al tekenen van beschaving op de noordkust toen de boot de rivier verliet en het meer opvoer. De stuwers duwden nog een laatste keer hard met hun palen, legden die toen over het dak van de middencabine en hesen een zeil. De boot was niet echt ontworpen om mee te zeilen, maar met een briesje konden ze een paar uur aardig vooruitgang boeken, en uiteindelijk zouden ze de dichtstbijzijnde haven van de stad bereiken.

Het geluid van zoemende boogpezen maakte Puc er alert op dat er weer een waterroofdier te dicht bij de boot was gekomen. Hij zag iets groots, zwarts en slangachtigs onder de golven verdwijnen. Binnen enkele tellen begon het water te kolken, toen andere roofdieren de geur van het bloed bespeurden.

'We kunnen nu beter niet gaan zwemmen,' zei Nakur grinnikend. De kleine gokker vond meestal van alles grappig, en Puc was er opgelucht over, want hij was in zijn eentje bezorgd genoeg voor de hele groep.

Aan de hand van het gegeven dat de Dasati al hun boerderijen lieten bewerken door arbeiders die binnen de muren van de dichtstbijzijnde stad woonden, kon Puc alleen maar concluderen dat Kosridi Stad enorm moest zijn, groter dan de stad

Kesh of zelfs de enorme Heilige Stad van de Tsurani, Kento-sani. Er woonden meer dan een miljoen mensen in die stad, maar aan de tekenen van beschaving te zien die aan alle kanten opdoemden, nam Puc aan dat de hoofdstad van deze planeet minstens drie keer zo groot was.

'We gaan zo aan land,' zei Martuch. 'De rest van de weg zullen we rijden.'

Puc knikte afwezig. Men had hem verzekerd dat iedereen in deze boot was uitgekozen omdat ze zowel doof als blind konden zijn, en de kapitein was in het geheim een volgeling van de Witte; niemand aan boord zou een gevaar voor hen moeten zijn.

Bek had de rol van Martuchs protégé perfect gespeeld. Zijn vermogen om zo op te gaan in de gedachtewereld van de Dasati joeg Puc angst aan, en ook het blinde vertrouwen dat Nakur had in zijn vermogen om de jongen in toom te houden. Wat Bek echt was, wie hij was en hoe hij zo geworden was, dat waren vragen die Puc al bezighielden sinds hij de jonge krijger voor het eerst had ontmoet. Nakur hoefde hem niet te vertellen dat er iets ongewoons aan de jongeman was, want Puc had al vanaf het begin de buitenaardse aanwezigheid en de nog ingetoomde kracht in hem gevoeld. Nakurs beschrijving van het gevecht tussen Tomas en Bek had Puc destijds verbaasd; Tomas was ongetwijfeld de gevaarlijkste sterveling met een zwaard op de hele planeet, maar nu Puc wat tijd had om zich in Bek te verdiepen, vermoedde hij dat er een dag zou komen waarop Ralan Bek zelfs Tomas van Elvandar zou overstijgen als gevaarlijkste wezen op Midkemia.

Als ze ooit terugkwamen op Midkemia.

Puc had Martuch gevraagd hoe dat zou moeten, en de vaak zwijgzame strijder had enkel gezegd dat alles al geregeld was. Maar door iets in zijn stem vroeg Puc zich af of hij echt geloofde dat iemand van hen dat wat voor hen lag zou overleven.

Ze kwamen net voor zonsondergang in de haven aan, en tegen de tijd dat ze iets hadden geregeld wat hier voor paarden doorging – varnins – zei Martuch: 'Ik ken een herberg waar we kunnen slapen. Het zal ons het grootste deel van een dag kosten om de Sterrenbrug te bereiken, dus vannacht rusten we uit in de stad.'

Hij nam de rol van Dasatistrijder aan en wenkte Bek om hem te volgen. Geen van beiden besteedde enige aandacht aan de drie Minderen die achter hen aanliepen. Puc, Nakur en Magnus liepen achter de rijdieren van hun meesters en Puc bad maar dat niemand uit zijn rol zou vallen, want nu waren ze niet langer in de relatieve veiligheid van heer Valko's kasteel.

Puc had zich verwonderd over die jonge Doodsridder. Hij had het gevoel dat Valko strijd voerde binnen in zichzelf, en hoopte maar dat zijn moeder haar invloed over hem in stand kon houden. Er waren zoveel dingen afstotelijk aan dit volk, maar hij herinnerde zichzelf eraan dat dit niet alleen een buitenaardse cultuur was, maar een buitenaardse realiteit. Overeenkomsten tussen Dasati en mensen berustten vaak puur op toeval, en niet meer dan dat.

Magnus volgde Nakur, die dicht bij Beks rijdier bleef om zijn gedrag goed in de gaten te kunnen houden. Puc liep achteraan. Kosridi Stad was alles wat hij zich had voorgesteld op basis van Kaspars beschrijving van Kalkins visioen, en meer. De stadsmuren waren enorm, op sommige plaatsen wel zo'n twintig verdiepingen hoog, met poorten die werden geopend met een gigantische mechanische motor. Het zou onmogelijk zijn die poorten te sluiten met gebruikmaking van trekdieren, hoe sterk ze ook waren. Er werd ofwel krachtige magie gebruikt, of een andere krachtbron die hij niet begreep, want niets wat hij mensen had zien maken zou die poorten in beweging krijgen. Misschien zou het lukken met duizend man die urenlang aan de touwen trokken.

Ze gingen de stad binnen en Puc probeerde elk detail dat hij zag in zijn geheugen te griffen, maar het grootste deel van wat hij zag was voor hem onverklaarbaar. Vrouwen liepen voorbij in groepjes van vier of vijf, kennelijk aan het winkelen bij de kramen, kooplieden en winkels.

Hij had er moeite mee te bedenken dat diezelfde vrouwen,

die nu zo zorgeloos leken, de rest van de tijd vluchtelingen waren die hun kinderen verborgen voor de vaders en minnaars in hun leven, die die kinderen wilden ombrengen.

Pucs hoofd liep om, en hij richtte zijn aandacht op iets anders dan die tegenstellingen. Hij moest toch beter weten dan zijn eigen interpretatie op te leggen op wat hij zag. *Kijk maar gewoon*, vermaande hij zichzelf. *Gewoon kijken, observeren en dan later evalueren.*

Vier mannen in zwarte mantels met een witte band om het middel en een witte streep over de voor- en achterzijde liepen doelgericht door de menigte. 'Praxis,' zei Martuch. Puc wist dat het woord 'standaardgedrag of -praktijk' betekende, maar hier was het een organisatie van leken die werkten voor de kerk van de Duistere. Het was hun taak om de Dasatiburgers constant te herinneren aan de aanwezigheid van Zijne Duisternis, en om enig teken van godslasterlijk gedrag te melden.

Op een drukke kruising moesten de twee ruiters zich langzaam voortbewegen langs een groep mannen en vrouwen die stonden te luisteren naar een man op een houten verhoging. Het was een predikant die preekte tot de Minderen, en zijn boodschap was dat elk lid van de Dasatisamenleving een eigen rol had, en dat het hun taak was zo gelukkig mogelijk te leven in de schaduw van Zijne Duisternis.

Puc zag gebiologeerde gezichten bij de toehoorders en vroeg zich weer af hoe die mensen toch dachten. Het was duidelijk dat Martuch was gegroeid en veranderd, en zelfs vrouwe Narueen, zoals Puc aan haar dacht, leek zo beschaafd dat zij en hij een gesprek konden aangaan. Maar de jonge heer Valko kon het nauwelijks verdragen naar zijn menselijke bezoekers te kijken, ondanks hun magisch verkregen Dasati-uiterlijk, hoewel Puc wist dat hij achter hun zaak stond.

Wat zou de doorsnee Dasati op straat denken als de toverij van hen afviel en hun menselijke uiterlijk werd onthuld? Puc twijfelde er niet aan dat ze zouden worden omsingeld en dat de Minderen hen met blote handen uiteen zouden rijten voordat de strijders hen zelfs maar konden bereiken. Als Puc al hoop had gekoesterd dat deze wereld misschien iets gemeen zou hebben met zijn eigen wereld, dan was daar op de ochtend van hun vertrek al een eind aan gekomen. Hij had toen een Mindere kok en haar assistenten zien vechten met iets wat leek op een tamme boerderijvogel, alleen om haar eieren te pakken te krijgen voor het ontbijt. Zelfs de kippen hier waren strijdlustig, had Nakur opgemerkt.

Ze zochten zich een weg door de drukke stad. Alles wat ze zagen en hoorden vormde een afleiding. Puc dwong zichzelf niet te staren, en moest Nakur een paar keer een por geven om hem aan hetzelfde te herinneren.

Uiteindelijk kwamen ze aan bij de herberg waar Martuch had gezegd dat ze veilig zouden zijn zolang ze hun rol van Minderen maar bleven spelen. De drie werden al snel gescheiden van Martuch en Bek en naar de kamers achterin gebracht, waar de bedienden van reizende strijders sliepen.

Het was een barak waar drie andere Mindere mannen en een vrouw uitrustten, terwijl twee anderen bezig waren bij kookvuren. Zo te zien zouden ze hun eigen voedsel moeten regelen, maar voordat Puc Nakur en Magnus kon opdragen om rantsoenen uit hun reisbuidels te halen, zei een van de vrouwen bij het kookvuur: 'Twee su's elk voor eten. En nog een su als je iets anders dan water wilt drinken.'

Puc reikte in zijn buidel, pakte er negen munten uit en legde ze op tafel, niet zeker of hij nu iets moest zeggen of niet. Hij nam aan dat 'dankjewel' hem hier alleen maar problemen zou bezorgen.

De vrouw veegde de munten van tafel en stopte ze in de buidel aan de geknoopte riem om haar jurk. Puc ging rustig in de buurt van de tafel zitten en keek toe terwijl zij een maaltijd klaarmaakte.

De twee Dasativrouwen kletsten over dingen die Puc niet kon plaatsen, tot hij besefte dat ze roddelden over een vrouw die er nu niet was. De andere drie Dasati in de kamer waren bedienden van degenen die in de herberg verbleven, en Puc besloot dat het nuttig kon zijn hen te observeren. Toen er eten op tafel werd gezet, stonden de drie Dasati die vóór Puc en zijn metgezellen waren aangekomen op, pakten hun volle kommen van tafel en gingen weer terug naar waar ze hadden gezeten. Puc knikte eenmaal naar Nakur en Magnus, en ze volgden hun voorbeeld.

Toen ze zaten te eten, bleef een van de Dasativrouwen die hadden gekookt maar naar Magnus staren. Puc boog zich naar hem toe en fluisterde: 'Je hebt nooit iets gezegd over je nacht met Narueen.'

Magnus keek neer in zijn kom. 'En dat ben ik ook niet van plan.'

'Moeilijk?' vroeg Puc.

'Meer dan...' Hij glimlachte lichtjes. 'Er zijn dingen die een zoon liever niet met zijn ouders bespreekt, zelfs niet met een vader die zo... veel gereisd heeft als jij.'

Plotseling begreep Puc het. Het was geen geheel onplezierige ervaring geweest voor Magnus, en dat verontrustte hem.

Magnus slikte nog een hap geroerbakte groenten en iets wat leek op rijst met vlees door, en zei uiteindelijk: 'En zeg er alsjeblieft niks over tegen moeder.'

Puc onderdrukte een lach.

Iedereen at in stilte. Puc vroeg zich af of er een probleem zou ontstaan met vrouwen en Magnus. Ze wilden gewoon genegeerd worden, maar kennelijk had Narueen terecht opgemerkt dat Magnus ongebruikelijk knap was in Dasati-ogen. Ze wilden liever geen aandacht trekken. Puc wist dat hij of zijn zoon de hele herberg zou kunnen laten instorten boven op degene die hen zou bedreigen, en ze konden genoeg verwarring zaaien om te ontkomen. Maar waarheen? Puc wist niet helemaal zeker wat dit voor een missie was, alleen dat hij zo veel mogelijk over deze mensen te weten moest zien te komen. Tot nu toe had hij nog geen reden ontdekt waarom dit volk het eerste niveau van de realiteit zou willen binnenvallen, behalve Nakurs nonchalante theorie dat het kwaad van nature waanzinnig was. Aan de andere kant had Nakur ook opgemerkt dat het kwaad weliswaar waanzinnig was, maar dat het wel doelgericht

315

kon handelen. Dat was in ieder geval herhaaldelijk bewezen in het geval van Leso Varen.

Die gedachte herinnerde Puc eraan dat Varen zich ergens op Kelewan verborg, en dat zorgde er weer voor dat hij zijn vrouw ging missen. Hij wilde dat hij een manier had om haar te kunnen spreken, al was het maar even, gewoon om te weten dat het goed met haar ging. En om te vragen of er enig teken van Varen was in het keizerrijk van de Tsurani.

Wyntakata hobbelde zo snel mogelijk mee om Miranda bij te houden, die ongeduldig naar een heuvel bij een diep ravijn liep. 'Alsjeblieft,' zei hij, en toen ze zich omdraaide, wees hij naar zijn staf. 'Mijn been,' legde hij uit.

'Het spijt me, maar je zei zelf dat dit belangrijk was.'

'Dat is het ook, en ik denk dat je wel zult begrijpen waarom ik je vroeg alleen met me mee te gaan. Maar ik ben geen fit man, en een iets rustiger tempo zou me welkom zijn.'

Miranda had zijn boodschap enkele uren eerder ontvangen en had het tijdverschil genegeerd – het was net voor zonsopgang op Tovenaarseiland, maar laat in de middag in dit deel van Kelewan – en was meteen gekomen.

Ze liepen over een weiland naar de heuvel, en toen ze aan de voet ervan waren, zei Wyntakata: 'Nog een momentje, alsjeblieft.' Hij bleef staan om op adem te komen. 'Je zou denken dat met al die krachten... Nou ja, misschien kunnen we op een dag iets doen tegen het ouder worden.' Hij grinnikte. 'Het is vreemd, hè, dat die man die je zo graag wilt vangen van lichaam naar lichaam kan gaan... Een soort onsterfelijkheid, eigenlijk.'

'Ergens misschien wel,' zei Miranda, die ongeduldig wachtte tot zou worden onthuld waarvoor hij haar naar hier had laten komen.

De forse magiër was weer op adem gekomen. 'Kom.' Terwijl ze de heuvel opliepen, zei hij: 'Heb je gehoord dat de oude Sinboya vorige week dood is gevonden?'

Miranda bleef staan. 'Kende je hem?'

'Natuurlijk.' Wyntakata bleef even staan uithijgen. 'Hij was misschien wel de beste levende toestellenmaker. Veel leden van de Assemblee lieten door hem hun speelgoed maken – want dat is het, speelgoed, hoe nuttig verder ook.'

Toen ze de heuveltop bereikten, hadden ze uitzicht over een valleitje van een halve mijl breed tussen twee rijen heuvels. Onder hen in de vallei stond een koepel van energie, zwart als de nacht maar glinsterend met allerlei kleuren, als een laag olie op water. Miranda zag meteen dat het een soort barrière was, hoewel ze geen idee had wat daar werd binnengehouden.

'Ik heb gehoord dat Puc net voor Sinboya's dood nog bij hem is geweest,' zei Wyntakata.

Miranda zweeg even, en zei toen: 'Dat heeft hij mij niet verteld.' Meteen wist ze dat ze in een valstrik was gelokt: de magiër had haar echtgenoot 'Puc' genoemd, in plaats van zijn Tsuraninaam Milamber te gebruiken.

Ze draaide zich om om energie te verzamelen, maar plotseling voelde ze een steek van pijn en raakte haar geest verdoofd. Het leek wel alsof iets of iemand alle lucht uit haar longen, het bloed uit haar aderen en alle rationele gedachten uit haar hoofd had gezogen. Ze keek omlaag en zag een licht gloeiend raster van lijnen in de aarde onder haar voeten. Deze plek was de val geweest. De afweer waar ze op stond, deed haar krachten teniet en had haar verdoofd als een klap op het hoofd. Ze probeerde zich te bewegen, maar haar lichaam gehoorzaamde niet.

Wyntakata glimlachte vals. 'Jouw vergissing was om aan te nemen dat je vluchteling zich hier net zo zou gedragen als op jouw wereld, Miranda. Zie je,' zei de man van wie ze nu wist dat het Leso Varen moest zijn, 'je was zo druk aan het speuren naar tekenen van doodsbezwering dat je hetgeen zich onder je neus afspeelde niet zag. Deze mensen' – hij klopte op zijn ampele middel – 'zijn zulke machtige magiërs dat ik me kon gedragen hoe ik wilde. Niemand die iets merkte, zolang ik maar een paar gedragsregels in acht nam. "Uw wil, Grootheid" is zo'n prachtige kreet. Ik vlieg naar "mijn" landgoed en zeg: "Ik wil graag wat eten", en mensen springen op om het te regelen. Het is eigenlijk net zoiets als koning zijn van een heel klein koninkrijkje. Deze mensen hebben waardering voor kracht. Maar ze zijn niets vergeleken met mijn nieuwe vrienden.'

Miranda zakte door haar knieën; ze werd almaar zwakker. Wyntakata stak zijn hand op en maakte een gebaar. Hij knielde onhandig bij haar neer met zijn staf in de hand. 'Het is erg jammer dat ik zelf geen zeggenschap had over welk lichaam ik greep, maar dit blijft niet veel langer mijn gastheer. Ik moet toegeven dat ik het zo druk heb gehad sinds ik de eerste Dasa-tischeuring heb gevonden, dat ik echt geen tijd heb gehad om een nieuwe zielskruik te maken. Ik ben van plan dat zo snel mogelijk recht te zetten, zodra ik een veilige plek heb gevonden om weer doodsbezwering te bedrijven zonder dat er honderd kwade Grootheden op me neerduiken.' Hij keek naar de koepel. 'Ik denk dat het niet meer lang zal duren voor ze het veel te druk hebben om zich zorgen om mij te maken.'

Hij legde zijn hand onder haar kin. Haar ogen verglaasden. 'Goh, je bent echt een aantrekkelijke vrouw. Dat had ik eigenlijk nooit echt opgemerkt. Ik denk dat ik je aanvankelijk afstotelijk vond omdat je zo... vastberaden bent. Je loopt rond met die frons en die... boze ogen. Ik zie wel waarom Puc verliefd op je is geworden, hoewel ik zelf de voorkeur geef aan vrouwen die wat onderdaniger zijn. Maar het zou wel leuk zijn om je tegen een muur te spijkeren en te kijken hoe vastberaden je blijft als ik alle speeltjes op je uitprobeer die de Tsurani hebben uitge-vonden voor ondervragingen. Ze hebben een behoorlijke ver-zameling in een museum bij de Assemblee, weet je.'

Iemand kwam de heuvel achter haar op, maar Miranda was te verdoofd om zich te bewegen, laat staan om zich om te draaien. Leso Varen gebruikte zijn staf om zich overeind te duwen, terwijl sterke handen Miranda's schouders grepen en haar overeind trokken.

'Ik wil je voorstellen aan twee nieuwe vrienden van me,' zei Varen. 'Dit zijn, als ik het goed heb, Desoddo en Mirab.'

Miranda werd met een ruk omgedraaid en staarde in het gezicht van een buitenaards wezen, met een smalle schedel, een grijzige huid en zwarte ogen.

'Zij zijn wat de Dasati "Doodspriesters" noemen, en ze gaan heel veel plezier aan je beleven, denk ik. Jammer dat ik er niet bij kan zijn, maar ik heb andere dingen te doen. Zie je, mijn nieuwe vrienden en ik hebben een regeling getroffen. Ik ga hen helpen Kelewan te veroveren, en in ruil daarvoor gaan zij mij helpen Midkemia te veroveren. Is dat geen schitterende regeling?'

Zonder een woord te zeggen, trokken de twee Doodspriesters Miranda met zich mee, de heuvel af naar de zwarte energiekoepel. Net voor ze bewusteloos raakte, hoorde ze Varen een vreemd wijsje neuriën.

'O, verdomme,' zei Tad toen hij over de heuvel tuurde.

'Ja,' fluisterde Servan. 'Inderdaad, verdomme.'

'Wat gaan we doen?' vroeg Zane van een eindje achter hen.

Jommy hurkte neer. Ze zaten met hun vieren ineengedoken onder de top van een heuvel, en aan de voet ervan wachtten de twintig soldaten – nu allemaal gehoorzaam, zij het met tegenzin – samen met Grandy en Godfrey.

'Hoe snel kun je terug naar de generaal?' vroeg Jommy.

Tad dacht even na. 'Ik kan naar de boot rennen. Dat zou me niet meer dan een halfuur moeten kosten. Als ik de rivier oversteek en dan langs de oever ren – dat moet sneller gaan dan tegen de stroom in roeien – vier, misschien drieënhalf uur als ik niet hoef te stoppen.'

Tad was ongetwijfeld de beste hardloper van de zes jongens, misschien wel van het hele Roldeemse leger. 'Dan bereik je hem voor zonsondergang. Als hij vannacht zestig man in een boot stuurt, kunnen die hier met gemak voor zonsopgang zijn. Dus hoeven we alleen maar te zorgen dat ze voor morgen niet verder trekken.'

Hij keek nog een keer over de heuveltop naar de vijand en dook weer neer. Het offensief van Salmarter kwam niet over de rivier op de plek waar de generaal dat had verwacht; het kwam híér over de rivier. Zodra die troepen Olasko binnen waren gedrongen, zou het een groot probleem worden ze te vinden op de honderden eilanden, en nog lastiger om ze daar weg te krijgen. Maar als ze hier op dit strand tegen konden worden gehouden, al was het maar voor een paar uur, dan konden ze proberen ze terug te drijven over de rivier. Met zestig uitgeruste soldaten op deze heuvel en het vooruitzicht dat er snel nog meer zouden arriveren...

'Hoe zorgen we dat ze niet om ons heen gaan?' vroeg Jommy aan Servan.

Servan gebaarde dat de andere jongens de heuvel af moesten glijden, en eenmaal beneden zei hij: 'Als ze denken dat we alleen maar deze heuvel verdedigen, zullen ze vanuit het zuiden komen. Dus moeten we ze laten denken dat we overal soldaten hebben zitten.' Hij keek omhoog. 'Wacht even.' Hij werkte zich op zijn ellebogen naar de heuveltop, observeerde een poosje, en kwam toen weer naar beneden.

'Ze komen nog altijd aan land,' zei Servan. Hij tuurde op naar de middagzon. 'Ik weet niet of ze zullen proberen dit eiland over te steken en dan hun kamp op te slaan op het volgende eiland daar,' – hij wees naar een eiland verderop, dat door een brede, ondiepe tak van de rivier van hen werd gescheiden – 'of dat ze hier gaan kamperen. Als ze denken dat niemand ze heeft gezien, hebben ze misschien geen haast.'

Jommy keek Tad aan. 'Je kunt maar beter gaan. Zeg de generaal dat hij snel komt, met alle mannen die hij heeft.' Toen Tad wilde vertrekken, greep Jommy hem bij zijn arm. 'En zeg tegen de bemanning dat ze de boot stroomafwaarts sturen. Als de vijand de noordkant van het eiland gaat verkennen, kunnen ze de boot maar beter niet zien. Laat ze zich ergens verstoppen.'

'Doe ik,' zei Tad.

'En zorg dat je blijft leven,' zei Zane.

Tad grijnsde en rende weg.

Jommy wendde zich tot Servan. 'Dus hoe gaan we zorgen dat ze denken dat er een heel leger op ze wacht als ze besluiten in beweging te komen?'

'Geen idee,' zei Servan.

21

VERRAAD

Miranda werd wakker met pijn.
De twee gestalten die boven haar uittorenden, praatten met elkaar, maar ze kon hen niet verstaan. Niet alleen kende ze hun taal niet, maar haar zintuigen waren ook verdoofd: het klonk alsof ze onder water praatten. Ze was vastgebonden op een soort tafel, en kon niets anders bewegen dan haar hoofd, en dat alleen een klein stukje. Ademhalen ging moeilijk. Haar longen deden pijn alsof ze zuurstoftekort had. Ze probeerde zich te concentreren, genoeg energie te verzamelen om zich te bevrijden, maar iets maakte haar het concentreren moeilijk.

'Ze komt bij.' Miranda wist wie daar sprak. De stem was die van Leso Varen, nog steeds in het lichaam van de Tsuranimagiër Wyntakata.

De gestalte die het dichtst bij haar stond, boog zich over haar heen en sprak in de Tsuranitaal, maar met een vreemd accent. 'Beweeg je niet,' droeg hij haar kalm en zonder dreiging op. 'Het blijft een tijdje pijn doen, maar het gaat over.' Hij richtte zich weer op en gebaarde om zich heen. 'Deze plek is geschikt voor allebei onze rassen, maar het duurt even voor je je hebt aangepast.'

'Wat willen jullie hier?' vroeg ze, en merkte dat praten haar moeilijk viel.

'Mag ik?' Varens stem kwam van net buiten haar gezichtsveld. Toen zweefde zijn gezicht boven dat van haar. Hij sprak de Koningstaal, waardoor Miranda zeker wist dat hij niet wilde dat de Dasati begrepen wat hij zei. 'Het is eigenlijk heel simpel. De Dasati zijn op een bepaalde manier een ras van kinderen – als je je een paar miljoen tweejarigen kunt voorstellen die rondrennen met heel scherpe zwaarden, krachtige doodsmagie, en de neiging om alles kapot te maken wat ze zien. Maar als ze iets moois en glimmends zien, willen ze het hebben, net als peuters, waar dan ook. En voor hen zijn de werelden van het eerste rijk heel erg mooi; veel lichter, veel glanzender dan hun eigen werelden. Dus over een tijdje rennen er duizenden heel grote kinderen in wapenrustingen door dit prachtige keizerrijk, en ze roepen allemaal: "Van mij! Van mij! Van mij!" terwijl ze moorden, plunderen en brandstichten. Lijkt je dat niet prachtig?'

'Je bent gek,' bracht Miranda verstikt uit.

'Bijna zeker,' zei Varen. Hij keek naar de twee Doodspriesters en zei toen: 'Maar vergeleken met hen ben ik de redelijkheid zelf. Je zult terugverlangen naar deze momenten met mij als hun priesters met je aan de slag gaan.' Hij wierp nog een blik op de twee Doodspriesters en zei tegen hen: 'Ik ben klaar.'

Miranda zag een van de lange Dasati een hand uitsteken en iets over haar neus en mond leggen dat een bittere stank afgaf, en werd plotseling opgeslokt door duisternis.

Enige tijd later zei Servan: 'Ik heb een idee.'

'Mooi,' fluisterde Jommy, 'want ik weet het echt niet.'

'Neem eens een kijkje en vertel me wat ze nu doen.'

Jommy kroop naar de richel en keek eroverheen. De troepen uit Salmarter waren gekleed als huurlingen, een misleiding die ze volgens de generaal tijdens vorige invallen in de streek ook al hadden gebruikt. Maar één blik op de organisatie van hun kamp vertelde Jommy alles wat hij weten moest.

Hij schoof de helling weer af. 'Ze slaan hun kamp op. Ze blijven vannacht hier.'

'Mooi,' zei Servan. 'Kom mee.' Hij ging naar de voet van de heuvel en wenkte de mannen hem te volgen. Toen hij er zeker van was dat ze ver genoeg van het Salmarterse kamp verwijderd waren, zei hij: 'Er zijn ongeveer tweehonderd reguliere soldaten uit Salmarter daar. En wij zijn met vijfentwintig man.'

'Laten we dan wegwezen,' zei een van de soldaten.

'Dat is precies wat ik wil dat jullie doen,' zei Servan. 'Ik wil dat jullie door die ondiepe plek daar waden en jullie verstoppen tot het ochtend wordt.'

'En dan... luitenant?' vroeg een andere soldaat.

'Als jullie geschreeuw horen, wil ik dat jullie naar dat strand daar rennen, met zoveel mogelijk herrie, maar niet naar de overkant komen. Maak zoveel mogelijk lawaai en ophef en blijf heen en weer rennen over het strand.'

'Hè?' zei Jommy.

'De zon komt recht achter hen op,' zei Servan, wijzend naar het oosten. 'Als de wachtposten van Salmarter over die heuvel heen komen, worden ze verblind door de zon en zien ze alleen maar schaduwen en stof en mannen in beweging. Ze zullen geen idee hebben hoe groot onze groep is.'

'En wat doen wij terwijl dat alles gaande is?' vroeg Godfrey.

'Rondrennen en ze laten denken dat ze van drie verschillende kanten worden aangevallen.'

'En hoe moeten we dat voor elkaar krijgen?' wilde Jommy weten.

Servan knielde neer en tekende met zijn vinger in het zand. 'Hier is de richel. Wij zijn aan deze kant.' Hij wees. 'Ik neem Zane mee, en we gaan naar hun zuidkant toe.' Servan wees naar een punt ten zuidwesten van de lijn. 'Jij en Godfrey gaan naar het noorden.' Hij keek om zich heen. 'Blijf tussen de bomen. Ren rond en schreeuw bevelen. Laat het klinken alsof er van alle kanten garnizoenen op hen afkomen.'

'Die laten zich echt niet lang voor de gek houden,' zei Jommy.

'Dat hoeft ook niet. We moeten alleen zorgen dat ze een tijdje blijven waar ze zijn, tot de generaal hier is met het eerste en derde. Als we een uurtje tijd kunnen winnen, zou dat genoeg moeten zijn. Als er een compagnie echte soldaten uit die bossen ten noorden van hier komt stormen, en als wij voldoende herrie hebben gemaakt, bestaat er een grote kans dat die kerels aan de andere kant van de richel heel snel de aftocht blazen.'

'Tsja,' zei Jommy, 'zolang de generaal niet eerst rustig wil ontbijten, hebben we een kans.' Hij liet langzaam zijn adem ontsnappen. 'Ik hoop maar dat dit werkt, want ik kan misschien best twee man aan, maar acht tegen één?'

'En ik dan?' vroeg Grandy.

'Jij,' zei Servan, 'gaat met deze jongens mee naar de overkant en zorgt dat ze hun bevelen opvolgen.' Hij keek even naar zijn neef en knikte. 'Ga met ze mee.' Tegen de soldaten die hij naar het volgende eiland stuurde, zei hij heel nadrukkelijk: 'Zorg ervoor dat de prins niets overkomt.'

De dichtstbijzijnde soldaat had het kennelijk begrepen. Hij zei: 'Jawel, luitenant,' salueerde ferm en haastte zich met Grandy op weg.

'Is dat wel slim?' vroeg Zane toen ze weg waren.

'Die kerels zijn lastpakken, maar geen deserteurs,' zei Servan. 'Als dat zo was, waren ze allang weggeweest. Ze zorgen wel voor Grandy. Er een potje van maken in het leger is één ding, maar een lid van het koninklijk huis laten omkomen is iets heel anders.'

'Ik hoop maar dat je gelijk hebt,' zei Jommy. 'Nou, laten we maar beschutting zoeken voor de nacht.' Hij wenkte Godfrey en zei tegen Zane en Servan: 'Tot morgen.' Toen liep hij gebukt achter de richel langs richting het noorden.

'Morgen,' zei Servan, en liep richting het zuiden.

Het was nog donker toen de oproep kwam. Een ademloze Mindere die voor de herbergier werkte, schudde Puc, Nakur en Magnus wakker. 'Jullie meester roept.'

Ze kleedden zich snel aan en negeerden de nog slapende Dasati op de vloer. De reizigers hadden alleen biezen matten gekregen om op te slapen, en alles wat ze bij zich hadden gebruikt als dekens en kussens. Het was een frisse nacht geweest, maar niet al te oncomfortabel.

Eenmaal buiten aangekomen zagen ze dat Martuch en Bek

op hen wachtten. Bek stond te kijken naar de hemel boven het gebouw waar Puc en zijn metgezellen hadden geslapen. Puc keek achterom om te zien wat de jongeling daar zag, en struikelde bijna.

'Ongelooflijk,' fluisterde Magnus.

'Dat is me nog eens een tafereel,' zei Nakur.

Er rees een pilaar van licht op naar de hemel. Hij was zo ver weg dat hij er smal uitzag, maar Puc twijfelde er niet aan dat hij enorm moest zijn. Hij rees schijnbaar recht omhoog de donkere hemel in, pulserend van energie. De kleuren verschoven subtiel van blauwgroen naar blauwpaars en zwart, een langzame verschuiving door het spectrum. Iets wat leek op kleine brokjes witte energie stroomde omhoog en omlaag door de schacht.

'De Sterrenbrug,' zei Martuch. 'Hij stuurt nu mensen naar de thuiswereld.'

Puc wist dat hij Omadrabar bedoelde, de oorspronkelijke thuiswereld van de Dasati.

'We moeten gaan. Hij blijft maar twee uur in werking. Ik heb onze reis al geregeld.' Martuch boog zich naar voren. 'Tot nu toe hebben jullie nog geen domme dingen gedaan, maar vanaf dit moment moeten jullie nog meer op je tellen passen. Niets van wat je hebt gezien, heeft je voorbereid op de wereld van de tekarana.'

Hij draaide zich om en wenkte hen, met Bek op zijn hielen. De anderen volgden op een rij, hun ogen neergeslagen terwijl ze zich haastten om de twee strijders bij te houden.

Ze gingen te voet, nam Puc aan, omdat het niet ver was, en omdat je geen varnin mee kon nemen over de Sterrenbrug. Maar Puc begon te twijfelen toen ze bijna een kwartier lang stevig hadden doorgelopen. Straat na straat passeerden ze en diverse enorme pleinen staken ze over, terwijl overal de bedrijvigheid van de nieuwe dag begon. Rijen karren reden door de straten, de meeste leeg omdat ze de vorige avond waren gelost, op weg de stad uit naar de afgelegen boerderijen om de volgende ladingen groenten en vlees op te halen die nodig waren om de miljoenenstad te voeden.

Honderden Minderen haastten zich over straat, elk bezig met taken die de aandacht van de strijders niet waard waren, maar op hun eigen manier belangrijk voor het in stand houden van het welzijn van de stad. Puc vroeg zich af of er een manier was om hen te bereiken, om hen te laten inzien dat er een samenleving mogelijk was waarin het vermogen om te moorden geen ultieme vaardigheid was... Weer vermaande hij zichzelf, want hij bleef dit volk maar als menselijk zien, ondanks alle bewijzen van het tegendeel.

Ze liepen door en de Sterrenbrug werd steeds groter. Nu leek het op een enorme buis of kolom, grotendeels transparant, maar met een glinsterende, pulserende nevel van licht eromheen. Vonken witte energie twinkelden over de gehele lengte ervan. Toen ze het grote middenplein bereikten, hoorden ze een diep gezoem dat ze ook in hun voetzolen voelden, en Puc besefte dat dit energie was op een enorme schaal.

Tegen Magnus fluisterde hij: 'Als ze dit soort energie kunnen temmen...'

Magnus knikte. Zijn vader hoefde zijn zin niet af te maken. *Als ze hiertoe in staat zijn, hoe kunnen we ze dan ooit weerstaan?* Want hoe machtig Puc en Magnus ook waren, zelfs met de hulp van alle studenten van Sterrewerf en Tovenaarseiland konden ze nooit iets bouwen dat zo groot was als deze Sterrenbrug. Het idee dat dit ding op de een of andere manier de ruimte tussen werelden overspande, kon Puc net zomin bevatten als het concept van scheuringen die gaten maakten in de materie van de ruimte.

Ze kwamen bij een laag hek van ijzer of een andere donkere metaalsoort, en een prachtig bewerkte poort waardoor heel ordelijk een lange rij mensen liep. Dit was de enige keer dat Puc strijders en hun vrouwen achter Minderen zag staan, want het was duidelijk dat iedereen in de rij stond in volgorde van aankomst. Martuch zette Bek en de anderen in de rij en liep naar de poort, waar hij een stuk perkament overhandigde aan twee mannen in zwarte mantels met een gouden oog op hun borst geborduurd. Dat moesten Hiërofanten zijn: de Doodspriesters die verantwoordelijk waren voor de geheimen en mysteries van de orde. Puc had het gevoel dat zij een soort magiërs van het Mindere Pad waren van dit volk, want hoe prachtig deze Sterrenbrug ook was, het bleef toch een soort grote motor.

'Dit is een heel indrukwekkende truc,' fluisterde Nakur.

Puc tikte hem lichtjes op zijn schouder om hem eraan te herinneren dat hij zijn mond moest houden. Martuch kwam terug en deed alsof hij alleen tegen Bek sprak, maar hij verhief zijn stem zodat ook de anderen hem konden verstaan. 'Alles is in orde. We vertrekken nu.'

Ze volgden de rij voor hen. Toen ze de poort bereikten, merkte Puc op dat de twee Hiërofanten iedereen even lieten wachten. Toen Martuch en vervolgens Bek naar de voet van de lichtkolom liepen, werd Puc even tegengehouden. Hij hoorde een van de priesters zeggen: 'Snel opstappen, snel afstappen.' Toen werd hij met een ferme zet verder geduwd.

Puc haastte zich om dezelfde afstand tot Bek aan te houden als voorheen, en zag de jonge strijder het licht instappen. Toen Puc de grenslijn bereikte, aarzelde hij maar een tel, maar op dat moment tastte hij met zijn zintuigen rond en streelde ermee langs de Sterrenbrug.

Hij wankelde, en bleef alleen overeind door een wilsinspanning die hij in jaren niet meer had hoeven gebruiken. Dit díng, deze Sterrenbrug... Hij kon het niet bevatten. Zijn geest kwam ertegen in opstand.

Toen was hij binnen. Even leek het alsof hij weer in de leegte was, want het gebruik van zijn zintuigen werd hem ontnomen, maar toen ging hij plotseling met hoge snelheid door een andere plek, een dimensie van buitenaardse schoonheid en onbenoembare sensaties.

Heel even voelde Puc zich een deel van dit niveau van de realiteit en kreeg hij het idee dat er een orde in zat, een systeem dat hij zou kunnen begrijpen als hij maar kon blijven om het te bestuderen. Toen stond hij plotseling op vaste grond en keek naar Beks rug. Hij dacht aan de waarschuwing dat hij snel moest afstappen en deed dat, al vroeg hij zich af wat er zou zijn gebeurd als hij had gewacht tot Nakur achter hem was verschenen. Waarschijnlijk iets onplezierigs.

Puc hoorde zijn twee metgezellen achter zich lopen en wilde zich omdraaien, maar de indrukken die hij nu opdeed, maakten hem niet alleen voorzichtig, maar angstig. Want als Delecordia hem niet helemaal had voorbereid op de schok van hun aankomst in Kosridi, dan had Kosridi niets gedaan om hem voor te bereiden op wat hij nu voor zich zag op Omadrabar.

Miranda kwam bij en merkte dat haar armen en benen nog altijd vastgebonden waren, maar niet meer zo strak als eerder. Ze was in een soort slaapkamer, met touwen vastgebonden aan vier bedpalen. Een Dasati zat op een kruk bij het bed en keek haar met kille, zwarte ogen aan.

'Kun je mij verstaan?' vroeg hij, en Miranda's geest worstelde ermee. Hoewel ze de woorden niet verstond, begreep ze wel de betekenis ervan. Hij gebruikte een soort magie die ze niet kende, maar het was effectief.

'Ja,' zei ze, en merkte dat ze amper kon praten. Haar lippen waren gebarsten en haar keel was droog. 'Mag ik wat water?' vroeg ze, te misselijk en moe om te laten merken hoe kwaad ze was. Haar hoofd bonsde en haar lichaam deed pijn en hoe ze ook haar best deed, geen enkele geestelijke vaardigheid of bezwering die ze kende, hielp om haar gedachten te richten of gebruik te maken van de energie rondom haar. De magie die hier stroomde was te buitenaards. Ze kon er onmogelijk vat op krijgen.

De Dasati op de kruk droeg een zwarte mantel met een rode doodskop op de borst en een sierlijke paarse rand langs de zomen, mouwen en kap. De kap lag op zijn rug, zodat Miranda zijn gezicht kon zien.

Ze had geen referentiekader voor hoe Dasati eruit hoorden te zien. Ze keek hem onderzoekend aan en zag dat zijn gezicht veel weghad van dat van een mens, met twee ogen, een neus en een mond waar je die zou verwachten. De kin was lang, de jukbeenderen hoog en de schedel smal, maar afgezien van de grijze tint van zijn huid, zag de man er niet zo heel vreemd uit. Hij leek in ieder geval veel meer op haar dan de cho-ja-magiërs in Chakaha. Maar ze wist zeker dat de cho-ja-magiërs innerlijk veel meer op haar leken dan dit wezen.

'Varen zegt dat je gevaarlijk bent,' zei de Dasati, en weer voelde Miranda zijn woorden meer in haar hoofd dan dat ze ze verstond. 'Ik zou niet weten hoe dat kan, maar ik zal de mogelijkheid niet onderschatten.' Hij stond op en torende boven haar uit, waar ze hulpeloos op het bed lag. 'We zullen je bestuderen, want als je gevaarlijk bent en er nog meer zijn zoals jij op Kelewan, moeten we ons voorbereiden op ontmoetingen met wezens zoals jij. Zijne Duisternis wenst dat we jullie wereld in beslag nemen.'

Zonder nog een woord te zeggen, verliet de Dasati de kamer en sloot de deur achter zich. Miranda's hoofd liep om; want hoewel ze moeite had zich te concentreren, wist ze dat Pucs grootste angsten bewaarheid werden: de Dasati bereidden een invasie voor, en die zou snel komen. Zo niet op Midkemia, dan wel op Kelewan, en Miranda twijfelde er niet aan dat ze daar niet zouden stoppen. Ze onderzocht haar omgeving zo goed ze kon. Ze bevond zich in een kamer zonder ramen. Er hing een fakkel in een beugel aan de muur, er stonden geen tafel of stoelen, alleen een bed en een kruk.

En ze was stevig vastgebonden. Telkens als ze probeerde haar energie te richten, allerlei bezweringen probeerde te gebruiken om haar boeien los te krijgen, of ergens anders naartoe te gaan, voelde haar geest verdoofd aan, alsof iets haar vaardigheden in de weg stond. Misschien hadden ze haar iets toegediend.

Terwijl ze overpeinsde waardoor haar gebrek aan concentratie kon worden veroorzaakt, raakte ze weer bewusteloos.

Jommy lag tegen een hellinkje in het bos ten noorden van het kamp op de uitkijk, terwijl de uren langzaam voorbijkropen. De wachtposten van de vijand waren alert, en stonden zo ver van de kampvuren verwijderd dat Jommy niet kon zien wat er gebeurde bij de vuren. De geluiden die ze hoorden, waren die van mannen die zaten te praten, op hun gemak, totaal niet bezorgd dat ze ontdekt zouden worden.

Jommy keek naar de boom waarachter Godfrey zich verstopte. In het donker voor zonsopgang kon hij hem nauwelijks zien. Jommy snoof; zijn neus begon te lopen van de vochtige kou. Het zou hier een stoombad worden als de zon opkwam, maar nu rilde hij. Hij vroeg zich af hoe het met Grandy ging. En toen vroeg hij zich nog eens af wat Grandy hier deed.

'Wat doen wij hier allemaal eigenlijk?' fluisterde hij in zichzelf. Sinds hij Tad en Zane had leren kennen in Kesh, was Jommy min of meer opgenomen in een familie die veel avonturen en wonderlijke zaken beleefde – tovenaars die op een eiland woonden, en vochten tegen moordenaars, en over de hele wereld reisden – maar sommige van de dingen die ze hem vroegen te doen, begreep hij gewoon niet.

Toch was het beter dan werken als boer of menner, en hij wist dat wat ze deden belangrijk was, ook al begreep hij er nog niet de helft van. Hij mocht Tad en Zane graag, eigenlijk alsof ze zijn broers waren. Hoewel, terugdenkend aan hoe zijn oudere broers hem regelmatig sloegen, bedacht hij dat hij hen zelfs meer mocht dan zijn broers. En al was Caleb dan niet zijn echte vader, hij behandelde Jommy hetzelfde als de anderen.

Maar waarom moesten ze zo nodig hier in het zuiden van Olasko soldaatje spelen? En waarom hadden ze een jongen als Grandy meegestuurd?

Hij wist zeker dat er een reden voor was, en dacht dat het iets te maken had met Kaspars opmerking van laatst: dat binnenkort iedereen oorlog zou voeren. Maar toch, zij waren niet Roldeems, dus waarom dít leger? Waarom nu?

Jommy zette zijn zorgen voorlopig van zich af, want het werd bijna licht en dan zou hopelijk generaal Devrees komen, met zo'n zestig soldaten. Jommy keek naar het oosten, hopend op de eerste stralen van de opkomende zon. Hij had geen idee hoe laat het was, en vroeg zich af hoeveel langer hij nog zou moeten wachten.

Jommy keek om toen hij een geluid achter zich hoorde en begon zijn zwaard te trekken. Maar een zachte stem zei: 'Laat dat.'

Hij zag een van de mannen die Servan met Grandy had meegestuurd achter zich staan met een zwaard op hem gericht. Toen hij in Godfreys richting keek, zag hij dat die ook door een soldaat met een zwaard werd bedreigd. De soldaat stak zijn linkerhand uit, en Jommy gaf hem langzaam zijn zwaard. De man smeet het aan de kant. 'Lopen,' droeg hij Jommy op.

Langzaam kwam Jommy tussen de bomen vandaan, en zag zo'n zestien man naar het vijandelijke kamp lopen, onder wie Grandy die werd begeleid door twee mannen, elk met een hand stevig op zijn schouders. 'Hallo, kamp!' schreeuwde een van hen.

Meteen sloegen de wachtposten van Salmarter alarm, en de Roldeemse soldaat riep: 'We komen onderhandelen!'

Tegen de tijd dat Jommy en Godfrey het kamp bereikten, waren alle tweehonderd man daar uit bed, gewapend, en klaar voor een gevecht. Servan en Zane werden vanaf de zuidkant naar het kamp geleid. De leider van de Salmarterse troepen keek om zich heen en vroeg: 'Wat is hier loos?' Hij was een lange, donkerharige soldaat, aan zijn uiterlijk te zien ervaren en aan zijn houding te zien een officier.

De soldaat die de groep uit Roldem leidde, zei: 'Kijk, ik zal het kort houden. Er komt een Roldeemse generaal aan met een grote troepenmacht om jullie in de pan te hakken. Wij willen daar niet bij zijn. Wij zijn allemaal Olaskezen en haten het om in hun leger te moeten dienen. We hebben tegen ze gevochten bij Opardum en zijn niet van plan die Roldeemse apenjasjes nog langer te dragen.' Hij demonstreerde het door meteen zijn tuniek uit te trekken. Hij was een forse, blonde man met grijze stoppels van een paar dagen en een zonverbrand, getaand gezicht.

'Komt er een leger deze kant op?'

'Ja,' zei de soldaat, die zijn jas op de grond smeet. 'We willen met jullie mee naar Salmarter.'

'Waarom zouden we jullie meenemen? We mogen van geluk spreken als ze ons laten leven, zodra we melden dat deze inval volslagen mislukt is.'

'Geen mislukking,' zei de soldaat. Hij gebaarde, en Grandy werd naar voren geduwd. 'Dit is de zoon van de koning, prins Grandprey. Hij is hier een beetje aan het spelen en leren hoe hij een soldaat moet zijn. Denk aan het losgeld.'

'Prins?' vroeg de officier. 'Denk je nu echt dat ik geloof dat de zoon van de koning van Roldem hier op de eilanden rond-struint?'

'Luister,' zei de Olaskese soldaat. 'Wat heb je te verliezen? Als ik lieg, kun je mijn hoofd altijd nog afhakken in Salmarter. Als ik de waarheid zeg, ben jij een held en krijgt je koning de kans zijn voorwaarden te stellen aan Roldem.'

'Of de hele Roldeemse vloot komt achter ons aan,' kaatste de officier terug.

'Maar dat moeten jullie hof en het hof van Roldem maar uitvechten, toch? Ik zal je vertellen wat ik weet. Ze verwachten iets groots en halen hun leger terug naar Roldem. Daarom heb-ben ze de onderbemande divisies in Olasko niet aangevuld. Mijn jongens en ik willen met die komende strijd niets te maken hebben. Wij zijn Olaskezen en zullen ons hier op deze eilanden verstoppen als het moet, en als Roldem een oorlog met Kesh of wie dan ook verwacht, laat iemand anders die dan maar uitvechten.'

'En de rest van die jongens?'

'Officieren, zeggen ze. Zijn misschien wel wat waard. Deze twee' – hij wees naar Zane en Jommy – 'hebben iets te maken met het hof in Kesh, en die andere' – hij wees naar Servan – 'is de neef van de prins. Die andere knul is zijn vriend.'

'Neem ze allemaal maar mee,' zei de officier. 'Ik laat de ge-neraals het wel uitzoeken in Micel's Station.'

'Dus je neemt ons mee?' vroeg de blonde soldaat.

De Salmarterse officier antwoordde: 'Wat moet ik met ver-raders? Ruim ze op!'

Voordat de soldaten uit Roldem konden reageren, werden ze

bestormd door de Salmarterse soldaten, die hen de keel afsne-
den en doorstaken met zwaarden. Toen er twintig dode of
stervende mannen in het zand lagen, schreeuwde de officier:
'Breek het kamp op! Ik wil dat iedereen bij zonsopgang weer
over de grens is!' Tegen Grandy en de anderen zei hij: 'Edelen
of niet, als jullie lastig zijn, eindigen jullie zoals zij.'

Vier wachters hielden de zes jongens in de gaten, terwijl de
andere soldaten zich klaarmaakten voor vertrek. Jommy keek
Servan aan en zag dat er niets meer van zijn overmoed over was.
Godfrey en Zane keken angstig, en Grandy huiverde evenzeer
van angst als van de kou.

Alles waar ze op konden hopen, was dat Tad het had gered
en met de generaal en de mannen uit Roldem over de rivier
onderweg was, en dat ze hier zouden zijn voor de Salmarterse
aanvallers de grens weer over waren. Hij keek naar het oosten
en zag de hemel lichter worden.

Puc deed zijn best om niet te staren, aangezien hem duidelijk
was dat de meeste Minderen hun ogen neergeslagen hielden en
zich met hun eigen zaken bemoeiden. Nakur kon het kennelijk
niet schelen, want hij keek op naar de torens die honderden
voet de lucht in rezen. 'Hoe komen ze daar bovenin?' vroeg hij.

'Ze hebben waarschijnlijk een toestel binnenin om je op te
takelen,' zei Magnus.

De stad Omadrabar was onmogelijk te beschrijven in menselijke termen, dacht Puc. Er waren geen sloppenwijken, geen
vervallen stadsdelen, geen armenwijken, niets wat ook maar in
de verste verte wees op de klasse van burgers die je in elke
menselijke stad aantrof. Hier waren alle gebouwen met elkaar
verbonden door bruggen over brede boulevards of kanalen, of
met straten die via tunnels dwars door enorme gebouwen liepen. Puc kon alleen maar een schatting maken, maar in zijn
wereld zou het waarschijnlijk duizenden jaren duren om zo'n
stad te bouwen – als iemand in de menselijke geschiedenis zich
al een stad had kunnen voorstellen als enkelvoudige, geschakel-
de structuur. Ze reden langs een van de weinige open terreinen,

eigenlijk een stuk onbebouwd land, waar bomen en iets wat leek op kleine varens groeiden. Puc besefte dat die passie voor enkelvoudige, gerelateerde structuren waarschijnlijk voortkwam uit de sociale en politieke structuren die deze cultuur zijn samenhang verleende.

Puc wendde zich tot de anderen en zei zachtjes: 'Zullen we die wezens ooit begrijpen?'

Nakur grijnsde, en ondanks zijn Dasativermomming was duidelijk te zien dat hij het allemaal prachtig vond. 'Waarschijnlijk niet, maar we zouden wellicht een tot wederzijds voordeel strekkende regeling kunnen treffen als we contact kunnen krijgen met de juiste personen.'

'En wie zijn dat?' fluisterde Magnus.

Nakur haalde zijn schouders op. 'Degenen waar we nu bij zijn, hopen we maar.'

Vanaf de Sterrenbrug waren ze naar een wachtende wagen gelopen, begeleid door vier geselecteerde strijders uit Martuchs genootschap, de Sadharin. Zelfs op deze buitenaardse wereld hoefde niemand Puc te vertellen dat er iets belangrijks gaande was. Overal waar ze gingen, waren grote aantallen gewapende mannen, Doodspriesters en wagens in beweging. Het leek wel alsof deze stad zich voorbereidde op een invasie, maar dat was onmogelijk. Dit was de thuiswereld van de Dasati, en er bestonden voor hen geen vijanden binnen afzienbare afstand.

Ja, Puc wist door zijn ervaringen tijdens de Oorlog van de Grote Scheuring en de Slangenoorlog dat invallende legers met de juiste magie overal konden komen, maar om nu te proberen deze wereld binnen te vallen... Dit was geen miljoenenwereld zoals Kelewan; het was een miljardenwereld.

Bovendien waren ze Dasati, een ras waarin de strijdersklasse bestond uit overlevenden, de taaiste, gevaarlijkste mannen van deze wereld; elk ervan was al herhaaldelijk op de proef gesteld tegen de tijd dat hij vijftien jaar oud was, en er waren er zoveel. Deze stad alleen al herbergde volgens Martuch zeven miljoen mensen, meer dan een miljoen daarvan strijders, leden van duizenden strijdgenootschappen. Dat was meer dan de totale bevolking van het Koninkrijk der Eilanden, en bijna evenveel zielen als er in heel Groot Kesh woonden.

Zielen, vroeg Puc zich af. *Hebben Dasati die?* Als hij die briefjes niet aan zichzelf had gestuurd, die hem zeiden hierheen te gaan, zou Puc zich volkomen overdonderd hebben gevoeld. Hij reed met zijn zoon en Nakur in een wagen, op een wereld die werd bevolkt door miljoenen wezens die hem zonder pardon zouden doden alsof het de normaalste zaak van de wereld was, en hij had geen idee wat hij hier deed. Ergens op deze wereld lag een antwoord, ook al wist Puc op dit moment niet eens wat de vraag was.

Eén ding wat hij wel graag zou willen weten, was waarom er kennelijk zo'n mobilisatie gaande was op Omadrabar. Van wat Puc had gehoord en gezien van de Twaalf Werelden, hadden de Dasati geen vijanden meer over. Een van de mandaten die de tekarana de orde van Hiërofanten had gegeven, was op zoek te gaan naar meer werelden om te veroveren. Martuch en Puc hadden diverse keren gesproken over de toestand in het Dasatirijk, maar er was niets gezegd over plannen voor een massale uittocht.

Ze gingen binnen door een grote poort en kwamen op een vrij klein plein waar een gebouw stond – in feite een volgend bouwsel van muren en bruggen, zoals Puc het zag – dat Martuchs huis op Omadrabar was.

Puc wachtte terwijl Martuch zijn mannen opdroeg om te kijken of het huis veilig was, hoewel hij er niet zeker van was of het wel een 'huis' genoemd kon worden. Het was eerder een reeks grote appartementen, ingebed in de muur van de stad. Of eigenlijk een van de vele muren in de stad.

Pucs hoofd liep om. Van alle werelden die hij had bezocht, was er niet een zo buitenaards als Omadrabar. Delecordia had wel wat elementen gemeen met het eerste niveau van de realiteit, en de mensen waren er vrij vredig. Kosridi was een echo van Midkemia, en dat had hem een vertrouwd gevoel gegeven.

Maar deze plek was anders. De schaal van alles, het tempo van het leven, het totale gebrek aan alles wat hij kende; hij had nergens een referentiekader voor. Hij had gedacht dat zijn introductie in de Tsuranicultuur, in de slavenkampen in het Grote Moeras van de provincie Szetac, moeilijk was geweest. Maar de Tsurani waren tenminste nog menselijk en hadden gezinnen waar ze van hielden. Ze stelden prijs op moed, loyaliteit en opofferingsgezindheid. De Dasati daarentegen hadden misschien niet eens woorden voor die concepten. Hij probeerde de achterliggende ideeën op een andere manier te omschrijven, en kon niets anders bedenken dan heldhaftigheid, trouw en onzelfzuchtigheid.

Puc, Nakur en Magnus kregen een kamer waarin ze moesten wachten, en Martuch maakte de Minderen in de huishouding duidelijk dat ze de gasten moesten negeren. Niemand mocht met hen praten of hun taken geven.

De uren kropen voorbij en uiteindelijk werden ze naar Martuchs privévertrekken geroepen, een enorme reeks vertrekken die uitkeken over het middenplein in dit deel van de stad. Ze liepen de kamer in waar Martuch met drie anderen wachtte. Narueen en Valko stonden bij de deur, en de jonge strijder zag er nu anders uit dan Puc hem ooit had gezien: aarzelend, onzeker, misschien zelfs geïntimideerd.

Degene die naast Martuch stond was lang, met donker haar en een baard. Hij leek op een Dasati, maar er was iets aan hem... Puc voelde zijn wereld plotseling samentrekken, alsof zijn zintuigen hem bedrogen. Voor hem stond een wezen dat onmogelijk kon bestaan. Hij was een Dasati, maar ook iemand die Puc goed kende.

De man stapte naar voren en sprak de Koningstaal, met een heel bekende stem. 'Hier word ik de Tuinier genoemd.' Hij liep voor de drie bezoekers langs. Als eerste keek hij naar Puc. Toen hij bij Nakur aankwam, knikte hij eenmaal, maar Nakur stond hem alleen maar met open mond aan te gapen.

Toen ging hij voor Magnus staan.' Is dit mijn kleinzoon?' vroeg hij.

Puc keek op in dat Dasatigezicht en fluisterde: 'Macros...'

336

22

ONThuLLINGEN

J ommy verzette zich.

Zijn armen waren achter zijn rug gebonden en hij en de andere jongens waren aan boord gebracht van drie boten die op het strandje waren getrokken. Het waren smalle boten, die meer op de sloepen van een schip leken dan op werkelijke riviervaartuigen. Jommy nam aan dat ze de monding van de rivier in konden zijn gezeild, want dit deel van de rivier was breed en stroomde niet snel, zodat het maar een paar minuten zou kosten om naar de oever te roeien. De grens tussen Salmarter en Olasko lag ongeveer een mijl ten zuidwesten van de rivier, dus het was nog altijd mogelijk dat de Roldeemse troepen de aanvallers konden inhalen voor ze weer thuis waren. Dat hoopte Jommy althans. Zodra hij en Zane werden ondervraagd, was de kans groot dat hij daarna werd gedood: prinsen en edelen konden aardige losprijzen opleveren, maar de zonen van boeren van de andere kant van de wereld zouden waarschijnlijk niet de moeite waard worden gevonden.

Plotseling zakte de Samalterse wachtpost op de richel boven het strand ineen. Even wisten Jommy en de andere jongens niet wat er gebeurde, net als de soldaten in de buurt, maar toen hoorden ze het: het gefluit van pijlen door de lucht. 'Bukken!' schreeuwde Jommy, en ze drukten zich plat onder de dolboorden. Drie Samalterse soldaten hadden tot taak de vijf jongens in de boot te bewaken, maar ook zij waren ineengedoken en keken rond om te ontdekken waar de pijlen vandaan kwamen.

'Afduwen!' riep de Samalterse commandant, en twee van de bewakers klommen over de rand van de boot. Ze waren net begonnen de boot de rivier in te duwen, toen een van hen een pijl in zijn rug kreeg. De ander probeerde weer in de boot te klimmen, maar Jommy schopte hem zo hard mogelijk in zijn gezicht. De ogen van de man rolden weg in hun kassen en hij viel in het water. De enige wachter die nog in de boot over was, trok zijn zwaard en haalde uit naar Jommy, maar Zane sprong op en gaf hem van achteren een zet. De man viel voorover, boven op Jommy, en plotseling lag er een massa kronkelende lichamen in de boot, die langzaam stroomafwaarts begon te drijven. De soldaat wilde zich van Jommy af laten rollen, maar toen sprong Zane boven op hen beiden. Zane gaf de man een kopstoot terwijl Godfrey hem hard in zijn arm beet, en Jommy probeerde zich los te worstelen zodat hij kon ademhalen. Servan volgde Zanes voorbeeld en gaf de man nog een kopstoot zodat hij bewusteloos raakte.

'De goden zij dank dat ze geen helmen dragen,' zei Zane.

'Pak zijn mes,' zei Servan.

Zane tastte met zijn gebonden handen achter zich rond en prutste het mes achter de riem van de man vandaan.

'Haal hem alsjeblieft van me af,' zei Jommy, die amper lucht kreeg.

Zane hield het mes achter zich, terwijl Godfrey naar hem toe schuifelde om zijn touwen te laten doorsnijden. 'Au!' zei de jonge edele. 'Hou dat ding stil.'

'Het is een boot. Die deint!' zei Zane. 'Ik kan er niks aan doen!'

'Ga van me af!' smeekte Jommy.

Eindelijk waren Godfreys boeien door, maar hij had ook een snee in zijn onderarm. Hij maakte Zane, Servan, Grandy en Jommy los, en ze smeten de bewusteloze soldaat overboord.

Jommy ging overeind zitten en haalde diep adem. In de paar minuten die het ze had gekost om zich te bevrijden, waren ze honderd meter de rivier af gedreven en gingen ze richting het midden van de stroom, almaar sneller.

'Waar zijn de roeiriemen?' vroeg Servan.

'Nog op de wal,' antwoordde Jommy.

'Overboord dan maar,' zei Zane, die in het water sprong en naar de oostelijke oever begon te zwemmen. De anderen volgden met tegenzin, en een tijdje later kwamen er vijf doorweekte jonge officieren aan de wal, uit het zicht van de strijd.

'Schiet op,' beval Servan, en gebaarde hen van het strand naar de bomen. 'Voor het geval er iemand achter ons aankomt.'

Eenmaal tussen de bomen begonnen de jongens stroomopwaarts te lopen. Ze hoorden de geluiden van vechtende mannen en probeerden iets te zien, maar het conflict vond plaats aan de andere kant van een richel. Ze kwamen bij een overhangende rotspunt die als barrière diende, en Jommy zei: 'Ik ga wel even kijken.'

Nog altijd druipend, kroop hij tegen de rotswand omhoog en trok zich op. In de verte zag hij de boten uit Salmarter, die nog op de oever lagen, en een regelrechte vloedgolf van Roldeemse soldaten die over het strand spoelde en de oostelijke helling opging. 'Kom mee!' riep Jommy, die weer naar beneden klom. 'We hebben ze!'

Hij ging de jongens voor, tussen de bomen vandaan en het strand op, en ze renden richting het conflict. Tegen de tijd dat ze in zicht kwamen, gaven de resterende Salmarterse soldaten zich over, met hun handen in de lucht en hun zwaarden op de grond, zonder verzet.

Generaal Devrees liep naar de jongelingen toe. Zijn gezicht stond opgelucht. 'Hoogheid!' riep hij. 'U bent veilig!'

Tad liep grijnzend naar de jongens toe. Ze waren duidelijk uitgeput, maar hij was blij te zien dat zijn vrienden nog in leven waren.

'Fijn u te zien, generaal,' zei Grandy.

'Toen deze jongeman ons kamp binnen kwam rennen, heb ik onmiddellijk het hele eerste en derde opgetrommeld en zijn we opgerukt.'

'Commandant, vond u mijn idee van zestig man per boot dan niets?' vroeg Servan.

'Het was een aardig plan, als ik de helft van mijn troepen had willen kwijtraken. Toen ik hoorde dat ik twee leden van de koninklijke familie naar een Salmarterse aanval had gestuurd... Ik zag het niet zitten om aan jullie vaders, vooral die van u, Hoogheid,' – hij keek nadrukkelijk naar Grandy – 'te moeten uitleggen dat ik hun zoons had laten omkomen. Onze inlichtingen waren gebrekkig; ik dacht dat ik jullie zo ver mogelijk van de echte actie vandaan had gestuurd, niet recht op de vijand af.' Hij haalde zijn schouders op. 'Er zal wel een eind komen aan die Salmarterse invallen zodra ze horen dat we bereid zijn Olasko te verdedigen alsof het Roldeems grondgebied is.'

'Generaal, hebt u hun leider gevangen kunnen nemen?' wilde Grandy weten.

'Ik geloof van wel,' zei de generaal, die de jongens voorging naar de plek waar de gevangenen werden bewaakt. 'Zeggen jullie het maar.'

De gevangenen zaten op de grond en keken hen woest aan. Grandy keek naar hun gezichten en wees toen naar één man. 'Hij.'

De generaal liet de gevangene naar voren halen. De jonge prins staarde hem aan en zei toen tegen de generaal: 'Deze man heeft twintig soldaten in koelen bloede vermoord.'

'Het waren deserteurs,' kaatste de gevangene terug.

'Dan hadden ze aan het Roldeemse gerecht moeten worden overgelaten,' zei Grandy. Hij keek de generaal aan. 'Hang hem op.'

'Ik ben krijgsgevangene!' schreeuwde de Salmarterse kapitein toen twee Roldeemse soldaten hem vastgrepen en zijn armen achter zijn rug trokken en vastbonden.

'Je draagt geen uniform,' zei de generaal. 'Wat mij betreft kun je ook een doodgewone bandiet zijn. Als Zijne Hoogheid zegt dat je moet worden opgehangen, dan hangen we je op.'

De generaal knikte naar sergeant Walenski, die een groep soldaten wenkte hem naar de bomen te volgen. Een van hen had een rol touw bij zich.

'En die anderen?' vroeg de generaal.

'Stuur ze naar huis,' zei de jonge prins. 'Laat ze maar overal rondvertellen dat Roldem deze eilanden nu evenzeer koestert als de grond onder mijn vaders kasteel. Olasko is nu deel van Roldem, en we zullen het verdedigen met onze laatste druppel bloed. Ik zal mijn vader vragen te gaan rekruteren, om het eerste en derde aan te vullen en het garnizoen in Opardum weer op volle sterkte te krijgen. We moeten ervoor zorgen dat aan dit soort dingen een eind komt.'

Met een lichte glimlach antwoordde de generaal: 'Hoogheid,' en gebaarde naar de soldaten. 'Begeleid deze mannen naar de boten en laat ze vertrekken.'

De soldaten deden wat hun werd opgedragen.

Servan liep naar zijn neef toe. 'Dat was... indrukwekkend.'

'Ja,' vond Jommy ook, en voegde er toen aan toe: 'Hoogheid.'

Alle vijf de jongens keken naar de jonge prins, die er plotseling jaren ouder uitzag dan de dag ervoor. Grandy keek zijn vrienden aan. 'Ik denk dat het tijd wordt dat we naar huis gaan.'

Hij draaide zich om en liep weg, en na een korte aarzeling volgden zijn vrienden hem.

Miranda kwam weer bij en lag nog altijd op een bed, maar nu niet meer vastgebonden. Ze ging overeind zitten en haalde diep adem. Haar borstkas deed pijn, maar ze kon nu zonder veel moeite ademen en haar geest was verlost van dat vertroebelende gevoel dat ze de vorige keer had toen ze wakker werd.

Ze keek om zich heen om te bepalen waar ze was. Dit was niet de slaapkamer waar ze vastgebonden had gelegen. Ze bevond zich nu in iets wat wel leek op een tent. Toen ze de muren aanraakte, voelde ze echter iets hards, als gladde steen.

Plotseling verscheen er een gestalte voor haar; een Dasati in een zwarte mantel, maar met een ander embleem op zijn borst: een gele cirkel. Ze kon door de gestalte heen kijken, dus wist ze dat het een zending was. Om te bepalen waar ze wel en niet toe in staat was, reikte ze mentaal naar buiten en merkte dat haar magie werkte, maar op een vreemde manier.

'Je bent weer bijgekomen,' zei de gestalte, en ze besefte dat hij de Dasatitaal sprak, die ze nu kennelijk kon verstaan. 'Je bent hier al drie dagen. We hebben ervoor gezorgd dat je kunt eten, drinken en ademhalen zonder te lijden. We hebben je... je krachten teruggegeven, maar met beperkingen.'

Miranda probeerde of ze op wilskracht terug kon keren naar de Assemblee van Magiërs, want zij was de onbetwiste meesteres in die vaardigheid, maar er gebeurde niets.

'Het heeft ons wat werk gekost,' zei de beeltenis van de Dasati, 'maar je krachten werken alleen in deze kamer. Het wezen dat je hierheen heeft gebracht, zegt dat je een heel machtige magiër bent en dat we veel kunnen leren door je te bestuderen. We houden je al een tijdje in de gaten, Tsuranivrouw. Ze zeggen dat jullie strijders zwak als kinderen zijn; maar we vrezen jullie zwartmantels wel.'

De gestalte verdween en een stem zei: 'Rust maar uit. Er komen vele beproevingen. Als je meewerkt, blijf je in leven.'

Er werd niet gezegd wat er zou gebeuren als ze niet meewerkte.

'Dit is heel interessant,' zei Nakur.

Puc kon zijn ogen nauwelijks geloven. De Dasati die voor hem stond, was Macros de Zwarte, voormalig eigenaar van Tovenaarseiland en Miranda's vader. Hij tastte met zijn magische zintuigen en concludeerde dat dit geen illusie of vermomming was. Deze man, die hij dacht te hebben gekend, was een Dasati. De vorige keer dat Puc hem had gezien, was tijdens een gevecht met een demonenkoning op de Saaurwereld Shila, toen er een scheuring dichtging. 'Jij bent dood,' zei Puc.

'Dat was ik,' zei Macros. 'Kom, we hebben een heleboel te bespreken en weinig tijd.'

Zonder verontschuldiging of uitleg aan de anderen, ging Macros Puc voor, een deur uit naar een tuintje dat schuilging achter enorme muren. Macros keek op. 'Dit arme stukje grond krijgt per dag maar ongeveer een uurtje licht, als de zon hier recht boven staat.'

Hij sprak de taal van het Koninkrijk der Eilanden, Pucs moe-

342

dertaal, en Puc besefte dat Macros niet wilde dat iemand anders hoorde wat hij te zeggen had. Hij keek de Dasati aan die voor hem stond. 'Ik kan nu niets intelligents bedenken om te zeggen. Ik ben volslagen in de war.'

Macros gebaarde naar een bankje. 'Meditatie is geen eigenschap van de Dasati, dus ik moest deze tuin op basis van mijn eigen specificaties laten aanleggen.'

Puc moest wel glimlachen. Het bankje leek precies op dat in de tuin bij Villa Beata. 'Hoe kan dit?'

'Ik had de goden ontstemd,' zei Macros, die op het bankje ging zitten. Puc nam naast hem plaats. 'Ik vocht tegen Maarg met elk magisch wapen dat ik tot mijn beschikking had, terwijl jij probeerde de scheuring tussen het vijfde niveau en Shila te dichten.' Hij zuchtte. 'Het is je kennelijk gelukt, anders zou je niet hier zijn.' Hij keek Puc aan. 'Ik heb nog niet al mijn herinneringen teruggekregen, Puc. Ik herinner me bijvoorbeeld wel de eerste keer dat wij elkaar ontmoetten, en de laatste keer dat ik Nakur zag, maar niet hoe ik hem heb leren kennen. Ik herinner me niet veel over mijn vrouw of mijn dochter, hoewel ik weet dat ik er een heb.'

'Mijn vrouw Miranda,' zei Puc.

Macros knikte, en keek naar de muur tegenover het bankje. Er was pijn in zijn ogen te lezen en Puc vroeg: 'Dit is je straf omdat je de goden van Midkemia hebt ontstemd?'

'Ja,' zei Macros. 'Ik vocht tegen Maarg, en plotseling hield de pijn op en vloog ik heel snel op een wit licht af. Toen stond ik ineens voor Lims-Kragma.' Hij zweeg even en vroeg toen: 'Ben jij bij haar geweest?'

'Twee keer,' zei Puc. 'Een enorme zaal vol katafalken?'

'Eindeloos, in alle richtingen. Er verschenen doden. Ze rustten een tijdje en stonden vervolgens op en stelden zich op in een lange rij, waarna Lims-Kragma hen een voor een beoordeelde en hen doorstuurde naar de volgende draaiing van het Rad des Levens.' Macros zuchtte. 'Maar mij niet. Ik heb haar gesproken, maar ik zal je de details van ons gesprek besparen. Ik was, zoals je weet, een ijdel man en vond mezelf nogal belangrijk. Ik dacht dat mijn eigen oordeel beter was dan dat van anderen.'

Puc knikte. 'En meestal had je ook gelijk. Tomas zou de transformatie die werd opgeroepen door de wapenrusting van de Drakenheerser nooit hebben doorstaan als jij hem niet had geholpen, en wie weet waar ik dan zou zijn geëindigd.'

'Dat was maar een kleine overtreding,' zei Macros. Hij ging achteroverzitten en vervolgde: 'Ik probeerde een god te worden, weet je nog?'

'Je poging om op te stijgen toen Nakur je vond?'

'Ja, toen ik de terugkeer van Sarig, de verloren God van de Magie, wilde bespoedigen.'

'En daarvoor word je nu gestraft?'

'De goden hebben een hekel aan hoogmoed. Ze zetten ons misschien aan tot grootse daden, Puc, maar zonder onze toegewijde aanbidding, kwijnen ze weg. En hoe kunnen we hen aanbidden als we net zo zouden worden als zij?'

'Aha,' zei Puc.

'Ik zal je vertellen wat je weten moet. Al het andere kan wachten. De Dasati hebben Kelewan gevonden.'

'De talnoy,' zei Puc.

'Die naam kun je beter niet noemen, en ik zal zo meteen uitleggen waarom.' Macros zweeg even alsof hij zijn gedachten ordende. 'Het is allemaal met elkaar verbonden, Puc. Helemaal tot aan het allereerste begin. Je hebt toch wel verhalen over de Chaosoorlog gehoord?'

'Tomas heeft er herinneringen aan – Asschen-Sukars herinneringen,' zei Puc.

'Herinnert hij zich de triomf toen de Levenssteen werd verstopt en de Drakenhorde werd verbannen van Midkemia?'

'Ja, aan het einde van de Chaosoorlog. Hij heeft me het verhaal verteld. Het was iets wat we bespraken voordat zijn zoon Caelis alle energie bevrijdde die vastzat in de Levenssteen.'

'Ah,' zei Macros. 'Dat herinner ik me niet. Dat is mooi. Weer één ding minder om me zorgen over te maken. Maar wat je moet weten, Puc, is dat dat niet het einde van de Chaosoorlog was.' Hij keek zijn erfgenaam aan. 'De Chaosoorlog is nooit afgelopen. De Oorlog van de Grote Scheuring, de strijd met de demonen op Shila, de invasie van de Saaur en de oorlog van de Smaragden Koningin – dat waren allemaal veldslagen in de Chaosoorlog. En de wanhopigste strijd moet nog komen.'

'De Dasati?'

'Ja,' zei Macros. 'Deze wereld heeft zijn eigen Chaosoorlog gehad, of iets wat er veel op leek, maar in die strijd kwam één god als overwinnaar naar voren. Die god staat nu eenvoudig bekend als Zijne Duisternis, maar hij is de Dasatigod van het kwaad. Kijk om je heen, Puc. Zo kan Midkemia er over duizend jaar ook uitzien als de Naamloze er ooit de alleenheerschappij krijgt.'

'Ongelooflijk,' zei Puc.

'De Dasati waren niet altijd zoals jij ze ziet, denk ik. Ik weet wel dat ze zelfs op hun best nog onwelkome gasten zouden zijn op Midkemia, om veel redenen, en niet in de laatste plaats omdat ze gras kunnen laten verwelken door er gewoon een tijdje op te blijven staan. Bovendien zijn ze zo agressief dat bij hen vergeleken bergtrollen spinnende katjes lijken.' Macros grinnikte. 'Bepaalde dingen herinner ik me nog wel van mijn vorige leven...' Hij zuchtte weer. 'Toen ik herboren werd, mocht ik bepaalde herinneringen houden, genoeg om een referentiekader te hebben voor het werk dat ik moet doen. Ik ben de Tuinier. Ik zorg voor een heel delicate, heel kwetsbare bloem.'

'De Witte?'

'Ja, de Witte. Niets sterft ooit, Puc. Het verandert alleen. Niets wordt vernietigd. Het transformeert alleen naar een andere toestand, van materie naar energie, van energie naar geest, van geest naar ziel. Het is belangrijk dat je dat weet, want als dit voorbij is, zul je een diep gevoel van persoonlijk verlies voelen, vrees ik.'

'Ik ben daar al voor gewaarschuwd,' zei Puc.

Macros stond op en begon te ijsberen. 'Lang geleden, toen de Duistere God van deze wereld zijn hoge positie bereikte, werden de andere goden opgespoord en gevangen gezet. Deze mensen, de Dasati, werden vervormd en veranderd en verwrongen, totdat elke herinnering aan dat wat wij kennen als goed, verloren was gegaan. De Witte gaat dit tegen: het voedt kleine bellen goedheid waar het kan. We hebben duidelijke volgelingen, zoals de Zorgers die worden geminacht om hun piepkleine impuls om voor anderen te zorgen, en minder duidelijke volgelingen, onder wie enkele hooggeplaatste Doodsridders en een paar prelaten onder de Doodspriesters.'

'Macros, ik ben hier gekomen omdat er een bedreiging bestaat voor Midkemia. Weet jij wat die precies inhoudt?'

'Er is geen rationele reden te bedenken waarom de Dasati het eerste niveau van de realiteit zouden willen binnenvallen, Puc. Dat weet je.'

'Nakur is van mening dat het kwaad van nature waanzinnig is, zelfs als het doelgericht handelt.'

'In ons rijk...' Macros zweeg even. 'In ons rijk is dat zeker waar. Maar hier?' Hij haalde zijn schouders op in een heel menselijk gebaar. 'Ik ben pas dertig jaar een Dasati, Puc, voor zover ik kan beoordelen; het tijdsverschil is lastig.'

'Je bent eerder vijftig jaar weg,' zei Puc.

Macros zag er vermoeid uit. 'Ik kwam bij in de geest van een Dasati-jongen, die klaar was om strijd te voeren om aanspraak te kunnen maken op de eer van zijn vader. Bijna een jaar lang keek ik toe vanuit zijn geest. Toen vloeiden we geleidelijk samen en werd zijn aard in die van mij opgenomen.

Ik weet relatief weinig over waar de goden van Midkemia toe in staat zijn op deze plek. Daarom zijn jullie hier, als hun agenten. Maar ergens is er een kwaadaardige truc uitgehaald...'

'Banath,' zei Puc. 'Kalkin.'

'De Bedrieger?' Macros knikte. 'Ja, dat soort dingen kunnen we verwachten. Ik ben Dasati, maar ik ben ook mens. Ik had de geest van Macros de Zwarte – in alle bescheidenheid toch wel een van de machtigste wezens van Midkemia – maar toch was ik amper meer dan een jonge knul, en de meeste van mijn krachten waren weg.'

'Maar niet allemaal?'

'Nee. Ik heb er een aantal terug, en ik heb mezelf weer opgeleid. Ik moest al mijn vaardigheden aanwenden om dat feit te verbergen, anders zou ik Doodspriester hebben moeten worden of als lijk zijn geëindigd.

Ik heb anderen gerekruteerd die net zo zijn als ik; zoals Martuch, mijn eerste student en mijn beste. Hoewel hij bijna tien jaar ouder is dan ik, wil hij mij als zijn mentor. Hij is de eerste Dasati die ik heb ontmoet die ooit iets heeft laten zien dat ik mededogen zou noemen.'

'Dat verhaal over vrouwe Narueen en Valko.'

'Ja,' zei Macros. 'Hij is degene die jullie met de hulp van een Ipiliacmagiër voorbereidde op deze reis. Toen hij contact met me opnam, had ik vele vragen, en sommige daarvan zullen moeten wachten, maar wat ik vooral moet weten is: hebben jullie de talnoy gevonden?'

'Ja, allemaal.'

'Mooi, want hier volgt het belangrijkste: de Duistere God wil een weg vinden naar het eerste niveau van de realiteit, om zijn domein uit te breiden. De eerste scheuring naar Kelewan was een ongelukje, en de Doodspriesters zijn niet zulke goede onderzoekers als jij of de Tsurani zijn, maar ze hielden vol en gebruikten de ervaring van elke gevormde scheuring om hun zoektocht naar een weg naar de eerste cirkel te verfijnen en verbeteren. De Doodspriesters stuurden... verkenners, kleine homunculi, met afweren die de energie leverden waarmee hun scheuringen konden worden gestabiliseerd. Ze zijn allemaal gesloten, op één na. Iemand aan de andere kant heeft hen geholpen, al is het moeilijk voor te stellen dat er iemand waanzinnig genoeg is om zoiets te doen.'

'Leso Varen,' zei Puc met een misselijk gevoel in zijn maag. 'Hij is waanzinnig genoeg.'

'Vertel me later maar over hem. Hoe dan ook, de Dasati hebben voet aan de grond gekregen op Kelewan. De verzamelde macht van de Assemblee kan ze misschien een tijdje op afstand houden, Puc, maar uiteindelijk zullen de Dasati het eerste niveau van de realiteit bereiken en die wereld bestormen.

Daarna vinden ze Midkemia, en van daaraf nog wie weet hoeveel meer werelden. Het evenwicht tussen het eerste en tweede niveau van de realiteit maakt al slagzij... Delecordia zou helemaal niet moeten kunnen bestaan, maar dat doet het wel. Als de Duistere God van de Dasati Midkemia bereikt, wordt het evenwicht vernietigd. Het eerste en tweede niveau van de realiteit zullen ineenstorten tot... iets anders, en miljarden mensen zullen omkomen.'

'Ik weet niet of ik het helemaal begrijp, Macros. De Dasati zijn daar al. De agenten van de Duistere God hebben Kelewan al bereikt. Dus als die vreselijke dingen zouden gaan gebeuren, waarom zijn ze dan nog niet gebeurd?'

'Je begrijpt het inderdaad niet, Puc. De Duistere God is geen spiritueel, abstract iets dat zich korte tijd kan manifesteren, zoals de goden die je op Midkemia hebt ontmoet. De Duistere God is een monsterlijk wezen dat in een enorme zaal in het hart van deze wereld leeft. Hij eet zielen en eist elke dag honderden offers. Hij is echt, stoffelijk, en hij leeft voor de vernietiging.' Hij keek Puc aan. 'Ik heb agenten op hoge posities, maar niet voldoende. Ik denk dat de Dasati zich voorbereiden op een invasie. Er is veel gaande in deze stad, en in de Twaalf Werelden, waaruit ik afleid dat er een enorme mobilisatie ophanden is.'

Puc knikte langzaam.

Macros kwam weer naast hem zitten. 'De talnoy. Wat weet je daarvan?'

'Tomas herinnert zich dat Asschen-Sukar tegen hen streed toen de Valheru probeerden het tweede niveau te bereiken. We hoorden van Kalkin dat ze de geest van een Dasati bevatten, die was gedood voor zijn levensenergie om er een moordmachine van te maken.'

'Dat is deels waar,' zei Macros. 'Wat duidelijk zou moeten zijn, maar dat misschien niet is, is dat alle Dasatimagie een vorm van doodsbezwering is. Al hun energie komt voort uit het doden. Je herinnert je misschien nog wat Murmandamus deed tijdens de Grote Opstand. Nou, dat was nog maar een schijntje van wat de Dasati elke dag doen. Duizenden kinderen worden elk jaar gedood tijdens de Zuiveringen, en die energie wordt waar mogelijk gegrepen door Doodspriesters, en de uit hun lichaam gerukte zielen worden gevangengezet.' Macros zweeg even. 'Maar de talnoy zijn niet wat je denkt. Er zijn "talnoy" in dienst van de tekarana en zijn prinsen, de karana, maar zij zijn daar om de strijdgenootschappen in het gareel te houden. Het zijn in feite persoonlijk geselecteerde soldaten in valse wapenrustingen, en ze verschijnen alleen op bepaalde dagen bij speciale evenementen.'

'Maar die op Midkemia dan?'

'Die zijn daar verstopt. Dat zijn de echte talnoy.'

'Wie heeft ze daar verstopt?'

'Dat is een mysterie. Misschien dat ik het vroeger heb geweten, maar nu niet meer. Misschien komt de herinnering nog terug. Of misschien ontdekken we het in de toekomst, maar op dit moment zal ik je vertellen wat je over die wezens moet weten: de talnoy zijn geen machines met de geesten of zielen van vermoorde Dasati. Ze zijn slaven, al duizenden jaren opgesloten. De geesten die erin huizen, zijn niet van Dasati, maar van de tienduizend verloren Dasatigoden.'

Puc was bijna sprakeloos. 'Goden?'

'Net als de Midkemiaanse goden sterven ze niet gemakkelijk. En zelfs als ze dood zijn, lijken ze vast van plan dat niet te blijven. We kunnen er nog vele uren over speculeren, maar ik zal je vertellen wat ik denk: de Duistere wil naar Midkemia komen met als enig doel de vernietiging van de talnoy, en hij zal er daarbij niet voor terugdeinzen de hele planeet te verwoesten.'

'En wij moeten hem tegenhouden,' fluisterde Puc.

Macros knikte. 'Ja.'

Dankwoord

Zoals altijd dank aan de vele moeders en vaders van Midkemia, omdat ze me een wereld hebben gegeven waarin ik mijn verhalen kan vertellen.

Aan mijn kinderen, Jessica en James, omdat ze me met beide benen op de grond houden, hoe gek de wereld om ons heen ook wordt.

Aan mijn moeder omdat ze volhoudt.

Aan Jonathan Matson, wederom en altijd.

Aan mijn redacteuren op zoveel plaatsen, omdat ze geven om hun werk.

En aan mijn lezers; zonder jullie zou ik nu iets veel minder leuks doen.

Raymond E. Feist
San Diego, Californië, 2006